Ahmet Altan, 1950 yılında do[illegible] ılaşarak tamamladıktan sonra Orta [illegible] Üniversitesi İktisat Fakültesi'ni bitir[illegible] muhabirliğinden genel yayın müd[illegible] ıtün kademelerinde çalıştı. 1987 yılın[illegible] rüyken gazeteciliğe ara verdi. Çeşi[illegible] sından dolayı yargılandı ve 1995 yı[illegible] manı *Dört Mevsim Sonbahar* 1982'[illegible] kitabı *Sudaki İz,* toplatıldı ve müstehcen[illegible] yargılanarak mahkeme kararıyla yakıldı. Üçüncü romanı *Yalnızlığın Özel Tarihi* 1991'de basıldı. Dördüncü romanı olan *Tehlikeli Masallar* 1996 Ekimi'nde yayımlandı. Deneme kitapları *Geceyarısı Şarkıları* 1995'te, *Karanlıkta Sabah Kuşları* 1997'de, *Kristal Denizaltı* 2001'de, *Ve Kırar Göğsüne Bastırırken* 2003'te, *İçimizde Bir Yer* 2004'te yayımlandı. Ahmet Altan'ın 1998'de yayımlanan romanı *Kılıç Yarası Gibi,* 1999 yılı Yunus Nadi Roman Ödülü'nü kazandı. *İsyan Günlerinde Aşk* 2001'de, *Aldatmak* 2002'de, En Uzun Gece 2005'te yayımlandı.

En Uzun Gece / Ahmet Altan

ALKIM / 116 • Edebiyat - 59 • Roman - 23

Kapak: BART • İç Tasarım: Erbil Kargı

ISBN: 975-992-014-X

Birinci Baskı: Eylül 2005 (500.000 adet)
İkinci Baskı: Aralık 2005 (25.000 adet)

Baskı: Kurtiş Matbaası

Alkım Yayınevi
Mühürdar Cad No 60 Kadıköy - İstanbul • Tel (0216) 449 10 60 (Pbx)
Faks (0216) 449 10 64 • e-mail: alkim@alkim.com.tr • http//:www.alkim.com.tr
Ahmet Altan e-mail: ahmetaltan@alkim.com.tr

Ahmet Altan

EN UZUN GECE

alkım

I

Kehribar rengi tozlu bir dünyanın üstünde uçuyorlardı. Kil kırmızısı tepelerin yamaçlarındaki binlerce yıl önceden kalma kilise harabeleri, yıkık duvarlar, duvarlarına pencere biçimi delikler açılmış mağaralar, kayalara oyularak yapılmış basamaklar, bunların altına yerleşmiş ve bugüne mi yoksa geçmişe mi ait olduğu anlaşılamayan düz damlı kerpiç evler, derin vadiler, yaprakları tozlanmış, gövdeleri ihtiyarlıktan eğilmiş iğde ağaçları hızla akıyordu altlarından.

Gördüğü her şey onda daha bu yolculuğun başında belirmiş olan kaybolmuşluk hissini artırıyordu. İki saatten beri süren bu yolculuktan geri dönebilmek için sanki yüzlerce yıl harcaması, çağları aşması gerekiyormuş gibi hissediyor, bütün hayatından ve kendinden uzaklaşıyordu ama bir yandan da kurtulacağını umduğu geçmişe, şu anda elinde başka hiçbir şey olmadığı için, neredeyse çılgınca bir hırsla tutunmaya uğraşıp, unutmaya yemin ettiği birçok anıyı hatırlıyordu. Öyle beklemediği bir yere gelmişti ki kaybolmakla geçmişe sarılmak arasında bir seçime zorlanacağından korkmaya başlamıştı.

Askerî helikopter yavaşlayarak sola döndü, yarım ay şeklindeki bir dağ dizisinin ortasındaki açıklıktan bir vadiye girdi ve birden hızlanarak yükselmeye başladı, yükseldikçe art arda dağlar çıkıyordu ortaya. Önünde bayrak dikili bulunan, kenarlarına kum torbaları dizilmiş bir askerî karakolun üstünden geçtiler, altlarında bir köy belirdi. Çamurlu dar yolları yukardan bakınca ağaç kabukları gibi gözüküyordu, tek katlı toprak evler düzensiz bir şekilde yerleşmişti, üst üste dizilmiş taşlardan alçak bahçe duvarları yapmışlardı, köyün kenarında ise temiz ve düzenli alüminyum barakalar vardı.

Helikopter köyün üstünde son bir kez döndükten sonra hemen arka taraftaki küçük helikopter pistine inişe geçti. Sarsıntıyla yere değdiklerinde çevrelerinde kil rengi bir toz bulutu oluşmuştu.

Pervaneler yavaşlayarak dururken Yelda başını yanındaki pencereye dayadı. Garip bir bitkinlik hissediyor ama o bitkinliğin derinlerinde içini yırtan bir sancı, hemen oradan, bütün hayatla ilişkisini kesmişe benzeyen o köyden, ıssız dağlardan kurtulmak için çırpınıyordu.

Tam "ben geri döneceğim" diyeceği sırada pilot arkaya doğru bağırdı.

— Çabuk olun, karanlık çökmeden üsse varmış olmalıyız.

Yelda bir şey söyleyemeden çantasını aşağıya attılar, bir er neredeyse zorla onu kolundan tutup indirdi. Helikopter, yeniden etrafa tozlar püskürtüp, Yelda'yı bir rüzgâr girdabının içinde bırakarak havalandı, sanki oradan bir an önce kurtulmak istiyormuş gibi hızla uzaklaştı. Helikopterin kaldırdığı tozlar yatışınca Yelda o küçük helikopter pistinde yapayalnız kaldığını gördü, onunla birlikte gelen iki adam gitmiş, Yelda'yı karşılamaya da kimse gelmemişti.

Dar ve pis yolları, çarpık duvarları, küçücük karanlık pencereleriyle bu köy ona asla içinden kurtulamayacağı bir tuzak gibi gözüküyor, yerinden kımıldayamıyordu. Tanıdığı kimse yoktu. Onu buraya getiren helikoptere mutsuz bir insan olarak binmişti, şimdi ise kendine tümüyle yabancı gözüken bu köyün kenarında o mutsuzluk bile anlamını yitirmişti, ölü balıklarla dolu bir havuza girmiş gibi anlatılması zor bir korku ve tiksinti doldurmuştu içini. Buraya niye geldiği, amacı, hatta mutsuzluğu bile umurunda değildi o anda, buradan hemen gitmek istiyordu. "Yarın gelen ilk helikopterle dönerim" diye düşündü. Bu düşünce onu canlandırdı biraz.

Selim'i arayıp, "ben yarın dönüyorum" demek için çantasını telaşla karıştırarak cep telefonunu çıkardı. Tuşlara hızlı hızlı bastı ama telefon çalışmıyordu. Daha birkaç saat önce içinde yaşadığı hayatla bütün ilişkisi kesilmiş gibiydi.

Akşam yaklaşıyordu, güneşten kavrulmuş tepeler, üstlerinde yetişmiş tek tük kahverengi ağaçlarıyla hâlâ sarı bir ışıkla parlıyordu ama köye bakan yamaçlar gölgelenmişti, eteklere doğru gölgelikler koyulaşıyor, ıssızlık duygusu artıyordu. Dağlardaki mağaralar o gölgeliğin içinde iyice siyahlaşmıştı.

Valizini alıp köye doğru yürüdü.

Yabancılığın yarattığı yalnızlık duygusu öylesine yoğundu ki belleği neredeyse çılgınca bir çabayla geçmişe, kendinden saklamaya çalıştığı anılarına dönüyor, oradan en güzel olanlarını bulup çıkartıyordu. Hepsinde de aynı yüz vardı. Dünyaya biraz küskün ve uzak bakan, kenarları çizgilenmiş gözler, geniş bir alna düşen kırlaşmaya başlamış inatçı bir perçem ve bu görüntüye hiç uymayan alaycı bir kahkahayla genizden gelen, kelimeleri dolu dolu söyleyen boğukça gergin bir ses. Bu yüzü, kendisini nasıl güldürdüğünü her hatırladığında ruhunda beliren o acı dolu karmaşa gene oradaydı: Öfke, nefret, "ben onsuz yaşayamam" inancı ve şefkat. O köyün girişinde onu şeytan karşılasa, Selim'in yanında olabilmek için bütün geleceğini satabilirdi ve bunu fark etmek bile o dayanılmaz gözüken özleme "ben ne kadar güçsüzüm" düşüncesinin yarattığı kızgınlığı ekliyordu.

Köye girdiğinde ilk evin açık duran kapısından yaşlıca bir kadın çıktı, kalın kaşları çatıktı, burnunun iki yanından derin çizgiler çenesine kadar iniyordu, gözleri ilgisiz ama kuşkulu bakıyordu, başörtüsünün altından çıkan saçları fazla kınadan morumsu bir kızıllık almıştı, naylon terlikler içindeki çıplak ayaklarına kadar uzanan bol, rengi atmış siyah bir etek, üstünde kırmızı çiçek desenleri olan turuncu bir gömlek giymiş, omuzlarına da kahverengi kalın bir şal atmıştı. Yelda kadına gülümsedi ama kadın arkasını dönüp yan taraftaki çamurdan yapılmış fırının önüne çömeldi.

Yolun öbür yanındaki evin kapısı açıktı ama ne evin içinde, ne de tekerlekleri çıkartılmış bir bisikletle tahta bir kerevetin durduğu çamurlu küçük bahçede biri gözüküyordu, aceleyle terk edilmiş gibiydi. Yelda'nın içinde helikopterden indiği anda beliren sızı her an başka bir duyguya dönüşüyor, bir an özlem oluyor, bir an insanın kendini ait olmadığı bir yerde bulduğunda beliren nedensiz korkuya benziyordu, yalnızlık, kimsesizlik, unutulmuşluk biçimlerine giriyor, her duyguyla biraz daha derinleşip onu yoruyordu. Elindeki valiz ağırlaşmaya başlamıştı.

Birden yolun sonundan kendisine doğru koşarak gelen genç bir kız gördü, uzaktan kızın bir blucinle gömlek giydiğini, ayağında botlar olduğunu, saçlarını bir bantla topladığını fark etti, o anda bu hiç tanımadığı kızı görmenin onda yarattığı ferahlığı unutmayacaktı, kendine benzeyen birini görmek anlaşılmaz biçimde içindeki korkuyu, tedirginliği, yalnızlığı yatıştırmıştı.

Kız soluk soluğa gelip, kesik kesik sözcüklerle özür dilemeye başladı.

— Özür dilerim... Bir karışıklık olmuş... Ben diğer arkadaşın sizi karşılamaya geleceğini sanıyordum, o da benim geleceğimi sanıyormuş... Çok özür dilerim...

Yelda hafifçe kızgın bir sesle, "önemli değil" dedi.

Sonra duvarları çarpılmış içleri karanlık köy evlerine bakarak endişeyle sordu.

— Nerede kalacağım?

— Köyün öbür yanında bir yer hazırlattık size...

Kızın sesinde belli belirsiz bir aksan hissediliyordu, bu yörenin okumuş kızlarından biri olduğu anlaşılıyordu. Uzanıp Yelda'nın valizini almak istedi.

— Ben alayım... Siz yorulmuşsunuzdur.

— Teşekkür ederim, ben taşırım, o kadar yorgun değilim.

Birlikte yürümeye başladılar, Yelda indiğinden beri aklına takılan soruyu sanki önemsiz bir şey soruyormuş gibi sordu.

— Cep telefonları çalışmıyor mu burada?

Kız güldü.

— Öyle bir sorunumuz var... Sadece karakolun arkasındaki kayalıklarda çalışıyor cep telefonları... Sadece orada çekiyor.

— Başka telefon var mı burada?

— Tabii... Ofiste telefonlar var ama...

Kız sustu.

Yelda kıza bakıp, "evet" dedi lafın sonunu beklediğini anlatmak isteyerek.

Kız mırıldanır gibi konuştu.

— Biz başkalarının duymasını istemediğimiz özel konuşmalarımızı o telefonlardan yapmamaya çalışırız... Cep telefonları da ne kadar güvenli bilmem ama işte gene de cep telefonu daha iyidir...

Önce kızın ne söylemek istediğini anlamadı Yelda, sonra birden kavradı. İçi yeniden sıkıştı.

— Adın ne senin?

— Rojda...

Yelda kendisini ilk kez tanıyan herkesi şaşırtan garip açıksözlülüğüyle, "Kürt müsün?" diye sordu.

Kız neşeyle güldü, gururlu bir sesle cevap verdi.

— Evet, Kürdüm.

Yelda'nın bu sorusunu bu kadar düz ve rahat sormasından kendince bir sonuç çıkartmış olmalı ki ümitle o da Yelda'ya sordu:

— Siz?

Yelda gülümsedi.

— Yok, ben Kürt değilim.

Rojda, açtığı paketten beklediği oyuncak çıkmayan bir çocuk gibi hayal kırıklığını saklamaya uğraşarak,

— Olsun, dedi.

Bir yükselip bir alçalan, kimi zaman küçük bir tepeciğe dönüşen, yer yer küçük çamur gölcükleriyle kesilen, içinden biçimsiz iri taşların çıktığı, bazen siyah bazen kahverengi olan toprak yol düz bir şekilde gitmiyor, rastgele yapılmış evlerin arasından dolanıyordu, meydanlığa benzer bir yere geldiler, ortada kavruk bir ağaç vardı, ağacın altına boyanmamış, çimento grisi küçük beton bir kulübe yapılmış, gri demirden bir kapı takılmıştı, kapı pervazının üstüne çivilenmiş bir tahtaya birisi eliyle "Bakkal" yazmıştı. Kapısı açıktı ama diğer evlerin içi gibi bakkalın içi de karanlık gözüküyordu. Meydanda kimse yoktu.

— Sadece bir kadın gördüm helikopterden indiğimden beri, dedi Yelda, köylüler nerede? Evler sanki boş gibi...

Rojda bir sır verir gibi sesini alçalttı.

— Bu köy boşaltılmış, köylüler gitmiş... Daha yeni yeni dönmelerine izin verildi ama köyün çoğu daha geri gelmedi.

— Çatışmalar sürüyor mu hâlâ?

— Eskisi gibi değil tabii ama arada bir civarda çatışmalar oluyor... Bazen silah sesleri buradan duyulur, önce ürkersiniz ama sonra alışıyor insan.

Büyük tehlikelerin kenarında yaşayan insanların zamanla bir cesarete dönen alışmışlığıyla konuşuyor, bu alışkanlığın içinde sanki neye alıştığını da unutuyordu.

Arkasındaki kayalığın üstüne de bir kulübe yapıldığından sanki sırtında bir başka evi taşıyormuş gibi gözüken köyün son evinin de yanından geçtiler, yarım ay şeklindeki dağların açık ucundan gözüken geniş ova solgun sarı bir deniz gibi açıldı önlerine. Son evin de ötesinde, köyden ayrı gibi duran iki katlı taş bir bina vardı, Rojda "bu da köyün en zenginin evi" dedi, sonra gene gülümseyerek, "odanız bu evde" diye ekledi, "bir penceresinden arkadaki dağlar, bir penceresinden de ova gözüküyor, ben de burada kalıyorum."

Ev, biraz ötesinde başlayan uçuruma, o uçurumu kuşatan dağların sanki birbirlerine ulaşmak istermiş gibi uzanan, yer yer siyah kayalıklarla bölünen tarçın renkli vahşi yamaçlarına, o yamaçların açıklığından başlayıp ufuk çizgisinde gökyüzüne karışan ürpertili ovaya bakıyordu. İlk katında geniş bir ayvanı, ikinci katında bir gemi güvertesini andıran bir cumbası vardı; dağları, yamaçları, kovukları, yarım ayın birleşen uçlarında oluşan dar boğazı ve o boğazdan sonra uzanıp giden ovayı rahatça gözetleyebiliyordu.

Yaklaştıkça evin bakımsızlığı daha çok fark ediliyordu, kum rengi dörtgen taşların arasına çaprazlama yerleştirilen tahtalar yer yer çatlamış, çatlakların bazılarında ot bitmişti. Binanın pencerelerindeki ahşap pervazlar çıkartılmış, yerlerine binaya hiç uymayan kalın plastikten yeni pervazlar takılmıştı.

Binanın içi serindi, eski eşyalar ya yağmalanmış ya da yeni misafirleri için boşaltılmıştı, garip, sessiz bir boşlukla karşılaşıyordu içeri girenler.

Bir sağda bir solda iki kapı gözüküyordu.

— Sağ taraftaki odayı mutfak yaptık, soldakini de banyo, dedi Rojda. Ama su problemimiz var, suyu her hafta tankerlerle getiriyorlar, onun için dikkatli kullanmak gerekiyor ama arka taraftaki depo büyük, onun için idareli kullanınca yetiyor.

Dar merdivenlerden üst kata çıkarken kendi adım seslerini duyuyorlardı. Her basamakta evin içindeki kül rengi loşluk biraz daha koyulaşıyordu. Merdivenin bir genişlikten sola döndüğü yerin üstüne küçük bir pencere yapılmıştı, batmakta olan günün son ışıkları kızılımsı bir dörtgen halinde taşların üstüne düşüyordu. Işıktan geçerken Rojda'nın saçlarının parladığını gördü.

İkinci katta yan yana kapılar sıralanmıştı, Rojda sondaki kapıyı açıp kenara çekilerek yol verdi, iki küçük penceresi olan odada tek kişilik bir yatak, yanında bir sehpa, tahta bir dolap, bir de küçük bir çalışma masası vardı, bir manastırdaki keşiş odasına benziyordu, belki de tek farkı duvarda asılı duran aynaydı. Yelda valizini yere koyup pencerelerden birinin yanına gitti, dağlar gözüküyordu, diğer pencere ise boğaza ve kararmakta olan geniş ovaya bakıyordu, sonsuzlukla çevrelenmiş gibiydi.

Rojda, eksik bir şey var mı diye odayı bakışlarıyla kolaçan ettikten sonra,

— Siz biraz dinlenin isterseniz, dedi. Yemekleri barakada yiyoruz. Yarım saat sonra yemek yeriz ama siz biraz dinlenmek isterseniz ben yemeğinizi ayırtırım.

— Teşekkür ederim, yemeğe yetişirim herhalde.

Rojda çıktıktan sonra üstüne kalın bir battaniye serili olan yatağının üstüne oturdu, yatağın başucunda bir duvar oyuğunun içinde eriyip ufacık kalmış bir mumla bir kibrit duruyordu.

Oda süratle kararıyor, duvarlar kahverengiye dönüşüyordu.

Başını eline dayadı, vücudu hafifçe öne doğru yığıldı, artan karanlıkla birlikte terk edilmiş bir kentin sokakları gibi tehditkâr bir yalnızlık içini sıkıştırıyordu, bir an soluk alamıyormuş, odadaki hava tükeniyormuş duygusuna kapılarak oturduğu yerden hızla kalktı.

Merdivenlerden koşarak inip dışarı çıktı.

Güneş batmıştı, köy gölgelerden yapılmış bir kabartma gibi gözüküyordu, evlerin arasından barakaların pencerelerinden yansıyan parlak florasan ışıklarını gördü. Yüz metre ilersindeki karakolun önünde bir asker ovaya bakarak nöbet tutuyordu.

O anda içindeki keder ve yalnızlık öylesine derinleşti ki bir daha bu duygudan asla kurtulamayacağından korktu.

"Bunu affetmeyeceğim" diye düşündü.

Bütün duyguları değişse de bu kararının değişmeyeceğini, affetmeyeceğini biliyordu.

II

Eğer insan bir matematik formül olsaydı Selim'in ruhunu, kişiliğini oluşturan duygularını, düşüncelerini, davranışlarını, tepkilerini alt alta yazıp topladığınızda ortaya olumsuz bir sonuç, kötü ve itici bir insan çıkardı. Ama insan matematik bir formül olmadığından, varlığını oluşturan mayaya esrarengiz bir mucize katıldığından, onun kötü denilebilecek bütün özellikleri bir araya geldiğinde ortaya iyi ve çekici bir insan çıkıyordu.

Onu yakından tanıyan herkes bu tuhaf denklemin farkındaydı ve herkes kendine göre bir cevap arardı bu tuhaflığa, Yelda ise bu mucizeyi zekânın sağladığına inanırdı, son zamanlarda çok sıklaşan kavgalarından birinde öfkeyle, "beni insan zekâsından nefret ettirdin, zekâya olan bütün hayranlığımı ve güvenimi sarstın" diye bağırmıştı.

Gülmüştü Selim, zekâsının kabul edilişindeki güçlü ton, onun bu zekâyı kullanış biçiminin aşağılanmasından daha çok ilgisini çekiyordu; onların ilişkisinde zekâ sürekli biçim değiştiren mitolojik bir yaratık gibiydi, aşka, sevgiye, hayranlığa, öfkeye, düşmanlığa, dostluğa, yakınlığa hatta cinselliğe dönüşebiliyordu. Kendi zekâlarına olan hayranlıkları, diğer insanlara karşı duyulan gizli bir küçümsemeyi besliyor, konuşmaları zaman zaman zekâ ayinlerine dönüşüyordu. Birbirlerini zekâlarıyla yaralayıp, zekâlarıyla iyileştiriyorlardı. Birbirlerine hem çok benzerler hem de benzemezlerdi, en önemli farklılıkları dürüstlük konusundaydı. Yelda için dürüstlük ve güven belki zekâdan bile önemliydi, eğer o bir peygamber olsaydı dininin temelini dürüstlük ve güven üstüne kurardı. Ama dürüstlüğe olan bu nerdeyse hastalıklı tutkusu onun yalan söylemesine engel olmazdı.

Selim onun yalandan nefret ettiğini ve buna rağmen yalan söylediğini bilir ama anlaşılmaz bir biçimde onun kendisine hiç yalan söylemeyeceğine inanırdı. Ruhundaki bir tür ay tutulması gibiydi bu, zekâsı bu konuda bütün sorgulayıcılığından vazgeçer, defalarca yalan söylediğini gördüğü Yelda'nın kendisine karşı dürüst olacağı inancına istekle kendini teslim ederdi. Yelda'nınkine benzer mutlak bir güven isteği Selim'de de vardı, sevmek için değilse de bağlanmak için sızıntısız bir güven duyması gerekiyordu, belki de bu yüzden zekâsının ve bilincinin ulaşamayacağı, sorularla rahatsız edemeyeceği, ruhunun bilinç öncesi denilebilecek derinliklerinde saklı bir inançla bağlanıyordu Yelda'ya. Bu bağın, kendisinin dokunamayacağı bir yerde yaşaması gerekiyordu, aksi takdirde onu sorularıyla bozar, aralarındaki o anlaşılmaz büyüyü birkaç dakika içinde yok edebilirdi.

Selim'in ihanet etmeyeceği bir duygu ya da kadın yoktu, yalnızca düşüncelerini ihanetin dışında tutar, işiyle ve düşünceleriyle ilgili hiçbir yalan söylemez, dahası söyleyemez ama duygular dünyasına girdiği andan itibaren bir yalancıya, bir sahtekâra, bir haine dönüşürdü. Yalan konusunda da garip bir dürüstlüğü bulunurdu, yalancı olduğunu kabul ederdi, sanki kadınlar onun zekâsından ve düşüncelerindeki dürüstlüğünden dolayı duygu oyunlarındaki yalancılığını sineye çekmek zorundaymışlar gibi çocuksu bir şımarıklığı vardı.

İlişkilerinin ilk başlarında bir gece sabaha karşı sevişmeden yorgun ve mutlu bir halde Selim'in göğsünde yatarken Yelda neredeyse yalvaran bir sesle, "bana yalan söyleme" demişti, "ben yalana dayanamam."

"Olur" derken bile yalan söylediğini biliyordu, yalan söylememesi mümkün değildi, bir balığın içinde yüzdüğü su gibiydi yalan onun için, orada doğmuş, orada büyümüş, orada manevralar yapmayı öğrenmişti, kadınlara doğruları söyleyerek yaşamayı bilmiyordu, kendisine ait, kimsenin bilmediği gizli bir yaşamı olmalı, orada aşklardan, sevgilerden, duygulardan uzak ilişkiler yaşamalı, bedenin yumuşak ve gizemli hazlarına boğulmalı, ona güven vermeyen, onu kuşkulandıran bütün kadınlara ve hatta hayata karşı dokunulmaz bir gizli bahçede saklanabilmeliydi.

Kimliğinin açığa çıkmasından korkan bir casus gibi yaşıyordu hayatın içinde, o alaycı, güçlü ve zeki adamın yalanlarla örülmüş kabukları kaldırıldığında ortaya çıkacak olanın sevgiye layık bulunmayacağına inanmış olmalıydı, onu saklayabilmek için birçok kadından ve sevgiden vazgeçmek zorunda kalmıştı.

Sakladığı kimliğin masumiyeti, onu saklamak için gerçekleştirdiği ihanetlerin vahşetiyle çelişiyordu; utanarak sakladığı şey, kural ve sınır tanımayan, ancak kendini insanlara yabancı ve uzak hisseden birinde görülebilecek, deliliği andıran bir sevilme isteğiydi, kabukları kalkar kalkmaz yalvarmaya başlayacağından ve sevilmeyeceğinden korkuyordu; sevilmek isteyen yanı görülmesin diye onu seven bütün kadınları aldatmış, kendinden uzaklaştırmıştı. İçinde niye böyle bir duygu taşıdığını bilmiyor, bunu düşünmek istemiyor, tartışmayı da şiddetle reddediyordu.

İlk yalanlarını yakaladığında Yelda önce öfkeyle hakaretler etmiş, sonra yatışıp, "yalan söylersen benim seni sevmem çok zor" demişti.

— Bir kurbağayı öpmek de zordur ama ancak prenses kurbağayı öptüğünde kurbağa prense dönüşüyor.

— Ama o masal...

— Ben de bir masal istiyorum, bütün gerçekleri önemsiz kılan bir masal... Bir masaldan daha az bir şey yaşamaya razı değilim.

Zekâsından umulmayan bir saflıkla gerçekten de bir masal istiyor, bu masalın gerçekleşmesini bekliyordu; zamanla bir masal yaşayacaklarına, hiçbirinin yalan söylemeyeceği, dürüstlükten sapmayacağı, ölene kadar sürecek bir aşkla kuşatılacaklarına Yelda'yı da kendini de inandırmıştı.

Böyle bir masal yaşanabilecekse bunu ancak birbirleriyle yaşayabileceklerine içtenlikle inanmışlardı, buna inanmaktan hoşlanıyorlardı, bu inanç onları gerçeklerden, yalanlardan, ihanetlerden koruyor, zor anlarda, bir gün o masala ulaşacaklarını hayal ederek güç ve teselli buluyorlardı. Zamanla bu masal onların ilişkisinin temeli ve simgesi haline gelmişti; yan yana uzanır, ihtiyarlık günlerine ait hayaller kurarlardı, bu ihtiyarlık hayallerini yaşadıkları günden ve gençliklerinden bile çok sever gibiydiler, tehlikesiz, sakin, korkusuz, güven ve aşk dolu bir ihtiyarlık, bahçede gezintiler, geniş bir salonda karşılıklı konulmuş masalarda telaşsız çalışmalar, akşamları verandada üstlerinde kalın kazakları, dizlerinde battaniyeleriyle gece kuşlarının sesini dinlemek...

Her konuşmalarında bu masala yeni hayaller katarlardı, nasıl giyineceklerini, nasıl konuşacaklarını hatta nasıl huysuzluk yapacaklarını bile konuşurlardı. İhtiyarlık günlerini hayal ederken ilişkilerinin hatta belki de hayatlarının en mutlu, en güvenli anlarını yaşarlar, birbirlerine sokulurlar, birbirlerine inanırlardı. Bu anlar onların mucizeleriydi, insanlara güvenemeyen iki insan bu anlarda birbirlerine hiç kuşku duymadan güvenir ve inanır, huzursuz ruhlarında yaz ormanlarını andıran sıcak ve sessiz bir huzur yaratarak daha şimdiden bir mucizeye kavuştuklarını düşünürlerdi, bu onlara gelecek için de güven verirdi.

Tutkuyla istedikleri iki şeyi, huzuru ve aşkı bir araya getiren bir hayalleri, özenle kendilerinden bile korudukları bir masalları vardı. En küçük bir rüzgârda solabilecek egzotik bir bitkiyi andıran aşklarının etrafına yerleştirdikleri bir seraydı bu, masalın ve seranın dışında kalan duyguları sürekli incinir, ilişkileri solar ama masal onları bir daha asla yaşayamayacaklarına inandıkları bir aşkla hep bir arada tutardı.

O ıssız köydeki ilk akşamında kendini yalnız ve kederli hissederken koşa koşa karakolun arkasındaki kayalıklara gidip Selim'i arayan Yelda, son zamanlarda onun sesini her işittiğinde duyduğu öfkeyi bile bastıran bir özlemle "seni çok özledim" diye inlemişti. Kederinden ve yalnızlığından hiç söz etmeden, ovadan esen rüzgârla uğuldayan telefona ağzını yapıştırarak "buradaki bir köy evinin bahçesinde toprak bir fırın gördüm, biliyor musun, bahçeye o fırından yaptıracağım, her sabah taze köy ekmeği sen uyandığında kahvaltı masasında olacak" demişti.

Yelda'nın öfkesini saklaması gibi Selim de kızgınlığını gizleyerek konuşmuştu.

Bir gün önce ayrılırken sarsıcı bir kavga yaşamışlar, uçak saatini beklemek için oturdukları kahvede Yelda arada sırada onda gözüken bir tür cinnetle elindeki bardağı yere atıp kırmıştı. Çevredekiler onlara bakmışlardı. Başkalarının ilgisini çeken gürültülü davranışları her zaman küçümseyen Selim'in yüzü utançtan kararmıştı. Sesini yükseltmemeye çalışarak, "sakin ol lütfen" diye fısıldamıştı.

Arabada da kavga etmeyi sürdürmüşlerdi, kendi haklılıklarına öylesine inanıyorlardı ki birbirlerinin söylediklerini dinlememişlerdi, son zamanlarda onları sık sık esir alan kızgınlık nöbetlerinden birine yakalanmışlardı. Öfke, biraz sonra ayrılacaklarını bilmelerinin içlerinde yarattığı kırgın ve kederli özlemin sınırlarını cam kırıkları gibi çevirmişti, bir türlü o özleme dokunup, ondan söz edemiyorlardı.

Havaalanına yaklaşırken Selim, "böyle ayrılmayalım" demişti.

Yelda cevap vermemişti.

Havaalanına girecekleri sırada Yelda saatine bakmış,

— Daha vakit var, demişti, biraz daha dolaşalım.

Selim bir şey söylemeden havaalanının önünden geçmişti.

Bir süre sonra Yelda, "sessiz bir sokak bul" demişti.

Sessiz bir sokak bulup durmuşlardı.

Yelda ona doğru dönmüş, uzun uzun bakmıştı.

— Sarıl bana, demişti. Beni bir daha hiç görmeyecekmişsin gibi öp.

Çektiği acıdan kurtulmak isteyen bir hastanın içeceği zehiri istemesi gibi öylesine bir yumuşaklıkla, öylesine bir kadere boyun eğmişlik ve kederle söylemişti ki bunu, bir başkası bu cümleyle irkilir, belki Yelda'nın gitmesine bile engel olurdu ama Selim masallarla ve mucizelerle dolu ilişkilerinin içini kamaştıran ışığıyla kör olmuş gibiydi, bütün yaşananlara, öfke krizlerine rağmen gerçekleri görmekte zorlanıyordu.

Bir daha hiç görüşmeyeceklermiş gibi ihtirasla, şefkatle, acıyla öpüşmüşlerdi.

Sonra Yelda başını Selim'in boynuna sokmuş, onu derin derin koklamış ve "gidelim" demişti.

Bu, onların masallar dünyasındaki son öpüşmeleri olmuştu.

III

Ertesi sabah, karakoldan gelen seslerle uyandı.

Kalın tahtaların birbirine çarpmasını andıran postal sesleri, koşuşturmalar, emirler, bütün ovaya yayılıyormuş izlenimi uyandıran yüksek sesli emir tekrarları, "hazır ol" komutları, Yelda'nın bir süre sonra ezberleyeceği, "emir ve görüşlerinize hazırdır komutanım" haykırışı ve nedense onu şaşırtan, diğer seslerden farklı olduğunu sezdiği ama farklığının nedenini hemen ayırt edemediği bir sesin sorduğu "nasılsın asker" sorusuna verilen, gümbürtüye benzer toplu bir bağırış "sağ ol."

Kalkıp pencereyi açtı, yükselmekte olan güneşin ilk ışıklarıyla belirginleşen kayalıkların uzun siyah gölgeleriyle çizgilenmiş fosforlu bir pembelikle parlayan tepelerden esen serin rüzgâr onu ürpertti. Dağların çıplaklığına karşın rüzgâr kekik ve taze ot kokusu taşıyordu. Rojda ona daha sonra ot kokusu için, "ovanın kokusu o, buralara kadar gelir sabahleyin" diyecekti.

Korkunç bir gece geçirmiş, hemen hemen hiç uyumamıştı, yorgunluktan baygınlığı andıran bir uykuya geçtiğinde de kâbuslarla uyanmıştı, ölen, parçalanan birilerini görmüştü sürekli.

Uykusuzluğuna, yorgunluğuna, kendisini her seferinde korkuyla sıçratan kâbuslarına karşın dün geceki yalnızlığıyla kederinin altında, ya serin rüzgârdan ya da ilk geceyi atlatmış olmasının yarattığı, bir kazadan canlı kurtulmuş birinin ilk sevincini andıran güvenden dolayı garip bir canlılık ve dirilik vardı.

Önceki akşam evden telaşla çıktıktan sonra hemen karakolun arkasındaki kayalıklara gitmişti, orada simsiyah bir rüzgârın içinde bir kayanın dibine sokularak, saçları dağılmış, yanakları ayazdan kızarmış, gözleri içine dolan rüzgârla ve yalnızlıkla yaşarmış bir vaziyette, kendisi burada, ıssız ve karanlık bir köyde çaresizken Selim'in neler yapabileceğini kıskançlıkla hayal ederek telefonun tuşlarına ince parmaklarıyla telaşla basmış, sonunda o anda en çok duymak istediği sesi duymuştu.

Selim'in sesini duyduğunda hissettiklerini, o sesten nasıl etkilendiğini ondan başka kimse anlayamazdı, o sesi daha ilk duyduğu anda hücresinin kapısında celladını gören bir idam mahkûmu gibi içi acıyla, korkuyla hatta neredeyse nefretle kasılıyor, bir dizi fiziksel tepki veriyordu, ciğerlerine yeterince hava gitmiyor, midesi büzüşüp demir bir top gibi karnına gömülüyor, nefes borusu daralıyor, sesi kısılıp çatallaşıyor, bacakları gücünü kaybediyor, gözleri kararıyor, başı dönüyor, kalbinin atışları hızlanıyor, öleceğini sanıyordu. Mümkün olsa bu sesi bir daha asla duymak istemezdi ama hayatın bütün sıkıntılarına, dertlerine, acılarına hatta bizzat Selim tarafından yaratılmış keder ve öfke sarsıntılarına karşı bu sesten başka sığınabileceği, bu sesten daha fazla kendisini güvenle saran başka bir ses, başka bir insan yoktu ve olmayacağını da biliyordu. Selim'le konuşmak, kızdırılmış bir demirle gırtlağının delinmesi ve bu delikten içine onu kurtaracak bir iksirin akıtılması gibiydi, yaşayabilmek için o iksire ihtiyacı vardı ve bunu ancak vücudunu parçalayarak içine akıtıyorlardı.

Selim'le konuşmak gerçekten de onu biraz olsun rahatlatmış, bir boşlukta kaybolmuşluk duygusundan kurtarmıştı, kısa bir konuşmanın ardından, "ben şimdi gidip hem yemek yiyip hem de ekiple tanışmak zorundayım ama yemekten sonra seni gene arayacağım" demişti.

Sonra da sesinin meraktan ve kıskançlıktan çatlamasına engel olamadan sanki sıradan bir soru soruyormuş gibi, "evde olacak mısın?" demişti.

— Tabii, evdeyim...

Bu, Yelda'yı en çok sevindiren cümleydi.

— Şimdi gitmem lazım, seni arayacağım.

Kayalıkların arasından çıkmıştı, ovanın üstünde karanlık katı bir cisim gibi duruyordu, dağlar koyu şekiller halinde gecenin ortasında yükseliyorlardı, karakolun arka yanındaki tek pencereden sarı bir ışık görülüyordu, bir iki köy evinin penceresinde her an sönecekmiş hissi veren titrek aydınlık belli belirsiz fark ediliyordu, yeni yapılmış barakaların geniş dörtgen pencerelerinden parlak beyaz florasan ışıkları tren kompartımanları gibi yan yana toprağın üstüne düşüyor, alüminyum ofis binaları yaldızlı kâğıtlar gibi parlıyordu.

Kendisini hem hastalandıran hem iyileştiren Selim'in sesine yapışıp kalmak, o sesten hiç ayrılmamak istediği halde barakalara doğru yürümeye başlamıştı.

Daha doğuştan kendisine bağışlanmış bütün olumlu ayrıcalıkları, güzelliği, zekâsı, çalışkanlığı, soğukkanlılığı, kendisine en yabancı konuları bile süratle kavrama yetisi, hiçbir unvan, makam, servet karşısında sarsılmayan güveniyle insanları etkileme gücü onun ruhunun derinliklerinde ancak Olimpos tanrıçalarında rastlanabilecek bir kendini beğenmişliğe dönüyor, bunu saklamasını sağlayacak bir zekâsı olmasına rağmen kendine duyduğu hayranlık gizlendiği yerde çocukluğundan beri her gün biraz daha büyüyerek bütün ruhunu sarıyor ve onun en büyük zaafını oluşturuyordu.

Kendine hayran her insan gibi yaralanmaya çok açıktı, başkalarının ona yalan söyleyerek onu aptal durumuna düşürmelerinden delice korkar, erkeklerin başka bir kadını beğenme ihtimalinden bile çılgına döner, sevdiğinin her hareketinden, her sözünden kuşkular yaratır, kıskançlıklarıyla inanılmaz azaplar çekerdi. Başkalarında dayanılmaz suçlar gibi gördüğü davranışları kendine hak görür, bunlara daima kendini haklı çıkaracak nedenler bulur, zaman zaman yaptıklarından dolayı kendisini ciddi bir biçimde hırpalasa da daha sonra kendisini de haklılığına inandırırdı. En tehlikeli yanı, gerçekten iyi kalpli olması, insanların dertlerinden etkilenmesi, başkalarının acıları karşısında duygulanmasıydı, bu iyiliğe sahip olduğu, başkaları için kimseye göstermeden üzüldüğü için diğer insanları kıracak, üzecek her davranışını, bencilliğini "ama ben iyi bir insanım" diye kendine mazur gösterip, kendini affetmesiydi. Başkalarını yaptıkları için suçladığı her davranışı kendisi de aynen yapabilir ve suçladığı insan gibi davrandığının farkına bile varmayabilirdi.

Sahip olduklarının sağladığı o sert kabuğun içinde kendine hayranlığın getirdiği hastalıklı bir kırılganlık barınırdı, o kırılgan yerine dokunulduğunda deliliği andıran biçimde öfkelenir, cinnet krizine benzer krizler geçirir, kendisini üzeni cezalandırmak, canını yakmak için kendi varlığını, geleceğini bile tehlikeye atacak kadar kendinden geçer hatta inanılması zor ama ölmeyi ve öldürmeyi bile aklından geçirirdi. Bu hastalıklı yapıyı kurtaran ise onun kıskançlık duygusu kadar güçlü olan sorumluluk duygusuydu, yaptığı iş ne olursa olsun bunu büyük bir ciddiyet ve sorumlulukla yapar, işini mutlaka bitirir ve herkesten daha iyi yapmak için bütün gücünü ortaya koyardı.

Bütün gece o kayalıkların arasında Selim'le konuşmak istediği halde o sorumluluk duygusu nedeniyle yemeğe yetişip ekibin diğer elemanlarıyla tanışması gerektiğini düşünerek konuşmayı kısa kesmişti.

Barakalara girdiğinde karşılaştığı sıcaklıkla birlikte gevşeyen gövdesi kayaların arasında kendini nasıl sıktığını fark ettirmişti ona. Yeni açılmış kâğıt paketi, mürekkep, kurşunkalem, naylon mobilya ambalajı ve kahve kokuyordu, kenarda üst üste konmuş karton kutular duruyordu, duvara yeşil çuhadan bir pano asılmış, üstüne görevlilerin isimleri ve görev bölgeleri yazılmıştı, barakanın duvarları bembeyazdı, bütün bunlar ona Amerika'daki üniversitenin ilk günlerini hatırlatıyordu. Terk edilmiş karanlık köyün içinde başka bir ülkeye gelmiş gibiydi ve bu ülkeyi tanıyordu, kendini güvende hissetmişti.

Karşıdaki açık kapıdan içerde masasının başında oturan bir adam görünüyordu, Yelda kapının kenarına dayanıp usulca pervaza vurunca adam başını kaldırıp sorar gibi bakmıştı.

— Ben Yelda Soydan...

Adam başını önüne eğip kâğıtları karıştırmıştı, onun adını aradığı anlaşılıyordu.

— Ha, evet... Hoş geldiniz.

Yelda farkına varmadan adamın ayağa kalkmasını beklemişti ama adam kalkmamıştı, bir an sıkıntılı bir sessizlik olmuştu. Adam konuşmaya niyetli gözükmüyordu, bu davranış erkeklerin kendisine her zaman ilgi göstermesine alışkın olan Yelda'yı huzursuz etmişti. Böyle huzursuz olduğunda utanırdı, utangaçlığını saklayan soğuk bir sesle:

— Rojda akşam yemeğini ekiple birlikte burada yiyeceğimizi söylemişti, demişti.

— Koridordan dümdüz yürüyün, en sondaki odayı yemekhane yaptık. Herkes orada.

Yelda "teşekkür ederim" diye mırıldanarak gitmeye hazırlanırken adam yerinden kalkmıştı.

— Bugün helikopterde korktunuz.

Yelda kadınların güçsüzlüğünü, korkaklığını, dayanıksızlığını vurgulayan erkeklerin alaycı tavırlarından çocukluğundan beri hoşlanmaz, kendisiyle alay ettiklerini düşündüğü anda karşı saldırıya geçerdi ama helikopterde gerçekten korkmuş olduğu için ne söyleyeceğini şaşırmıştı. Korktuğu anı hatırlıyordu. Birkaç gümüşi kavak ağacıyla bir iki toprak evden oluşan bir mezranın üstünden keskin bir dönüş yapan helikopterin hızla bir tepeye doğru gittiğini gören Yelda birden irkilerek içgüdüsel bir hareketle biraz ötesinde oturan iki yolcuya bakmıştı, loş kabinde yüzünü zorlukla seçtiği adamlardan biri inanılmaz derecede güzel dudakları ve tuhaf bir biçimde ürkütücü gülümsemesiyle, "teröristler rahat nişan alamasın diye yamacı alçaktan uçarak tırmanacak" demişti.

Yelda, adamın bunu hatırlatmasını beğenmediğini gösteren bir biçimde yüzünü buruşturmuştu.

— Öyle mi?

Bu yüz ifadesinin erkekleri kendine getirdiğini, onları gerilettiğini biliyordu ama adam aldırmamıştı bile, gülümseyerek, "öyle" demişti.

Yelda ancak gülümsemesini görünce onun helikopterdeki adam olduğunu fark etmişti. Adam elini uzatmıştı.

— Ben bu ekibin idare amiri ve güvenlik sorumlusuyum. Adım Taner...

Halinde tatsız bir kendine güven, itici bir kendini beğenmişlik vardı. Otoritesinden ve kadınlar üzerindeki etkisinden emin olduğu anlaşılıyordu.

Yelda "memnun oldum" bile demeden isteksizce elini sıkıp arkasını dönüp koridorda yürümeye başlamıştı, koridor beyaz duvarları, kapılarına asılmış isim tabelaları, küçük panoları, evrak taşımak için duvar dibine yerleştirilmiş telden yapılmış tekerlekli arabasıyla düzen ve güven telkin ediyordu. Koridorun sonundan çatal bıçak sesleri, İngilizce konuşmalar, kısık gülüşmeler duyuluyordu.

İçeri girdiğinde onu önce Rojda görmüştü, orada olmaktan, yabancıların arasında onlardan biriymiş gibi İngilizce konuşarak sohbet etmekten Yelda'ya acıklı görünen bir sevinç duyduğu diğerlerinden daha fazla gülmesinden, daha coşkulu konuşmasından, fazlasıyla rahat davranışlarından anlaşılıyordu.

Tanımadığı bir kalabalığa giren birinin doğal çekingenliğine Yelda'nın bir de daha doğuştan gelen ve bastırmak için her zaman büyük bir çaba harcaması gerektiren utangaçlığı eklenince Yelda diğer insanlara soğukluk olarak yansıyan bir mesafelilikle davranırdı. Tanışma merasiminde de aynısı olmuştu.

Rojda hepsini tek tek tanıştırmıştı.

— Bu Leopold, sosyal antropolog, adının Leopold olduğuna bakma, kendisi İspanyol. Günter, adından da anlaşılacağı gibi Alman, psikiyatrist, Amy, İngiliz doktorumuz, Jacques, Fransız, misyonun şefi ve davranış bilimci, Beatrice, İtalyan sosyolog.

Sonra kalabalığa döndü.

— Yelda hanım, iktisatçı...

Masadakiler kibarca ama aldırmaz bir tavırla gülümsemişlerdi, dikkatleri birbirlerine yoğunlaşmıştı, "yerlilere" pek önem vermedikleri seziliyordu. Yelda daha masaya otururken o geceki rakibinin çift cepli haki gömleğinin açık düğmelerinden göğüs dekoltesi cömertçe gözüken Beatrice, seveceği insanın da uzun beyaz saçları omuzlarına dökülen, güneşte kalmaktan bakır rengine dönen yüzü ve kaplumbağa boynu gibi kırış kırış boynuyla Fransız Jacques olacağına karar vermişti.

Yemeğini sessizce yemeğe başlamıştı, sessizliği ve arkadaş olmak için bir çaba göstermemesi masadaki erkeklerin çabuk ilgisini çekmişti, onu da konuşmaya katmaya çalışıyorlardı ama kibar bir gülümseme ve kısa cevaplarla geçiştiriyordu.

Yemeğini yerken masadakilere ilgisini yitirmişti bile, hepsi beyaz bir ışığın içinde silik gölgelere dönmüşlerdi, ne konuştuklarını işitmiyor, arada bir kulağına çarpanlara da aldırmıyordu, bir an önce gidip Selim'le konuşmak, onun sesini duymak, ona buraları anlatmak, içini deşen, onu yorup yaşlandıran acısını o alışık olduğu sesi dinlerken biraz dindirmek istiyordu. "Büyücünün çırağı gibi oldum" diye düşünmüştü bir ara, "ondan uzaklaştıkça ona daha çok bağlanıyorum." Yanındayken uzaklaşabileceğini, gidebileceğini, unutabileceğini düşünmüştü, yeşillikler içinde şirin bir kasabada ilgi çekici insanlarla tanışabileceğini hayal etmişti ama onu buraya, bu yarı yarıya terk edilmiş, dağlarla çevrili karanlık köye getirmişlerdi. Hiçbir erkek de ilgisini çekmiyordu.

Bir ara Jacques'ın kendi adını söyleyen sesini duyar gibi olmuştu, Rojda onu hafifçe dirseğiyle iterek "Jacques sana bir şey sormak istiyor" demişti.

— Efendim?

Jacques sempatik Fransız aksanıyla İngilizce konuşuyordu.

— Yelda, araba kullanmasını biliyor musun?

— Evet.

— Cip kullanmasını da bilir misin?

— Cip araba değil mi?

Sesi, istemeden sert ve düşmanca çıkmıştı, hangi konuda olursa olsun yeteneklerini sorgulayan her soru onu sinirlendirirdi. Masada en çok sevmeye karar verdiği bu tatlı ihtiyara böyle cevap verdiği için utanıp gülümsemişti.

— Kullanırım herhalde, Jacques.

— Harika... O zaman yarın biz birlikte çıkarız. Ben araba kullanmaktan nefret ederim.

Leopold, kadınları küçümsediği anlaşılan biraz arsızca gülümsemesiyle lafa karışmıştı.

— Kendine güzel bir şoför buldun, Jacques.

Yelda, başını masadan kaldırırken Leopold'a aşağıdan yukarı öylesine keskin bir şekilde bakmıştı ki böyle ikinci bir şakada canının yanacağını anlamıştı genç İspanyol.

— Sen yarın kiminle çıkacaksın? demişti Leopold'a.

Leopold bir saldırıyla karşılaşacağını sezerek kibar bir sesle cevap vermişti.

— Günter'le...

— Kendine yakışıklı bir şoför bulmuşsun.

Masada bir sessizlik olmuştu. Kızgınlığını alamayan Yelda Jacques'a dönmüştü.

— Yarın ben seni gezdiririm.

Jacques Yelda'nın kızdığını anlamıştı ama kendisiyle böyle konuşulmasından hoşlanmadığı da belliydi.

— İhtiyar bir köpek yavrusunu gezdirir gibi mi?

— Köpek yavrusuna benzemiyorsun.

Yelda, gözünün kenarıyla Rojda'nın kendisine dehşetle baktığını görüyordu, onun bakışları bu konuşmadan hoşlanmaya başlamasını sağlıyordu.

Herkes susmuş, Jacques'la Yelda'nın konuşmasını dinliyordu.

— Ama ihtiyara benziyorum, demişti Jacques.

Yelda bir anda gereksiz yere gerginleştiğini fark etmişti,

çok da anlamlı olmayan bir şekilde sertleşmiş, düşmanca bir hava yaratmıştı, herkes biraz şaşkın bakıyordu. Jacques'a gülümsemişti.

— Bana bir bardak şarap doldurabilir misin lütfen Jacques?

Beatrice dışında herkes gülümsemişti, masanın duygusal akışının denetimi kısa bir çatışmadan sonra Yelda'ya geçmişti, o gerginleşince gerginleşiyorlar, o sakinleşince sakinleşiyorlardı.

Jacques bir bardak şarap doldurup Yelda'ya uzattıktan sonra kadehini kaldırmıştı.

— Salut.

— Salut.

Diğerlerinin şaşkın bakışları altında bardağını bir dikişte bitirmişti.

Sonra ayağa kalkmıştı.

— İzninizle... Biraz yorgunum, gidip dinleneceğim... Yarın kaçta gideriz Jacques?

— Yedi buçuk senin için uygun mu?

— Uygun.

Arkasında derin bir boşluk ve sessizlik bırakarak çıkmıştı. Koridor ona dayanılmaz bir biçimde sıcak gelmişti. Yalpalamamaya çalışarak yürürken niye şarabı bir dikişte bitirdiğini kendine soruyor, bunu yaptığı için kendine kızıyordu. İçkiye alışkındı ama bugüne dek hiçbir zaman bir bardak şarabı ayyaşlar gibi başına dikmemişti, alkolik olduğunu sanacaklarını düşünerek canı sıkılmıştı. Baraka ona bir uzay merkezi gibi görünüyor, başı dönüyordu. Jacques dışında içerdekilerin hiçbirinin yüzünü hatırlamıyordu. Gene de kazandığı küçük zaferden memnundu, garip bir biçimde bu minik meydan savaşlarını ve bunlardan galip çıkmayı severdi.

Barakadan çıkmadan önce Taner'in odasına bir göz atmıştı, adam bacaklarını masaya uzatmış oturuyordu, eliyle "nereye" gibi bir işaret yapmış, o da aldırmaz bir tavırla elini "gidiyorum" der gibi sallayıp yürümeye devam etmişti.

Hava daha da soğumuştu. Gecenin ayazı aniden saldıran bir kedi gibi yüzünü tırmalamıştı, sırtını barakanın duvarına dayamıştı. Açık hava iyi gelmişti.

Kayalıklara doğru yürümüştü. Olanları Selim'e anlatmak istiyordu. Yaşadığı her şey, Selim'e anlattığında asıl anlamını kazanıyordu, yaşarken fark etmediği birçok ayrıntıyı ona anlatırken fark ediyor, her şeyi yeni baştan ve bu kez başka bir gözle izleyerek yaşıyordu. Bu onların ilişkilerindeki sihirli yanlardan biriydi, bir keresinde ona "hayatımı çoğaltıyorsun" demiş, sonra da söylediği her güzel sözü inkâr etmeye yatkın yanıyla eklemişti, "ama eksilttiklerin çoğalttıklarından daha fazla."

Karakolun ışıkları sönmüştü, arkaya doğru yürürken fısıltılar işitmişti, bahçenin her köşesindeki nöbetçiler aralarında gürültü çıkarmamaya çalışarak konuşuyorlardı. O sırada, farlarına lacivert kâğıtlar yapıştırılmış bir askerî araç karakolun yanından homurtularla hareketlenmiş, köyün yollarında sarsılarak ilerlemişti. Birden ürkmüştü Yelda, ne olduğunu anlayamadığı, her yanı kapalı, demir bir hayvana benzeyen aracın sadece önünü aydınlatan lacivert ışıkları da, o ıssız köyün duvarlarında yankılanan homurtusu da ona tekin bir bölgede olmadığını, burada her an korkunç olaylar olabileceğini hatırlatmıştı.

Birilerinin kendisine ateş edeceğinden endişelenerek başını omuzlarına doğru çekip telaşla kayalıklara doğru yürümüştü, rüzgâr hızlanmıştı, kayaların arasında ayakta durarak konuşamayacağını anlayınca sırtını bir kayaya verip çömelmişti, bir erkeğin sesini duyabilmek için karanlık kayalıkların dibinde iki büklüm çırpınmasından dolayı kendi haline acıyor, bu durumda olmaktan duyduğu utanç da onu neredeyse kendine düşman ediyordu. Selim'le konuşmaktan vazgeçip eve dönmek istiyor ama bunu da yapamayacağını biliyordu. Ağlamaya başlamıştı, elindeki cep telefonunun fosforlu ışığı parlamış, yüzüne, yanaklarından süzülen yaşlara yansımıştı, gözlerinden çenesine doğru iki parlak yeşil çizgi çekilmiş gibiydi, ağlamasını durduramıyordu.

Kendini zorlukla yatıştırıp, gözlerini sildikten sonra hâlâ göz bebeklerinin önünde duran yaşlar yüzünden titrek görünen numaralara basmıştı, ilk iki çalışta telefon açılmayınca öylesine şiddetli bir kuşkuya ve paniğe kapılmıştı ki soluk alamayıp yere oturmuştu, elleri titriyordu.

Üçüncü çalışta telefon açılmıştı.

Selim'e güzel sözler söylemeye, onu ne kadar özlediğini anlatmaya hazırlanırken telefonun hemen açılmaması onun bütün iç dengesini altüst etmiş, onu acılarla dolu bir çılgınlığın kıyısına getirmişti.

Haykırır gibi "niye telefonu hemen açmadın?" demişti.

— Birtanem, iki kez çaldı zaten, telefonu bulamadım hemen...

Selim'in sesi sakindi ama kendisi burada bir kriz geçirirken onun böylesine sakin olabilmesi kızgınlığını daha da artırmıştı.

— Telefonu nereye koydun ki bulamayasın... Kaç oda var senin evinde... Sen yalnız mısın orada?

Selim gene aynı sakin sesle cevap vermişti.

— Yalnızım canım.

Yelda onu duymuyor gibiydi.

— Sana orada yalnız mısın dedim.

Selim'in sesi de gerginleşmeye başlamıştı.

— Ben de yalnızım dedim.

— Yelda'yı seviyorum diye bağır bakalım öyleyse...

— Buna ne gerek var, niye bağırtacaksın beni...

Yelda artık tümüyle kendini kaybetmişti, çıplak bir kadının Selim'in yanında oturduğunu, birlikte kendisiyle alay ettiklerini sanıyordu. Çevresiyle, gerçeklerle bütün ilişkisini koparmıştı o anda.

— Yelda'yı seviyorum diye bağır aşşağılık herif...

— Birtanem...

— Bağır diyorum...

Bunu söylerken öylesine bağırmıştı ki sesi barakalara kadar

ulaşmıştı, karakol nöbetçilerinin sinirli kıpırdayışlarını oturduğu yerden hissetmişti ama o anda hiçbir şey önemli değildi. Selim telefonda "Yelda'yı seviyorum" diye bağırmıştı.

— Daha yüksek sesle bağır...

— Yelda'yı seviyorum...

O ana kadar sanki Selim'in sesini duymuyormuş gibiydi, birden o bağırışı duymuştu, onunla birlikte rüzgârın uğultusunu, karakoldaki neferlerin ayak seslerini, köpeklerin havlamasını, uzaktan uzağa bir askerî aracın homurtusunu, barakalara ışık sağlayan jeneratörün vınıltısını da duymuştu, sanki derin bir komadan çıkıyor, bütün duyuları yeniden hayatı algılamaya başlıyordu, oturduğu toprağın soğuğunu, üşüyen ayaklarının karıncalandığını hissediyor, barakaların ışığını yeniden görüyordu.

Kendi sesinden, haykırışından, bir anda yarattığı kâbustan, güçsüzlüğünden, en önemlisi de terbiyesizce davranışından utanmıştı. Yeniden ağlamaya başlamıştı.

— Özür dilerim sevgilim... Ne hale geldim ben?

Sesi yeniden öfkelendi.

— Beni ne hale getirdin sen?

Selim'in sesindeki o gerçek kederi de ancak o zaman duymuştu.

— Önemli değil canım, geçti...

Selim'in söylediklerinden değil ama sesinden, o seste duyulan gerçek sevgiden ve acıdan etkilenmişti.

— Üzülüyorsun değil mi beni böyle görünce?

Selim cevap vermemişti, söyleyeceği yanlış bir sözün Yelda'yı gene öfke krizine sokabileceğinden endişeleniyordu. Yelda onun endişelendiğini anlayıp gülmüştü.

— Korkuyorsun değil mi gene bağıracağım diye.

Selim'in sesi rahatlayıp sakinleşti yeniden.

— Evet.

— Seni çok özledim... Bütün bunlar seni özlememden... Bazen dayanamıyorum, sen beni bu kadar özlemediğin için bilemezsin, bazen bir insanın taşıyamayacağı kadar çok özlüyorum seni... Sesini duyamayacağım, ben yokken sana bir şey olacak, bana haber bile vermeyecekler diye korkuyorum.

Selim gülmüştü.

— Bir de bir kadınla birlikte olmamdan...

Yelda bir an sustu.

— Bence sen bir süre böyle şakalar yapma, demişti... Bırak ben şaka yapayım, henüz senin şakalarını duymaya hazır değilim bu konularda.

Selim uysal bir çocuk gibi, "peki" demişti. Sesindeki uysallık, onun çocuksu hali Yelda'nın içini şefkatle doldurmuştu.

— Peki mi canım... Ah sen benim çocuğumsun aslında... Hangi anne evladını paylaşır ki...

Onlara ait o garip mucizeyle bütün acılarını, öfkelerini unutmuştu Yelda, sadece duyduğu derin sevgiyi, şefkati, özlemi hissediyordu.

— Boynunun kokusu hâlâ burnumda, biliyor musun?

Sonra, uzun uzun o gün olanları, köyü, barakaları, Jacques'ı, aralarında geçen konuşmayı, "ben Kürt değilim" dediğinde Rojda'nın "olsun" dediğini, ertesi gün cipi kendisinin kullanacağını anlatmıştı.

Sonra bir an susmuştu.

— Bütün bunlar geçecek değil mi Selim, bütün bunları unutacağız değil mi?

— Tabii canım.

— Masalı yaşayacağımıza hâlâ inanıyor musun?

Selim'in sesi bu kez gerçekten güçlü ve inançlı çıkmıştı.

— Elbette.

— Bilmem ki, ben biraz kuşkuluyum... Ah, bir kurtulsam bu kuşkulardan... Bir kurtulsam... Çok yoruluyorum, o kadar zor ki bu... Bazen biri gelse, bir anlaşma yapsak ve ben bir sabah ihtiyarlamış olarak uyansam istiyorum.

Sakin ve usul bir konuşmaya dalmışlardı daha sonra, Selim Yelda'nın adını bir türlü hatırlamadığı uluslararası bir tarih dergisinin makalesini basmayı kabul ettiğini, haberin akşamüstü geldiğini söylemişti.

— Ben de senin sevincini mahvettim değil mi bağırmalarımla... Çok özür dilerim... Nasıl sevindim anlatamam.

Selim ona kalacağı yerin nasıl olduğunu, yemekleri, üşüyüp üşümediğini sormuştu.

— Kalın çoraplarını aldın mı, çok üşür senin ayakların.

Yelda yeniden ağlamaya başlamıştı ama çok usul, sakin, neredeyse mutlu bir ağlamaydı bu.

— Aldım canım... Sen beni çok seviyorsun aslında, değil mi?

— Çok seviyorum...

— Biliyorum Selimciğim... Biliyorum... Ama bazen unutuyorum işte...

Eve ancak gece yarısına doğru, bütün vücudu soğuktan kaskatı kesilmiş olarak dönmüştü, merdivenlerden sessizce çıkıp odasına girmişti.

Yatağına yatıp, ihtiyarlık günlerini hayal ederek uyumuştu. Ama uykuları bilinci kadar çabuk ikna olmuyor, öyle kolayından yatışmıyordu, bütün gece kâbuslarla, titremelerle, hıçkırıklarla geçmişti.

IV

Evden çıktığında karakolun bahçesindeki askerler yorgun adımlarını sürükleyerek dağılıyorlardı, gecenin izleri mor halkalar halinde gözlerinin altına yerleşmişti, Yelda, onların geceleri kızılötesi dürbünleriyle dağları ve ovayı gözetlediklerini, gündüzleri ise birkaç nöbetçi bırakıp uyuduklarını sonradan öğrenecekti.

Dağların tepelerine vuran güneşin ilk ışıklarından sabahın incimsi griliğine bir pembelik karışıyordu, hemen altlarındaki uçurumla başlayan vadi, dağların oluşturduğu yarım ayın kavuştuğu yerdeki dar boğaza kadar siyah gölgeli bir kahverengilikle hâlâ uykudaydı.

Boğazın hemen ağzında başlayıp Arap Yarımadasına kadar uzanan, binlerce yıldan beri üstünde çeşitli dinlerin, medeniyetlerin, kavimlerin yaşadığı, bereketiyle insanları besleyip, o berekete sahip olabilmek için birbirlerini öldürenlerin savaşlarına sahne olan, Asurlu bilginlerin, Babilli filozofların, Arap atlıların, Kürt savaşçıların, Haçlı şövalyelerin, Osmanlı süvarilerin hayallerini hâlâ ruhunda taşıyan efsanevi Mezopotamya Ovası, topraktan fışkıran mercimek filizlerinin solgun yeşilliğini örten ve içinde ışıktan altın kabarcıklarının oynaştığı mavimsi bir buğunun altında, taze bir ot kokusu yayarak kıpırdanıyordu.

Yelda uçurumun kıyısında durdu, karakolun kapısındaki nöbetçiden başka kimse yoktu etrafta, köy evlerinin bazılarından ince, titrek dumanlar yükselmeye başlamıştı. Ot kokusunu, dağ yamaçlarındaki kekik kokusunu taşıyan serin rüzgârı içine çekti, dağların ve ovanın büyüsü bir anlığına onu bütün gerçeklerden, acılardan, geceleyin gördüğü kâbuslardan çekip çıkardı, sevinci andıran bir ürperti hissetti. Selim'in ona bir gece, her yanlış söylediğinde kahkahalarla gülerek ezberlettiği Ömer Hayyam'ın dörtlüğünü hatırladı.

"Hayyam bade ile sarhoşsan mutlu ol
Lale yanaklı biriyle oturmuşsan mutlu ol
Madem ki dünyanın sonunda yokluk var
Say ki yoksun, varmışsın gibi mutlu ol."

O anda, bir başka canlıdan, hatta kendinden bile kaynaklanmayan, ovanın, dağların, serinliğin, kokuların oluşturduğu, sadece bir canlı olmanın yarattığı o tuhaf, biraz buruk mutluluğu hissetti, uzun zamandan beri ilk kez Selim'i bir acı duymadan hatırlayıp kendi kendine mırıldandı:

"Say ki yoksun, varmışsın gibi mutlu ol."

Birden arkasında bir hareket hissetti, arkasını döndüğünde Taner'i gördü. Üstündeki yeşil asker fanilası terden karnına kadar ıslanmıştı, altında siyah bir eşofman, yumuşak tabanlı spor ayakkabıları, belinde de bir palaskayla iri bir tabanca vardı. Kalın boynu, adaleli kolları, alnı, sert hatlı yüzü terden parlıyordu. Terli gövdesinden yarıştan çıkmış bir at gibi duman tütüyordu.

Başka bir zaman olsa belki aldırmaz yürürdü ama sabahın mutluluk ve sevinç veren garip büyüsü onu her zamankinden daha dost canlısı ve yumuşak bir ruh haline sokmuştu, zaten o köyde kaldığı sürece çevrenin, iklimin, kokuların, güneşin, yağmurun, aydınlığın, karanlığın, soğuğun ve sıcağın insan ruhu üzerindeki inanılmaz etkilerini, bulutların ve ışıkların her kıpırtısıyla duygularının da dalgalanacağını, ovanın üstündeki parıltılı buğu gibi içinin kıpırdanıp duracağını keşfedecekti.

— Nerden böyle? dedi.

— Sabah koşusundan geliyorum.

— Nerde koşuyorsun?

— Dağlarda... Bu saatlerde çok güzel oluyor.

— Her sabah koşuyor musun böyle?

— Evet.

— Ben de koşayım senle sabahları, bir sakıncası yoksa.

— Ama ben her sabah beş kilometre koşuyorum... Hem tempolu koşmaya alışkınım ben.

Bu adamın aldırmazlığı Yelda'yı sinirlendiriyordu ama eğlendiriyordu da.

— Ben lisede voleybol kaptanıydım... Buraya gelmeden de her sabah spor yapardım... Merak etme, temponu düşürmem...

— Sen bilirsin, gel o zaman.

— O belindeki ne peki? Spor malzemesine benzemiyor.

— Hangisi... Ha, tabanca mı? Tabanca işte... Buralarda pek bir tehlike yok artık gerçi ama ne olur ne olmaz... Tedbirli olmak iyidir.

Onlar konuşurken etraf birdenbire kalabalıklaşıvermişti, her aksandan İngilizce konuşmalar, selamlaşmalar duyuluyordu, dün akşam görmediği insanlar da vardı kalabalığın içinde, çoğunluğu safari ceketler giymiş, bazıları boynuna eşarp dolamıştı, bir macera havası, heyecanlı bir günün hazırlığı hissediliyordu.

Rojda yanlarına geldi, "nasılsın Taner?" dedikten sonra Yelda'ya, "hadi, gidip kahvaltı edelim" dedi, "birazdan hareket edeceğiz."

— Birlikte mi gideceğiz?

— Hayır, ben Leopold'larla gideceğim... Sizinle Zerrin gelecek... Hah, işte o da geliyor.

Gözleri uykudan şişmiş, henüz sabaha uyum sağlayamamış olmanın o huysuz somurtukluğunu üstünden atamamış, siyah saçlarını ensesinde toplayıp bir kalem sokarak topuz yapmış, siyah gözlü, genç bir kızdı. O huysuz mahmurluğuna rağmen insanda sevgi uyandıran garip bir sıcaklık vardı bakışlarında ama o sıcaklığa karşın kolay yaklaşılmasına izin vermeyecek gururlu, güçlü bir duruş seziliyordu halinde. Yelda onu seveceğine hemen karar verdi, insanlar hakkında çok çabuk karar verirdi zaten, çabuk dost olmayan, kendisi gibi biraz mesafeli insanları daha çok severdi. Kendisinde keşfedilecek çok yan olduğuna inandığı için onlarda da keşfedilecek yanlar olduğuna inanırdı.

Zerrin Rojda'ya Kürtçe bir şeyler söyledi.

Yelda ona da sordu:

— Sen de Kürt müsün?

Zerrin uykusundan uyandırılan bir çocuk gibi homurdanarak cevap verdi.

— Evet.

Barakalara doğru yürüdüler, barakaların önüne Yelda'nın bir gece önce fark etmediği, beyaz cipler dizilmişti, hepsinin arkalarındaki uzun antenlerinde Avrupa Birliği'nin küçük mavi bayrakları dalgalanıyordu.

Barakanın lokanta yapılan odasındaki masaların üstüne, içlerinde domates, beyaz peynir, zeytin ve bir küçük kutu bal bulunan tabaklar yerleştirilmişti, bir masaya oturdular, genç bir delikanlı elindeki iki termostan çay ve kahve dağıtıyordu isteyenlere.

— Kahvaltı beklediğimden kötüymüş, dedi Yelda. Ucuz otellerdeki kahvaltılar gibi...

Rojda,

— Bu köyde bu kadarına bile şükretmeli, dedi.

Zerrin hiçbir şey söylemeden kahvaltı etmeye başlamıştı bile, kimseyle konuşmak istemediği, sabahları biraz huysuz uyandığı anlaşılıyordu. Odada bir uğultu vardı, masalardan masalara konuşmalar yapılıyor, elden ele haritalar, kâğıtlar dolaşıyor, yeni başlayan bir işin kıvılcımlı bir elektrik ağı gibi insanlara yayılan ortak heyecanı hissediliyordu. Yelda, odayı dolduran bu canlı enerjiden, uğultulu hareketlilikten memnundu, hareket her zaman onu oyalar, huzursuzluğunu yatıştırırdı. Dipteki bir masadan Jacques'ın el salladığını gördü, o da ona el salladı. Jacques saatini göstererek, eliyle beş işareti yapıp, "beş dakika sonra çıkalım" dedi. Yelda başını salladı.

Kahvaltısını süratle bitirip, bardağındaki çayı da içtikten sonra diğerlerini beklemeden ayağa kalktı, Zerrin'e "ben sizi dışarıda bekliyorum" dedi, çıkarken Jacques'a da "kapının önündeyim" diye işaret etti.

Hareketsiz kalamıyordu. Onu düşüncelerinden ve duygularından uzaklaştıracak, bilincinin rahatsızlık veren berraklığını örtecek bir hareketliliğin önünde sürüklenmek istiyor, düşünceleriyle duygularının içinde yarattığı o huzursuz canlılık yüzünden durduğu yerde duramıyor, biraz fazla durduğunda bedeninde onu rahatsız eden garip bir enerji birikimi, ruhuna da yansıyan bir sıkıntı hissediyordu, yola koyulmak, bilmediği yerlerde dolaşmak, bilmediği insanlarla konuşmak, hikâyeler, maceralar dinlemek, kendi hayatının içinden kendini mümkün olduğunca çıkartıp orayı başkalarının hayatlarıyla doldurmak için sabırsızlanıyordu.

Barakanın önünde durup yükselen güneşe bakarken "Selim şimdi hâlâ uyuyordur" diye düşündü, onun uykuda olması Yelda'yı yalnızlaştırıyor, Selim'le hangi nedenden olursa olsun konuşamayacağını düşünmek onu anlaşılmaz bir telaşa düşürüyordu.

Bir koşu gidip kayalıklardan telefon etmeyi düşünürken Leopold geldi yanına.

— Dün gece için çok özür dilerim, dedi, sadece şaka yaptım ama yersiz kaçtı. Seni kızdırdığım için çok üzüldüm, emin ol öyle bir amacım yoktu.

— Biliyorum, Leopold, önemli değil... Erkeklere özgü salakça bir şakaydı, unuttum bile.

— Dönüşte bir kahve içelim mi? Her zaman salakça şakalar yapmadığımı sana kanıtlarım.

Yelda Leopold'un yüzüne onu ürkütmek ister gibi abartılı bir dikkatle baktı.

— Bana kur mu yapıyorsun, Leopold?

Leopold'un çekingenliğini görmek onu eğlendiriyordu.

— Yemin ederim öyle bir niyetim yok. Asla sana kur yapmıyorum, yapmam da...

Yelda Leopold'la dost olabileceklerini anlamıştı, arkadaşça güldü.

— O kadar da abartma, biraz yapabilirsin.

Leopold da güldü.

— Tamam. Biraz ama fazla değil...

Biraz sonra Jacques'la Zerrin de geldiler, Jacques arabaların plakalarını elindeki kâğıda bakarak kontrol edip kendilerine ayrılan arabayı buldu.

— Bu artık bizim arabamız, dedi. Bundan sonra hep bunu kullanacağız.

Ciplerin motorları birbiri ardına çalışmaya başladı, sırayla yola koyuldular, Yelda ilk kez kullandığı bu tip bir arabada hata yapmamak için çok dikkatli davranıyordu, köyün içinden geçerken evlerin önünde durup onları seyreden birkaç çocukla kadın gördüler.

Köyden çıktıktan sonra arabalar dağlara doğru tırmanan bir yola saptılar, Jacques, "onları takip et" dedi, ovaya doğru gideceklerini sanan Yelda dağlara doğru gitmelerine şaşırsa da bir şey söylemedi, yalnızca aklından dağ yollarının daha sarp olacağı geçti.

Yol çukurlarla doluydu, sarsılarak ilerliyorlar, bazen tekerlek bir taşa denk geldiğinde arabayla birlikte sallanıyorlardı.

— Gideceğimiz köyün adı ne? dedi Yelda.

— Civeleksu, dedi Zerrin.

— Ne garip isim bu...

— Bütün köylerin isimleri böyle burada, hepsinin Kürtçe adını değiştirip böyle garip isimler verdiler.

Dağların arasında, kiremit tozundan kahverengiye kadar değişik tonların yamaçlara doğru yayıldığı geniş bir çanağın içinde sarsıla sarsıla gidiyorlardı, Yelda bütün dikkatini yol olduğu söylenen toprak izi oluşturan çukurlara düşmemek için harcıyordu.

— Bize gerçekleri anlatacaklar mı? dedi Jacques'a.

— Kadınlar anlatacak, dedi Jacques, erkekler yalan söyleyecek... Ben erkeklerle konuşup yalanlarını dinlerken siz kadınlarla konuşup gerçekleri öğreneceksiniz... Hem zaten elimizde kayıtlar var, bütün cinayetlerin mahkeme zabıtlarını alıp çevirttik... Gideceğimiz köyleri ona göre saptadık.

— Kadınlar bize anlatacaklar mı?

— Eğer size güvenirlerse...

Zerrin neredeyse düşmanca denilebilecek bir tonla söze karıştı.

— Biz gideceğiz, onlar orada kalacak, niye anlatsınlar? Hesabını soracak kimse yok ki... Bu gittiğimiz köyün ağası güya sekiz cinayetten aranıyor ama kimse adamın kılına bile dokunamıyor... Siz anlatır mıydınız?

Jacques, insana güven veren sakin sesiyle "haklısın ama" deyip devam etti.

— Bu sefer katil ağa değil, bir köylü... Ailenin bütün erkekleri genç kadını odunlarla döve döve öldürmüşler, sonra da kuyuya düştü demişler... Yargılanmışlar...

Zerrin sinirli bir sesle "eee?" dedi.

Jacques güldü.

— Beraat etmişler...

Zerrin sanki bir yeri acıyormuş gibi yüzünü buruşturdu.

— Bunlara kimse dokunmaz... Şimdi bizden sonra da bizimle konuşan kadınlara eziyet ederler.

— Biz olayı soruşturmaya gitmiyoruz Zerrin, dedi Jacques, biz bu toplumda kadınlara nasıl davranıldığını, töre cinayetlerinin sosyolojik nedenlerini anlamaya gidiyoruz... İnsanların en ketumu bile farkına varmadan bir şeyler anlatır... Bizim buradaki avantajımız şu, o insanların, özellikle de erkeklerin çoğu bizim suç olarak gördüğümüz davranışı suç olarak görmüyorlar, onun için bu cinayetlerin nedenlerini daha kolay anlatırlar... Herhangi bir olayla ilgili somut bilgi vermezler, yalan söylerler ama genel erkek davranışı hakkında ipuçları vereceklerdir... Kadınların daha açık sözlü davranacaklarını umut ediyorum doğrusu...

Jacques dışarıya dağlara baktı bir süre sonra kendi kendine konuşuyormuş gibi mırıldandı.

— Kadınları niye öldürüyorlar acaba?

Zerrin'in cevabı, sesindeki gerçek öfke, gerekirse bütün katil erkeklerle dövüşmeye hazır görünmesi Yelda'nın sevgiyle gülümsemesine yol açtı. Genç kızın öfkesinin altında, kendi ırkının erkeklerinin cinayetlerinden duyduğu utancın saklı olduğunu da sezmişti.

— Çünkü kendi namussuzluklarını kadınları namus adına öldürerek temize çıkarmak isteyen hayvan sürüsü bu erkekler.

Jacques hafifçe arkaya döndü, Zerrin'in ön koltuğun arkalığına koyduğu elini şefkatle okşadı.

— Bu sosyolojik olmaktan çok zoolojik bir açıklama oldu Zerrinciğim.

Yelda, Zerrin'in alınmasından korktu bir an, dikiz aynasından arkaya bir göz attığında Zerrin'in gülümsediğini gördü. İyi bir ekip olacaklardı.

— Bence Zerrin doğru söylüyor, dedi. Neden bu erkekler kadın sadakatından başka hiçbir konuyu namus meselesi saymıyor? Hırsızlık yapıyorlar, cinayet işliyorlar, yalan söylüyorlar, aldatıyorlar, başkasının hakkına tecavüz ediyorlar, kendilerinden güçlüler karşısında yaltaklanıyorlar ama erkeklikleri ve namusları sadece kadın konusunda akıllarına geliyor. Ayrıca bu sadece bu bölgede değil neredeyse bütün ülkede böyle. Zavallılıklarını, ahlaksızlıklarını kadın kanıyla temizleyebileceklerine onları inandıran ne?

Bir zaman gittikten sonra Jacques gene kendi kendine konuşur gibi mırıldandı.

— Sanki bir tür kurban ayini gibi... Eski dinlerdeki tanrılara kurban sunma ayinlerini andırıyor biraz bu davranışları... Cinayetten önce aile meclisi toplanıyor, kahveler içiliyor, ortak karar alınıyor, ayine hep birlikte hazırlanıyorlar sanki... Bütün günahlarından affedilmeleri için sevdikleri birinin kanını dökülüyorlar... Döktükleri kanla arınıyorlar, ruhları temizleniyor...

Sonra sanki kendisine soruyormuş gibi ekledi.

— Böyle mi hissediyorlar acaba?

Zerrin başını salladı.

— Hayır, dedi, böyle hissetmiyorlar, bir ayine de benzemiyor... Bu bir kılıf, bütün ahlaksızlıkların üstünü örten bir örtü... Bu cinayetleri diğer ahlaksızlıklarını gizlemek için işliyorlar... Sadakatsiz olduğuna inanılan kızını ya da karını öldürürsen artık bir daha kimse senin hırsızlığını, katilliğini, ahlaksızlığını sorgulamaz... Herkes bu konuda gizli bir anlaşma yapmış gibidir, kızını ya da karını öldür, diğer suçlarını hoş görelim... Eğer birisi, köyün ortaklaşa suçladığı kızını öldürmezse, o zaman onu bütün köy aforoz eder, aşağılar çünkü bu feodal anlaşma bozulmuş olur, herkesin diğer suçları ortaya çıkar. Erkekler özgürce ahlaksızlık yapabilmek için kadınların sadakatinden bir ahlak perdesi örüyorlar ahlaksızlıklarının önüne.

Yelda Zerrin'in konuşmalarından etkilenmişti.

— Sen ne okuyorsun? dedi.

— Ben sosyoloji mezunuyum... Töre cinayetleri konusunda tez hazırlıyorum.

Sonra sanki arada Yelda kendisine soru sormamış gibi konuşmasına devam etti.

— Asıl soru şu, Jacques, bu erkekler bu gizli anlaşmayı nasıl yaptı? Kadınları öldürmenin ahlaksızlıklarını özgürleştireceğini nasıl keşfettiler? Ama benim için asıl korkunç soru şu, kadınları bunlara nasıl inandırdılar? Kadınlar nasıl oldu da namus için öldürülmeleri gerektiğini böylesine rahat kabul ettiler?

İki tepenin arasındaki dar geçitten geçince Yelda ilerde bir köy gördü.

— Geldik galiba, dedi.

O kötü yollarda alışkın olmadığı koca cipi sürerken çok gerilmiş, dikkatini büyük ölçüde yola vermek zorunda kalmış, direksiyonu sıkıca kavramaktan kolları ağrımıştı.

Geldikleri köy kaldıkları köyden çok daha büyük ve bakımlıydı, köyün yanından bir dere akıyor, köy kavak ağaçlarıyla çevreleniyordu. Köyün içine girdiklerinde düzgün sayılacak bir yoldan, ağları çıkartılmış beyaz kale direkleriyle bir futbol sahasının bulunduğu geniş bir meydanlığa ulaştılar. Köylülerin geleceklerinden haberdar oldukları, meydana bütün erkeklerin yan yana dizilmesinden anlaşılıyordu. Kavak ağaçlarının solgun parıltısının yansıdığı meydanda kısık gözlerindeki kuşkunun karanlığı üstlerine sinmiş gibi gözüken bu erkek kalabalığı uğursuz bir sırrın önüne çekilmiş gizemli bir perde gibi duruyordu. Sırları her neyse, ona ulaşmak isteyenler öldürmeye hazır bir kalabalığın saldırısına hazır olmalıydı. Kasılmış yüz çizgilerinden, kendi köylerinden olmayan herkesi düşman gibi gördükleri anlaşılıyordu.

Araba durunca, diğerlerinin ortasında yürüyen siyah elbiseli, beyaz gömleğinin en üst düğmesini de iliklemiş, saçlarını itinayla taramış, sağ yanağında vahşi bir hayvanın pençesinden kalmışa benzeyen kırmızı, derin bir yara izi olan adam arabaya yaklaşıp kapıyı açtı.

— Buyrun, buyrun, şeref verdiniz... Buyrun inin.

Arabadan inince ağa üçünün de elini sıktı, diğerleri sadece "merhaba, hoş geldiniz" diye mırıldanmakla yetindiler. Erkekler, ayaklarında pantolon olan başları açık iki kadını sessiz bir merakla süzüyorlardı.

"Şöyle buyurun" diyerek ağa onları meydanın kıyısındaki bir çardağa doğru götürdü. Çardağa dört koltuk konmuş, koltukların önüne beyaz örtülü bir sehpa, sehpanın üstüne bir sürahi su, yeni açılmış bir paket sigara ve bir şişe kolonya şişesi yerleştirilmişti.

Koltuklara ağayla birlikte oturdular, diğerleri aşiretteki önemlerine göre sıraya dizilmiş vaziyette ayakta bekliyorlardı, omuzlarında kalaşnikoflar asılıydı.

— Ne içerdiniz, dedi ağa...

Türkçeyi ağır bir Kürt aksanıyla konuşuyordu.

— Varsa bir çay içerim, dedi Yelda.

— Emriniz olur...

Zerrin, "ben bir şey içmeyeceğim" dedi. Jacques da çay istedi.

Ağa bir işaret yaptı, genç erkeklerden biri koşarak uzaklaştı, biraz sonra bir tepsinin içinde çaylarla geldi, konuşmadan sehpaya koydu.

— E, nasılsınız bakalım... Yolculuk nasıl geçti.

— İyi geçti, dedi Yelda.

Zerrin konuşmaları Jacques'a çeviriyordu.

Yelda çevresine bakındıktan sonra ağaya döndü.

— Hanımlar nerede? dedi... Hiç hanım göremiyorum etrafta.

— Onlar arka taraftalar.

— İzin verirseniz siz Mösyö Jacques'la konuşurken ben de hanımlarla konuşayım... Onların hatırını sorayım...

Ağanın yüzündeki gülümseme bir anlığına kayboldu, soğuk, nerdeyse öfkeli bir ifadeyle baktı Yelda'ya, sonra ne düşündüyse bir anda yüzü yeniden değişti, gülümsedi.

— Elbette, emriniz olur. Sizi arka tarafa götürsünler... Cemo, bak hanımı avratların yanına götür, onlarla konuşacakmış...

Ardından da Kürtçe bir şeyler söyledi.

Önüne düşen bir delikanlı Yelda'yı meydanın diğer yanındaki iki katlı, yan yana konmuş dört ev uzunluğunda, yayvan bir konak yavrusuna götürdü, geniş ahşap kapıdan Kürtçe seslendi, kapı açıldı, Yelda'yı içeri aldılar.

Evin geniş bir bahçesi vardı, bahçenin içine sedirler yerleştirmişlerdi, kadınlarla görüşebilecekleri önceden söylenmiş olmalı ki kadınlar sedirlere oturmuş bekliyorlardı. Onlar da erkekleri gibi temiz pak giyinmişlerdi, başörtülerinin uçlarını çekerek ağızlarını kapayıp kendi aralarında Yelda'ya bakarak fısıl fısıl bir şeyler konuşuyorlardı. Yelda meydanda erkekleri gördüğünde hissettiğini kadınların yanında da hissetti: Gizemli bir sırrı taşıyanların o sırra yabancı olan herkese duydukları ortak kızgınlık. Gerçekten böyle bir sır var mıydı bilmiyordu ama tuhaf, ismi konmamış bir kızgınlığın çevresinde dolaştığına emindi.

Geniş bir koltukta, saçları kınalı, şişman, çatık kaşlı, yaşlı bir kadın tek başına oturuyordu.

— Hoş gelmişsin...

— Hoş bulduk...

Kadın yanındakilere dönüp Kürtçe emirler verdi, genç kızlardan birisi bir tabak irmik helvasıyla bir bardak çay getirip Yelda'nın yanına bıraktı.

Yaşlı kadın Kürtçe Yelda'nın hatırını, yolculuğun nasıl geçtiğini sordu, genç bir kız konuşmalarını Türkçeye çeviriyordu.

Yelda kadınların hemen hemen hepsinin avuçlarının içinin, parmaklarının kınalı olduğunu gördü. Yeni kına yakılmış olduğunu tahmin etti.

— Düğününüz vardı galiba, dedi.

Genç kız söylediklerini çevirince gülüşmeler oldu.

— Evet, iki evladımızı evlendirdik...

Yelda, düğünün nasıl geçtiğini, evlenenlerin kim olduğunu sordu, üstlerindeki kıyafetlerle ilgilendi, yanındaki kadının elbisesinin eteğindeki dantelin nasıl örüldüğünü merak ettiğini söyledi. Sorularına sadece yaşlı kadın cevap veriyordu ama sohbet ilerledikçe kadınların rahatladığını hissediyordu. Lafı erkeklere getirdi sonunda.

— Erkekler size nasıl davranıyor?

— İyi davranırlar.

— Hiç tatsızlık olmuyor mu?

— Olur, her ailenin kendi içinde...

— Burada bir cinayet işlenmiş.

Taş gibi bir sessizlik oldu, yaşlı kadın soğuk bir sesle kısa bir cevap verdi.

— İftiradır... Köyümüzde olmaz öyle şey...

Yelda, bütün kadınlar kendisine bakarken kenardaki genç bir kızın önüne baktığını gördü. O kalabalıktan kopmuş ya da kopartılmış gibi onlardan ayrılıp kendi içine çekilmişti.

Yelda fazla üstelemeden konuyu değiştirdi, biraz daha sohbet ettiler, bir çay daha içip getirilen taze bir gözlemeyi yedi, çocukları, okul olup olmadığını sordu, sonra da izin istedi. Yaşlı kadın ayağa kalktı, bütün kadınlar da ayağa kalktılar. Kapıdan çıkarken yaşlı kadın bir paket uzattı.

— Hatıradır...

— Sağ olun, niye zahmet ettiniz...

— Bizi hatırlarsın, dedi yaşlı kadın.

Yelda çardağa geri döndüğünde Jacques'la Zerrin'in kendisini beklediklerini gördü. Vedalaşıp arabaya binince Yelda paketi açtı, içinden örneğini merak ettiği dantel çıktı.

Geldikleri yollardan geri dönerken, "hiçbir şey öğrenemedim" dedi Yelda.

— Cinayeti sordum, iftiradır dediler.

Zerrin küçümseyen bir sesle, neredeyse nefretle konuştu.

— Caş bunlar, erkekleri de caş, kadınları da caş...

— Caş ne demek?

— Kürtçe sıpa demek... Ama burada koruculara derler...

— Siz bir şey öğrenebildiniz mi?

— Biz de bir şey öğrenemedik...

Jacques güldü.

— Bir seferde her şeyi öğrenebilseydik araştırma misyonunun kurulmasına ne gerek vardı... Buraya daha çok geleceğiz... Sonunda biri bize anlatacak.

Köye vardıklarında hava kararıyordu, Yelda bütün gün Selim'i düşünmeye vakit bulamadığını fark etti. Selim'i hatırlatan sızı hep içindeydi ama her zamanki gibi onu belirgin biçimde, hayaller kurarak, kıskanarak, kızarak, özleyerek düşünecek zamanı olmamıştı. Hemen telefon etmek istedi ama o kadar acıkmıştı ki önce Jacques ve Zerrin'le birlikte yemek yemeğe gitti. Ekipler tek tek dönüyorlardı.

Yemeğini yer yemez fırladı, barakalardan çıkarken Taner odasından seslendi.

— Nasıl gitti bugün?

— İyi...

— Gel bir kahve ikram edeyim...

— Sağ ol, işim var... Sabah kaçta çıkıyoruz?..

— Altıda gideriz...

Yelda hızlı adımlarla kayalıklara gitti. Öyle tuhaf bir duygu vardı ki içinde kendisi bile tam anlayamıyordu, sanki Selim'i düşünmediği anlarda Selim'i ona bağlayan bütün bağlar kesilmiş, sevdiği erkek ondan uzaklaşmış, onun girmesinin yasak olduğu başka bir hayatın derinliklerine savrulmuştu. Bunun mantıklı olmadığını biliyordu ama böyle hissediyordu, o Selim'i unutabildiyse Selim de onu unutabilirdi. Unutup başka kadınlarla birlikte olabilirdi. Hatta belki de olmuştu.

Ovaya karanlık inerken telefonun tuşlarına öfkeyle bastı.

V

İnsanların unutamayacağı, hatta unutmaması gereken bazı günler vardır ama yaşarken böyle günleri, hayatının değişmekte olduğunu fark etmez insan, kendisine nişan almış bir avcının varlığını sezemeyen bir ceylan gibi sakin sıçrayışlarla yürüyüşüne devam eder.

O gün de, bilincinin ulaşamayacağı, yakalayamayacağı kadar derinlerde saklı bir huzursuzluk hissediyordu ama bu duygu onun için varlığının ayrılmaz bir parçası, iç organlarından birinin doğuştan gelen önemsiz bir hastalığı gibiydi, o huzursuzluğun gerçek bir nedeni, geçerli bir dayanağı mı var, yoksa genlerindeki anlaşılmaz bir pürüzden kaynaklanan yerleşik huzursuzluğu mu olduğunu her zaman açıklıkla kavrayamazdı. Daha sonra onu üzecek birçok olayın başlangıç anını sezememesi de bu huzursuzluğa gereğinden fazla alışmış olmasıydı.

Boğaziçi'nin kıyısındaki üniversitenin küçük odalarından birinin pencerelerinden karşı kıyıya bakarken, "yakında erguvanlar açacak" dediğinde içindeki küçük huzursuzluğu sesine yansımıyordu.

Kendisini hep azarlayıp, çalışması için emirler verdiğinden çocukluğundan beri "Sultan Üçüncü Mahmut" diye takıldığı oda arkadaşı her zamanki gibi erguvanlara aldırmadan "sana verdiğim şu belgeye baktın mı?" demişti.

Sade ve sağlam bir binayı andıran dostluklarının süsü, gösterişi yoktu ama her sarsıntıya dayanacak bir güçteydi, birbirlerine güvenirlerdi. Bu güvenin kaynağı arkadaşlıkları değildi, ikisinin de diğerinin bir başka insana kendi çıkarı için ihanet etmeyeceğini, inandığı fikirden vazgeçmeyeceğini bilmesindendi. İkisi de diplomat çocuğuydu, Peru, Moğolistan, Bolivya, Gine gibi birbirine hiç benzemeyen ülkelerde dolaşarak büyümüşler, hayatla ilgili çok tuhaf, alışılmamış bilgiler biriktirmişler, değişik mutfaklara, değişik içkilere, değişik davranış biçimlerine alışmışlar, bunları bilmeyen diğer insanlara karşı gizli bir küçümseme beslemelerinden kaynaklanan bir züppelik de kişiliklerine sinmişti. Bu züppeliklerini seçkin bir kulübün kapısına asılmış küçük bir plaket gibi ancak bilenlerin görebileceği bir zarafetle taşıdıklarından, züppelikleri iyi bir yemeğe konmuş güzel kokulu bir baharat gibi onların kişiliğine çekici bir tat katıyordu.

İngiltere'de birlikte tarih okumuşlardı. Mahmut sınıfın en çalışkanlarından biriyken, Selim profesörlerinin en sevdiği öğrencilerden olmuştu. Biri titiz bir şekilde çalışır, hiçbir ayrıntıyı atlamaz, en küçük bir belgeyi bulabilmek için arşiv dairelerinin yaylı rafları arasında günlerini geçirir, diğeri ise tembelliğini yaratıcılığıyla kapatıp, o belgelerden dikkat çekici sonuçlar çıkarırdı. Birbirlerini tamamlayan iyi bir ekip oluşturduklarını daha baştan beri biliyorlardı.

Hocalıklarında da aynısı olmuştu. Öğrenciler bir belge aradıklarında, bir kaynağa ulaşmak istediklerinde Mahmut'a gelirler ama Selim'i dinlemeye bayılırlardı. Onun her yıl derslerine, "tarih bir yalandır, beyler" diye başlaması ünlüydü.

"Tarihi iktidar sahipleri yazar ve bir katil gibi gerçeğin bütün ipuçlarını saklamaya uğraşırlar. Tarihçiler ise cinayeti aydınlatıp, gerçeği ortaya çıkarmakla yükümlüdürler."

Birbirlerinin başarısından hiç lekesiz bir sevinç duyarlar, kendi başarılarıymış gibi bununla övünürlerdi.

Bütün yakınlıklarına karşın birbirlerine sormamaları gereken soruları sormazlar, neleri sormamaları gerektiğini de bilirlerdi. O yüzden özel hayatları konusunda bilgileri çok fazla değildi, babalarının mesleği ve kendilerine daha çocukluklarından verilen terbiye nedeniyle diğer insanlara mesafelilik gibi gözüken bir ketumiyetleri vardı.

Mahmut, Yelda'yla Selim arasında son zamanlarda neler olduğunu, Yelda'nın neden aniden geçici bir araştırma için uzaklara gittiğini bilmiyordu, bir soru sormamış, bir açıklama da beklememişti, sadece Selim'in üzgün olup olmadığını anlamaya çalışmış, sonunda üzgün olmadığına karar vermişti.

O sıralarda Selim'in duygularını anlamak kendisi için bile o kadar kolay değildi, üzgün olmadığı doğruydu, uzun süren bir migren krizinden çıkmış biri gibiydi, duygularının henüz tam canlanamadığı, sadece ağrının dinmesinden doğan bir memnuniyetle, uykusuz gecelerin yorgunluğunun hissedildiği bir ruh halini yaşıyordu. Yelda'nın gidişinden hemen önce aralarında Selim'e göre nedensiz yere çıkan o kavgada da söylediği gibi "ilişkinin hastalandığına, mikrop kaptığına, iyileşme ihtimalinin de çok az olduğuna" inandığından onları bir kopuşa götüreceğini düşündüğü bu uzaklaşmadan, kavgaların bitmesinden belli bir huzur ve sükûnet duyuyordu. Ama bir keresinde gene Yelda'ya söylediği, "hayatıma nasıl bir zamanda girdiysen, nasıl özel bir zamana denk geldiysen anlayamadığım bir şekilde içime fresk gibi kazındın, seni oradan çıkarmak için benim bütün varlığımı yok etmek gerekecek" sözleri de gerçekti.

Aklının bir bölümü sürekli Yelda'ı düşünmeye, ona kızmaya, onunla ilgili sorunları çözmeye uğraşmaya, onu özlemeye alışmıştı, o olmadığında ne yapacağını, onsuz bir hayatın nasıl olacağını bilmiyordu. Sadece bir eksiklik, doldurulması mümkün olmayan bir boşluk hissediyordu.

Akşamüstü Mahmut'un "hadi, gidip bir yerde güzel bir yemek yiyelim" önerisini, "yorgunum" diye reddetti, üniversiteden çıkıp İstanbul'un kalabalık trafiğine karıştı, akşama yağacak yağmuru haber veren bulutlar, yolun iki yanındaki, dalları bahar yapraklarıyla kabarmış iri ağaçların gölgesini artırıyor, asfalt simsiyah gözüküyordu, uzun araba sırasının kırmızı stop lambaları, sabırsız korna sesleri bir ateşböcekleri ordusunun cehenneme saldırısını düşündürüyordu Selim'e. "Tuhaf şeyler düşünüyorum" diye gülümsedi, yalnızken çevresindeki objelerden sürrealist Rönenans tabloları oluştururdu aklında, tombul bir hizmetçi kadından yerlerdeki erkek kafalarını süpüren bir melek, otobüs duraklarında bekleyen kalabalıklardan "son yemeğe" katılan havariler yapardı.

Egzoslarından fışkıran dumanları, yanıp sönen lambaları, hırıltılı vites sesleri, motor homurtularıyla olduğu yerde yaylanıp duran demir bir sürüngene benzeyen araba kalabalığının içinde ilerlemeyi umarak beklerken, içindeki huzursuzluk da ağır ağır sudan çıkan hayalet bir gemi gibi şekillenmeye, büyümeye başladı.

Bilincinden önce, bir tür şartlı refleks gibi hareket eden alışkanlıkları ona beklediği zil sesinin çalmadığını söylemişti, daha sonra Yelda'nın kendisini bütün gün aramadığını fark etti. Yelda'nın onun sesine olan bağımlılığına alışmıştı. Hastalanan birçok ilişkide olduğu gibi onlar da sevginin, aşkın, şefkatin dışında zehirli bir patikadan birbirlerine ulaşır olmuşlar, karşılıklı olarak kurtulmaya çalıştıkları garip bir bağımlılıkla birbirlerine bağlanmışlardı. Her birinin bağımlılığı diğerinin bağımlılığından besleniyordu. Yelda'nın bağımlılığı da Selim'de bağımlılık yaratmıştı. Yelda'nın bir keresinde kendisine "ah, biz hastalandık" dediğini, sonra şöyle eklediğini hatırlıyordu: "en kıymetli varlığımız da bu hastalık oldu."

Diğer insanlara karşı ruhen ilgisiz iki insanın bu tür bir bağımlılığı taşıması çok zordu, bir yandan birbirlerine sarılırken bir yandan da dağlarda yakalanan yaban atları gibi silkinip duruyorlardı, ona rağmen zaman zaman, ya birbirlerine duydukları sevgiden ya da yarattıkları o masala olan tutkularından, bu bağımlılığa rıza göstermişler, hayatlarını bu bağımlılıkla sürdürebileceklerini kabul etmişlerdi. Ama ne yazık ki orada da kaderin alaycılığıyla karşılaşmışlar, hiçbir zaman ikisi de bu bağımlılığı aynı anda kabullenememiş, her seferinde diğerinin isteği eksik kalmıştı.

Bu durumu uzun uzun "tahlil" etmişlerdi. Bu, onların en sevdiği oyundu. Bir filmi, bir kitabı, söyledikleri bir cümleyi, bir kelimeyi hatta bir bakışı, "tahlil" sözcüğüyle eğlenen bir gülümsemeyle "hadi, bunu tahlil edelim" deyip saatlerce konuşurlar, kolay kolay akla gelmeyecek psikolojik ayrıntılara inerler, ilk bakışta fark edilmeyecek anlamlar bulurlar, yaptıkları buluşlarla birbirlerini şaşırtırlar, birbirlerinin zekâsına hayran kalıp, her seferinde âşık olmak için doğru insanı seçtiklerine bir daha inanırlardı.

Kendi davranışlarını "tahlil" ederken tam bir dürüstlükle davranırlar, bunu sadece kendi zekâlarına değil, birbirlerinin zekâsına da bir borç olarak görürlerdi. Zekâyı ilgilendiren alanlar, onların kendi bencilliklerinden vazgeçtikleri alanlardı.

Niye aynı anda bu bağımlılığa razı olamadıkları, biri diğerine tümüyle teslim olmayı kabul ettiğinde diğerinin niye geri çekildiğini çok değişik açılardan tartışmışlar, ancak bu konuda dürüstlükten sapmışlar, inatla yalan söylemişlerdi.

Gerçeği görüyorlardı.

Bunu kabul etmemek için direnip, değişik bahaneler bulmaları, zekâ oyunları yapıp, dürüstlükten sapmaları aslında bütün zekâlarına, "başkalarından farklı" olduklarına dair besledikleri inanca rağmen ruhlarının "sıradanlığa" teslim olduğu gerçeğine tahammül edememelerindendi. Kadın erkek ilişkisini bir "ego" meselesine, "aşağılık duygusunun kapanmayan yaralarına", "kendisini beğeneni beğenmemeye" indirgeyen bir sıradanlığı kendilerine yakıştıramıyorlardı. Aralarına çektikleri setin daha incelikli, daha zekice nedenleri olmasını istiyorlardı.

Onlar zaaflarıyla da övünebilirlerdi, sık sık yaparlardı bunu, zaaflarıyla övünebilmekteki züppeliği severlerdi ama bu konudaki zaaflarıyla övünemiyorlardı, ruhlarındaki çürük yeri görüyor ve bundan utanıyorlardı. Bunu kabul ettiklerinde bütün hayatları, basit, sıradan bir çekirdeğin etrafındaki selefon kâğıdından yapılmış süslere dönüyordu.

Bu onların arasında kuşkulu, karanlık bir sorun olarak kaldı, zaman zaman kavgalarında bu konuya dönseler de zekâlarının, ruhlarındaki bu çürümüş yanı affettirecek oyunlar ve mazeretler bulabileceğini karşılıklı olarak kabul etmeyi tercih ettiler.

— Adler, her insanda aşağılık duygusu olduğunu yazıyor, demişti bir seferinde Selim.

Yelda alaycı bir şekilde gülümsemişti.

— Ama bazılarında herkesten biraz daha fazla sanırım.

— Belki de herkeste herkesten biraz daha fazladır.

Bir başka seferinde de Selim, "acaba aşk dedikleri sürekli yeni anlaşmalar yapmak mı?" diye sormuştu.

Yelda gene aynı alaycı gülümsemesiyle cevap vermişti:

— İlk anlaşmaya sadık kalamayanlar için başka bir çare var mı?

Bütün bu konuşmaları hatırlıyor, onun yerine koyabileceği kimse olmadığını, kimseyle bu konuşmaları yapamayacağını, kimseye ona kızdığı kadar kızamayacağını, kimseyi onu sevdiği kadar sevemeyeceğini düşünüyordu ama bir yanı da bütün o gerginliklerden kurtulmayı, sükûneti, sürekli bir tedirginliğe esir olmadan yaşamayı arzuluyordu. "Neden hiç sakin olamıyorsun?" diye sormuştu bir seferinde Yelda'ya, o da, "sen kendini bana bütünüyle verdiğinde, benimle birlikte olduğunda hiç huzursuzlandım mı?" demişti, "sen benden uzaklaştığında, yanımda olmadığında ben huzursuz oluyorum."

Yelda'nın aslında neden huzursuzlandığını biliyordu. Selim'in sevgisine sahip olmak yetmiyordu, onun ruhunun insanlara ilgisiz olan parçasını da ele geçirmek, ıssızlığı ve dokunulmazlığıyla bir tehdit gibi gözüken, en yakın anlarda, en mahrem sarılışlarda bile onu nasıl olduğu anlaşılmaz bir biçimde biraz yabancı ve mesafeli kılan o tehditkâr bölgeye girmek, ona bütünüyle sahip olmak istiyordu. O tuhaf, loş, etrafı kalın perdelerle çevrili, içerisinde ne olduğu bilinemeyen, belki zaman zaman Selim'in kendisine bile yasak olan o hayata uzak ve yabancı bölgeye giremeden Selim'e tümüyle sahip olmanın mümkün olmadığını hissediyordu, o alanı ele geçiremeyen herkes Selim tarafından bir ihanete uğrayabilirdi. Selim bir kez ruhunun insanlara yabancı olan alanına çekildikten, orada yalnız kaldıktan sonra, çekildiği yerden nasıl ve ne tür duygularla çıkacağını kimse hatta Selim'in kendisi bile bilemezdi.

Selim'in Yelda'yı bu kadar iyi anlayabilmesinin nedeni, aralarındaki birçok farklılığa karşın var olan korkunç benzerlikti, onları o ürkütücü sona sürükleyen de bu benzerlik olacaktı. İnsanlarla ilgilenmeyen, yalnızca kendine dönük, kendi kırgınlıklarından, acılarından beslenen, kendine olan hayranlıkla büyüyen o gölgeli ve tehditkâr bölge Yelda'nın ruhunda da geniş bir yeri kaplıyordu. Aynı hastalığa yakalanmış olanların belirtileri çabuk gören gözleri gibi birbirlerini görüp tanıyorlardı onlar da.

Kendilerini ele vermemek için gösterdikleri asabi çaba kadar, karşılarındakinin ruhuna bütünüyle sahip olma isteği de birbirine benziyordu. Karşısındakine sahip olma isteğini doyuramayınca, ki asla bunu doyuramıyorlardı, o istek kendi ruhlarını esir alıp, orada kederli yaralar açarak, derin huzursuzluklar yaratıyordu.

O akşamüstü de saatler ilerledikçe Selim'in o bildik huzursuzluğu çoğalmaya başlamıştı. Sabahleyin, "bir daha duymasam daha huzurlu mu yaşarım acaba?" diye düşündüğü ses akşama kadar duyulmayınca öfkeli bir özleme dönüşmeye başlamıştı.

Yelda aradığında onu evde bulamazsa üzülür, gerginleşir diye evden de çıkamıyordu. Yalnız başına bir konserve açıp yedi. Yemekten sonra şarabını salondaki koltukta içmeye devam ederken nihayet telefon çaldı.

Yelda'nın sesi telaşlı ve sevgi doluydu.

— Canım, özür dilerim, seni bütün gün arayamadım... Uzak bir köye gittik, cipi de ben kullandım... Çok yoruldum, gerildim ama çok ilginç insanlar gördüm... Sana sonra anlatırım... Senin de çok ilgini çekeceğine eminim... O arada seni arayamadım...

Döndüğümüzde çok acıkmıştım... Hemen yemeğe gittim...

Savaş alanından şifreli mesaj yağmuruna tutulan bir karargâh gibi Selim'in aklı duyduğu her cümledeki şifreyi süratle çözüyordu. Çözülen şifrelerin hepsi de kötü haberler veriyordu.

Kendisinden uzakken gittiği bir köyde telefon etmeyi unutacak kadar eğlenmişti... Kendisinden uzaktayken gördüklerini çok ilginç bulmuştu... En önemlisi, döner dönmez kendisini aramamış, önce yemeğe gitmişti...

Bir günde bu çok fazla değişiklikti, ancak değişmeyi ölesiye isteyen birinin başaracağı kadar büyük bir değişiklik... Daha bir gün önce nerdeyse her an onun sesini duymak isteyen biri bugün onun sesini duymamaya tahammül edebiliyordu.

O sırada çok daha rahatsız edici bir şifre çözüldü bilinçaltında.

Çok uzun zamandan beri ilk kez kendini suçlu hisseden, özür dileyen, aramayı unutan Yelda'ydı; unutulan, suçluluk duyulmasına yol açan, özür dilenen kendisiydi. Aşk ilişkilerinin o kendine özgü, karmaşık ve gölgeli coğrafyasında suçluluk duyanın garip bir şekilde daha güçlü olan olduğunu Selim biliyordu. Bunu, Yelda'nın bildiğini de biliyordu.

İkisi de bir ilişkide güçsüz olmayı kabul edebilecek türden insanlar değillerdi ama koşullar Yelda'yı bu güçsüzlüğü kabul etmeye zorlamıştı. O, nefret ettiği bu güçsüzlükten kurtulmaya çalışırken, kurtulmaya çalışan herkes gibi o güçsüzlüğü içinde bulundukları ilişkinin doğal parçası haline getirmişti.

Şimdi birdenbire tek bir gün içinde roller değişiyordu.

Selim anlayışlı ya da kibar olma endişesinden çok bu görüntüden kurtulmak için telaşla,

— Önemli değil, canım, sadece seni merak ettim... Sesini duyduğuma sevindim, demişti ama bunu söylerken bile sesi kulağına güçsüz birinin sesi gibi geliyordu.

O bunları düşünürken neredeyse içgüdüleriyle Yelda'nın sesinde olmaması gereken bir kayganlık, her zamankinin dışında küçük bir titreme, bir saniye fazla uzatılmış bir duraksama hissetti, daha cümleyi duymadan, yüzüne doğru gelen yumruğu gören ama artık kaçacak zamanı olmayan bir boksör gibi canının yanacağını sezdi.

Yelda gülmeye benzeyen ama gülme olmayan, bir ses kabarcığını andıran bir sesle ve bir yandan doğal olmaya çalışan ama bir yandan da söyleyeceğinin doğal bulunmayacağını bilen birinin gereğinden fazla hızlı konuşmasıyla,

— Ben, dedi, yarın sabahtan itibaren buranın güvenlik şefiyle koşacağım... O her sabah koşuyormuş... Çoktandır spor yapmıyordum, iyi olacak.

Midesinin kasıldığını, parmak uçlarının hafifçe uyuştuğunu hissetti Selim.

Darbeyi alan ve canının acımadığını göstermek için gülümseyen, sırf bu gülümseme yüzünden herkesin canının yandığını fark ettiği bir boksör gibi şakacı bir sesle konuştu.

— Kıskanmam gerekir mi?

Yelda bu kez gerçekten güldü.

— Gerekmez, dedi... Gerektiğinde ben sana söylerim.

VI

Telefonu kapatıp kayalıklara dayandı.

Simsiyah ovanın durağan karanlığı üstünde o güne dek hiç görmediği bir yıldız kalabalığı kıpır kıpırdı, gümüşi bir parıltıyla aydınlanan gökyüzünün yıldızların ağırlığına dayanamayıp kalın kadifeden bir halı gibi yeryüzüne doğru yumuşak bir salıntıyla düşeceğini sanıyordu insan. "Sonsuzluk" diye düşündü, "ışıkla dolu olmalı."

Bitkindi. Omuzları, sırtı, ensesi bütün gün araba kullanmaktan, yoğun dikkatten kaskatı kesilmiş ağrıyordu. Selim'in sesinde belli belirsiz bir kıskançlık sezmişti, bazen onun kendi kıskançlığıyla korkunç bir mücadele sürdürdüğünü, bir güçsüzlük olarak gördüğü bu duyguyu bastırabilmek için herkesden sakladığı utanç dolu acılar çektiğini düşünür, bazen de onun kimseyi kıskanacak kadar sevmediğine karar verirdi. Arada bir, aşklarının parçalayıcı gelgitleri arasında birbirlerini endişesizce sevdikleri ve bu sevgiyi özgürce yaşadıkları bir gün yakalayabildiklerinde Selim kıskançlık oyunları yapar, "seni öldürürüm" derdi, başka zaman ona çok ilkel gözükebilecek bu cümle Yelda'yı nedense sevindirir, güldürürdü. "Keşke beni kıskansaydı ya da kıskançlığını açıkça gösterseydi" diye çok düşünmüştü daha sonraları, "belki mutlu olurduk."

Yıldızlara bir daha baktı. O kadar yakındılar ki sanki serin su damlaları gibi yüzüne değdiklerini hissediyordu, onları Selim'e gösterebilmek istedi, gördüğü her güzel ve ilginç şeyi Selim'e de göstermek isterdi zaten. Ona, "gördüğüm güzel bir şeyi sana göstermediğimde bana o güzellikte bir eksiklik varmış gibi geliyor" demişti bir defasında, Selim sevgi ifade eden sözler karşısında zaman zaman gösterdiği tuhaf beceriksizlikle, "aşkın ve sanatın kaynağında bu güzelliği paylaşma isteği vardır" diye cevap verince, Yelda gülerek onu öpmüş, "biliyor musun, sen iyi cilalanmış bir ahşapsın" demişti ama daha sonraları birçok şey arasında en çok bu beceriksizliğini sevgiyle hatırlamıştı.

Yorgun bir halde neredeyse adımlarını sürüyerek eve doğru yürüdü, karanlıkta nöbet tutan askerlerin sinirli kıpırtılarını duyarak karakolun yanından geçti. Evin taş duvarları yıldız yansımalarından yayılan mat bir beyazlıkla parlıyordu. Eve girdi. İçerisi karanlıktı. Merdivenlerden çıkıp odasına gitti. Duvardaki düğmeye bastığında tavandan sarkan ampul yanmadı, yatağın başucunda duran mumu hatırladı ama mum ışığına dayanamayacağını fark edip yatağa uzandı. Pencerelerden yıldızlar gözüküyor, gökyüzünün o sihirli parlaklığı odanın kasvetli karanlığını daha da tahammül edilmez kılıyordu. Pencereden eğilip baktığında barakaların toprağa düşen ışıklarını gördü, o anda aydınlık kadar çok istediği başka bir şey olmadığını fark etti.

Yorgunluğuna rağmen kalktı, evden çıkıp karanlığın içinde yaldızlı kâğıtlar gibi parlayan barakalara yürüdü. Barakanın kapısının yanında Leopold yere oturmuş sigara içiyordu, içeriye bir göz attığında Taner'in odasının açık kapısından Rojda'nın orada olduğunu, birlikte güldüklerini gördü.

Leopold, rahat bir koltuğu işaret eder gibi toprağı gösterip, "otursana" dedi.

İçeri girmekten vazgeçip Leopold'un yanına oturdu. Önceki akşamki küstahlığına hiç benzemeyen hüzünlü bir dostluk vardı halinde. Elindeki sigarayı Yelda'ya uzattı.

— İçer misin?

Yelda önce şaşırarak baktı neden sigarasını kendine uzattığını anlamadan sonra birden fark etti ne teklif ettiğini.

— Mersi, ben içmem.
— Marihuana içmez misin?
— Hayır.
— Hiç mi içmedin?
— Üniversitedeyken bir kere denedim ama sevmedim.
— Yazık, mutluluğu kaçırmışsın.
Yelda güldü.
— Hiç sanmıyorum, Leopold.
Sonra durup acılı bir sesle ekledi.
— Mutluluğu kaçırdığım doğru ama benim aradığım mutluluk bu değildi zaten.

Leopold sırtını duvara dayadı, her nefes çektiğinde ateşi karanlığın içinde küçük kırmızı bir çiçek gibi açılan sigarasından bir nefes daha aldı, kendi ahengiyle dalgalanan sesinin peşine takılmış gibi dalgın konuşmaya başladı.

— Yanılıyorsun... Şimdi burada oturuyorum, yalnızca bu anı hissediyorum, yarın yok benim için şu anda, öbürsü gün yok, bu an var, geleceği merak etmiyorum, onun için ölümden de korkmuyorum. Ölüm korkusu geleceği merak etmektir. Ölüm geleceğin içinde saklı. Şu anda buradayım, altımdaki toprağı, sırtımı dayadığım duvarı hissediyorum, geleceğe bakmıyorum, geleceğin içinde saklı ölüme bakmıyorum, şu anda yaşıyorum, mutluyum, şu anda ölüm yok işte, acı yok, kıçımın altındaki toprak var, gökyüzü var, ben toprakla gökyüzü arasında bir bağım, gökyüzünü hissediyorum, yıldızları görüyorum.

Sigarasından bir nefes daha aldı.

— Bak, dedi, bundan bir nefes çekince geçmiş yok, gelecek de yok... Geçmiş acı, gelecek ölüm... Bu sigara ikisini de yok ediyor... Bu an kalıyor yalnızca. Kıçın ve gökyüzü... Hepsi o...

O sırada içerden Zerrin, Jacques ve yanlarında Yelda'nın daha önce görmediği genç bir adam birlikte çıktılar. Jacques onların duvarın kenarında oturduğunu fark edince "ne yapıyorsunuz burada?" dedi.

— Leopold sigarasından içince ölümü unutup, nasıl mutlu olduğunu anlatıyordu... Marihuana kilisesinin papazı gibi beni de kiliseye almak için etkileyici bir vaaz veriyordu.

Jacques güldü.

— Çok mu mutluymuş?

— Çok mutluymuş...

— Sor bakalım kendisine... Öyleyse niye panik ataklar yaşayıp duruyormuş...

Yelda Leopold'a baktı ama o sesini çıkarmadan gülümseyerek sigarasının ateşini inceliyordu.

— Biz yatmaya gidiyoruz, dedi Zerrin, geliyor musunuz?

— Ben biraz daha kalacağım, dedi Yelda.

— Ben de, dedi Leopold.

— İyi, sabah görüşürüz... Gene aynı saatte çıkıyoruz... Burada buluşuruz.

Onlar gidince Yelda Leopold'a döndü, yumuk gözleri, siyah boncuk gibi yuvarlak gözbebekleri, biçimli burnu, zeytuni mat cildi, siyah dik saçlarıyla yakışıklıydı ama Yelda'nın hoşlandığı erkeksi çekicilik yoktu onda, dostluk edilecek ve şefkat duyulacak bir erkeğe benziyordu.

— Panik ataklar mı yaşıyorsun?

— Eskiden... Şimdi de var ama eskisi kadar sık değil... Doktor atlatacağımı söylüyor.

— Niye panik atak yaşıyormuşsun peki?

— Ölümden korktuğum için herhalde.

— Herkes ölümden korkuyor, sen niçin panik atak geçiriyorsun?

— Daha önce öldüğüm için herhalde... Birkaç defa öldüm bence, birkaç defa da terk edildim... Aslında hangisinden daha çok korktuğumu bilmiyorum. Hangisi daha kötüydü onu da hatırlamıyorum.

Yelda botlarının bağlarıyla oynamaya başlamıştı.

— Bence hatırlıyorsun.

— Terk edilmek daha kötüydü herhalde... Aldatılmak... Sen hiç aldatıldın mı?

Yelda içini çekti.

— Evet.

— Kötü değil mi?

— Kötü.

Leopold elindeki sigarayı söndürdü, cebinden bir teneke kutu çıkartıp oradaki tütünden bir tutam alıp avucuna yerleştirdiği sigara kâğıdına serpiştirdi, sonra küçük bir torba çıkartıp oradan aldığı yeşilimsi otları da tütünün içine yayıp sigarayı sardı, diliyle ıslatarak yapıştırdı. Çakmağı çakınca yüzünde yeşilimsi bir alev ışığı dolaştı.

— Bir tane daha içeceğim... Hâlâ istemediğine emin misin?

— Eminim...

— İyi...

Leopold boynunu bir sağa bir sola çevirdi, bir ağrıdan kurtulmak ister gibiydi.

— İnsan, dedi usulca, sevince çok güveniyor, değil mi? Bu garip aslında, sevince kuşkulanıyorsun da ama gene de anlaşılmaz bir güven duyuyorsun... Ben çok güvendim... Çok sevdim, çok güvendim... Sonra bir gün ona telefon ettim, telefon açıldı ve ben, biliyor musun, neredeyse yarım saat sevgilimin bir başka herifle sevişmesini dinledim, onun sesini, bana söylediklerini aynı vurgularla tekrarlayışını, biraz daha fazla becerilmek için yalvarışını, daha, daha diye inleyişini... Korkunç olan neydi biliyor musun, telefonu kapatamadım, bir sigara sardım, onların sevişmesini dinledim, kasıklarının birbirine çarparken çıkardığı sesi, çok tuhaf bir ses çıkıyor biliyor musun, insan kendisi sevişirken o kadar fark etmiyor, ıslak çarşaflar birbirine vuruyormuş gibi bir ses, adam tren gibi soluyordu... O telefon nasıl açıldı hiç anlamadım, mahsus mu açtı acaba, bana bilerek mi dinletti, yoksa yanlışlıkla mı bir düğmeye bastı... Bunu çok uzun düşündüm, biliyor musun, sanki en önemli şey buymuş gibi... O telefon nasıl açıldı... Yarım saat dinledim onları... Yerimden bile kıpırdamadım... Doktora anlattığımda ne hissettin diye sordu, hatırlamıyorum dedim...

Ağladın mı diye sordu, hatırlamıyorum dedim...

Yelda, dudağının tam kenarında gözünden akan yaşın tuzlu ıslaklığını ancak sormak için ağzını açtığında hissetti.

— Ağladın mı?

— Evet.

Leopold, sanki bu hikâye onları çok eski ve yakın bir dost haline getirmiş gibi uzanıp Yelda'nın yanağındaki yaşı sildi.

— Ama senin ağlamana gerek yok.

— Sana ağlamıyorum.

— Biliyorum, dedi Leopold gülerek, o kadar kaba biri olmadığını ilk gördüğümde anlamıştım.

Yelda gözünü sildi.

— Sonra ne yaptın peki?

— Sonra ne yaptım...

Sigarayı yüzüne doğru kaldırıp uzun uzun sigaranın ucundaki ateşe baktı.

— Sadece benim sevgilim mi orospuydu yoksa hepiniz mi öylesiniz diye merak ettim... Dünyayı dolaştım, bütün kadınlara baktım... Sonunda karar verdim, sadece benim sevgilim değil hepiniz orospusunuz.

İçerden gürültülü bir kahkaha sesi geldi, Yelda hafifçe başını içeri uzatıp baktı, Taner'in odasında Rojda'yla birlikte bir başka kız daha vardı şimdi, hep birlikte gülüyorlardı ama kızların kahkahası daha çok duyuluyordu.

— Ben de sana bir sır vereyim, dedi Yelda, böylece bir dünya turu daha yapmana gerek kalmadan bir gerçeği daha öğrenirsin... Erkekler de orospu...

Sonra ayağa kalktı.

— Hadi, ben yatmaya gidiyorum, daha şimdiden senin gibi konuşmaya başladım, biraz daha kalsam senin esrarından da içmeye başlayacağım.

— Ben de kalkıyorum, dedi Leopold. İyi geceler.

Sigarasını ayağının altında söndürüp köyün içindeki evlerden birine doğru yürüdü, hiç sallanmıyor, dimdik yürüyordu, bilmeyen biri onun neredeyse bütün gün "ot" içtiğini anlayamazdı.

Yelda ayağa kalktığında yorgunluğunu, bütün bedenini, tek tek bütün kemiklerini ve kaslarını saran ağrıları daha iyi hissetti. Köy, her biri bir yana doğru kaymış çarpık evleri, siyah bir yumak gibi karışmış çamurlu dar sokakları, dağınık bahçe duvarları, camsız boş pencereleri, çoğu yıkılmış bacalarıyla ölmeye hazırlanan sancılı bir ihtiyar gibi görünüyordu. Karanlık ve sessizdi. Köpek havlaması dahi duyulmuyordu. Bu sessizliğine rağmen uykusunda bile huzursuz olduğu hissediliyordu. Eve doğru yürümeden son kez barakadan içeri baktı, Taner'le iki kız hâlâ oturuyorlardı.

Ağır ağır yürümeye başladı, uykusu gelmişti ama uyku isteğinin altında rahatsız edici, uyuyamayacağını söyleyen bir gerginlik hissediliyordu. Selim'i değil ama onunla geçirdiği güzel günlerden birini özledi, güldüğü, Selim'in "beni, senin gülmenden daha çok mutlu eden bir şeye hiç rastlamadım" dediği, çocuk resimleri gibi gerçeğe benzemeyen ama insanın içine girip yaşamayı arzuladığı, hayali andıran o günlerden birini yaşamak istedi. Selim'le bu köy daha değişik görünür, yorgunluk daha az hissedilirdi diye düşündü ama bu özlemin altından öfke öylesine şiddetli ve ani bir şekilde ortaya çıktı ki, bir an aklından geçirdiği "Selim'i arayayım" düşüncesinden vazgeçti. Neredeyse nefretle, "şimdi ne yapıyor acaba" diye düşündü, düşmanlık dolu bir kıskançlıkla içi kasıldı, Leopold'un sigarasının ucundaki o iri ateşe benzer bir acı tek tek bütün iç organlarında dolaştı.

Karanlıkta eve girip, mumu yakmadan, üstünü bile çıkarmadan uzanıp yattı. Uykusundan sık sık kendi hıçkırıklarını duyarak uyandı. Her uyandığında aynı şeyi düşünüyordu. "Selim ne yapıyor acaba şimdi."

Eğer düşünceler manyetik küçük demir tozları gibi evrene yayılsalar ve birbirini tamamlayan düşünceler birbirlerine boşlukta yapışsalardı, aynı anlarda "Yelda ne yapıyor acaba şimdi" diye düşünen Selim'in düşünceleri Yelda'nın uykusunun içinden patlayıveren düşüncelerle o köyün üstünde bir yerlerde buluşurdu.

Telefonu kapattığında Selim kabuğunu yitirmiş bir kaplumbağa gibi garip bir çıplaklık ve üşüme hissettiğini fark etmişti, sanki üstünden çoktandır alıştığı bir örtüyü çekmişlerdi. Sevildiğini bilerek, buna inanarak yaşamanın insanı nasıl güvenli ve sıcak tuttuğunu, şimdi o sevgiyi kaybetmekte olduğundan kuşkulandığında anlamıştı.

Tam sezemediği bir yeri ezilmişti, neresine bir darbe yediğini tam çıkaramıyordu ama o ezikliği hissediyordu. Memleketten memlekete, şehirden şehire, lisandan lisana, okuldan okula, kadından kadına dolaşırken karşılaştığı övgüler ve hayranlıklarla beslenip büyüyerek içine tüylü bir hayvan gibi yerleşen kendini beğenmişliği, okuduğu bütün kitaplara, aldığı eğitime, bir yanıyla gerçek bir incelmişliği taşımasına, incelikli davranışlara düşkünlüğüne, kıskançlığı küçümsemesine rağmen bir kadının onda küçük de olsa bir ezik lik yaratmasına tahammül edemiyordu.

"Gerektiğinde ben söylerim" diyen Yelda'nın bu sözlerine inanmıştı, gerektiğinde gerçekten söyleyeceğini düşünüyordu ama düşüncelerinin gerisinde, varlığını oluşturan o en dipteki özün içinde düşünceye ya da duyguya benzemeyen hayvansı bir içgüdü ona tehlikeli bir araziye girdiğini haber veriyordu.

Elinde, sarı bir ışıktan yapılmış gibi duran şarap kadehiyle hiç kıpırtısız otururken, kendi kendisiyle mücadele ediyor, yapmaya hazırlandığı hareketin bir güçsüzlük olacağını kendine söylüyordu ama bunları düşünürken bile aslında çoktan karar verdiğini, bu karara karşı çıkamayacağını da biliyordu.

Sonunda telefonu aldı, numaraları çevirdi. Bir an telefonun açılmayacağından korktu, yıllardan beri duymaya alıştığı o yumuşak "efendim" sesini duyduğunda, uzun ve fırtınalı bir yolculuktan sonra limanı görmüş denizciler gibi bir ferahlık ve kurtuluş duygusuna kapıldı.

— Fahrünisa?

Karşıda bir anlık bir duraklama bile olmadı sanki onu arayacağından haberdar gibiydi, "nasılsın?" dedi.

— İyiyim. Ne yapıyorsun?

— Kendime yemek hazırlıyorum.

— İki kişiye yetecek kadar yemeğin var mı?

— Gel, seni doyuracak bir şeyler bulurum ben.

Üniversitede ilk karşılaştıkları günden bu yana Selim'in her konudaki açlığını doyurmayı başarmıştı, hiçbir zaman bir tutku yaratacak şiddette olmayan ama her zaman bir açlığı lezzetle doyurmaya yetecek cinselliğini de sakin sesinin ve iki anlamlı cümlelerinin arasına koymaktan hoşlanır, Selim de onun bu konuşmalarıyla kışkırtmaktan ziyade eğlenmeyi amaçladığını bilirdi.

Oxford'un, Selim'e hep bej rengi solmuş bir kumaşı hatırlatan sokaklarında, dar bahçeli, taş kemerli binalarında, uzun pencereli küçük sınıflarında, eğlenceli bahar partilerinin verildiği geniş yeşil çimenliklerinde, nehir kenarındaki öğrenci birahanelerinde sık sık karşılaşmışlardı, ilk başlarda ikisi de birbiriyle pek ilgilenmemiş, Türkçe konuşmaktan öteye bir ortaklıkları olmamıştı. Biri tarih, biri iktisat okuyordu, ne Selim'in ilgi çekici bir yakışıklılığı ne Fahrünisa'nın çarpıcı bir güzelliği vardı, zamanla ikisinin de edebiyat ve felsefe toplantılarını kaçırmadığını fark etmişlerdi. Bir felsefe toplantısından sonra Selim, kendisine pek yakışan gençlik küstahlığıyla söz alıp, "Kant felsefesinin, boşa harcanmış bir hayatın kötü etkileri uzun sürmüş talihsiz macerası" olduğunu anlatan bir konuşma yaptığı sırada gözü bu sakin kıza ilişmiş ve onun gözlerinde kendisini heyecanlandıran bir parlaklık görmüştü, göz göze geldiklerinde o gece sevişeceklerini ikisi de anlamıştı. Fahrünisa'nın istediği zaman böyle cinsel bir alan yaratıp, istediği erkeği geçici bir süre için bile olsa cinsel bir sarhoşluğa sürükleme yeteneği bulunduğunu Selim daha sonraları çok şaşırarak fark etmişti. Neredeyse "cinsiyetsiz" gözüken, kadınlığını hiç ön plana çıkarmayan, bir kere bile dekolte bir elbise giymeyen bu kızın bu yoğun dalgalanmaları yaratacak cinsel enerjiyi bedeninin neresinde sakladığını hep merak etmişti.

Toplantıdan sonra birlikte çıkmışlar, sessiz sokaklarda yürümüşler, aralarında bu konuda tek kelime konuşulmamasına rağmen Selim'in odasına gidip sanki daha önceden anlaşmışlar gibi soyunup sevişmişlerdi. Unutulmayacak bir sevişme olmuştu.

Yeşile boyalı, rahatsız tahta yatağın başucunda duran komodinin üstündeki Chesterfield paketinden bir sigara alıp yakan Selim, erkekliğinden memnun genç bir aygır gibi gerinip, Oxford öğrencileri arasında pek moda olan "iyi bir eğitime rağmen bu eğitimi aşacak bir terbiyesizliğe ulaşmak gerekir" anlayışına uyarak, "bu galiba bir ödüldü" demişti, "anladığım kadarıyla iyi bir konuşma yaptım."

Fahrünisa'nın sakin sesiyle söylediği tek kelime de onların arasında bitmeyecek bir ilişki başlatmıştı.

— Saçmalıyordun.

Selim şaşırmıştı...

— Eee?

— Saçmalama cesaretin ilgi çekiciydi.

— Bence şimdi de sen saçmalıyorsun.

Fahrünisa bu saldırı karşısında da sükûnetini hiç bozmamıştı.

— Benimki de ilgi çekici bir cesaret.

Yıl sonuna kadar bir daha hiç ayrılmamışlardı, o yaz, Selim Fahrünisaların Kandilli sırtlarındaki Boğaziçi'ne bakan muhteşem konağına gittiğinde, istediği zaman hiç fark edilmeyen, istediği zaman çok etkileyici olabilen bu genç kızın yüzlerce yıl geriye giden köklerini görmüştü. Aile, paşalarla, sadrazamlarla dolu bir geçmişe sahipti, geçtiğimiz yüzyılın başlarında Meşrutiyet'in yeni zenginlerinden birinin aileye damat olarak girmesiyle servetleri akıl almaz ölçülere ulaşmıştı. Bu servetin şimdiki üç sahibi ise, anneanne, anne ve Fahrünisa'dan oluşan üç kadındı. Anneanne ve anne Dame de Sion mezunlarıydı, özellikle anneanne Meserret Hanım'ın hâlâ bazı kelimeleri eski İstanbul Türkçesiyle konuşması, "yanlış"a, "yanış" demesi Selim'in çok hoşuna gitmişti. Fahrünisa'nın annesi Nesrin Hanım ise hayatında gördüğü en şık kadındı, bütün hayatında bir daha o kadar şık ve o kadar sade giyinebilen, onun kadar zevkli birini görmemişti. Üç kadının üçü de, ayakkabıları da dahil olmak üzere her giydiklerini özel olarak yaptırıyor, kendi deyimleriyle "sokaktan" bir şey almıyordu.

Ona, tatlı bir meyille sahile kadar inen geniş bahçedeki büyük fıstık çamının altında, yasemin kokuları arasında, üstünde eski Grek motifleri olan gümüş bir kap içinde kremalı frambuaz ikram etmişlerdi. Fahrünisa her zamanki gibi çok sakin oturmuş, iki yaşlı kadın Selim'in şakalarına gülüp, küstahlığıyla alay etmişlerdi ama alaylarında ipek bir mendille bir çocuğun yüzüne dokunur gibi insanın ağırına gitmeyen hoş bir hafiflik vardı. Nedense o günden en çok o gümüş kapla frambuaz, iki kadının kendisiyle eğlenmeleri ve Nesrin Hanım'ın ham deriden özel yapılmış, Roma imparatoriçelerini hatırlatan sandaletleri aklında kalmıştı.

Bu üç kadın dünyayla alakası olmayan başka bir âlemde yaşıyor gibiydiler ama Selim onların o büyük serveti çok akıllı bir şekilde kullandığını, o doğal otoriteleriyle bütün şirketlerin denetimini kimseye uygunsuz bir davranışta bulunma fırsatı vermeden ellerinde tuttuklarını daha sonra öğrenmişti.

Evden çıktıklarında, "ailene âşık oldum" demişti, "bundan sonra senden ayrılabilirim ama annenden asla."

Yaşlı kadınlar da "ambasodör çocuğu" olan genci beğenmişlerdi.

Selim'in züppeliğine uygun biçimde okulun son günü Oxford'da arkadaşlarının ve hocalarının katıldığı küçük bir "garden partiyle" evlenmişlerdi, daha büyük bir düğün isteyen iki "büyük hanım" ise "ambosödör çocuğunun" sanıldığından daha sert bir ceviz olduğunu, aklına koyduğunu yaptığını öğrenmişlerdi.

"Hayatımın en mutlu günü" dediği günün ertesi günü Selim "hayatının en kara gününü" yaşamış, oğullarıyla yeni gelinlerini görmek için Bolivya'dan Londra'ya hareket eden annesiyle babası And Dağlarına çarpan uçakta ölmüşlerdi. Bu kaza, Selim'in bütün hayatını da taze evliliğini de sarsmıştı, neşeyle başlaması beklenen evlilik kederle ve yasla başlamıştı.

Bu kaza, onların ilişkisini bir bakıma daha başlarken bitirmiş, bir bakıma bir daha kopmamak üzere sağlamlaştırmıştı. O yaslı günlerde Fahrünisa'dan başka hiçbir kadın onun acısını öylesine usul ve dostça bir şefkatle yatıştıramaz, onun kederini öylesine incelikli bir özenle paylaşamaz, onu öylesine yumuşacık ve öylesine sağlam tutup yeniden hayata bağlayamazdı.

O yazı köşkte geçirmişler, Meserret Hanım'la Nesrin Hanım da gerçek bir anneanneyle gerçek bir anne gibi bu yeni oğullarını sahiplenmişler, onu biraz eğlendirebilmek için ellerinden geleni yapmışlar, çeşitli armağanlarla şımartmışlardı. Balzac'ın otantik el yazıları, Schiller'in şiirlerinin orijinal ilk baskısı, Abdülhamid'e ait sedef saplı altın makas hep o dönemin armağanlarıydı. Mısır pamuklusundan gömlekler, İtalyan keteninden pantolonlar, özel dokunmuş ince yünden ceketler, el yapımı mokasenler gardrobunu doldurmuştu.

Evliliğin ilk dönemindeki o yaslı günlerde Selim Fahrünisa'nın kadınlığına, dişiliğine, cinselliğine değil anneliğine, dostluğuna, yakınlığına ihtiyaç duymuş, Fahrünisa da ona istediğini vermişti ve ilişkilerini biçimlendiren de bu olmuştu. Acısı hafiflemeye başlayıp yeniden hayatı keşfetmeye koyulduğunda artık bir daha Fahrünisa'yı onu cinselliğiyle ayartan bir kadın olarak görememişti, o Selim için asla vazgeçilemeyecek, zor zamanlarda sığınılacak ama aşk için, eğlence için, tutku için, çılgınlık için ihtiyaç duyulmayacak biri olacaktı.

Onların ilişkisi, ya o kaza yüzünden ya da zaten öyle olması kaçınılmaz olduğundan, aşka dönüşebilecekken tökezlemiş ve yolundan saparak, şiddeti aşktan çok daha düşük ama sağlamlığı aşktan çok daha dayanıklı bir sevgiye ve dostluğa dönüşmüştü.

Selim'in evden uzakta geçirdiği zamanlar ve söylediği yalanlar artınca nikâhlarından iki yıl sonra Fahrünisa boşanmak için mahkemeye başvurmuştu. Boşandıkları gün mahkemeden birlikte çıkarken Fahrünisa her zamanki sakin haliyle, üzüntüsünü kendisine çok yakışan sadeliğiyle ortaya koyarak "aslında bir hata yaptığımı biliyorum" demişti, "ama seninle hata yapmamak mümkün değil."

Birlikte bir lokantaya gitmişler, sahile yanaşan büyük yolcu gemilerine bakarak yemek yemişler, Selim kurtulmuşluk duygusunu sahte bir üzüntüyle saklamaya uğraşırken Fahrünisa acısını soylu gülümsemesiyle kapatmıştı.

— Boşanmaktan başka ne yapabilirdim, demişti Fahrünisa... Sana mı benzeseydim, ben de seni mi aldatsaydım... Benden her şey yapabilirsin ama ikinci bir Selim yapamazsın... Ben o değilim... Zaten sana rağmen olmadıysam hiçbir zaman da olmayacağım demektir.

O günden sonra Fahrünisa'nın aşkla, Selim'in ise derin bir sevgiyle bağlı olduğu ilişkileri bir başkasının anlayamayacağı bir biçimde sürmüş, asla kopmamıştı. İkisi de kopmayacağını biliyorlardı. Fahrünisa Selim'in her zor zamanda sığındığı bir liman olmayı, başka hiçbir kadının onun hayatında kendi yerini alamayacağını bilmenin gizli gururuyla kabullenmişti. Buluşurlar, konuşurlar, dertleşirler, bazen sevişirler, tartışırlar, sinemalara, konserlere giderlerdi, hiçbir zorunluluğu olmayan, hiçbir duygusal açıklama yapılmayan, hiçbir hesap sorulmayan, hafif ve sırf hafif olması nedeniyle de vazgeçilmez bir ilişkileri olmuştu. Selim, bu ilişkinin Fahrünisa için göründüğü kadar hafif olmadığını hiçbir zaman kavrayamadığından ilişkileri için "Polonya gobleni gibi" derdi, "eşi bulunmaz bir lüks."

Aşklarının ilk zamanlarında Yelda, Selim'in Fahrünisa ile ilişkisini hiç anlayamamış, şiddetli kavgalarla sonuçlanan sert tartışmalar çıkarmış, defalarca "neden seni o kadınla paylaşmak zorundayım?" diye bağırmıştı. "Hem neyin o kadın senin, bir adı var mı varlığının, annen mi, karın mı, metresin mi, neyin o kadın?"

Selim, Fahrünisa'nın gizli acısını anlayamadığı gibi Yelda'nın açık üzüntüsünü de anlayamamış, "annem olsa çok zengin olurduk" diye gülmüştü. Yelda'yı ve ilişkilerini ilk yaralayanın "o kadın" olduğunu hiç bilememişti, kendisi Yelda'yı böylesine aşkla severken onun başka bir kadını ciddiye alabileceğine, bunun için acı çekebileceğine inanmamış, sığınağından vazgeçmemişti.

O gece de, her zaman olduğu gibi o sığınağına gitmiş, Fahrünisa'nın Bebek'teki, büyük teyzelerinden birinin adını taşıyan koruluktaki yeni evinin üst katında, koydaki yelkenlilere, geniş kamaralı beyaz teknelere, ışıklar içinde akıp giden yolcu gemilerine bakarak, iyi pişmiş bonfile, limonlu yeşil salata ve kendisi gelmeden açılıp oda sıcaklığı kıvamına getirilmiş bir şişe Chateauneuf-du-Pape'dan oluşan yemeklerini yemişler, Selim, o seviyor diye her zaman evinde bu şaraptan birkaç şişe bulunduran Fahrünisa'nın dizine dokunarak, "tanrı aslında seni, bakın ben istesem ne harikalar yaratabilirdim ama uğraşmaya gerek görmediğim için sizi böyle yaptım, demek için bir mükemmellik örneği olarak yarattı herhalde" demişti.

Fahrünisa omuzlarını silkerek gülümsemişti.

Konuşmuşlardı biraz, daha ziyade Selim anlatmıştı, okuldan bahsetmiş, Mahmut'la dalga geçmiş, her zaman olduğu gibi Fahrünisa'yı güldürmüştü.

Sonra Fahrünisa'dan yayılan o yoğun cinsellik dalgasını hissetmişti, biraz da aklının derinlerinde "Yelda'nın bir adamla koşuya çıkacağı" gerçeği bulunduğundan olsa gerek kendini bu dalganın etkisine rahatlıkla bırakmıştı.

Fahrünisa onu elinden tutup yatak odasına götürmüştü.

Tutkuyla değil ama istekle, aralarındaki isimsiz ilişkinin benzersiz yakınlığıyla sevişmişlerdi.

Sevişme molalarından birinde, Selim yere kadar inen geniş pencereden, şehrin göğsünden sessizce akıp giden karanlık sulara bakarak, "Yelda şimdi ne yapıyor acaba?" diye düşünmüştü.

VII

Bir keşiş hücresini andıran taş odasında gözlerini açtığında ilk hissettiği kuvvetli bir kurtulma isteği oldu; bu odadan, onu bilmediği yerlere, bilmediği insanların arasına savuran bu hayattan, uykunun huzurlu vadilerini bile zaptedip o son sığınağını da bir ıstıraba çevirerek onun ruhunu kanatan bu kıskançlıktan, kederli bir keman sesi gibi rüyalarında dahi hiç susmadan tekrarlanan "Selim şimdi ne yapıyor?" sorusundan, bu yalnızlıktan, aldatılmanın getirdiği o korkunç kişilik yıkımından, hiç dinmeyen ağlama isteğinden, bütün bunlara neden olan ve ona artık sadece acı verdiğini düşündüğü bu aşktan kurtulmak istiyordu.

Daha fazla taşıyacak gücü kalmamıştı.

Günlük konuşmalarla, şakalarla, takılmalarla, kendisini avutacak çalışmalarla, zoraki gülüşlerle bugüne dek başka insanlardan saklamayı başardığı o derin acı, ortaya çıkabilmek için kendine bir yol arayan büyük bir yeraltı nehri gibi yaracağı zayıf bir noktayı bulabilmek için sürekli olarak o sahte davranışların çeperlerine vuruyor, onların dayanma gücünü zayıflatıyordu. Varlığının özünü ele geçirerek oradan kanserli bir hücre gibi bütün ruhuna yayılan, kendine olan güvenini kemiren bu aşağılanmışlık duygusu artık sadece ruhunu değil, ağrılarla, kasılmalarla, seyirmelerle sarsılan bedenini de zorluyordu.

Bütün varlığını yakıp kavuran içindeki korkunç cehennemi bir süre sonra insanlardan saklayamayacağından korkmaya başlamıştı. Gücünün azaldığını hissediyordu. Bu köyün onun son durağı olduğunu, Selim'den uzaktayken de bu acıdan kurtulamazsa, insanüstü bir çabayla tutunmaya çalıştığı hayattan kopup, dibinde ne olduğunu göremediği karanlık bir yalnızlığın içine yuvarlanacağını, başta Selim olmak üzere herkesin onu orada unutacağını düşünüyordu.

Son zamanlarda, bu acıklı tutunma çabasından vazgeçip kendini karanlığa bırakmayı da aklından geçirmeye başlamıştı, yorgunluğu bu düşünceyi beslerken, bu düşünceden dehşete düşen bir yanı da "iyileşmek" için son gücünü de kullanmasını söylüyordu. Mutluluk ümidi kalmamıştı. Masala olan inancını da yitirmişti. Artık istediği sadece rahat bir uyku, kıskançlıklarla, kuşkularla, kederli düşüncelerle parçalanmamış sıradan, huzurlu bir gündü. Karşılığında her şeyini vermeye razı olabileceği şeyin rahat bir uykuyla huzurlu bir gün olduğunu anlaması, bir uyku karşılığında vazgeçilecek kendi varlığının da kendi gözünde ne kadar değersizleştiğini ona, onu utandırarak gösteriyordu.

"Bütün bunlar senin yüzünden Selim" diye düşündü, "bana neler yaptın, beni ne hale getirdin."

Onu kaybolmanın eşiğine getiren aşkın hemen yanında, aşkla bağlı olduğu adama bunların bedelini ödetme arzusu yatıyor, nefreti andıran bu arzu onun kurtulma isteğini kamçılıyordu. Selim'in de üzülmesini, acı çekmesini, aşağılandığını hissetmesini istiyordu. Bu arzu sanki eski kimliğiyle arasındaki bir sınır kapısı gibiydi, o arzu tatmin olduğunda o kapı açılacak, şimdi ona uzak ve sihirli bir ülke gibi gözüken eski gücüne ve huzuruna kavuşacaktı.

Anlaşılmaz olan ise, bütün bu öfkesine, Selim'in acı çektiğini görme isteğine rağmen onu hâlâ tutkuyla sevmesi, onunla mutlu bir hayat sürebilecek olmayı dilemesi ve inanılması zor ama canını en çok acıtmak istediği adama karşı neredeyse bir annenin şefkatini duyabilmesiydi. Belki de onu böylesine çok yoran, duygularının birbirine karışmasıydı. Her seferinde, "keşke bunlar olmasaydı" diye düşünüyordu, "bunları yaşamak zorunda kalmasaydık."

Bütün bunların gerisinde, insanın ulaşmasının tanrısal bir emirle yasaklandığı o karanlık, zihnin dumansı bir yapıya sahip olduğu belirsiz bölgede, gölgeleri bilincinin alt kısımlarına yansıyan gizemli bir şeyler kıpırdıyor, beklenmedik bir anda ani bir karara dönüşebilecek olan düşüncemsi karaltılar uçuyordu ki onları hissetmek bile ürküntüyle karışık heyecanlı bir ürperti veriyordu ona. Ama oralara dokunmamak, onları merak etmemek gerektiğini seziyordu. Zihninin ona gönderdiği sinyaller şimdilik sadece, kendisini şaşırtmaya hazır olmasını söylüyorlardı. O dumansı bölgedeki karaltıların hayatın işaretleri olabileceğini umuyordu ve bu umut ona heyecan verdiği kadar anlaşılmaz bir biçimde üzüntü de veriyordu.

Saatine baktı, altıyı geçiyordu.

Vücudunun her bir parçasını ayrı bir yerden toplayıp birbirine eklermiş gibi zorlukla, ağrılarla baş etmeye çalışarak kalktı. Dar, siyah bir tişört, dizlerinin altında biten sımsıkı bir siyah tayt, yumuşak tabanlı koşu ayakkabılarını giydi. Aynada kendine baktı, gözlerinin altı uykusuzluktan ve yorgunluktan biraz harelenmişti ama vücudu siyah bir jaguar gibi esnek ve diri gözüküyordu. En kederli anında bile kendi vücudunu beğendiğinde ancak bir kadının gülümseyebileceği gibi gülümsedi. Aşağı kata inip, yeni konduğu anlaşılan portatif bir duşun bulunduğu banyoda yüzünü soğuk suyla yıkadı, yeniden yukarı çıkıp önce yüzüne nemlendirici sürdükten sonra hafif bir makyajla gözlerinin altındaki morumsu halkaları kapattı.

Bir kere daha kendine baktı. Uykudan yeni kalkmış, dinlenmiş, tazelenmiş bir hali vardı. Davranışlarıyla olduğu kadar görüntüsüyle de insanları kandırmaya hazır olduğuna karar verdi.

İnsan ruhunun o tuhaf kandırmacalarından biri daha gerçekleşti ve aynaya yansıyan o çevik güzellik başkalarından önce Yelda'yı kandırdı, merdivenlerden inerken her adımda biraz daha esnek ve biraz daha güçlü olduğunu hissediyordu.

Evden çıktığında, onun daha biraz önce kederle yıkılmakta olan bir kadın olduğunu anlamaya imkân kalmamıştı.

Karakolla evin arasında, uçurumun tam kenarında Taner duruyordu, ayaklarını yere vurmasından sabırsızlanmaya başladığı anlaşılıyordu. Gene yayvan yakalı yeşil bir fanile giyip, tabancasını takmıştı.

— Geldin mi, dedi Yelda'yı görünce.

— Evet...

— Doğrusu ya gelmeyeceğini düşünmüştüm.

Sonra lafı uzatmadan, "hadi gidelim" deyip koşmaya başladı. Sanki gelerek kendisini hayal kırıklığına uğratmasına kızmış gibi gereksiz bir süratle koşuyor, köyün engebeli yollarından şaşırtıcı bir rahatlıkla, hiç tökezlemeden geçiyordu. Yelda, onun kendisini pişman etmek için böylesine hızla koştuğunu, yolun bir yerinde "ben yoruldum" demesini beklediğini hatta bunu istediğini hissetmişti. Bu davranışta, erkeksi bir hastalığın, kadınların kendi dünyalarına böyle fütursuzca ve güvenle girmelerine duydukları kızgınlığın, güçlerinin tartışılmazlığını kanıtlama isteğinin işaretlerini görüyordu. Bir yandan temposunu Taner'in temposuna uydururken bir yandan da içinden "deli bu erkeklerin hepsi" diye düşünüyordu ama ölse bile geride kalmayacağına, Taner'e "yoruldun mu" deme zevkini tattırmayacağına da çok erkeksi bir şekilde karar veriyordu.

Köyden çıkarken, ilk geldiğinde rastladığı mor saçlı yaşlı kadının bahçesinin önünde durduğunu gördü, kadının yanından geçerken "günaydın" diye bağırdı. Kadın hiçbir şey söylemeden ifadesiz bir yüzle baktı ona. Köyden uzaklaşırlarken dönüp geriye bir göz attığında kadın hâlâ arkalarından bakıyordu.

Dağlara doğru koşuyorlardı, güneş görünmüş, kekik kokan tepeler kahverengi gölgeli serin bir kızıllıkla uyanmaya başlamıştı, dar patikalardaki taşlar ayaklarının altında yuvarlanıyordu, Yelda baldırlarının sızlamaya başladığını fark ediyordu ama bir yandan da bedeninin koştukça canlandığını hissediyordu. Ona spor her zaman iyi gelmiş, bedenine olan güveni arttıkça ruhuna olan güveni de artmıştı. Spora yatkın güçlü bir bedeni vardı, lisedeki voleybolculuk döneminde yaptığı antrenmanların faydasını hâlâ görür, vücudu ilk zorlanmalardan sonra kendini çabuk toplardı.

Solukları sıkışıyordu ama tecrübesiyle bir zaman sonra nabzının ve soluklarının düzeleceğini, adalelerinin ilk katılıklarından kurtulup gevşeyeceğini, kalbinin gerekli ritmi yakalayıp kaslarına bol miktarda kan göndereceğini, ciğerlerinin genişleyeceğini biliyordu.

Arada bir tek başına bir kayalığın dibinde büyümüş yabani bir incir ağacının yanından geçiyorlar, olgunlaşmamış küçük, yeşil meyvelerin içindeki acı sütün ılık kokusunu duyuyorlardı.

Taner arkasına bakmadan koşuyordu ama nefes seslerini dinleyerek hemen yanı başında koşan Yelda'nın durumunu kontrol ettiği de anlaşılıyordu. Bir süre sonra Yelda'nın pes etmeyeceğini, koşmayı bırakmayacağını, "ben yoruldum" demeyeceğini kestirip temposunu biraz düşürdü. Yelda'nın ilk isteği onun yanından geçip gitmek oldu ama bedeninin henüz buna hazır olmadığını hissederek minnettarlıkla o da yavaşladı.

Tepeye vardıklarında Taner kavruk bir ağacın altında durdu.

— Bir dakika ovaya bakma molası, dedi. Her sabah burada durur ovaya bakarım.

Buradan sabahın o saatinde bakıldığında, yükselmekte olan güneşin dağ yamaçlarına çarparak yansıyan ışıklarının altında ova mavimsi bir yeşillikle pembenin birbirine karıştığı bir buğunun altında neredeyse kadınsı bir yumuşaklığa sahip gözüküyordu. Daha önce böylesine geniş bir arazide böylesine bir renk alacası görmemiş olan Yelda ağacın ince kabuklu gövdesine yaslanıp ovaya baktı.

— Her sabah böyle mi gözüküyor?

— Bu mevsimde evet...

— Başka mevsimlerde de bulundun mu sen burada?

— Evet.

Taner, onun başka soru sormasına fırsat vermeden "hadi" diyerek yeniden koşmaya başladı, şimdi aşağıya doğru koşuyorlardı, geniş bir ovaya doğru bir tepeden koşmak Yelda'ya uçacakmış duygusu veriyor, onu canlandırıp coşturuyordu. Vücudunu tümüyle serbest bırakarak koşuyor, ayakları yerden kesilecekmiş gibi oluyor, içinden bir enerji dalgasının kabardığını hissediyordu.

Önünde boş su şişelerinin bulunduğu bir mağaranın önünden geçip bir kayanın yanından sola dönünce bütün köy, köyün altındaki uçurum ve ova açılıverdi önlerinde, bu öylesine beklenmedik bir görüntüydü ki Yelda bir an duraksadı sonra kendini aşağıya doğru bıraktı, rüzgâr kulaklarında uğulduyor, yüzü yanıyor, havalanıyormuş duygusuna kapılıyordu, damarlarında süratlenen kanı içini yıkıyormuş, onu temizleyip geçmişinden arındırıyormuş gibi bir yenilik ve arınma hissediyor, yeni bir hayata, yeni bir kimliğe ulaşacakmış gibi dağdan aşağıya doğru gittikçe hızlanıyordu. Bir taşa takılıp düşebileceği, bir yerini sakatlayabileceği aklına bile gelmiyordu, aslında o anda aklında hiçbir şey yoktu, sadece yüzünü gittikçe daha çok yakan, karnına, göğüslerinin altına, alnına, saçlarına çarpan rüzgârı hissediyordu. Onun çılgınca kendini bırakışına dehşetle bakan Taner arkada kalmıştı.

Köyün içinden de aynı süratle geçti, evin önünde nefes nefese, kollarını karnında toplayarak iki büklüm durdu. Kalbinin çarpışını bütün bedeninde duyuyor, damarlarına çarpan kanı kulaklarında zonkluyordu. Gülerek doğrulduğunda Taner geldi.

— İyi koşuyorsun, dedi.

— Söylemiştim.

— Ama böyle koşarsan bir yerini sakatlarsın.

— Sen de sakatlanmaktan bu kadar korkarsan öyle koşamazsın... Yarın koşacak mıyız gene?

— Tabii.

İkisi de ter içindeydi, tişörtleri sırılsıklam yapışmıştı gövdelerine, nefes nefese konuşuyorlar, iki hayvan gibi birbirlerinin sıcaklığını ve kokusunu hissediyorlardı.

Karşılaştıklarından bu yana ilk kez gülümsedi Taner, yüzü kayboldu birden, Yelda sadece onun dudaklarını, düzgün dişlerini gördü.

— Unutma, burada ayağı kırılan kadınları vuruyorlar.

— Ayağı kırılmayanları da vuruyorlar, dedi Yelda.

Onlar konuşurlarken etraf kalabalıklaşmaya başlamıştı, uykulu gözlerle kahvaltı etmek için barakaya gidenler birbirleriyle selamlaşıyorlar, ayaküstü konuşuyorlardı, Yelda'nın daha önce görmediği insanlar da vardı aralarında.

Rojda yanlarına geldi, ikisine birden baktı.

— Ne bu haliniz?

Yelda, anlayamadığı bir tedirginlik ve utanma hissetti, telaşla, "sabah koşusu yaptık" dedi.

— İkiniz mi?

Yelda'nın sesi bu sefer sinirli çıktı.

— Evet.

— Yarın da koşacak mısınız?

Yelda, Taner'e baktı, o sakin bir şekilde onları dinliyordu.

— Evet, dedi.

— Ben de geleyim o zaman yarın sabah sizinle.

— Olur.

— Kahvaltıya geliyor musunuz? dedi Rojda.

— Gidip çabucak bir duş alayım, geliyorum, dedi Yelda.

Eve doğru yürürken dün geceden beri sormak istediği soru aklına geldi, dönüp baktığında Rojda Taner'le konuşuyordu.

Kendisini de rahatsız eden gergin bir sesle "Rojda", dedi.

— Efendim?

— Dün gece niye elektrikler yoktu biliyor musun?

— Köyde elektrik yok, hâlâ bağlamadılar. Sadece karakolun ve barakaların jeneratörü var.

Yelda, sıkıntıyla yüzünü buruşturup, "anladım" dedi.

Hızlı adımlarla eve gitti, yukardan havlusunu alıp duşun altına girdi, suların altında garip bir memnuniyetle, nedenini tam kavrayamadığı bir kızgınlık hissettiğini fark etti. Koştuğu için, koşarken hissettikleri için memnun olduğunu biliyordu, kendisini neyin kızdırdığını düşününce Rojda'ya kızdığını anladı ama bunun nedenini bile düşünmek istemedi.

Giyindikten sonra önceki sabahtan daha özenli makyaj yaptı. Evden hızlı adımlarla çıktı, barakalara doğru yürürken Zerrin'e rastladı, yanında on bir on iki yaşlarında, kocaman yeşil gözlü, dimdik siyah saçları olan, ciddi yüzlü bir oğlan olduğunu gördü.

Zerrin, "Bu Heja" dedi, "birlikte kahvaltı edeceğiz, hadi, sen de gel."

Uğultulu yemek odasına girip bir masaya oturdular, kahvaltılarını ederlerken Yelda, "nerede oturuyorsun Heja?" dedi.

Onun yerine Zerrin cevap verdi.

— Köyün girişindeki evde oturuyorlar.

— Ha, dedi Yelda, orada bir yaşlı kadın gördüm, sabah selam verdim ama cevap vermedi.

Yelda'da saçlarını karıştırmak isteği uyandıran Heja ciddi bir yüzle baktı.

— O konuşmaz, dedi.

— Niye?

— Onun iki oğlunu dağda vurmuşlar... Bir oğlunu da ensesinden vurup aşağıdaki derenin kenarına atmışlar... Ondan sonra o bir daha konuşmamış.

Yelda gerçek bir üzüntü hissetti.

— Senin ninen mi o?

— Annemdir.

Yelda şaşırdı.

— Vurulanlar?

— Ağabeylerimdir...

Yelda'nın kaşları çatıldı, gözleri açıldı, çocuğun sükûneti karşısında derin bir acı hissederek Heja'ya baktı. Heja, onun üzüldüğünü görünce, Yelda'yı daha sonra bölgedeki birçok insanda gördüğünde çok şaşırtacak olan o feodal terbiyeyle büyüyen herkes gibi, kendi acısıyla onu üzdüğü için utandı. Onu teselli edebilmek için büyük bir adam ciddiyetiyle konuştu.

— Erkek kuzu kesimliktir.

Yelda somurtuk yüzlü bu güzel oğlan çocuğunun ne demek istediğini anlamadığı için Zerrin'e baktı. Zerrin Heja'ya Kürtçe bir şeyler söyledi, o da aynı ciddiyetle ona bir şeyler anlattı.

Zerrin Yelda'ya döndü.

— Bu bir Kürt atasözüymüş, dedi. Sanırım, erkeklerin ölmek için doğduğunu ya da erkeklerin bir savaşta ölmesi gerektiğini söylüyor. Erkek adam ölmesi gerektiğini bilir gibi bir anlamı var.

Yelda, yaşlı birinin, ağabeylerinin ölümünden sonra çocuğu teselli etmek için bu atasözünü ona söylediğini, onun da bunu ezberlediğini ve aynı o adam gibi söylediğini tahmin etti, bunu söylerken sadece karşısındakini değil kendisini de teselli ediyor, acı karşısında böyle dik durabildiği için gururlanıyordu. Kimsenin onun üzüldüğünü görmesine izin vermeyeceği, bunun bir erkek için utanç verici olduğuna inandığı anlaşılıyordu. Yelda oğlanın yüzündeki öfkeli gururu görüyordu ve bu onu daha da üzüyordu.

Heja'nın eline o güne dek belki de hiç hissetmediği annece bir sevgiyle dokundu.

— Sen de erkek kuzu musun?

Heja usulca elini geri çekti.

— Erkekler öyledir.

Yelda, hiç bilmediği bir sevgi türü olduğunu içinde kabaran, Heja'ya sarılma, onu kucaklama, göğsüne bastırma isteği uyandıran duyguyla fark etti, daha biraz önce tanıdığı bu koca gözlü, "erkek kuzu kesimliktir" diyen oğlana bütün hayatını adayabileceğini, ona iyi bir gelecek sağlayabilmek için bütün varlığıyla uğraşabileceğini hissediyordu. Acılarla yolu kesilmiş, kendini savunma çabalarıyla berraklığı kirlenmiş, büyüdükçe zayıflayan egonun endişeleriyle biçim değiştirmek zorunda kalmış olan o hesapsız sevgiye her insan gibi bünyesinin duyduğu ihtiyaç, kelimelerin çok ötesine geçen kimsesizliğini ve kederini o ciddi suratının ardına gömen oğlan karşısında, ilk yağmurla birlikte açıveren çiçekler gibi patlamıştı. "Onu alıp hemen buradan gitsem" diye düşündü, "onunla bir hayat kursam." Eğer çocuğun bütün ölümleri ardında bırakıp kendisiyle gelmeye razı olacağını bilse bunu o anda yapardı ama ne çocuğun kendisiyle geleceğini, ne de o mor saçlı yaşlı kadını vurulmuş üç evlattan sonra elinde kalan sonuncusundan mahrum etmeye vicdanının el vereceğini biliyordu. "Duyduğum her sevgi çaresiz" diye geçirdi içinden, "bu da bir kader işte."

— Sana bir çay daha getireyim mi? dedi Heja'ya.

Sesindeki sevgi dolu titreyişe kendi de şaşmıştı.

— Sağ ol, istemem... Doymuşum.

Oğlan ayağa kalktı.

— Ben gidiyorum.

Yelda neredeyse içgüdüsel bir hareketle oğlanın gömleğinin kolunu tuttu.

— Akşam gene gelir misin? Konuşuruz biraz.

Oğlan, kendisine kur yapan bir kadına bakan bir erkek gibi baktı Yelda'nın yüzüne, Yelda gülmemek için dudağını ısırdı.

— Olur.

— Akşam görüşürüz o zaman.

— Olur.

Heja kapıya doğru yürürken Yelda, gözlerinde oluşan nemli bir buğunun bulanıklaştırdığı o küçük vücudun arkasından seslendi.

— Sen erkek kuzu olma, olur mu?

Heja döndü, ona baktı, bir şey düşünür gibiydi, sonra hiçbir şey söylemeden yürüyüp odadan çıktı. İnce ensesi, iğde çekirdeği gibi dimdik tuttuğu küçük bedeniyle çok yalnız gözüktü Yelda'ya, yaşadığı sürece acısını kimseye anlatmayacağını, daha o yaşta acısını kendisinin bile bir daha açamayacağı bir yere kilitlediğini, söylenmeyen bu acıyla gurur duyacağını, hayatını belki de bu acıya adayacağını ve bir yanının vurulmuş ağabeylerinin yanında hep bu hayattan uzak kalacağını düşündü.

Bunları düşünürken Zerrin'e nasıl baktıysa, genç kız tanıştıklarından beri ilk kez ona şefkatle dokundu.

— Buraları böyle, dedi. Buraları böyle...

Yelda çatalıyla tabağındaki zeytinleri iterken birden ayağa kalktı.

— Benim bir telefon etmem lazım, dedi, Jacques'a söyle on dakika sonra cipin yanında buluşalım.

Saat henüz sekiz olmamıştı, bu saatte Selim'in uyuduğunu biliyordu ama birdenbire yeni bir hayatın içine doğru kaydığını, Selim'in bilmediği yeni insanlarla tanıştığını, farklı hayatlar yaşamanın onların arasında yavaş yavaş bir uzaklık yaratacağını düşünmüş, Heja'nınki de dahil gördüğü her yeni yüzün, duyduğu her yeni sesin onları birbirinden biraz daha ayıracağından korkmuştu. Telaşlı adımlarla kayalıkların oraya gitti. Ellerinin hafifçe titrediğini fark ederek numaralarını çevirdi, telefon birkaç kez çaldıktan sonra uykunun derinliklerinden gelen Selim'in mahmur sesini duydu.

— Uyandırdım mı?

Selim her zamanki kibarlığıyla, "hayır canım" dedi, "uyanmak üzereydim zaten."

Birdenbire nereden geldiğini, nasıl beliriverdiğini anlayamadığı bir kuşkuyla, "sen evde misin?" dedi.

— Evdeyim canım.

— Dur o zaman, ev telefonundan arayayım. Bundan çok iyi duyulmuyor.

Selim'in cevabını beklemeden telefonu kapatıp ev telefonunu çevirdi, telefon bir iki çalıştan sonra açıldı.

— Yalnız mısın? dedi Yelda.

— Yalnızım Yeldacığım.

Genellikle acısını bir öfkeyle, bir kızgınlıkla ortaya koyan Yelda bu kez Selim'in çok ender duyduğu kederli bir sesle konuştu.

— Yalnız ol, olur mu? Ben yokken başka bir kadını koynuna alma, olur mu?

O sırada Selim'le Heja'yla konuşur gibi konuştuğunu fark edemedi.

— Almam birtanem.

— Keşke burada olsaydın, dedi Yelda.

Selim'in sesindeki mahmurluğun dağıldığını hissetti.

— Sen iyi misin?

Yelda kendini tutmaya çalışmasına rağmen ağlamaya başlamıştı.

— Bazen kendimi çok yalnız hissediyorum...

Bir sessizlik oldu.

— Geleyim mi oraya?

Yelda sadece bir gerçeği dile getiren ve bu gerçekliğe teslim olmuş tarafsız bir sesle cevap verdi.

— Nasıl geleceksin? Üniversite ne olacak... Hem neyim olarak geleceksin buraya? Buradaki insanlara ne diyeceğim?

Yeniden bir sessizlik oldu, Yelda sorduğu soruya bir cevap alamayacağını anladı.

— Benim gitmem lazım... Birazdan yola çıkacağız.

Telefonu kapattığında, sabah koşarken kapıldığı uçacakmış duygusu da, Heja için duyduğu o hem içini acıtan hem de ruhunu parlak bir aydınlıkla dolduran sevgi de garip bir biçimde örselenip buruklaşmıştı. Telefon ettiğine pişman oldu, "keşke aramasaydım" diye düşündü, bu konuşmalar onun Selim'e olan tutkulu sevgisini azaltmıyor ama onu Selim'den uzaklaştırıyordu, bir yanıyla koparken bir yanıyla daha sıkı bağlanmak onun neredeyse bütün varlığını çatırdatıyor, tamponundan zincirlerle bir duvara bağlanmış bir yarış arabasında gaza basar gibi sonunda bir parçasının kopacağı duygusuna kapılıyordu.

Döndüğünde Jacques'la Zerrin onu arabanın yanında bekliyorlardı, diğer gruplar da arabalarına binmişlerdi, Günter'le birlikte ciplerine doğru yürüyen Leopold uzaktan gülerek Yelda'ya el salladı, bir şeyden çok eğleniyormuş gibi bir ifade vardı yüzünde, dün akşamki adama hiç benzemiyordu.

Yelda arabayı çalıştırdığında Leopold yanlarından korna çalarak geçti, Jacques el salladı ona.

Yelda kendi kendine konuşur gibi,

— Cesur bir adam Leopold, dedi.

Jacques ona gerçek bir şaşkınlıkla sorar gibi bakınca açıklama zorunda kaldı.

— Onca acıya rağmen gülüyor.

— Hepimiz gülüyoruz, dedi Jacques.

Yelda gözünü yoldan ayırmadan,

— Hepimizin mi acısı var? dedi.

— Bu tür misyonlara gelenlerin çoğunun kederli bir hikâyesi, kaçtığı bir acısı vardır.

— Senin de var mı?

— Böyle yerler Fransız Lejyonu gibidir, dedi Jacques gülerek, kural, anlatmadıkça kimseye soru sormamaktır.

Yelda utandığını gizlemeye çalıştı.

— Özür dilerim, buraların acıların misyonu olduğunu bilmediğim gibi kuralı da bilmiyordum.

— Ama istersen sen kendi hikâyeni anlatabilirsin, ben dinlerim.

Yelda gülümsedi.

— Yok, dedi. Sizin kuralınız iyiymiş, ona uyalım.

Köyden çıkarken Jacques elindeki haritaya bakarak, "buradan sağa sapacağız" dedi, sağa sapıp uçurumun kenarından vadiye doğru inmeye başladılar. Bir zaman sarsıla sarsıla sessizce gittikten sonra Jacques, "Leopold sana telefon hikâyesini mi anlattı?" dedi.

Yelda'ya, Jacques'ın sesinde Leopold'un yalan söylediğini ima eden bir ton varmış gibi geldi, bir an bir aptal yerine konduğunu düşünerek telaşla sordu.

— Yalan mıydı anlattıkları?

— Hayır, doğru.

— Sen Leopold'u eskiden mi tanıyorsun?

— Barcelona Üniversitesinde ders verirken o da öğrencilerimdendi.

— Onun anlattıklarını küçümser gibi bir halin var.

— Yoo, küçümsemiyorum, aksine, gerçekten büyük bir acı çektiğini gördüm, ona ilk işini bulan da benim zaten.

— Ama gene de halinde Leopold'la ilgili bir tuhaflık var.

— Onun aslında acısını unuttuğunu ama acıya alıştığı için o acıdan kopamadığını düşünüyorum. Ölmüş bir acıyı taşıyor bence sırtında...

— Ve çok esrar içiyor, diye tamamladı Yelda Jacques'ın cümlesini.

Jacques aynı cümleyi tekrarladı.

— Ve çok esrar içiyor...

O sırada bir çukura giren cip sarsılınca sustular. Dağların arasındaki vadiye indiklerinde Jacques sözünü tamamladı.

— Eskiden unutmak için içiyordu, sanırım şimdi hatırlamak için içiyor.

Ovaya açılan dar boğaza uzanan yol, barutla gümüşün birlikte dövülmesinden oluşmuşa benzeyen parlak renkli bir kumla kaplı vadiyi yara izi gibi ortasından ikiye bölüyordu. Vadide ilerlerken, arkalarında incecik parlak bir toz bulutu beliriyor, arabanın tekerleklerine, camlarına yapışıyor, gittikçe büyüyerek pembemsi bir pamuk şekeri gibi kabarıp arabayı sarıyordu. Vadiyi kuşatan dağlar, aşağıdan yukarı bakıldığında, kızılımsı keskin yamaçları, derin yarıkları, bilinmeyen bir elin binlerce yıl önce düzleştirip bir ev duvarına benzettiği mağara girişleriyle olduğundan daha yüksek görünüyor, arabanın içindekilere gizemli bir geçmişte kaybolmuşlar hissi veriyordu. Tepelerden kendilerini seyreden birine küçük bir nokta gibi göründüklerini kestirebiliyorlardı.

Yaklaşık yüz metre uzunluğundaki boğaza girdiklerinde,

güneşin sokulamadığı gölge dolu yüzleriyle morumsu bir kahverengiye dönüşen kayalık yamaçlar dalgalar gibi kabararak onları kucakladı. Hiç konuşmuyorlardı. Bütün görkemiyle onların üstüne doğru eğilen dağlar, içine girdikleri eflatunumsu koyu gölgelik, yumuşak bir çıtırtıyla kumları ezen lastiklerin sesinden başka sesin duyulmadığı büyük sessizlik sanki onları bundan sonra bütün hayatlarını içinde geçirecekleri sihirli bir denizin dibine doğru çekiyor, kendileri dahil her şey küçülüyor, önemsizleşiyor, bir dakika önceki hayatlarıyla aralarına geniş bir mesafe giriyordu. Bir mabede girmiş gibi çevrelerinde yüce bir gücü hissediyorlardı.

Karşılaştığı her şeyde gelecekle ilgili bir ipucunun işaretlerini arayan, Selim'i çok şaşırtmış olan güçlü inancıyla Allah'ın yarattığı evrende kozmik bir bütünlük olduğuna ve her şeyin bir nedeni bulunduğuna inanan Yelda, sakin bir ürkeklikle arasından geçtiği görkemli gölgeliğin kendisine tanrıyı hatırlatan bir işaret olduğunu düşündü. Onu tanıyan hiç kimsenin kolayca inanamayacağı kadar güçlü bir dindarlığı vardı, ailesinin yüzlerce yıllık köklerinden kendisine akan, çocukluğunda evde kurulan kalabalık iftar ve sahur sofralarıyla pekişmiş, dedelerinin, amcalarının, teyzelerinin konuşmalarıyla beslenmiş bir inançtı bu.

Ailesinin muhafazakâr geleneklerini, onları üzmeden, onlara çok fazla hissettirmeden reddetmiş, günahtan sakınmayan bir hayata, o hayat kendisini çektiği için rahatça yürüyüp girmiş ama içindeki inancı hiç yitirmemişti. Bir dinsizin hayatını yaşayan gizli bir dindardı. Kendi hayatındaki her çelişkiyi olduğu gibi bunu da büyük bir doğallıkla, aslında olması gereken buymuş gibi kabul etmişti. Allah'la arasında garip bir baba kız ilişkisi kurmuştu, onun yasakladıklarını yapar, onu kandırır, onu kızdırır, hatta bazen ona kızar ve onu asla bitmeyecek bir aşkla severdi.

Bir şeyi gerçekten çok istediğinde bunun olması için dua eder, Selim'e "sen de dua et" derdi. Selim, ancak çocuklarda rastlanabilecek, günahtan bile korkmayacak kadar masum ve saf bir inancı sadece onda görmüştü. Onun Allah'a olan bu günahkâr bağlılığı, Selim'in ona duyduğu aşkı da daha güçlendirirdi. Bu, Selim'in deyimiyle, "hayatında gördüğü en korkunç masumiyetti." Böylesine karmaşık, tehlikeli, öfkeli, rahatlıkla saldırganlaşan bir kadının en içlerinde ıssız bir kumsal gibi uzanan böylesine gizli bir masumiyete rastlamak, Selim'e aslında çok aradığı güveni vermekte de yardımcı olmuştu. Belki de bunu sezdiğinden Yelda ona, "aslında sen de inanıyorsun ama inanmıyormuş gibi yapıyorsun" derdi, işin tuhafı, onun yanındayken Selim gerçekten ona güç veren bir inanç hisseder, Yelda'nın bir isteği olduğunda, o istek gerçekleşsin diye onunla birlikte dua ederdi.

Ölülerin onları seyrettiğine de inanırdı Yelda. Bir sabaha karşı, her seferinde birbirlerini çok yakın, birbirlerinin parçası gibi hissettikleri o tutkulu sevişmelerinden birinden sonra Selim ona annesini, çocukluğunda nasıl ona aşkla bağlı olduğunu, onun yaptığı yemekleri, babasıyla konuşmalarını, büyükelçilikteki hizmetçilerle nasıl mesafeli bir şekilde şakalaştığını, fakirlere nasıl hiç hissettirmeden yardımlar ettiğini ve onu nasıl özlediğini anlatmıştı. Uzaktan uzağa duyulan ezan sesleriyle birlikte, Selim'in arada bir küçük tökezlemelerle pürüzlenen sesinden ölmüş olan o kadını dinlediğinde, Yelda o ölü kadınla arasında bir bağ kurulduğuna inanmıştı. "O bizi seyrediyor" demişti Selim'e, "biz kendimizi koruyamasak da o bizi koruyacak." Ölü anneyi de masallarına almışlardı. Masallarının gerçekleşmesine annenin de yardımcı olacağı inancını aşklarının arasına katmışlardı.

Kayalarıyla kabaran gölgeli boğazın tanrının kendisine gönderdiği bir işaret olduğunu düşünen Yelda, onunla birlikte "anneyi" de hatırlamış, çok uzun zamandan beri dua etmediğini ve "anneden" yardım istemediğini fark etmişti.

Boğazdan çıkmadan önce, direksiyonu sıkıca tutup, bir anlığına gözlerini kapayarak, anneye seslendi içinden.

— Bize yardım et, bu acıyı dindir, bizi bundan kurtar.

Gözlerini açtığında, cennetin sonsuzluğuna benzettiği parlak yeşil bir ışıkla karşılaştı. Ovaya çıkmışlardı. Güneş ışıkları, göz alabildiğine uzanan yeşil fidanların üstünden arkalarında parlak sarı şeritler taşıyan küçük beyaz periler gibi değdiği her yeşilliği ışığa ve aydınlığa çevirerek geçiyor, Mezopotamya Ovası kendi ışığının peşine düşüp kutsal bereketiyle gökyüzüne doğru yükselecek gibi gözüküyordu.

Yelda, sevinçle gülümsedi, bunun dileğine cevap veren bir işaret olduğunu düşündü. Işıklar içindeki o yeşil ova ona bir müjdenin habercisi gibi gözüküyordu.

Dağların dibinden kıvrılıp anayola çıktılar. Arka çamurluklarına, şoförlerinin umutlarını, hayallerini taşıyan sözler yazılmış kamyonlar geçiyordu yanlarından, bir kamyonun arkasında "bir gün olacaksa ben beklerim" yazısını okudular, bir diğerinde "sen yaşatırsın, sensizlik öldürür" başka bir tanesinde "niye küstün küçüğüm", umudunu kaybettiği anlaşılan bir tanesinin arkasında ise "ölmek için doğdum, yaşamak için öleceğim" yazısı vardı.

Bir süre gittikten sonra elindeki haritaya bakan Jacques, sola sapmalarını söyledi, askerî bir karakolun önünden geçip yeniden toprak bir yola girdiler. Uzaktan köyü gördükleri sırada arabanın telsizi çıtırdadı, üçü birden irkildi.

Hoparlörden Taner'in otoriter ama aldırmaz sesi duyuldu.

— Bütün ekiplere... Lütfen bütün köylere giriş çıkışlarda merkeze bilgi verin... Güvenliğiniz için bulunduğunuz konumun bilinmesi gerekiyor. Tekrarlıyorum. Bütün köylere giriş çıkışta merkeze bilgi verin. Güvenliğiniz için bulunduğunuz konumun bilinmesi gerekiyor.

Jacques uzaktan gözüken köye şöyle bir baktıktan sonra Yelda'ya,

— Köye girmek üzere olduğumuzu haber ver istersen, dedi.

Yelda nasıl kullanacağını tam bilemediği hoparlörü aldı, acemi bir sesle,

— Taner, ben Yelda, dedi.
— Evet.
— Biz köye girmek üzereyiz.
— Tamam... Çıkışta haber verin.

"Tuhaf bir adam" diye düşündü Yelda, çevresinde epeyce güzel kadın, birçok akıllı adam dolaşıyor, dünya politikasından aşka kadar her çeşit konuda zekice konuşmalar yapılıyor ama o hiçbiriyle ilgilenmiyordu, ne kadınlara kur yapıyor, ne erkeklerin bilgisinden ve zekâsından, kendini onlarla kıyaslayıp bir rahatsızlık duyuyor, ne de konuşmalara katılıyordu. Odasında oturuyor, gelenlerle konuşuyor, sabahları koşuyor, emrindeki personele kısa, kesin emirler veriyordu. Neredeyse sinirlendirici kendine güveni, kolayca haşinleşebileceğini hissettiren bencil bir kabalığı ve gözlerinde çok kısacık parlayıveren yırtıcı bakışlarıyla insanlarda anlatılması zor bir ürküntü yaratıyordu. Anlaşılmaz olanı, bütün bunlara rağmen odasında daima kadınların bulunması, o hiçbir kadınla konuşmak için çaba sarf etmezken, kadınların onun çevresinde olmaktan hoşlanmasıydı. Kısacık bir anda bunları düşünen Yelda, onunla ilgili bu kadar bilgiyi ne zaman biriktirdiğine şaştı.

Koyu kahverengi, çırpıntılı bir göl gibi toprakları kabarmış tarlaların arasından köye yaklaşıyorlardı, sol yanlarında kazı yeri gibi büyük bir çukur vardı, çukurun içinde, beyazlıkları asırların yağmurları, tozları, çamurlarıyla kararmış, yer yer kırılmış, bazı yerleri küçük küçük siyah deliklerle çopurlaşmış, büyük, dörtgen sütunlar gözüküyordu, bir kısmı hâlâ ayakta dururken bazıları çarpılmış, bazıları da zamanın ağırlığına teslim olup yıkılmıştı.

— Bunlar ne? dedi Yelda Jacques'a.
— Köy eski bir Bizans kentinin yıkıntıları üstüne kurulmuş.

Köyün girişinde onları sığırcık sürüleri gibi cıvıltılı seslerle bağırışan çocuklar karşıladı.

Zerrin pencereyi açtı.
— Arif Ağa'nın evi nerede?

Arkada duran biraz daha kabaca iki çocuğun dışındaki bütün çocuklar hep bir ağızdan "ben götüreyim, ben götüreyim" diye bağrışmaya başladılar, Yelda onların arabaya binmek istediklerini anladı.

— Hepiniz arabaya sığmazsınız ki...

Bir sessizlikten sonra çocuklar bu kez daha da şiddetli biçimde, "beni al, beni al" diye bağırmaya başladılar, arabaya bineceklerini anlamışlardı. Yelda gözleriyle çocukları saydı.

— Bir dakika bağırmayın, dedi, dördünüz arabaya binsin, ağanın evine gidelim, diğer dördünü de dönüşte, evden buraya kadar getirelim.

Çocuklar kimin hemen arabaya bineceğine karar vermek için aralarında gürültülü bir tartışmaya girerken Yelda arka tarafta sessizce durup bu tartışmaya katılmayan iki çocuğa seslendi.

— Siz de gelin.

Dört çocuk cipe bindiler, sessizce aralarında fısıldaşıp, arabanın içini kontrol ediyorlar, onları şaşırtan bir şey gördüklerinde birbirlerini dürterek gösteriyorlardı.

Köyün girişindeki derin hendeğin içinden görünmez bir rüzgârla dalgalanıyorlarmış gibi arabanın sallanışını hissederek geçtiler, köyün dar sokaklarında çocuklar heyecanla, birbirlerinin sözünü keserek ne tarafa döneceklerini söylüyorlardı, evlerin önünde eskimiş mermer levhalar, bir yerlerden uçarak gelip hızla toprağa saplanmış gibi gözüken, yarısı toprağın içinde sütun başları, geçmiş çağlara ait olduğu anlaşılan yıkılmış duvar kalıntıları vardı, bugünkünden daha gelişmiş eski bir medeniyetin buralardan geçtiği, geride yalnızca taş parçalarını bıraktığı anlaşılıyordu. Evlerin kapıları açıktı, çoğunun bahçesinde büyüyememiş ağaçlar, kırık saksılara dikilmiş fesleğenler ve oraya nasıl, nereden geldiği asla anlaşılamayacak paslı araba jantları, yayları kopmuş somyalar, hatta delinmiş emaye bir küvet görülüyordu.

İki evin arasındaki dar, kısa bir geçitten geçip genişçe bir alana çıktılar, bütün köyü dallarının altına almaya çalışır gibi alabildiğine yayılmış bir çınar ağacı kendi gölgesiyle siyahlaşmış bir devi andırıyordu. İri ağacın kökleri, topraktan çıkmaya çalışan bir canavarın elindeki damarlar gibi çevresine yayılmıştı. Ağacın etrafına, sanki bu bir anıtmışcasına taştan bir set örmüşlerdi. Setin üstünde genç bir kızla bir delikanlı yan yana oturuyorlar, önlerinden geçen cipe kayıtsız bir biçimde bakıyorlardı, o anda yeryüzünde onların yan yana oturmaktan daha fazla ilgisini çekecek hiçbir şeyin olmadığı seziliyordu.

O küçük meydanın sonunda sanki köy birden bir kumaş gibi yırtılıp kopuyor, elli metrelik boş bir meyilden sonra yeniden başlıyordu. Meyilden aşağıya indiler, geniş demir kapıları açık uzun bir ahırın önünden geçtiler, bir evin yanından dolandılar ve yeniden boş bir alana çıktılar.

Çocuklar, heyecanla "burada durun" diye bağırdılar, sanki onlar hemen söylemezse araba hiç durmadan geçip köyden çıkacaktı.

Arabayı bıraktıkları alanın sonunda görmeyi hiç beklemedikleri, zeytin ağaçlarıyla dolu, çevresi eski taşlardan örülmüş bir duvarla çevrili, aynı köyün girişindeki sütunlar gibi yüzlerce yıl önceden kaldığı anlaşılan bir Bizans bahçesi, derinliklerine doğru gittikçe koyulaşan lacivert bir gölgeliğin içinde uzanıyordu. Yelda hayatında hiç bu kadar koyu gölgeli bir bahçe görmemişti. Bahçeye girdiklerinde, ağaçlar gibi başka bir yüzyıldan kalmış, hiçbir mevsimle değişmeyeceği duygusu uyandıran nemli bir serinlik onları usulca içine aldı, çimen, zeytin ve eski toprak kokuyordu, bir an ağaçların arasından erguvan rengi harmaniyesini giymiş bir Bizans piskoposunun, sandallarında altın kakmalı kartal dövmeleri olan gümüş tolgalı bir Bizans subayıyla konuşarak çıkacağını sandılar, bahçe hayallere açılan bir kapı gibi onları unutulmuş zamanlara doğru çekiyordu.

Hiçbir ışığın sızmadığı gölgeliğin içinde, başlarına değen zeytin dallarının yumuşak dokunuşlarını hissederek seslerini çıkarmadan yürümeye başladılar, bahçe onları öylesine hayrete düşürüp şaşırtmıştı ki konuşurlarsa sanki büyü bozulacak, bahçe bir serap gibi ortadan kayboluverecekti.

Bahçenin sonunda kalın taş duvarlarla karşılaştılar, oymalı demirlerden yapılmış bir kapının önünde, uzun boylu, siyah takım elbiseli, siyah parlak çizmeleri olan, beyaz gömleğinin üst düğmesi de iliklenmiş uzun boylu, uçlarına doğru incelen kalın kavisli kaşlarının altından dikkatle bakan gözlerinden biri biraz daha kısık olan bir adam, atalarından ona miras kaldığı hemen anlaşılan güvenli bir kibarlıkla "hoş gelmişsiniz" dedi.

Yol verip onları geniş bir avluya soktu, avlunun gerisinde iki katlı, göze çok hoş gelen ama neden öyle bir etki yarattığı hemen anlaşılamayan taş bir bina vardı. Biraz dikkatli bakınca, geniş balkonlarının başka binalardakinin aksine evin ön cephesinde değil köşelerinde olduğunu, bir cephede başlayan balkonun bir yarım daire çizerek diğer cepheye bağlandığını gördüler. Bu balkonlar eve bir hareket katıyor, ev sanki yerinde kıpırdanıp duruyormuş duygusu yaratıyordu.

Avludaki çardağın altına hazırlanmış masaya oturdular. Yelda dayanamayıp aklına takılan soruyu hemen sordu.

— Bu bölgede başka zeytinlik var mı?

— Hani yalan olmasın, benim bildiğim yoktur. Pek yetişmez burada zeytin... Bu bahçe Romalılardan kalmış, onlar nasıl yetiştirmiş onu biz de anlayamamışız.

— Çok güzel bir bahçe.

Arif Ağa gururla gülümsedi.

— Güzeldir.

— Sizin mi bahçe?

Arif Ağa sakin bir sesle cevapladı bu soruyu.

— Allahın, lakin bekçiliği bize kısmet olmuş.

Zerrin, "sizin köy boşaltılmadı, değil mi?" dedi. Arif Ağa kaşlarının altından, bu sorunun altında gizli bir anlam olup olmadığını anlamak için baktı.

— Biz koruculuk yapmamışız, lakin köyümüz dağlara

uzak olduğundan gerilla da buralara pek gelmemiş, onun için köyümüz boşaltılmamış.

Yelda, geleli çok kısa süre olmasına rağmen bu topraklarda kelimelerin, hatta harflerin bile birer gizli simge, insanların birbirlerine duygularını ve taraflarını anlatmak için kullandıkları birer şifre olduğunu sezmeye başlamıştı. On binlerce insanın öldüğü bölgede, sabah yüksek sesle söylenmiş bir düşüncenin akşamlayın karanlıkta patlayan bir kurşunla cezalandırıldığını öğrendikten sonra herhalde bu şifreleri geliştirmişlerdi. "Dağdakilerden" bahsederken "terörist" diyenlerin devleti destekledikleri, "gerilla" diyenlerin onların taraftarı değilse de karşıtı da olmadığı anlaşılıyordu.

Yelda'yla Zerrin'in sık sık "ağa" demelerinden adamın adının "ağa" olduğunu sanan Jacques, "Mösyö Ağa", diye başladığı cümlesine İngilizce devam etmişti.

— Sizin köyün çok önemli bir özelliği var. Bu köy, yıllardan beri kadınların öldürülmediği tek köy. Bir tek cinayet bile işlenmemiş.

Arif Ağa, çenesini sıvazlayıp Jacques'a baktı.

— Allah'a hamdolsun kızlarımız bizi üzmemişler, erkeklerimiz utanca boğulmamışlar, kadın vurmamışlar.

— Sizce niye erkekler kadınları öldürüyor?

Bu tür konuşmaları yersiz bulduğu bir gözünü daha da kısmasından anlaşılıyordu ama misafire saygısızlık olmasın diye de cevap vermek zorunda hissediyordu.

— Eee, kadın erkeğin hazinesi, ailenin direği, kadınına dokunurlarsa ailen çöker... Aileni çökerteni affeder misin? Hakeza, kız evlat, Allah'ın babaya bir emaneti, sen onu asıl sahibine, erine verene kadar o emanetten mesulsun.

Jacques anlamadı.

— Ama niye öldürüyorlar?

Arif Ağa onun başına asla böyle bir şey gelemeyeceğinin güvenine sahip bir küçümsemeyle,

— Onu bilemem, dedi, lakin kadınına kızına dokunulan

bir adam, bana sorarsan, kadınını kızını değil, önce dokunanı, sonra da kendini vurmalı... O nasıl bir erkek olmalı ki, kadınına kızına dokunulduktan sonra, evladına kıydıktan sonra ben bir erim diye başı dik dolaşabilsin? Biz bilmeyiz böyle şeyler, Allah da göstermesin, bizim köyümüzde olmaz. Kadın vurmak bilmeyiz biz...

O sırada duvarların dibine sürünür gibi kenardan bir adam sessizce geldi, iki elini önüne kavuşturarak ağanın kulağına bir şeyler söyledi. Ağa başını salladı.

Ayağa kalkıp, "buyrun" dedi, "yemek hazırlamışlar, yoldan geldiniz, acıkmışsınızdır."

Evin arka tarafındaki bahçeye geçtiler, ön avlunun çıplaklığına karşın bu bahçe incir, nar, kayısı ağaçlarıyla doluydu, orta yerde fıskiyeli büyük bir havuz, havuzun etrafında rengârenk gül fidanları vardı, bahçe gül ve meyve kokuyordu.

Havuzun kenarına büyük bir masa hazırlanmıştı, Arif Ağa'nın, "kusura bakmayın pek bir hazırlık yapamadık, size layık olmadı" diye özür dilemesine karşın bu Yelda'nın hayatında gördüğü en zengin sofraydı, ev ahalisinin epeyce uğraştığı, kuzuların kesildiği, içli köftelerin, etli pilavların, erik kebabının, kurutulmuş patlıcan ve domates dolmalarının, düğün çorbalarının üç kişi gelecek olmasına karşı on kişilik hazırlandığı görülüyordu.

Yelda, karısına kızına değil dokunmak, bunu aklından geçireni bile vuracağını söylemesine rağmen Arif Ağa'yı sevmişti, onun bir kadına dokunmayacağı, "namus meselesinde" kimseyi de affetmeyeceği anlaşılıyordu, bir başka yerde, bir başka erkeğin ağzından duyduğunda öfkelenerek küçümseyeceği bu sözler, bu topraklarda bu adamın ağzına yakışıyordu. Kendi kendine, "bu kadar çabuk mu değişiyorum" diye düşünerek gizlice gülümsedi.

Arif Ağa o sırada sakin haliyle bir şeyler anlatıyordu.

— Bir insanı nereden anlayacağın, nasıl tanıyacağın... İnsan dediğin kapalı kutu, alacası içinde, iyi midir kötü müdür, dost mudur düşman mıdır bilmesi zor... O yüzdendir, herkes biribirini kendince ölçer, kendi terazisinde tartar. Herkesin terazisi de en fazla kendi kadar bir ağırlığı tartar, ben, benden fazlası olanı nasıl tartacağım... Ama Allah'a şükür kötüyü anlarız, nasıl dersen, sözüne değil gözüne bakacaksın... Kötü, başını eğer, gözünü kaçırır, kötünün gözü iyinin gözüne değemez, yanar... Ha, adamın kötülüğü başını eğmeyecek mertebedeyse, iyinin gözüne dik dik bakabiliyorsa, o zaman Allah yardımcın, bileğin kavi olsun... Tabancayı çıkart koy yanına.

Arif Ağa, terazisiyle ne tarttı, nasıl tarttı, gözü ne gördüyse, yemekte biraz daha açılıp, daha dostça konuşmaya başladı.

— Bak şimdi, dedi, her şeyin başı para... Bir kötülüğü mü anlayacaksın, önce bunun parayla bir ilişkisi var mı diye bakacaksın, baktığında, kötülüğün hemen ardında paranın suratını görürsün... Bu meselede de bak bakalım para var mı? Niye vuruyor adam kızını, kızın senin canın, nasıl kıyıyorsun? Burada kız demek para demek, kızı veriyorsun, başlık parasını alıyorsun... Kız başkasına kaçtı, senin para gitti, yandı para... Adam kızını değil malını vuruyor... Vuruyor ki bir dahaki mal kendiliğinden kaçıp da adamı ziyana sokmasın.

— Sizde başlık parası yok mu? dedi Yelda.

— Bizim köyde yoktur, dedi Arif Ağa, Allah razı olsun her kimse atalarımızdan bir aklı eren yıllarca önce kaldırmış başlık parasını...

Yelda, biraz da utanarak,

— Çok güzel Türkçe konuşuyorsunuz, dedi...

Arif Ağa, bahçesinden söz edildiğinde olduğu gibi gene gururla güldü.

— Gençliğimizde İstanbul'da çok kaldık...

Aklına ne geldiyse, yüzünü gençleştiren bir gülüşle, kaybı olgunlukla kabul edilmiş bir hayali seyreder gibi uzaklara bakarak ekledi.

— Güzel şehir...

Yemekten sonra, üstlerinde minicik menekşe desenleri olan

beyaz, kulpsuz fincanlarda mırralar geldi, şekersiz koyu kahveden bir yudum alan Jacques, "ah" dedi.

— Siz espressoyu bebeklere süt diye veriyorsunuz herhalde burada.

Zerrin'in aynen çevirdiği cümleyi anlamayan ağaya Yelda açıkladı.

— Avrupalıların espresso dedikleri sert bir kahveleri var da, o kahvenin bunun yanında süt gibi kaldığını söylüyor.

Ağa gülümsedi.

— Eh, bizim buralarda her şey biraz acıdır... Biraz daha kahve alın, buyrun... Zinde tutar, yolda uykunuz gelmez.

Arif Ağa'nın tevazuyla taşıdığı gücü ve güveni hepsini etkilemişti, yemekten sonra "tekrar geleceklerine" söz verip serin Bizans bahçesinden geçerek, çocukların yanında nöbet beklediği arabalarına bindiler. Çocuklardan dördünü arabaya aldılar, köyün çıkışında bıraktılar, "merkeze" köyden ayrıldıklarını haber verdi Yelda.

Karakolun önünden geçerken genç bir subayın bahçede onlara baktığını gördüler, yeniden anayola çıktıktan bir süre sonra Yelda önünde yalnızca tek bir benzin pompası bulunan küçük bir benzin istasyonu görerek, oraya girdi.

Jacques, "bir sorun mu var?" dedi.

— Hayır, hemen geliyorum, bir dakika bekleyin.

Benzincinin arka tarafında, tozlu vitrininin üzerinde, harflerinin alt tarafları silinip kaybolmuş ve bir kötürüme benzemiş "market" yazısı bulunan loş dükkâna girdi, girişin hemen sağ yanındaki kasanın arkasında, kösemsi yüzündeki seyrek sakalları çoktandır tıraş edilmemiş, yüzünün derileri kırışmaktan birbirinin üstüne sarkmış, gözlerinin kenarlarında garip bir sıvı birikmiş, beyaz tüylü bir maymuna benzeyen, iki büklüm bir adam oturuyordu. Raflar acıklı bir biçimde boşalmıştı, ne zamandan kaldığı anlaşılmayan ambalajı eskimiş bisküvi kutuları, içinde sarı bir sıvı bulunan ve üstünde "şampuan" yazan, orada niye bulunduğu anlaşılmayan dört plastik küçük şişe, adını kimsenin duymadığı şarkıcıların oraya buraya dağılmış kasetleri, hiç bilinmeyen markaların teneke kutulardaki motor yağları, aralarında acıklı boşluklarla terk edilmişlik hissini daha da artırarak duruyorlardı. Orada unutulduğuna inanmış gibi gözüken yaşlı adamın artık birisinin bir şeyler alacağından umudunu kestiği Yelda'nın dükkânın içindeki dolaşışını anlamsız gözlerle, hiç kıpırdamadan seyretmesinden anlaşılıyordu.

Yelda sonunda aradıklarını adamın önündeki kasanın üstünde buldu. Çiklet ve çikolata kutuları. Temiz ve tozsuz olan tek mal da onlardı. Yelda bir kutu çikolata almak istedi önce ama sonra vazgeçip sadece iki tane aldı, dört paket de çiklet. Adama değmemeye çalışarak parayı verdi, üstünü almadan neredeyse kaçar gibi çıktı dükkândan.

Arabaya binince, elindekileri Zerrin'e uzattı.

— Bunları Heja'ya versene... Ben verirsem belki utanır.

Benzinciden çıktıktan sonra, önlerinde giden kırmızı kamyonun arkasında Yelda hayatında hiç görmediği, bir daha da görmeyeceği, nasıl yorumlaması gerektiğini kestiremediği bir resim görmüştü.

Kispetlerini giymiş iki iriyarı, adaleli güreşçi, yağlı güreşlerin yapıldığı bir çayırlıkta çimenlerin üzerine, bir dirseklerini çimene, başlarını da ellerine dayayarak karşılıklı uzanmışlardı. Bu çıplak ve iri pehlivan vücutlarının baş kısmına ise fotomontajla iki güzel kadının kafası yerleştirilmişti. Garip bir iğrenti duyan Yelda hızla kamyonu sollarken, Jacques, "bu neydi?" demişti.

Yelda, "bilmiyorum" dedi, "anlamadım."

Jacques, belki o bilir diye Zerrin'e döndü ama o da "ben de anlamadım, hiç böyle bir şey görmedim" dedi.

Jacques, Yelda'ya, "biraz kamyonun arkasına geçebilir misin" dedi, "o kamyonun resmini çekmek istiyorum."

Yavaşlayarak kamyonun arkasına geçtiler yeniden, Jacques birkaç resim çekti.

— Sırf bu resimler için bile ayrı bir araştırma misyonu kurulabilir, dedi gülerek.

Ana yoldan ayrıldıklarında güneş batmak üzereydi, ova mavi bir duman gibi salınarak geceye hazırlanıyordu. Boğazın gölgeliği karanlığa dönüşmüştü, vadiyi geçip, köye doğru tırmanmaya başladılar, Heja'ların evinin önünden geçerken Yelda eve bir göz attı ama bahçe boştu, içerde de ışık yanmıyordu.

Köyün, farların fosforlu ışığından kaçıyormuş gibi görünen karanlık evlerinin arasından ilerlerken, bahçe çitlerinin kenarında duran bir iki köylünün karaltısını fark etti Yelda, gündüzleri nedense pek ortada gözükmediklerini düşündü.

Barakaların önüne vardıklarında diğer cipler çoktan gelmiş, peş peşe park etmişlerdi.

Yelda sabahtan beri yaşadıklarından, birbiri ardından gördüklerinden, duyduklarından, araba kullanmaktan iyice yorulmuştu ama hayatına yeni gerçeklerle ve insanlarla dolu tuhaf, ürpertici bir masalın karıştığını, Selim'in bilmediği bir hayatın onu içine aldığını hissediyor, sanki aylardan beri buradaymış duygusuna kapılıyordu. Sabahki korkuyu gene hissetti, Selim'le aralarına bir başka hayat giriyor, yaşadıkları onu sevdiği adamdan uzaklaştırıyordu, sevgisi azalmıyor ama Selim'in görüntüsünün önünde başka görüntüler birikiyordu. Acıdan uzaklaşmak isterken sevdiği adamdan uzaklaşıyordu, bir an sevginin ve acının içinde kalacağı, Selim'i ise kaybedeceği korkusuna kapıldı.

Jacques'la Zerrin'e, "siz gidin, ben birazdan gelirim yemeğe" deyip, hızla kayalıklara doğru yürümeye başladı. Bir an önce Selim'i bulmak, ona yaşadıklarını anlatmak, onu da yaşadıklarının içine çekmek istiyordu. Yanlış gemilere binmiş iki insan gibi değişik hayatların içinde birbirlerinden ayrı yönlere doğru hareket ettiklerini düşünmek onu neredeyse dehşete düşürüyordu.

Sabahki burukluğunu çoktan unutmuştu, kalabalıkta çocuğunu kaybetmiş ve bir olaylar, görüntüler, insanlar akıntısı içinde bir daha onu bulamayacağından endişelenmiş bir anne gibi bir an önce Selim'in sesini duymak, ona kavuşmak, kendisini savurduğunu hissettiği bu kalabalık içinde onu bulmak, hiç olmazsa sesine dokunabilmek istiyordu. Bir başka kalabalığın da Selim'i sürüklediğini ise düşünmeye bile tahammül edemiyordu o anda. Bütün gün, zihninin gerilerinde her an yitip gidebilecek soluk bir gölge gibi duran Selim, şimdi varlığıyla bütün yaşananların önüne geçmiş, ondan başka herkes ve her şey önemsizleşmişti. "Bu hiç bitmeyecek" diye mırıldandı kendi kendine, sesinde sevinç mi yoksa keder mi olduğuna kendisi de karar veremedi.

Selim'in sesini duyar duymaz, "ah canım" dedi, "ah canım, seni nasıl özledim" bunu söylerken sesi bir kucaklayış gibi sıcak ve sarıcıydı.

O gün ne yaptıklarını rahatça anlatmak için önce Selim'in kendisine gününü anlatmasını istedi.

— Ne yaptın bugün?

— Her zamanki gibi okula gittim, derslere girdim, Mahmut'u tembelliğimle kızdırdım, seni özledim.

— Özledin mi gerçekten?

Selim'in sesi biraz durgun hatta neredeyse kederli çıktı.

— Özledim gerçekten.

Sesinin durgunluğu, bir neşeden ya da bir sevgi sözüne eşlik etmesi beklenen heyecanlı tınıdan çok daha fazla etkiledi Yelda'yı, daha çok inandırdı, bir an "artık gerçeği yalnızca kederde mi buluyorum acaba" diye geçirdi içinden.

O da aynı kederli ve durgun tonla cevap verdi.

— Ben de seni çok özledim.

Konuşmalarının bu kısa, durgun ve hafifçe kederli küçük parçası ikisinin de aklında, izi kolay silinmeyecek güçlü bir aşk konuşması olarak kaldı. Bunu böyle algılamakta haklıydılar, bu gerçek bir aşk konuşmasıydı; ilişkilerine keder öylesine sızmıştı ki gerçeği ifade ettiklerinde artık o kederden bir tutamının sözlerine sızmaması mümkün değildi ama bunu fark etmek aynı zamanda birbirlerinin her neşeli, kendinden memnun, çoşkulu konuşmasından da neredeyse nefret etmelerine yol açıyordu. Sevinç, ancak birlikte yaşadıkları anlarla ilgili olarak ortaya çıkmasına izin verilebilecek bir duyguydu onlar için.

Sabah koşusunu hızlı bir şekilde geçerek o gün olanları tek tek, her birini Selim'in de yaşayıp paylaşmasını sağlamak ister gibi uzun ve ayrıntılı bir biçimde anlattı. Heja'dan söz ederken onun sesindeki o küçük çatlamayı hisseden Selim, "onu da alalım mı yanımıza" dedi, "o küçük oğlana biz bakalım mı?"

— İster misin? Sever misin onu da?

— Evet, dedi Selim, daha şimdiden sevdim.

— Bir görsen, küçük, acı dolu bir erkek gibi, ah Selim, onun, erkek kuzu kesimliktir demesini herhalde hayatım boyunca unutamayacağım, burada bazen öyle şeyler görüyorum ki canım yanıyor. Bazen, böyle zamanlarda, kendimi acıdan bir kartopu gibi hissediyorum, yuvarlandıkça yeni acılar ekleniyor bana.

Karşıda bir sessizlik oldu, Yelda bunun ne söyleyeceğini bilememekten değil, anlattığı acıyı hissetmekten kaynaklandığını sezdi, Arif Ağa'yı, Bizans bahçesini, benzincideki markette tek başına unutulmuş o garip ihtiyarı, kamyonun arkasındaki resimleri anlattı.

Konuşurlarken ne kadar zaman geçtiğini bilmiyordu, ova zifiri karanlık olmuş, sanki gece, Yelda'nın hemen önünden başlayan uçurumun ötesinde ne varsa alıp götürmüştü. Rüzgâr hızlanıyordu, Yelda açlığa ve yorgunluğa daha fazla dayanamayacağını hissedince, "ben gidip bir yemek yiyeyim, çok acıktım, sonra gelip seni ararım" dedi, konuşmalarında, son zamanlarda pek sık yakalayamadıkları sıcak yakınlık, ona o gece için bir güven vermiş, Selim'in ne yapacağını sormadan, kendisini bekleyeceğine inanmıştı.

Açlıktan neredeyse kıvranarak, yemek hayalleri kurarak barakalara geldi, duymaya hazır olduğu sesler yoktu, sessizdi ortalık, Taner odasında değildi, koridordan arka tarafa yürüdü, yemek odası da boştu, kimsecikler yoktu, tabaklar, bardaklar toplanmış, masaların örtüleri kaldırılmıştı sadece kenardaki küçük masanın üstünde kahve kabı duruyordu. O konuşurken yemek saatinin geçtiğini anladı, insanlar herhalde biraz dinlenmek için odalarına gitmişler ya da arada bir yaptıkları gibi birinin köydeki evinde mum yakıp sıcak şarap içmek için toplanmışlardı. Heja'yı da göremeyeceğini düşündü.

Odasına gidip erken saatte o karanlıkta yatmak istemiyordu.

Barakanın girişindeki küçük holde durup ne yapacağını düşünürken Taner dışardan hızla içeri girip odasına yöneldi, oradan bir şey alıp gene hızla çıkarken kenarda duran Yelda'yı fark etti.

— Ne yapıyorsun orada?

— Ne yapacağımı düşünüyorum. Yemek bitmiş anlaşılan, içerde kimse kalmamış, herkes gitmiş.

— Birisinin evine sıcak şarap içmeye gitmişlerdir, dedi Taner.

— Sen ne yapıyorsun peki? dedi Yelda.

— Ben yemek yemeye gidiyorum.

— Burada lokanta var mı?

— Anayolun kenarında kamyoncuların geldiği bir lokanta var, pirzolalarıyla, kavurmalı pidesi muhteşem...

Tam kapıya doğru bir adım attığında durup Yelda'ya döndü.

— Çok açsan gel istersen...

Yelda'yı bundan daha fazla sevindirecek bir teklif az bulunurdu, bir anda yalnızlıktan, açlıktan, o karanlık odadan, ıssız barakadan kurtulma fırsatı önüne çıkmıştı, ayrıca Taner'in halinde, "iyi yemekten" söz ettiğinde ona inanılması gerektiğini sezdiren bir şey vardı.

Cipe binip Taner'in yanına oturdu.

Tam hareket edecekleri sırada Selim'e "biraz sonra arayacağına" dair söz verdiğini hatırladı ama açlığa daha fazla dayanamayacağını düşünüp, "dönüşte ararım" dedi.

VIII

Gecenin içinde sanki oralarda çok uzun zamandır karanlıkta araba kullanıyormuş gibi güvenle ve hızla gidiyordu. Işıktan bir yelpazeyle önlerini aydınlatan farlar kara, kalın bir duvar gibi karşılarına dikilen geceyi delerek kayalara, dağlara, toz yığınlarına, rengini kaybetmiş ağaçlara, uçuruma değip, bir anlığına gösterdikten sonra onları yeniden gecenin karanlığına teslim ediyordu. Taner pencereyi açmış, dışarıdaki keskin soğuğa aldırmadan bir kolunu pencereye dayamıştı, hiç konuşmadan arabayı sürüyordu. Farların arabanın içine yansıyan ışıklarında daha sert gözüken yüz hatlarında hiçbir ifade yoktu.

Yelda, bir iyilik ister gibi yumuşak bir sesle,

— Pencereyi kapatır mısın lütfen, dedi, üşüdüm.

Taner başını bile çevirmeden gözünün kenarıyla ona hoşnutsuz bir şekilde baktıktan sonra pencereyi kapattı.

Yelda anayola çıktıklarını sarsıntının azalmasından anladı, sabahleyin gittikleri yönün aksi istikametinde süratle ilerliyorlardı.

Üstünde "Mehmet'in Yeri-Et Lokantası-Mangal" yazan, tek katlı, beyaz kireç boyalı, sırıklarla tutturulmuş bir çardağı olan lokantanın önünde durdular, yolla lokanta arasındaki çakıl dökülmüş alanda birkaç kamyon park etmişti. Çarpılmış gibi gözüken pencerelerinden sönük bir ışığın çakılların üstüne düştüğü yol lokantası, bu salaş görüntüsüyle Yelda'ya hiç de güven vermedi.

Taner, sanki onun ne düşündüğünü anlamış gibi, "sen görüntüsüne aldanma" dedi, "eti çok güzeldir, göreceksin."

Yelda, bir düşünceyi daha aklından geçirirken Taner'in bunu sezip cevap vermesine çok şaşırmıştı, onun sezgilerinin böylesine güçlü olabileceğini hiç tahmin etmemişti. Bunun aslında bir sezgiden çok, kadınları hayatlarının merkezine yerleştirmiş erkeklerin çoğunda rastlanıldığı gibi biriktirilmiş tecrübeler sonucunda edinilmiş bir tür "refleks" olduğunu, çok tekrarlanan durumlarda kadınların neler düşündüklerini artık onun hafızasının zekâsından önce kavrayıp cevapladığını daha sonra garip bir öfkeyle fark edecekti.

İçerisi sigara, kızarmış et ve anason kokuyordu, siyah beyaz ucuz taş karoların üstüne tahta masalar aralarında geniş boşluklarla rastgele yerleştirilmişti, bir pazar yerinden alındığı anlaşılan çiğ renklerle parlak bir kâğıda basılmış büyük bir şelale resmi çerçeveletilip duvara asılmıştı, bunu lokantayı açtığında sahibinin ilk hevesle alıp orayı güzelleştirmek için duvara astığı, sonra da bu çabasından vazgeçip boşverdiği anlaşılıyordu. Kapıda çok fazla kamyon yoktu ama içerisi doluydu, bıyıklı, gömleklerinin kollarını sıvamış erkekler oturuyordu masalarda. Girer girmez içerde kendisinden başka tek bir kadın olmadığını fark eden Yelda bir an tedirgin bir şekilde durakladı ama Taner güvenle lokantanın arka kısmına, içinde yuğrulmuş köftelerin, şişlere geçirilmiş kuşbaşı etlerin, pirzolaların, kıyılmış maydonozların, tepeleme konmuş yarım limonların durduğu vitrinli buzdolabının yanındaki formika masada oturan iki adama doğru yürümüştü. Kalın kaşları, kalın bıyıkları, sıvanmış kollarındaki kıllarıyla Yelda'ya büyük, siyah bir kıl yumağı gibi görünen erkek kalabalığı gelenlere bakmak için hep birlikte başlarını kaldırmışlardı. Gözleri önce Yelda'ya takılmıştı ama Taner'i fark edince neredeyse telaşla başlarını önlerine çevirmişlerdi.

Buzdolabının yanındaki adamlar Taner'i görünce ayağa fırlamışlardı, kısa bir selamlaşmadan sonra eski komedi filmlerini andıran hızlandırılmış hareketlerle bir pencerenin yanındaki masa müşterileriyle birlikte kenara çekilmiş, oraya arka taraflardan yeni bir masa başların üstünde taşınarak getirilmiş, konmuş, örtüsü örtülmüş, yeni gelenler buyur edilmişti. Bütün bunlar iki dakikadan fazla sürmemişti.

Taner Yelda'nın karşısına oturdu, pirzola, rakı, salata ısmarladıktan sonra Yelda'ya döndü.

— Sen ne istersin?

— Ben de pirzola yiyeyim.

Konuştukça önündeki iki altın dişi, mors sinyalleri veren ışıklı bir telgraf gibi parlayan garson Yelda'ya bakıp Taner'e sordu.

— Yenge ne içer?

— Kırmızı şarap içerim.

Garson gülecek gibi oldu.

— Şarap yok, yenge.

— Ben de rakı içeyim o zaman.

Bunu söyler söylemez pişman oldu. Onun hafızasının görüntü depoları, küçüklüğünde halının üstüne oturup büyülenmiş gibi seyrettiği siyah beyaz Türk filmlerinin kareleriyle doluydu, bu lokanta ve "rakı içen kadın" görüntüsü ona o filmlerdeki loş pavyonları ve koyu makyajlı pavyon kadınlarını hatırlatmıştı. Yerinde huzursuzca kıpırdanıp fikrini değiştirecekti ki Taner'in biraz alaycı sesini duydu.

— Dokunmasın.

— Dokunmaz, dedi, rakıyı severim.

Garson, salatayı, Yelda'nın neden yapıldığını anlayamadığı acılı kırmızı bir ezme olan "muhammarayı", tulum peynirini getirip bıraktı. Taner masaya yerleştirilen şişeden ikisinin bardağına da rakı koydu, "su ister misin?" dedikten sonra üstlerine su ekledi, suyla rakı birbirine değdiğinde iştah açıcı bir anason kokusuyla birlikte bardağın içindeki renksiz sıvının dibinde mavimsi bir dumanı andıran bir değişim oldu, sonra o duman bütün bardağa yayıldı ve bir mucize gibi bardak süt rengi parlak bir beyazlıkla doldu.

Taner, "sağlığına" deyip bardağını kaldırdı, Yelda da hiçbir şey söylemeden bardağından bir yudum aldı, içi sıkılmaya başlamış, geldiğine pişman olmuştu, ne lokantayı, ne içindeki adamları, ne de Taner'in aldırmazlıkla kabalık karışımı davranışlarını sevmişti. Bütün kadınlara aynı şekilde davrandığını anlayabiliyordu, kadınlar arasında zekâlarına, güzelliklerine, bilgilerine, sosyal sınıflarına, servetlerine, yeteneklerine göre bir ayrım yapmadığı belliydi, tavırlarındaki o kaba güven sanki bağırarak kadınlara aynı cümleyi söylüyordu: "Hepiniz eninde sonunda bir yatağa girmek ve bir erkeğin altına yatmak istiyorsunuz. Altına yatacağınız en iyi erkek de benim." Yelda kendini aşağılanmış, daha da fenası onu utandıran bir şekilde kışkırtılmış hissediyordu.

Hiç konuşmadan, bir sepetin içine piramit gibi yığılmış ekmek dilimlerinden alıp peyaz peynirle yiyor, dayanılmaz hale gelen açlığını yatıştırmaya çalışıyordu.

O sırada, garson pirzolaları getirdi.

Kekik kokan pirzoladan bir lokma kesip ağzına attığında, et ve kekik kokusuyla birlikte muhteşem bir lezzet yayıldı damağına.

— Hayatımda böyle bir pirzola yemedim, dedi.

Taner, erkeklerin kendilerini her şeyden sorumlu tutan o çocuksu halleriyle sanki pirzola değil de kendisi övülüyormuş gibi gururla, "çok güzel, değil mi?" dedi.

O andan sonra anlaşılmaz bir biçimde her şey değişti. Artık kendisine acı vermeye başlamış olan o açlıktan sonra gelen o olağanüstü yumuşak, kekik kokulu pirzolaların lezzeti mi, Taner'in pirzolaların beğenilmesinden kendine çıkardığı çocuksu gururu açıkça ortaya koyması mı, Taner'in "sevişme menziline" girdiğine karar verdiği kadınlara ödenmesi gerektiğine inandığı erkeksi bir borç olarak gösterdiği eğlenceli şefkat mi yoksa Yelda'nın sıkılmaktan sıkılması mı, bunu tam bilmek mümkün değil ama masadaki huzursuz sessizlik bozuldu, konuşmaya başladılar.

Tabak bardak şakırtıları, kaba gülüşler, masadan masaya laf atmalardan oluşan uğultuyla kaynaşan salonun üstüne çöken sigara dumanının içinde Taner ona kendi hayatını anlattı. Evliydi, iki çocuğu vardı. Yelda evliliğinden ya da karısından hiç şikâyet etmediğini fark etti. İstanbul'un surlara yakın o eski ve fakir mahallelerinden birinde bir başkomiserin oğlu olarak doğmuş, o mahallede büyümüştü, hâlâ o mahallede babasından kalan evde oturuyordu. Emniyet Müdürlüğü'nün bursuyla Siyasal Bilgiler'de okuduktan sonra polis olmuş, müdür muavinliğine tayin olmadan bir hafta önce çocukluk arkadaşlarıyla gittiği bir barda çıkan tatsız kavga nedeniyle istifa etmek zorunda kalmıştı.

— Hayatımın en şanslı kavgasıydı, diyordu, şampiyonluk maçını kazanmış gibi oldum, istifa ettikten sonra özel güvenlik şirketi kurup para kazanmaya başladım.

Kadınları güldürmek için özel olarak biçimlendirilmiş duygusunu uyandıran komik bir anlatım tarzı vardı ve Yelda'yı gerçekten güldürüyordu.

İkinci kadehte, kabadayılığa çok önem veren mahallesindeki bitirim "abilerin" taklitlerini yapmaya başladı. Sesini değiştirip, feleğin çemberinden geçmiş bir adamın genizden gelen, sigara, içki ve esrardan boğuklaşmış, kum yığınlarına sürtünerek çıkıyormuş gibi pürüzlü sesiyle, onların anlatımlarıyla anlatıyordu. Özellikle taklidini yaptığı bir Necati Abi vardı ki maceraları Yelda'yı çok eğlendiriyordu.

Hele Necati Abinin sesiyle anlattığı bir macerası unutulur gibi değildi:

— Şimdi Atıf abi, sen Kurtuluş'taki Şişman Hayganuş'un yerini bilirsin abi, bir ara orada bir karıya takıldım, Karanfil Nebahat diyorlar karıya, abi karı karanfil kokuyor ya, dedim, ulan, bir insan böyle nasıl kokar, sen bir şey sürüyorsun kahpe, karı yemin ediyor, ben böyle doğdum böyle kokarım diye, bizim Mısır çarşısında bir Hacı Emmi vardır, Hasan'ın babası, kafayı taktım ya abi, atladım gittim ben, dedim Hacı

Emmi karanfil kokusu var mı, ulan zirzop, dedi, sen sabahtan mı çekmeye başladın, lavanta mı limon mu bu, karanfilin kolonyası mı olur, ulan dedim, ben bu karıya kafam iyi gidiyorum da ondan mı bu bana karanfil kokuyor, bir gece içmeden gittim abi, karıyı soydum, baştan aşağı kokladım, karı karanfil kokuyor abi ya...

Yelda, kendi kahkahasının o uğultu içinde nasıl çınladığını ve bir anda bütün salonun sessizleştiğini fark edip, usulca salona bir göz attığında herkesin kendisine baktığını gördü, Taner ağır ağır başını çevirip salonu şöyle bir süzünce o başların hepsi aniden eski hallerine döndü ve konuşmalar yeniden başladı. Yelda o anda oradaki herkesin Taner'den tuhaf bir şekilde korktuğunu anladı, onu tanıdıkları için mi yoksa halinde eski mahallesinden ve polislikten kalma bir ürkütücülük olduğu için mi korktuklarını kavrayamadı ama yanındaki erkeğin kalabalığa hükmeden halinden hoşlandı, belki de hayatında ilk kez kaba kuvvete dayanan böylesine fiziksel bir güven hissetti. Bunun hiç bilmediği bir meyve gibi kuşku uyandırıcı ama güzel bir lezzeti olduğunu düşündü.

Lokantadan çıktıklarında Yelda'nın hafifçe başı dönüyordu, serin havayı derin derin içine çekti, mutluluğu andıran bir sevinç, bir hafifleme vardı içinde, çok uzun zamandan beri ilk kez böylesine içten gelen kahkahalarla gülmüş, kendisini ve acılarını unutmuştu, yeniden gülebileceğini görmek onu hem şaşırtmış hem de sevindirmişti.

Karanlığın içinde giderlerken sessizdiler. Yelda, lokantadaki ani yakınlıktan sonra ne yapması gerektiğini bilemiyordu. Olgunlaşmamış ilişkilerdeki bu ani yakınlık patlamalarıyla baş etmenin zorluğu, o yakınlığın hem bütün canlılığıyla ortada durmasından hem de ne öncesiyle ne de sonrasıyla bir bağ kuramayışındandı, ne o yakınlıktan öncesinde olduğu kadar soğuk ve uzak, ne de o yakınlık anı kadar sıcak ve sokulgan davranılabilirdi. Yelda kendi sessizliğinin içine saklanırken Taner'in sessizliğinde bir aldırmazlık vardı.

Camı açıp gene dirseğini pencereye dayadı, bir sigara yaktı.

Yelda üşümesine rağmen bir süre susmaya, bir şey söylememeye çalıştı ama sonunda dayanamayıp, "pencereyi kapatabilir misin lütfen" dedi, "üşüdüm."

Taner gene bir şey söylemeden pencereyi kapattı.

Karanlık uçurumun kenarından süratle tırmanıp köye girdiler. Taner arabayı Yelda'nın kaldığı evin önünde durdurdu, arabanın farları uçurumun üstünden boşluğa doğru uzanıp gecenin içinde kayboluyordu.

Yelda, arabadan inerken "görüşürüz" dedi.

Taner hiçbir şey söylemeden arabayı hareket ettirip, bir u dönüşüyle barakalara doğru sürdü.

"Hayvan" diye düşündü Yelda gülümseyerek, "terbiye edilmesi gereken sevimli bir hayvan."

Tam eve girecekken sıkıntıyla Selim'i aramadığını hatırladı. Geri dönüp ağır adımlarla kayalıklara doğru yürürken ne söyleyeceğini düşünüyordu, bu gece olanları anlatamayacağına karar verdi, niye anlatamayacağını bilmiyordu ama içindeki bir ses ona anlatmaması gerektiğini söylüyordu.

Telefonu açan Selim'in sesi endişeliydi.

— Nasılsın canım, merak ettim.

Yelda, sanki sıkılmış gibi bir sesle cevap verdi.

— Buradaki yabancılar, aşağıda bir lokanta keşfetmişler, oraya gittik... Biraz da içki içtim... Yorgunum... Çok özür dilerim... Acele hareket ettik, onları bekletmek istemedim, sana haber veremeden gittim... Şimdi gidip yatacağım... Çok uykum var... Yarın konuşuruz canım... İyi geceler.

Konuşmayı uzatmadan telefonu kapatıp, askerlerin kıpırtılarının yanından evine doğru yürüdü.

İlk yalan söylenmişti.

IX

En açık gerçeklerin arasına bile oralara saklanmış bir yalan var mı diye kuşkuyla bakmaya alışmış, bir yalancının herkesin yalan söyleyebileceğine olan katıksız inancından kaynaklanan doğal dikkatine sahip bir zihnin Yelda'nın yalanını yakalaması da beklenirdi ama Selim bu yalanı hiç fark etmedi bile. Yelda'nın o tutkulu, sarsıcı, sancılı ilişkileri boyunca Selim'e söylediği ilk büyük yalanın fark edilmeden geçilmesinin nedenlerinden biri Selim'in Yelda'yı büyülü bir dünyanın içine saklayıp onu bir masalın asla yalan söylemeyen dürüst kraliçesi olarak görmesiyse, bir nedeni de ilişkilerinin miladı sayılacak o korkunç olaydan sonra Yelda'nın yaşadığı yıkılışın yarattığı öfke nöbetlerinden, heyecan patlamalarından, alınganlık sağanaklarından, aldatanın o aşağılık kendinden memnuniyetiyle usanmaya başlamasıydı.

İlişkilerinin bir tür "kötülük zincirine" dolandığını biliyordu, birkaç kez bunu bu sözcüklerle Yelda'ya da söylemişti ama zincirin son halkasının kendi yaptıkları olduğunu sanmak gibi bir yanılgıya nasıl düştüğünü anlayabilmek için onun bu aşktan yorulduğunu ve gizli gizli bundan kurtulmak istediğini kabul etmek gerekiyordu.

Onların aşkları öylesine süratli ve mutlu başlamıştı ki Selim bir gün bundan usanabileceğini o sıralarda hayal bile edemezdi.

İlişkilerinin başlangıcı, Yelda'nın "hayatta her olay aslında insanı kendi kaderine doğru yönlendiren kutsal bir işarettir" inancını doğrulayacak kadar çok tesadüflerle doluydu.

Yelda o sırada Amerika'dan yeni dönmüştü. Orta Anadolu'dan koyu dindar, müteahhit bir babanın kızıydı, Selim onunla "baban Bizanslılardan daha çok bina yapmış İstanbul'da" diye dalga geçerdi, dördü erkek beş kardeşin sonuncusu olarak doğmuş, her zaman mesafeli olan babasının kendisini erkek çocukları kadar sevmediğine inanarak büyümüş ama bu inanç onu bir melankoliye sürüklememiş, aksine, ailenin bütün erkek çocuklarını geçip, babasına en başarılı evladının kendisi olduğunu göstermek için çok çalışan, savaşçı bir yapı geliştirmesine yol açmıştı. Egeli olan annesi, her zaman ona sahip çıkıp sevgisiyle beslemiş, ailenin erkekleri arasında ezilmesini önlemiş, kendisinden birkaç yaş büyük ağabeyleriyle bazen yumruk yumruğa girecek kadar ateşli kavgalar ettiğinde onu oğullarına karşı korumuştu. O bir yanıyla kendini ağabeylerine ve babasına kabul ettirmeye çalışırken, bir yanıyla da ailenin dışındaki kendisini kabule daha hazır olan dünyayla ilişki kurmuştu. Annesinin ısrarı, geceleri yatak odasında babasıyla fısıl fısıl tartışmalar yapması sonucunda Amerikan Koleji'ne girmiş, orada bir başka özgürlük âlemi olduğunu, ailesininkine hiç benzemeyen ölçülerle yaşayan insanlar bulunduğunu keşfetmişti. Bir yanı küçüklüğünde seyrettiği Türk filmlerinde, ailenin dindarlığında, sadakate çok önem veren ahlakında kalırken, bir yanı da yolunu zekâsının ve kendine güveninin açtığı tuhaf bir sınırsızlığa doğru uzanmıştı. Sınıf birinciliğini hiç bırakmadığı okulun son yılında bir Amerika bursu kazanmıştı. Bu sefer anneyle babanın yatak odası fısıldaşmaları çok daha uzun sürmüş, küs günler geçirmişler, bazen o sessiz anneyle mütehakkim babanın ilişkilerinden hiç beklenmeyecek biçimde yatak odalarından karşılıklı bağırışmalar duyulmuştu. Gene annesinin kararlılığı kazanmış, Yelda Amerika'ya gitmişti.

Liseyi bitirince Türkiye'ye dönmemiş, bir başka burs kazanıp orada üniversiteye girmiş, okulun üçüncü ayında kendisinden çok daha yaşlı bir profesörden hamile kalmıştı ama onun gibi bir aileden gelen bir genç kızdan beklenmeyecek bir sükûnetle gidip kürtaj olmuş, bir daha da o profesörle görüşmemişti.

Bu olayı o çok sarsıntısız atlattığına inansa da, ayrı hayallerin, ayrı inançların, ayrı ahlak anlayışlarının yan yana ve aynı güçle hâkim olduğu ruhuna, neredeyse iki ayrı insana ait olabilecek bu farklılığın yarattığı çatlaktan sızan huzursuzluğu ve mutsuzluluğu bu olay biraz daha artırmıştı. Ruhunun iki yanındaki iki kadın, Orta Anadolulu dindar, namuslu, ahlaklı, sadık kadınla Batılı dünyanın özgür, güçlü, kuşkucu kadını hep birbirlerini küçümseyerek aşağılamışlar, hangisinin ahlakına uygun davransa bir diğeri tarafından suçlanmıştı. Kaçınılmaz bir suçluluk duygusu yerleşmişti içine ve buna alışmıştı.

İktisat fakültesini üçüncülükle bitirdikten sonra sosyal psikoloji dalında da "ph" derecesi almış ve aynı üniversitede hoca olarak kalmıştı. Türkiye'ye ancak gittikten beş yıl sonra parlak başarılarıyla dönmüştü ilk kez. Sanki oradan hiç ayrılmamış gibi bütün bir yaz tatilini ailesiyle geçirmiş, gündüzleri annesiyle eskisi gibi Türk filmleri seyredip ağlamış, akşamları işten dönen erkeklere annesiyle birlikte sofralar hazırlamış ama o ailedeki herkesten daha parlak ve başarılı olduğu duygusuyla farkında olmadan çocukluğunun intikamını almış, babasına en akıllı evladının kendisi olduğunu kanıtlamış, sonra yeniden Amerika'ya dönmüştü. Bir profesörle birlikte "göçün ekonomisi ve sosyal psikolojisi" üzerine bir kitap yazmış, İngilizceyi çok sevimli bir aksanla konuşan genç ve parlak bir İtalyan fizikçiyle evlenmişti.

Kocasından sıkıldığında Amerika'dan da sıkıldığına karar vererek Türkiye'ye dönüp yerleşmişti.

Annesi, "kocasından ayrılan kadın çok üzgün olur" inancıyla ona bakmış, beslemiş, bir zaman dinlenmesini, hemen bir işe girmemesini söylemişti, Yelda da yorucu bir hayattan sonra annesinin yanında yeniden gündüzleri siyah beyaz Türk filmleri seyredip, akşamları da artık biraz surat asmaktan öte kendisine pek bir şey söyleyemeyen erkekleri çok fazla kızdırmayacak saatlere kadar eski arkadaşlarıyla ve onların yeni tanıştırdıklarıyla buluşmaktan, çocukluğundan beri hiç yaşayamadığı telaşsız bir tembelliğin içine kendini bırakmaktan hoşlanmıştı.

İşte tam da o günlerde Rasim'le tanışmıştı. Yakışıklıca, ünlü markalar giymeyi seven, büyük holdinglere araştırma raporları yazan, kariyer hırsı yüksek bir iktisat tarihi doçentiydi, bütün itici özelliklerine rağmen kendindeki bu itici yanlarla alay ederek Yelda'yı güldürmüş ve buluşmaya ikna etmişti. Birkaç kez buluşmuşlardı, Rasim ona gittikçe daha çok bağlanma eğilimi gösterirken Yelda sadece bir eğlence olarak görmüştü onu.

Bir gün öğleye doğru, Yelda, babasının yaptığı o kocaman sitelerden birinin en üstündeki dört dairenin birleşmesinden oluşan on iki odalı evlerinin geniş salonunda, daha geceliğini bile değiştirmeden anneşiyle birlikte acıklı bir Türk filmine ağlarken Rasim telefon edip, "akşamüzeri buluşalım mı?" demişti, aslında o gün dışarıya çıkmayı düşünmüyordu ama filmin arasında lafı çok uzatmak istemediği için "olur" demişti. Telefonu kapatırken, Rasim,

— Okula gel, onun yakınında çok güzel bir yer açıldı, demişti.

O akşamüstü sıkıntılı bir şekilde, Rasim'e artık onunla buluşmak istemediğini açıkça söylemeye karar vererek okula gitmişti, çıkmadan önce, Rasim bir arkadaşına bir kitap bırakması gerektiğini, bir beş dakika daha oyalanıp oylanamayacaklarını sormuştu, eğer daha fazla hoşlandığı bir erkek olsa belki, "sonra verirsin, hadi gidelim" der, orada bekleyeceği zamanı birlikte geçirmeyi tercih ederdi ama Rasim'le yalnız kalmaktansa birini beklemek daha eğlenceli görünmüştü ona. Selim'in sınıfına girip anfinin arka sıralarından birine oturmuşlardı.

O beş dakikalık kısa zamanda Selim'in, "tarihten kötülükleri çıkartırsanız elinizde çok övünülecek, çok parlak lakin çok kısa bir metin kalır", "unutmayın ki tarihi yapanların çoğu kendi isimlerini ve ihtiraslarını hayatlarından daha çok seven tuhaf insanlardı" türünden cümlelerini ve bütün sınıfı güldüren şakalarını duymuşlardı.

Tümüyle arkaya doğru taramış koyu kumral saçlarının bir

perçemi inatla öne düşen, geniş ve parlak bir alnı olan, 1930'lardan kalmış duygusu veren yuvarlak, kemik çerçeveli gözlükler takmış, İngiliz usulü bir bıyık bırakmış ve bir tarih hocasının üstünde görülmesi pek beklenmeyen İtalyan keten takım giyip bunu kendine yakıştırmış bu uzun boylu adam Yelda'nın ilgisini çekmişti. İçki içmeye Mahmut'u da alıp dördü birlikte gitmişlerdi, Yelda bütün gece gülmüş, şaşırmış, eğlenceli hikâyeler dinlemiş, "zekâsı kendi zekâsına yakın bir erkekle karşılaştığını" düşünmüştü. Daha sonra bu ilk düşüncesini kendisine söylediğinde Selim "küstah" deyip onu burnundan öpmüştü.

Yaşları kendisinden çok da büyük olmayan bir erkek kardeş kalabalığı arasında büyürken, sırf erkek oldukları için onların kendisinden daha özgür olmalarını, kendisine karışmalarını, kendisini aşağılamalarını hiç kabullenememiş, onların kollarının kendi kollarından daha güçlü olduğunu, kendisini tuttuklarında onlardan kurtulamadığını fark ettiğinde hırsından günlerce ağlamış ve sonunda onlardan daha güçlü olduğu bir yeri, zekâyı keşfetmişti. O günden sonra zekâ onun için erkekleri terbiye ettiği bir kırbaç haline gelmiş, bir erkek kalabalığıyla evin içinde giriştiği "kurtuluş mücadelesinde" kuşandığı bu yeni silahla hepsini püskürtebildiğini, sindirebildiğini anladıktan sonra gördüğü ilk örneklerin etkisiyle bütün erkeklerin kendisinden daha aptal olduğuna karar verip, kendisine ve zekâsına hayran kalmıştı.

Zekâ, onun erkeklerle hem buluştuğu hem dövüştüğü eğlenceli ve tehlikeli bir alandı, hayatı boyunca hep zekâlarıyla ilgi çeken erkekleri seçmiş, her seferinde biraz daha zeki bir erkek arayıp, her seferinde kendi üstünlüğünün kabulünü sağlamıştı.

Evin içinde bile her an kendisini kızdıracak ya da üzecek bir "düşman" kalabalığı ile yaşamak onu hep tetikte durmaya, her an bir saldırıya ya da savunmaya hazırlıklı bulunmaya alıştırmıştı. Her an dikkatli olmanın yarattığı yorgunluğu, evde erkekler yokken annesiyle birlikte oturup seyrettiği filmlerle, sanki o filmler birer gerçeği anlatıyormuş gibi seyrederken yaptıkları yorumlarla dinlendirmişti. O filmleri seyrettiği zamanlar en korunmasız, sırtüstü yatmış bir kedi yavrusu gibi kendini bütünüyle bıraktığı anlar olduğundan, bütün erkeklerle kadınların birbirine karşı dürüst ve sadık davrandığı, sadakatsizliğin mutlaka cezalandırıldığı, her erkeğin kadını için mücadele ettiği, her kadının erkeğine ölüm pahasına sadık kaldığı siyah beyaz görüntüler ruhuna hiçbir engelle karşılaşmadan sızıp oraya yerleşmişlerdi.

Yaşadığı iki ayrı hayat onu ikiye bölmüştü, onun hayatı da aslında bu iki kadını birleştirecek ve bu çatlamanın huzursuzluğunu hep yaşayan kadına huzuru sağlayacak, daima sadık kalacağı, hayran olacağı, kendinden daha zeki bir erkeği aramakla geçmişti. Onu bulabilmek için duyduğu müthiş istek, kendinden daha zeki olduğunu kabul edeceği biriyle karşılaşmanın dehşet dolu korkusuyla karışmıştı.

Selim'in hiçbir kalıba sığmayan, hayatı eğlenceli bir aptallık gibi sunan zekâsı çekmişti onu. Rasim'i arama bahanesiyle birkaç kez üniversiteye uğramış, her seferinde de Selim'i bulmuştu, birlikte yemekler yemeğe, artık bir bahane aramaya gerek duymadan buluşmaya başlamışlardı.

Çok kısa zamanda ikisi de birbirlerinin karanlığın içinde aniden yanan projektörler gibi parlayan zekâlarını görmüşler ama onları asıl etkileyen o zekânın altında yatan hastalıklı huzursuzluğu, saklanmaya çalışılan zayıflıkları, bölünmüş ruhlarının kendisini bir arada tutabilmek için gösterdiği olağanüstü çabayı, yaşayabilmek için ihtiyaç duydukları o huzuru ve mutluluğu bulabilmek için insanların koyduğu her türlü ahlaki sınırı geçmeye hazır masum cesareti görmek olmuştu.

Birbirlerine benzemeyen çok yanları vardı, biri dürüstlüğe diğeri yalana tapınıyordu, birinin geçmişinde Orta Anadolu'nun yatırlarla, velilerle, şeyhlerle, dualarla dolu katı muhafazakârlığı, öbürünün geçmişinde ülkeden ülkeye dolaşan, hiçbir yere ait olamayan bir göçebeliğin boşvermişliği vardı. Ama benzerlikleri farklılıklarından çok daha korkunç ve bağlayıcıydı.

Ruhlarının daha çocukluklarında yakalandığı o ateşli hastalık, o sevilme ve beğenilme arzusu, huzura duydukları büyük açlık ve açlığı doyurabilecek herkesi, önce gerçekten bunu yapıp yapamayacağını anlamak için neredeyse düşmanca bir saldırganlıkla hırpalayıp güven sınavlarından geçirmeleri, birbirlerini anlamalarını, birbirleri için üzülmelerini ve kendilerinin diğerine benzemediğini kanıtlamaya uğraşmalarını sağlıyordu.

İlk zamanlar aşkları başka hiçbir aşka benzeyemeyecek kadar olağanüstüydü. Yatışması çok zor kuşkularıyla sakladıkları en diplerindeki, ne görmek ne de göstermek istedikleri, en bölünmüş, en hasta kısımlarının dışında neredeyse varlıklarının her zerresini birbirlerine sunuyorlar, gerçeği arayan yalın ayak iki keşiş gibi mutluluğu, huzuru, zevki en katıksız halde bulabilmek için hiçbir sınırda durmadan el ele yürüyorlardı.

Annesinin desteği sayesinde günlerinin ve gecelerinin neredeyse tamamını Selim'in evinde geçiren Yelda'ya, Londra'dan aldığı uzun aşçı külahını başına geçiren Selim Arjantin pampalarında at çobanlarının yediği tuhaf ama çok lezzetli et yemekleri pişiriyor, sadece bedenleriyle değil bütün ruhları, zekâları ve ihtiraslarıyla katıldıkları sevişmelerden sonra sabaha karşı televizyon kanallarından birinde buldukları Türk filmlerini birbirlerine sarılarak seyrediyorlar, Yelda hiç çekinmeden ağlarken Selim başını onun göğsüne koyuyor, sonra tarihle, felsefeyle, ekonomiyle, psikolojiyle ilgili sonsuz tartışmalara dalıyorlar, konuşmaktan mı yoksa sevişmekten mi daha çok zevk aldıklarına karar veremiyorlardı. Yelda hayatında hiç gülmediği kadar gülüyordu. Selim'in zekâsının üstünlüğünü hiç korkmadan, hiç çekinmeden, kendisini çok şaşırtan bir rahatlıkla, erkeğinin gücünden gurur duyan bir kadın gibi kabul ediyordu. O gülerken Selim onu zaman zaman acıyı andıran bir sevgiyle seyrediyor, onun gülüşünü seyredebilmek için her şeyden vazgeçebileceğini düşünüyordu.

Yelda mutluluğu bulduğuna inanmaya başlamıştı.

— Ben seni mutlu edeceğim, demişti Selim, senin nasıl mutlu olacağını biliyorum.

— Biliyorum, mutlu olabileceksem bu yalnızca seninle olacak.

Bir seferinde de Selim ona, "bütün soruların cevapları birbirimizde" demişti, "yeter ki doğru soruları sorabilecek cesareti bulalım." Genellikle o cesareti buluyorlar ve doğru soruları sorup, yalnızca karşılarındakini değil kendilerini de anlıyorlardı. Yelda, Selim'in kendisi için yalancılıktan vazgeçeceğine, ona karşı dürüst olacağına inanıyordu.

"Kötülük zincirinin" ilk halkası bu asla bitmeyecekmiş gibi gözüken ilişkinin içinde Fahrünisa'nın gölgesiyle ortaya çıktı.

Selim bazı geceler garip bahanelerle ortadan kayboluyordu. Yelda, bir başka kadının varlığı söz konusu olduğunda en karanlık ormanın en karanlık gecesinde bile düşmanının kokusunu alan hayvanlarınkini andıran o kadınlara özgü içgüdüsü ve kadın dünyasının erkeklerin hiçbir zaman şifrelerini çözemeyecekleri istihbarat ağıyla Selim'in eski karısıyla buluştuğunu öğrendi.

İlk kavga, "neden bana yalan söyledin?" cümlesiyle başladı.

— Önemsiz bir nedenden dolayı huzursuz olmanı istemedim.

Bu dürüstçe, doğru bir cevaptı. Selim, bu küçük basit cümlenin bütün hayatını değiştirebileceğini fark etmedi bile. Bazı küçük gerçekler, çölde kumların arasında kıvrılarak dolaşan yeşil siyah hareli küçük yılanlar gibi, bazen en büyük yalanlardan bile daha zehirleyici olabiliyordu. Bu cümle, büyük porselen bir Çin vazosuna bir demir parçasıyla vurulduğunda çıkan sesi andıran bir çınlamayla yankılandı Yelda'nın zihninde. İlişkileri hakkında o güne dek düşündüğü her şeyin yanlış olduğuna karar verdi. O, bütün huzursuzluklarını, mutsuzluklarını da paylaşabilecekleri, birbirlerinden hiçbir şey saklamayacakları bir duygusal bütünlük içinde olduklarını hayal etmişti hep. Bir huzursuzluğu ya da mutsuzluğu Selim'le paylaşmaktan asla gocunmaz, tam aksine, bundan kendisini güçlendiren bir sevinç duyardı, mutsuzlukları da paylaşabilen bir aşkta mutluluğu bulacağına inanıyordu çünkü. O güne dek bütün düşüncelerini, duygularını, en anlamsızlarını, önemsizlerini bile, Selim'den saklayacağı en sıradan düşünceyle birlikte bu büyü bozulacak korkusuyla daima ona söylemişti. Şimdi Selim'in ona söylemediği düşünceleri, duyguları olduğunu öğreniyordu. "Benden sakladığı şeyler var" diye geçirdi aklından, "başka bir kadın benim bilmediklerimi biliyor." İlk yarayı almıştı, onun kuşkulanmaya yatkın zihni bir bebek teni gibi çabuk yaralanıyor ve süratle cerahatleniyordu.

— Beni huzursuz edeceğini düşündüğün bir şeyi neden yaptın? dedi. O kadar önemsizse beni huzursuz etmeye, yalan söylemeye değer miydi?

Eğer o anda zamanın o karanlık duvarı sadece bir anlığına delinse ve Selim geleceğinin nasıl değişmekte olduğunu, ona çok önemsiz gözüken bu konuşmanın içinde bütün hayatlarını mahvedecek nasıl zehirli tohumlar taşıdığını görebilseydi hemen susar, Yelda'ya sarılır ve bir daha Fahrünisa'ya gitmezdi. Bunu göremedi ve lanetli bir kör gibi ikisini de mahvedecek bir yola doğru yürümeye başladı.

Yelda'yı sevmediği için saklamamıştı bu olayı, tam aksine, bir daha hiç kimseyi onu sevdiği kadar sevemeyeceğini biliyordu. Ona duyduğu yoğun sevgi, böylesine yoğun bir duyguya alışkın olmadığı için zaman zaman ruhunu zorluyor, bütün duyguları bazen ağır bir yükle havalanan bir uçak gibi titriyordu. Korkuyordu. Yelda'yı kaybedeceği için değildi korkusu, onu kaybetmekten korkmaya başlayacağını düşündüğü için korkuyordu.

Ruhunun en derinlerindeki herkese ve her şeye yabancı, o yalnız ve hastalıklı gizli evren, doğasında derin bir iç değişikliği olduğunu hissediyor, kuşatılmış, yakında teslim alınacağını bilen kibirli bir şehir gibi kendini yakmadan önce son saldırılarını yapıyordu. Eğer Yelda biraz daha güvenli ve biraz daha olgun bir kadın olsaydı Selim'in sandığından daha hasta olduğunu, iyileşmesinin beklenenden uzun bir zaman alacağını hisseder ve ona iyileşmesi için gereken zamanı tanırdı ama Yelda aynen duyduğu aşkın kendisi gibi sabırsızdı.

Hayatı boyunca kendini böyle bir aşka hazırlamış, bunu hayal etmiş, bunun kendisini olmayı çok istediği huzurlu ve sadık kadına dönüştüreceğine inanmıştı, onun bu aşkın içine sokuluşu çok doğal ve kolay olmuştu. Selim bu duyguya hazırlıksız yakalanmıştı, aşkın, kendinden vazgeçmek olduğunu bilmiyordu, kendini tümüyle vermek isterken, "evet, ben bu kadınla olmak istiyorum, başkasını istemiyorum" derken bile, bilincinin hükmedemeyeceği içindeki karanlık "bağlanmak güçsüzlüktür, güçsüzlük acı getirir" diyordu. Kendinden vazgeçebilmesi için, vazgeçtiğinde başına gelebilecek kötülüklerden kaçıp saklanabileceği bir sığınak olması gerekiyordu. Ancak o sığınağın varlığı ve güveni onu böyle bir aşka hazır hale getirecek, onun kendisini huzurla vermesini sağlayacaktı. Bir aşkı yaşayabilmesi için zamana ve hazırlanmaya ihtiyacı vardı. Kendisini bir kadına teslim edebilmesi için, onu bir başka kadının teslim etmesi gerekiyordu, kendi kendine teslim olamayacaktı, bunu nasıl yapacağını bilmiyordu.

Yaşadığı karmaşanın yarattığı duygusal bir alacakaranlıkta bilinci ona bir oyun oynuyor, kendisinin Fahrünisa'ya değil de Fahrünisa'nın kendisine ihtiyacı olduğuna, görüşmemeleri halinde onun çok üzüleceğine inanıyor, içten içe Yelda'yı sadece kaprislerinden dolayı bir başka kadını üzmekle suçluyor, bu da öfkesini ve inatçılığını artırıyordu.

O ilk tartışmada Yelda'yı yatıştırmayı başarmıştı. "Ondan başka kimsenin önemli olmadığını, sadece Fahrünisa'nın üzülmesini istemediğini" söylemişti, bulduğu aşktan kolayca vazgeçemeyeceğini bilen Yelda sakinleşmişti, "istediğin zaman gidebilirsin yeter ki ben bileyim, bana yalan söylemene dayanamam... Benimki senin bildiğin anlamda bir kıskançlık değil, ben başka kadınlarla bana karşı bir ortaklık kurmana tahammül edemem..." demişti.

Sonra Selim'in hiç unutamayacağı bir şey daha söylemişti, "biliyor musun, ben senin bir başka kadınla sevişmene bile ses çıkarmam, sen o kadınla sevişirken benim gözlerime bak yeter ki, benimle paylaş... Ben hayatına engel olmak istemiyorum, ben hayatını paylaşmak istiyorum."

Selim ne söylediği o sözleri, ne de onu söyleyen sesini unutabildi ama söylediklerine inanmadı. Fahrünisa'yı görmesinin gereksiz bir soruna ve kıskançlığa yol açacağına emindi, ilk kavga da onun bu inancını pekiştirmişti. Fahrünisa'yı gizlice görmeyi sürdürdü. Çok kavgalar ettiler, Yelda evinde geceleri yalnız başına yatarken, aynı çocukluğunda olduğu gibi yorganı başına çekip, sesi duyulmasın diye yumruklarını ağzına bastırarak çok ağladı. Hem sevdiği bir erkeği kaybetme korkusuyla, hem Selim'in inatçılığı ve yalancılığıyla beslenip büyüyen kıskançlığıyla, hem de aşağılanmışlık duygusuyla başetmesi gerekiyordu. Bu, onun daha önce başka bir erkekleyken hissetmediği bir acıydı, ilişkiye acının yerleştiği, bunun değişik biçimlerde hep devam edeceğini seziyordu. "Aşk her şeyin üstesinden gelmiyormuş" diye düşündü.

Çocukluğunda seyrettiği filmlerdekine benzeyen o âşık ve mutlu kadın, o filmlerde olmayan böyle bir sadakatsizliğe, o sadakatsizliğin birlikte getirdiği kedere daha fazla dayanamadı, ağır ağır, okyanusun karanlık derinliklerine dalan bir denizaltı gibi ruhunun derinliklerine çekilmeye başladı. Onun yerine öfkeli, saldırgan, intikamcı bir başka kadın çıkıyordu şimdi. Bu kadın da âşıktı, hatta şaşırtıcı bir biçimde "diğer" kadından daha da tutkuyla bağlıydı sevdiği erkeğe ama iki kadının amaçları farklıydı, saklanan kadın sevdiğine yalnızca mutluluk vermek isterken, bu kadın, acı vermek, dövüşmek, zihninde bir düşmana dönüşen erkeği dizlerinin üstüne çökertmek istiyordu.

Amacına ulaşana kadar Selim'e daha sıkı sarılacağını, onun çöküşünü görmeden ondan uzaklaşamayacağını hissediyordu, onu kaçmaya zorlayacak kadar canını yakmadan yalnızca hafifçe yaralamak istiyor ama bu oyun sırasında istemediği bir sonuç ortaya çıkmasın diye de son bir çabayla Selim'i yeniden eski hayatlarına çekmeye çalışıyordu.

Kavgaları arttı. Selim, onun acısını hafif konuşmalarla yatıştıracağını, şakalarla ona olayın önemsizliğini göstereceğini sanıyor ve Yelda'yı daha çok kızdırıyordu. Onu, aşağılanmışlığı kabul etmeden aşka sahip olamayacağı korkunç bir seçime zorladığını fark edemiyordu.

İlişkilerini bir daha düzelmeyecek biçimde sarsacak darbeyi sonunda vurdu Yelda. Hamle gerçekten çok incelikli ve zekice yapılmıştı ama açtığı yara derin oldu.

Yelda'nın, bebekliğinde geçirdiği çocuk felci nedeniyle belden aşağısı sakat kalmış, tekerlekli sandalyede yaşayan, çocukluğundan beri kendisine âşık eski bir arkadaşı vardı, ancak sakatlarda rastlanabilecek bir duyarlılığı, yanına yaklaşan her acıyı küçümseyerek iyi eden garip gücüyle her zaman Yelda'nın ilgisini çekmişti. Onun yanındayken insan kendi acısını önemsiz bulurdu. Yelda bir kez bile Tekin'in herhangi bir şeyden yakındığını duymamıştı, sadece bir seferinde neden yakınmadığını anlatırken yakınmıştı, "neden yakınayım ki" demişti, "başıma daha fena ne gelebilir, ölmek mi, bu sandalyede benim kadar uzun otursaydın ölümün sanıldığı kadar kötü bir şey olmadığını anlardın." Sonra da gülerek eklemişti, "arkamdan, kaçtı demesinler diye yaşıyorum ben."

Selim, profesörlük tezini bitirmek için okuldan izin alıp eve çekildiği günlerde kendi kendine "hayatımı Yelda'yla geçirmek istiyorum, neden onu üzecek saçmalıklar yapıyorum, neden bu sevgiye böyle direniyorum, onu mutlu edeceğim, ondan başka bir kadın ilgimi çekmiyor ki neden başkalarıyla ilgileniyorum" diye düşünmüş, kendini hazır hissettiği yeni yaşamın ilk denemelerini de bu çalışma günlerinde yapmaya karar vermişti. Yelda'nın her an yanında olmasını istiyordu. Kararını, bu kararından emin olmasına rağmen son bir kez daha deneyecek, eve kapalı geçecek bu günlerde, bütün hayatını Yelda'yla geçirebileceğini bir kere daha görecek, tez bittiğinde de ona kararını açıklayacaktı. "Belki evleniriz" diye düşünüyor, böyle şeyler düşündüğü için kendisine gülüyor ama bu fikrin kendisini eğlendirdiğini de görüyordu.

Bu kararını o sırada Yelda'ya söyleseydi belki hayatları yeniden değişecekti ama beklemeyi tercih etti. Sevdiği kadının yaralı olduğunu, içinde iyileşmemiş bir yara taşıdığını, o yaranın her sabah onu kederle uyandırdığını hâlâ fark edemiyordu. Kendi aşkıyla öylesine büyülenmiş, kendi kararlarıyla öylesine mutluluk hayallerine kapılmış, kendi masalının içine öyle kapanmıştı ki âşık olduğu kadını bile göremez olmuştu. Onun, içinden geçen her duyguyu, verdiği her kararı bildiğini sanıyordu.

Yelda, Selim'in kendisine sevgiyle, özenle davrandığını, yanından ayrılmak istemediğini görüyordu ama geçmişi aklından silemiyordu, intikamını alamadan Selim'in ona yeniden böylesine istekle yaklaşması, intikam isteğini dar bir kabuğun içine sıkıştırmış, ne unutulabilen ne de doyurulabilen intikam isteği de tuhaf bir sıkıntıya dönüşmüştü. Yelda ilk kez Selim'in yanında sıkılıyordu. Gene uzun uzun konuşuyorlar, gene uzun uzun her şeyi unutarak sevişiyorlardı ama adı tam konulamayan, tarif edilemeyen bir durgunluk, o muhteşem aşklarının parlaklığında bir matlık vardı.

O günlerde Tekin Yelda'yı aramıştı, sevinçle buluşmaya gitmiş, Tekin'in yanında her zaman olduğu gibi çok gülmüş, Selim'in değil de bir başka erkeğin yanında olmaktan hoşlanması da intikam isteğine iyi gelmişti. Üstelik Tekin, hiçbir anlamda erkeksi bir rekabet yaratmayacak, cinsel bir tehdit taşımayacaktı Selim için, sadece bir başkasının kendisine tercih edildiğini görecekti.

Yelda, Selim'in aksine, her buluşmasını ona dürüstçe haber vermişti, Selim ona "gelsene, kahvaltı edelim" dediğinde "ben Tekin'le buluşacağım" diyordu, "akşam gelsene" dediğinde, "Tekin eski arkadaşları davet etmiş, onlarla olacağım" diyordu.

Bir keresinde Selim, "sen Tekin'le olmayı benimle olmaya tercih ediyorsun anladığım kadarıyla" demişti.

Yelda cevap verirken, sesinde yapmacıklığına rağmen bir erkeği bir sakattan bile kuşkulandıracak bir şuhluk vardı:

— Tekin'i kıskanmıyorsun, değil mi, sakat o zavallı.

Bir seferinde de, "ben sandalyesinin dibine oturdum, Tekin de bana masaj yaptı" demişti, "ellerinin sıcaklığını çok sevdim."

Yelda tehlikesiz olduğuna inandığı kendi küçük oyununun eğlencesine öyle kapılmıştı ki Selim'in neler hissedebileceğini, bunun açmak istediğinden çok daha büyük bir yara açabileceğini göremez olmuştu. Bir başka zaman olsa belki Selim bu çocukça oyuna güler geçer, Yelda'yla alay ederdi ama o günlerde evde kapalı kalması, çalışmak zorunda olması onda bir çaresizlik duygusu yaratmış, Yelda'yla hayatı boyunca birlikte olmak için verdiği karar da onun Yelda'dan beklentilerini değiştirmiş, onu her zamankinden çok daha hassas ve kolay yaralanabilir hale getirmişti. Sevgisine cevap alamadığını, Yelda'nın kendisinden sıkıldığını, tam sevmeye karar verdiğinde sevilmediğini düşünüyor, içindeki o güvensiz karanlık "bağlanmak güçsüzlüktür" inancının doğru olduğunu fısıldıyordu. Tam yaklaşırken karşısındakinin uzaklaşması onda ihanete uğramışlık duygusu yaratıyor, Yelda'nın yaralandığı gibi şimdi de o yaralanıyordu.

Yelda'nın bir başkasını kendisine tercih etmesi fikrine dayanamıyor, "ellerinin sıcaklığı çok hoşuma gitti" diyen sesi içinde çınlıyor, soğukkanlılığını kaybediyor, aynı Yelda'da olduğu gibi kıskançlık tutkuyu besliyordu. Duyduğu aşk oradaydı ama içindeki sevgi, dostluk, sıcaklık gibi duygular yerini tutkuya, öfkeye, düşmanlığa bırakıyordu. Duyduğu o büyük aşk, tam kendini bütünüyle ortaya çıkarmaya hazırlanırken aldığı darbeyle aniden biçim değiştirmiş, sahibine yabancılaşıp yabanileşmiş, çıldırmış bir Doberman köpeği gibi ikisi için de ciddi bir tehdide dönüşmüştü.

Ev ona karanlık ve bunaltıcı gözüküyordu, durduğu yerde duramıyor, sürekli Yelda'nın sesini duymak istiyordu ama her seferinde Yelda "şimdi dışarıdayım, akşam eve döndüğümde konuşuruz" diyor, eve de geç dönüyordu. Selim'in onun üstüne böylesine düşmesi Yelda'nın eğlencesini ve garip bir zevk aldığı sıkılmışlığını artırıyordu.

Artık yalnızlığa, evin karanlığına, sessizliğine daha fazla dayanamayacağı bir gün Yelda'ya telefon etmiş, "akşam gelsene" demişti, Yelda onun sesinden, saklamaya çalıştığı yalvaran tonundan acı çekmeye başladığını sezmişti.

— Akşamüstü gelirim, demişti.

Akşamüstü olmuştu. Zaman, beli kırılmış bir sürüngen gibi ağır ağır Selim'i bunaltarak geçiyordu.

Telefon çalmıştı. Telaşla açmıştı. Yelda suç işlediğini bilen şımarık bir çocuğun biraz ürkek, biraz arsız sesiyle, Selim'in vereceği cevabı duymak istemiyormuş gibi hızlı hızlı konuşarak, "ben Tekin'le kahve içmeye gidiyorum" demişti.

Sevgi çok güçlü olduğu zaman insanı bazen garip bir biçimde uyuşturur, o sevginin her sorunu çözeceğine inanır, dikkatini ve özenini kaybeder, Yelda da Selim'in yaptığı hatayı yapmış, o sıkılmışlığının, intikam isteyen şımarıklığının altında beslediği sevginin gücüne gereğinden fazla güvenmiş, nereye vurduğuna bakmadan darbeyi indirmişti.

Bir başkasının kendisine tercih edildiğini bu kadar açık görmeye ve bunu sükûnetle kabul etmeye o yaralı halinde Selim'in gücü yetmezdi. O çok güvendiği zekâsı, çekiciliği, hiçbir zaman itiraf edemeden övündüğü erkekliği, kendini beğenmişliği, onun kişiliğini ayakta tutan o hastalıklı yapı sallanmıştı. Bu tür bir sarsıntıdan kendi başına kurtulması imkânsızdı, bildiği bir tek yol vardı, o da felaketlerine doğru gidişi biraz daha hızlandırarak o yolu seçti.

Telefona uzanıp, çoktandır kendisiyle açıktan açığa flört eden sanat tarihi bölümündeki sarışın asistanı aradı.

— Akşama paella yapıyorum, çok da iyi bir İspanyol şarabım var... İster misin?

— Yarım saat sonra oradayım.

Yapmaya hazırlandığı şeyi isteksizce yapacağını biliyordu Selim ama o evde artık o geceyi tek başına, istenmediğini hisseden biri olarak geçiremeyeceğini de biliyordu, birisinin ona yardım etmesi gerekiyordu. Karşılaştığı soğukluktan ruhu donmuş gibiydi, yeniden hayata dönebilmek için bir kadının sıcaklığına muhtaçtı.

Ertesi sabah sarışın asistan derse yetişebilmek için kahvaltı etmeden çıkmış, ilk ders arasında da Selim'e "olağanüstü gece" için teşekkür eden ve "bunu tekrarlamaları gerektiğini söyleyen" bir mail atmıştı.

Selim de epey kışkırtıcı ve edepsiz bir cevap yazmıştı. Yazdıklarını ciddiye almıyordu ama bir kadınla yakınlık kurmaktan hoşlanmıştı.

Ertesi gün Yelda geldiğinde Selim dalgın ve uzaktı. Yelda bunu Selim'in çektiği kıskançlığın ve acının yorgunluğuna bağladı, ödeşmiş olduklarını, yeniden eski hayatlarına dönebileceklerini düşündü.

O akşam Yelda onda kaldı ama bu kez Selim sessizdi, duyduğu kızgınlık, bir dağ yolunu tıkayan iri bir kaya gibi sevgisinin önünü tıkamış, dışarı çıkmasına engel oluyordu, ne bir sevgi sözcüğü söyleyebiliyor ne de Yelda'ya istekle dokunabiliyordu. Uğursuz bir tahterevalliye binmiş gibiydiler, yanına birini alan ağırlaşıp uzaklaşıyor, sonra sıra diğerine geliyordu. Artık aynı hizada duramıyorlardı.

İki gün sonra bir çalışma molasında Yelda Selim'i alıp Boğaz tepelerinde bir kahveye götürdü, hava kapalıydı, Boğaz gri bir göl gibi gözüküyordu, hafifçe üşüyorlardı.

Yelda Selim'in karşısına oturdu, Selim'in çok özlediği o yumuşacık sesiyle,

— Ben, dedi, hazırım. Artık hep seninle olmak istiyorum. Birlikte yaşayalım, istemezsen evlenmeyiz, ailemin tepkisini de göze alıyorum.

Yelda'nın öfkesi geçmişti ama Selim'inki geçmemişti. Bulutların griliği sanki yüzüne ve gözlerine yansımıştı. Yelda'nın yüzüne değil denize bakarak konuştu.

— Ben hazır değilim.

Yelda sadece, "peki" demişti, "nasıl istersen."

Yeniden eskiye dönmelerinin mümkün olduğuna inandığı sırada böylesine reddedilmek onu üzmüştü ama Selim'in çok kırıldığını sezmiş, "biraz ileri gittim" diye düşünmüştü, masallarına ve geleceklerine olan güvenini sarsmamıştı bu konuşma, biraz daha beklemek gerektiğini düşündürmüştü sadece.

O gece de Selim'de kalan Yelda ertesi sabah erken saatlerde bir telefon sesiyle uyandı ama gözlerini açmadı, Selim'in usulca yataktan kalktığını gördü, uğursuz bir dürtüyle kalkıp çıplak ayaklarıyla sessizce peşinden gitti. Selim salonda kısık bir sesle konuşuyordu.

— Bence de harikaydı, tabii, mutlaka yeniden yapalım.

Yatağa dönüp gözlerini kapattı. Ciğerlerine çimento akıtılmış gibiydi, nefes alamıyordu. Duyduğu o kısa konuşmayla bedeni bir anda tükenmişti ama zihni en küçük ayrıntıları bile fark edecek kadar keskinleşmişti. Sanki biraz önce ölmüş olan bedenine bir başkasının, bir yabancının zihnini yerleştirmişlerdi, o anda düşündükleri kendisini ilgilendirmeyen şeylermiş gibi bütün ihtimalleri şaşırtıcı bir soğukkanlılıkla gözden geçiriyordu. Biraz sonra hayatı boyunca hiç tatmadığı bir acının bütün ruhunu ele geçireceğini seziyor ama o anda o acıyı hissetmiyordu. Her yanı öylesine uyuşup hayatiyetini yitirmişti ki artık o bedende acı da dahil hiçbir duygu yaşayamayacakmış gibiydi. Ölmüştü. Ölmüş olmasına değil zihninin hâlâ yaşamasına şaşıyordu. Her şeye rağmen içinde hâlâ yanılmış olabileceğine dair bir ümit besliyordu.

Selim yeniden uykuya dalınca kalktı. Salona gitti. Koltuğa oturdu. Ne yapacağına karar veremiyordu. Sonra hipnotize edilip başka bir gücün denetimine girmiş biri gibi neredeyse kendi iradesinin dışında bir hareketle kalktı, bilgisayarın başına oturdu, mailleri açtı. Gözleriyle hızla tarayıp aradığını buldu, sonra gönderilmiş mailleri taradı, orada da aradığını buldu.

Selim uyanana kadar orada hiç kıpırdamadan oturdu. Hiçbir şey düşünmedi, hiçbir şey hissetmedi. Bir uyuşmuşluk hissinden başka hiçbir şey yoktu. Beklediği acıyı hissetmemesine şaşıyordu.

Selim uyandığında onu çalışma masasının başında otururken buldu.

— Kiminle konuştun sabahleyin, dedi Yelda.

Selim ne cevap vereceğine karar veremedi önce sonra "bir arkadaşımla" dedi, "okulla ilgili bir not istedi."

Yelda yeniden konuştuğunda sesi bir buz kitlesinin içinde dondurulmuş bir insanın derinlerden gelen sesi gibiydi, sesinde bir suçlama yoktu, bir üzüntü yoktu, bir kızgınlık yoktu, bir şaşkınlık bile yoktu.

— Sen ne yaptın, Selim?

Selim gülmeye çalıştı.

— Hiçbir şey.

— Sabah bir kadınla konuşuyordun.

— Hayır.

— Maillerini aç bakacağım.

Selim bir an ne yapacağını düşündü, o mail kalabalığının içinde o iki tanesini göremeyeceğini düşünüp son bir ümitle "peki" dedi.

Maillerini açtı.

— Sen yattığın bir kadınla mailleştin mi?

— Hayır.

Yelda mailleri tek tek okudu, daha önce okumuş olduğu iki tanesini Selim'e gösterdi.

— Bunlar ne?

Sesi öylesine duygudan yoksun ve soğuk çıkıyordu ki Selim onun ruhunun dehşetli darbelerle sarsıldığını, korkunç bir olay yaşamakta olduklarını anlayamadı.

— Önemli şeyler değil.

Eğer o anda Selim her şeyi itiraf etseydi, pişman olduğunu, önceki akşam çok üzüldüğü için bunları yaptığını söyleseydi, Yelda'nın kızgınlığı ve acısı geçmezdi ama gene de onu affedebilirdi ama her şey böylesine ortadayken kendisine yüzüne baka baka yalan söylemeye devam etmesi, onu hâlâ kandırmaya çalışması Yelda'ya aldatılmaktan da büyük bir düşmanlık gibi gözüktü. Selim ilişkilerinde güvenilecek en küçük bir yan bile bırakmıyor, açık bir gerçeği şımarıkça, karşısındakinin zekâsını ve duygularını küçümseyen bir aldırmazlıkla inkâr ederek ilişkilerinin belki de en kutsal yanını, dostluklarını ve yakınlıklarını yok ediyordu. Masalın parçalandığını düşündü. Selim'se içindeki kızgınlığı hâlâ yatıştıramadığı için çok istediği halde söylemesi gerekenleri söyleyemiyordu.

Yelda bilgisayarın düğmesine bastı, mailler kâğıtlara basılı olarak çıktı. Onları alıp çantasına koydu.

Aynı buz gibi, hiçbir duygu taşımayan sesiyle:

— Sen aşağılık, hasta bir adamsın, dedi, bunları yanıma alıyorum... Bir gün seni affedecek gibi olursam, senin yaptıklarını unutacak gibi olursam, senin nasıl bir adam olduğunu hatırlamak için bunlara bakacağım. Bir daha seni görmek istemiyorum. Şimdi bana bir taksi çağır.

Selim, son bir çabayla şaka yapmaya, bunun önemsizliğini anlatmaya çalıştı. Sesinin kayganlığından kendisi de sıkıldı.

Yelda ona hiçbir şey söylemeden baktı.

Bir taksi çağırdı Selim. Taksinin gelmesini hiç konuşmadan beklediler.

Taksi gelince Yelda çantasını alıp, dimdik yürüyerek çıktı evden.

Selim pencereden taksiye binişini seyretti.

O gece, Yelda'yı dinmeyen korkunç bir ağlama nöbeti ve neresinde olduğu saptanamayan şiddetli bir sancıyla hastaneye kaldırdılar.

X

Sabah, kocaman pembe bir inci gibi parlaktı, doğmakta olan güneşin ışıkları uçuk mavi şeffaf gökyüzüne çarpıp içinde ince mavi damarlar taşıyan bir pembelikle dağlara, uçuruma, vadiye, geniş ovaya yansıyıp yayılıyordu.

Sabahın renginde, parlaklığında, genç serinliğinde neşeli bir şeyler hissediliyordu.

Yelda gene siyah spor kıyafetini giymişti. Güleç yüzüyle evin kapısında görünen Rojda'nın üstünde sarı bir eşofman vardı, sabah koşusu için biraz fazla makyaj yapmıştı. Yelda bu genç kızın coşkulu neşesini, saflığını, insanlarla cömertçe paylaştığı dostça sıcaklığını seviyordu ama son zamanlarda onu her gördüğünde bu sevginin içinde, hissetmekten utandığı bir kızgınlık, bastırmakta çok da zorluk çekmediği küçük bir sinirlilik de beliriyordu.

Taner, her zamanki gevşek asker atleti, belinde tabancasıyla gelip onlara şöyle bir baktıktan sonra bir şey söylemeden dönüp koşmaya başladı, Yelda onun yüzünde tam döndüğü sırada bir gülümsemenin belirdiğini görmekten ziyade sezdi, "kendini ne kadar önemsiyor" diye düşündü, "erkek bir tavuskuşu gibi." Ona, zamanı geldiğinde, o kadar önemli olmadığını söyleyecekti, kafasında bu konuşmanın cümleleri şekilleniyor ve henüz yapılmamış bu konuşma, sanki yapılmış gibi onun içini rahatlatıyordu.

Köyün içinden hızla geçtiler, tempoyu artıran sızlayan adaleleriyle Yelda'ydı, onun yaptığını bir başkası yapsa kızardı ama o anda bu kadınsı oyun onu eğlendiriyordu. Daha köyün çıkışında Rojda yorulmaya başlamıştı, dağa tırmanan patikanın ortasında, eşofmanının içinde çırpınan iri göğüsleriyle soluk soluğa durdu. Taner de "ne oldu" diye homurdanarak geri döndü.

Yelda onların durduğunu fark etmemiş gibi koşmaya devam etti, tepedeki bodur ağacın altında durup ağaca yaslandı, aşağıya baktığında onların yavaş yavaş tırmandıklarını gördü, Taner'in yüzü asılmıştı. Kendini saran pembeliğin altından yeşil tüylü bir aslan gibi gerinerek uyanan uzaktaki o sonsuz ovaya baktı, Selim'i hatırladı, onun yüzünü, gülüşünü, kısacık bir an birlikte o ağacın altında oturduklarını hayal etti, "bana Mezopotamya'yı anlatırdı" diye düşündü, yeniden koşmaya başladığında o cümle aklında dönüp duruyordu, "bana Mezopotamya'yı anlatırdı, bana Mezopotamya'yı anlatırdı, bana Mezopotamya'yı anlatırdı" bu cümle tek başına çalan bir klarnetin incecik, içli müziği gibi ona artık kaybolduğunu bildiği bir geçmişi hatırlatıp onu kederlendirerek içinde yankılanıyordu. Mağaranın önünden geçerken, "bugün dönsem" diye düşündü, "unutabilir miyim acaba", kayanın yanından kıvrıldı, "bugün dönsem mi?" Bunu düşünmenin bile kendisini ne kadar sevindirdiğini fark ederken dönemeyeceğini de biliyordu. "Unutmaya hazır değilim." Köy, uçurum, vadi ve ova hep birlikte geniş bir kabartma gibi açıldı önünde. Sadece bir an duraksayıp baktı, hafifçe öne doğru eğilip, bütün süratiyle koşarak kendini uçuyormuş duygusuna bıraktı.

Rüzgârın uğultusu içinde kayboluyordu, o hızlandıkça keskinleşen rüzgârdan gözleri yaşarmıştı, kollarını iki yanına açtı, ovaya doğru havalanırmış gibiydi, bir an kendini boşluğa bırakmayı geçirdi aklından, ölüm o kısacık anda ona uçmaya, rüzgârın içinde kaybolmaya benzer bir çekiciliğe sahipmiş gibi gözükmüştü.

Tepenin altına vardığında gözleri hâlâ yaşlıydı, köye yavaşlayarak girdi, Heja'ların evine baktı, mor saçlı kadın duvarın dibinde duruyordu, sanki kadın kendisine daha dikkatli bakıyormuş gibi geldi ona, kadına gülümsedi. Kadın sadece bakıyordu. Bir şey anlamaya çalışır gibi dikkatle izliyordu Yelda'yı.

Evin önüne geldiğinde, karakolun yanında Beatrice ile Amy, sırtı Yelda'ya dönük, uzun boylu, incecik, kamçı gibi bir askerle konuşup gülüşüyorlardı, Amy Yelda'ya el sallayıp, "gelsene" diye seslendi. Onlara yaklaştığında New York sokaklarında duyduğu "şşş" sesi bol, kelimelerin birbirinin içinden çıkarak uzadığı şaşırtıcı bir İngilizce duydu. Kimin konuştuğunu anlamaya çalıştı ama o askerden başka kimse yoktu Amy'lerin yanında.

Asker dönerken omuzlarındaki sarı parlak tenekeden yıldızı gördü. "Subay" diye düşündü.

Kendisine doğru dönen askerin yüzünü görünce şaşkınlıktan olduğu yerde durdu, genç adamın yüzü Leopold'un yüzünün aynısıydı, bir an asker kılığına giren Leopold'un şaka yaptığını sandı ama daha sonra aynı hatlara sahip bu yüzün, ifadesindeki erkeksilikle Leopold'unkinden bambaşka bir anlam kazandığını hatta bütün benzerliğe rağmen çok daha değişik, çok daha yakışıklı göründüğünü fark etti.

Onun şaşkınlığını gören Beatrice sanki kendisine ait bir şey hakkında konuşurmuş gibi,

— Leopold'a çok benziyor, değil mi? dedi.

— İnanılmaz, dedi Yelda, ikisinden birinin babası çok geziyormuş.

Teğmen güldü.

— Benim babam çok gezerdi, dedi, denizciydi.

Beatrice, "Teymın Ceyfır"ı Yelda'ya tanıştırdı ama Yelda teğmenin adını anlayamamıştı, sorar gibi baktı genç subayın yüzüne.

Teğmen kendisine çok yakışan gülümsemesiyle "Cafer" dedi ama çoktan Yelda'nın zihninde "Ceyfır" olarak vaftiz edilmişti bile, üstelik bu isim o inanılmaz İngilizcesiyle, dalgacı gülümsemesine de daha çok yakışıyordu.

— Ceyfır daha çok yakışıyor, dedi Yelda.

Sonra da, "izninizle ben gidip bir duş alayım" dedi, "ter içindeyim. Tanıştığımıza memnun oldum, Teymın Ceyfır. Görüşürüz."

Tam ayrılacaklarken, "sizin adınız neydi?" dedi teğmen.

— Yelda.

Teğmen şöyle bir durup düşündü.

— Buna bir şey uyduramayacağız, dedi, şimdilik Yelda olarak kalacak.

Duşun altına girdiğinde o küçük konuşmanın onu neşelendirmiş olduğunu fark etti. Öyle koyu bir kederin içine hapsolmuştu ki, aynen bir mahkûm gibi her an o kederden kaçmaya uğraşıyor, her ışığa, her pırıltıya, neşeli her şakaya, eğlenceli her konuşmaya, ruhunu biraz avutacak her fırsata başka zamanlarda olduğundan çok daha büyük bir istekle bakıyor, kaçmasına yardım edecek bir fırsat arar gibi çevresindeki hayatı aç bir dikkatle sürekli kolaçan ediyordu. Öyle bir fırsat bulduğunda şakalara istekle gülüyor, hikâyeleri dikkatle dinliyor, yeniden hayatın içine girmeye çalışıyordu. Bu kaçma çabaları duygularının çok süratle değişmesine neden oluyor, bir an kendi kederinin gölgeleri arasında acı çekerken, insanlarla karşılaştığı bir başka an bir şakaya kendini vererek gülüyor, sonra yeniden hapishanesine, kederine geri dönüyordu. Bu da onu gittikçe daha çok diğer insanlara muhtaç bir duruma düşürüyordu. Bundan şikâyetçi değildi, bir anlığına bile olsa unutmasına yardım eden herkese minnettardı.

Evden çıktığında ortalık sessizdi herkesin kahvaltıya gittiğini tahmin etti, barakaların kapısında Zerrin'e rastladı, onun yalnız olduğunu görünce hayal kırıklığına kapıldı.

— Heja nerede?

— Gelirim dedi ama daha gözükmedi.

Yelda durdu. Zerrin'in yüzüne neredeyse yalvararak baktı.

— Tamam, dedi Zerrin, ben gider alırım onu.

Tam o sırada evlerin arasından, ihtiyar bir adam gibi dikkatle, ağır ağır yürüyen Heja belirdi, yüzünde gene ağırbaşlı bir ifade vardı.

— Hah, işte geliyor.

Yelda sevinçle güldü.

— Niye gelmedin dün akşam? dedi.
— Geldim.
— Ama ben seni görmedim...
— Sen yoktun...
— Doğru, evet, demek saatlerimizi denk getiremedim. Hay Allah, neyse, hadi gel, kahvaltı edelim.
Kalabalık salona girip köşede kendilerine bir masa buldular. Yelda kendi peynirini Heja'nın tabağına koydu.
— Bunu sen ye kuzu...
Heja cevap vermedi.
— Sana kuzu dememe kızıyor musun?
Heja yüzünü buruşturdu.
— Erkeğe öyle denmez.
— Ama sen erkek kuzusun...
Heja ses çıkarmadı, "cahil bir kadınla" tartışmak istemediği anlaşılıyordu.
— Senin yüzün çok solgun, bak gözlerinin altı da morarmış... Uyku uymuyor musun sen?
Heja, Yelda'ya kuşkuyla baktı.
— Uyuyorum... Niye?
— Solgun gözüküyorsun... Sen dur bir dakika.
Yelda kalkıp arka tarafa gitti, oradaki genç aşçıyı buldu.
— Süt var mı burada?
— Var ama kahve için kullanıyorlar...
— Bir bardak verir misin lütfen...
Aşçı itiraz etmeye çalıştı. Yelda'nın sesi asabileşti.
— Bir bardak süt verir misin lütfen.
Sütü alıp masaya döndü, Heja'nın önüne koydu.
— Bunu iç...
Heja bardağa dokunmadı.
— Lütfen... Hatırım için... Benim hatırım için içmez misin?
Heja sütü içerken Yelda onu izliyordu.
— Sen zayıfsın kuzu... İyi beslenmiyor musun sen? Et yiyor musun?

Heja "puff" diye güldü, bu kadar saçma bir soruya cevap vermeyi bile gereksiz görmüştü.

Yelda Zerrin'e döndü.

— Bir şey yapmalıyız... Buradaki yemekler de çok iyi değil... Acaba, buraya malzeme getirenlere özel bir şeyler ısmarlayabilir miyiz?

Çektikleri büyük acılardan kurtulamayan insanlar bazen çareyi bir başkasını kurtarmakta, bir başkasının acısını dindirmekte bulurlar, bunu bir dindarın adanmışlığıyla yaparlar, Yelda'nın büyük bir adamın kederini taşıyan bu çocuğa bağlanmasının nedeni bu muydu bilinmez ama çok kısa zamanda bağlanmıştı Heja'ya, onun geleceği için hayaller kurarken yakalıyordu bazen kendisini, onun iyi okullara gitmesini istiyordu.

— Sen hiç İstanbul'a gittin mi?

— Hayır.

— Hiç büyük bir şehre gittin mi?

— Hayır.

— Bu köyden başka yere gitmedin mi?

Heja gene küçümseyerek baktı Yelda'ya, gururla cevap verdi.

— Kasabaya gittim... Buralardaki dağları, köyleri çok iyi bilirim.

— Ah, sen kasabaya mı gittin, kuzu?

— Evet... Biz orda kaldık.

— İstanbul'a gitmek ister misin?

Heja bir an yerinden heyecanla doğrulur gibi oldu ama hemen yerine oturdu yeniden.

— Anamı bırakamam.

— O da gelirse?

— O zaman olur... Ama hemen olmaz...

— Niye?

— Olmaz işte...

Yelda güldü.

— Bekleriz o zaman biraz.

Heja arada bir başını hafifçe kaldırıp sezdirmeden Yelda'nın yüzüne bakıyor sonra hemen başını indiriyordu. Yelda bir iki sefer görmezlikten geldi, sonra dayanamayıp sordu.

— Niye yüzüme bakmıyorsun kuzu?

Heja cevap vermedi.

— Yüzüme bak, neden bakmıyorsun?

Heja başını salladı.

— Ayıptır.

— Değildir... Biz arkadaşız, arkadaşlar birbirilerinin yüzlerine bakarlar... Şimdi yüzüme bak lütfen.

Heja başını kaldırıp Yelda'ya baktı.

— Arkadaşız, değil mi?

Heja cevap vermeden önce uzun uzun Yelda'ya baktı, bir şey düşündüğü anlaşılıyordu, sonra zor duyulacak bir sesle,

— Arkadaşız, dedi.

Yelda dudaklarının titremeye başladığını, gözlerinin dolduğunu hissetti, Zerrin yavaşça Yelda'nın elini tutup sıktı. Yelda zorla yutkunup, gözünün kenarını sildi.

— Ah kuzu, dedi, ah kuzu... Bir de sen çıktın başıma...

O sırada yanlarına Jacques geldi, uzun saçlarını sıkı sıkıya tarayıp at kuyruğu yapmıştı. Yelda hafifçe burnunu çekip güldü.

— Bugün pek resmî olmuşsun Jacques, bu kadar resmiyete gerek yoktu, biz bizeyiz, rahat bıraksaydın kendini.

Jacques uzanıp masadan bir dilim ekmek alıp bir lokma kopartarak ağzına attı.

— Bugün burada kalıyoruz, dedi. Odalarımızı yapmışlar, bilgisayarları da bağlamışlar. Şu tuttuğumuz notları toparlayıp dinleniriz.

Yelda neredeyse bir sevinç çığlığı attı.

— Bilgisayarları mı bağlamışlar? Harika... Mail yazıp mail alabileceğiz yani.

— Evet...

Yelda Heja'nın ayağa kalktığını gördü.

— Ne oldu?

— Gidiyorum.
— Niye?
— İşim var.
Yelda Zerrin'e bakıp gülmemek için dudaklarını ısırdı.
— Peki... Ama öğle yemeğine geleceksin... Gelmezsen ben gelir, seni bulur getiririm.
— Olur.
Heja gidince Yelda neşeyle "hadi, gidip odamıza bakalım" dedi. Birlikte koridorda odaların kapılarına bakarak yürüdüler, üstünde kendi isimleri yazan odaya girdiler, pencereleri uçuruma ve ardındaki dağlara bakıyordu, içerisi beyaza boyanmış, üç masa yerleştirilmiş, üstlerine bilgisayarlar, telefonlar, kalemler, bloknotlar yerleştirilmişti. Kâğıt ve boya kokuyordu.
— Birileri burada çalışıyor, dedi Yelda, hiç onları görmedik. Kim bunlar?
— Bugün görürüz, dedi Jacques.
Yelda hemen bilgisayarın başına oturdu, kendi mail dosyasını buldu, kendisine gelen mailleri okumadan önce Selim'e kısa bir mail yazıp gönderdi.
"Seni çok seviyorum... Çok... Çok... Çok..."
— Buranın telefon numarası kaç? dedi.
— Telefonun üstünde yazıyordur, dedi Zerrin.
Yelda telefonu bir kâğıda not etti.
— Ben birazdan geliyorum, deyip çıktı.
Önce Taner'in odasına uğradı.
— Senden bir şey rica edebilir miyim?
— Söyle...
— Öğlene bir misafirim var... Şöyle güzel ızgara et yaptırabilir misin? Et var mıdır burada?
— Şarap da ister misin?
— Şimdilik sadece et.
— Hallederiz...
— Teşekkür ederim...
İkisi de bir önceki akşamı hatırlatan bir söz söylememişti,

Yelda akşama gene yemeğe davet ederse ne yapması gerektiğini düşündü, "kibarca reddederim" dedi, "zaten her şeyden bir anlam çıkartıyor, iki gece üstüste fazla olur."

Koşa koşa kayalıklara gitti, ışıklar içinde uzanan ovaya alışkın gözlerle baktı, "ne çabuk hayatımın parçası oldu" diye düşündü, Selim'i aradı, onun uykulu sesini duyunca, neşeyle "maillerini aç" dedi.

— Şimdi mi Yeldacığım?

— Evet, lütfen... Maillerini aç...

Selim'in çıplak ayaklarıyla parkelerin üstünde yürümesini, bilgisayarın vınıltısını, tuşların çıkardığı tıpırtıyı sessizce dinledi. Selim'in sevinçle "aaa" diye bağırdığını duydu, bunu duymak için bekliyordu. Bir sessizlik oldu, Selim'in maili okuduğunu anladı.

— Ben de seni canım, hem de çok...

— Gerçekten mi?

— Gerçekten.

— Bak, sana ofisin telefon numarasını da vereyim, uzun konuşamayız ama sesini duyarım. Bugün bütün gün buradayız, istediğin zaman arayabilirsin.

— Tamam canım, vakit bulur bulmaz ararım okuldan.

— Hadi, git uyu şimdi... Seni çok sevdiğimi unutma, tamam mı?

— Unutmam canım.

Ofise döndü, masasına oturup, uçuruma baktı, uzunca zaman bakınca bir göz yanılgısıyla dağ kızıl kahverengi bir şelale halinde vadiye akıyormuş gibi gözüküyordu, bu küçücük köyde ne kadar çok olay gördüğünü düşündü, "bir mikroskoptan bakar gibiyim" diye geçirdi aklından, "kimsenin bakmadığı bir yerde kimsenin görmediği şeyler görüyorum" Heja'yı hatırlayıp kendi kendine gülümsedi, "erkeklerim iki oldu, umarım bu daha sadık çıkar."

Aklına üşüşen düşünceler arasında bir tanesi kendini hem kederlendirip hem sevindirdi, "hâlâ hayattayım, yalnız başıma dayanabiliyorum ama bu iyi bir şey mi?" O sabah onu gülümseten olayları tek tek geçirdi aklından, kurumuş bir dalın üstündeki çiğ damlaları gibiydi bu eğlenceli sahneler, çölde susuzluğunu gidermek için kendi derisinin üstünde sıcağın buğusundan oluşan su damlalarını diliyle toplayan o zavallı yılan gibi özenle neşe damlacıklarını topluyor, onlarla hayatı biraz daha dayanılır kılmaya uğraşıyordu. Yeniden Heja'yı düşününce bir iç ezilmesi hissetti, "niye birini sevdiğimi düşündüğümde üzülüyorum, üzüntüyle sevinci birbirinden ayıramaz mı oldum, sevmek niye üzüyor beni?"

O sırada telefon çaldı, ahizeyi kaldırırken az daha telefonu yere düşürüyordu.

Arayan Selim'di.

— Evden çıkıyorum... Çıkmadan sesini duymak istedim.

— Sesini duyduğuma nasıl sevindiğimi bilemezsin...

— Bilirim, çünkü ben de öyle seviniyorum... Fırsat buldukça okuldan ararım seni.

Yelda yumuşacık, içten bir sesle "kendini zorlama canım" dedi, "eğer fırsat bulabilirsen ara, olmazsa akşama konuşuruz."

— Fırsat bulmaya çalışacağım.

Telefonu kapatırlarken Yelda,

— Aradığın için teşekkür ederim, dedi kendini görmeye gelmiş ziyaretçisine teşekkür eden bir mahkûm gibi.

Karşıda bir sessizlik oldu, sonra Selim'in gerçekten üzüldüğünü belli eden sesi duyuldu.

— Neden sana bir iyilik yapıyormuşum gibi teşekkür ediyorsun?

— Çünkü bir iyilik yapıyorsun.

— Hayır... Sadece sesini duymak istiyorum... Böyle konuştuğumuz zamanlar, aramızda bu sıcaklığı yeniden hissettiğimiz zamanlar, beni senin sesini duymaktan daha çok sevindirecek bir şey yok, bunu biliyorsun.

— Biliyorum canım... Hep böyle olalım istiyorum ama her zaman olmuyor işte, zamanla geçecek...

Sonra gülerek ekledi.

— İhtiyarladığımda çok uysal olacağım.

— İhtiyarlamanı sabırsızlıkla bekleyeceğim.

O sabah içinde bir sükûnet vardı, herkesin bir arada konuştuğu gürültülü bir salonda aynı anda herkesin birdenbire susuverdiğinde oluşan o kısa tuhaf sessizliğe benziyordu, gürültünün biraz sonra yeniden başlayacağını biliyordu ama o kısa sessizlik de çok iyi geliyordu. Bu mutluluğu andıran sükûnetin nasıl oluştuğunu anlayamıyordu, sabahleyin genç teğmenle olan şakalaşma mı, bilgisayarlarıyla yeniden dünyaya bağlandığı duygusunun yarattığı ferahlık mı, Selim'in sesindeki sevecenlik mi, belki hepsinin de rolü vardı, belki de geceleyin görüp de unuttuğu bir rüya onu sakinleştirmişti. Nedenini bilmiyordu ama ruhunun verdiği bu keder molasının tadını çıkardı, barakaların önünde sigara içen Leopold'a takıldı, Jacques'ın saçlarıyla dalga geçip sonunda onları açtırdı, mutfağa gidip aşçının öğleye ızgara et yapacağından emin oldu, maillerini okudu, eski arkadaşlarına mailler gönderdi, annesini arayıp "iyi olduğunu" söyledi. Birkaç kez Taner'in odasının önünden geçerken onun telefonla konuştuğunu gördü ama içeri girmedi.

Rojda da bu güzel günün neşesini artıran bir müjdeyle geldi.

— Yeni jeneratörü bağladılar, artık evlerde geceleyin saat ona kadar elektrik olacak. Fazla yakıt gitmesin diye onda keseceklermiş.

Ona kadar lambaların yanacak olması bile büyük bir haberdi. Rojda'ya bunu nereden öğrendiğini sormadı.

Zerrin'le aralarında birdenbire başlayan, başka bir zaman çok ciddi bir soruna dönüşebilecek, Yelda'yı gerçekten çok kızdıracak bir tartışmayı bile içindeki sükûnetin yardımıyla büyük bir olgunlukla geçiştirdi.

Öğlen yemeğine et hazırlattığını söylediğinde, Zerrin beklemediği bir sertlikle,

— O çocuğu kendine çok alıştırma, dedi.

Yelda kaşlarını çattı.

— Neden?

— Sen gideceksin, o kalacak. Bu neden yeterli mi?

— Belki onu da götürürüm.

— Götüremezsin.

— Zerrin, bu konuda senden izin almam gerektiğini düşünmüyorsun, değil mi?

Zerrin "anlamıyorsun" der gibi başını salladı.

— Götüremezsin... O buranın çocuğu... Anası burada, ağabeylerinin mezarı burada... O buraya ait... Turistik bir eşya değil o.

Yelda tam kızmaya hazırlanırken Zerrin'in sesini fark etti, dostça, acılı bir sesti. Yerinden kalkıp onun yanına gitti.

— Haksızlık ediyorsun, dedi. Onu öyle görmediğimi biliyorsun.

Zerrin, Yelda'nınkine çok benzeyen dürüstlüğü ve açıklığıyla, utangaç bir şekilde gülümseyerek,

— Biliyorum, dedi... Sadece o çocuk için çok endişeleniyorum.

Yelda Zerrin'e doğru eğildi.

— Endişelenmiyorsun, onu seviyorsun...

Sonra içini çekerek ekledi.

— Bütün kadınlar mı böyleyiz, sevmek bizi huysuzlaştırıyor mu?

Jacques da kalkıp yanlarına geldi.

— Ne konuşuyorsunuz o tuhaf dilinizle, şarkı söyler gibi...

Jacques, Türkçe konuşmanın şarkıyı andıran bir melodisi olduğunu düşünüyordu.

— Sevmek kadınları huysuzlaştırıyor mu diye konuşuyoruz.

— Huysuz olmak için sevmeye ihtiyacınız yok ki, sevdiğiniz için, sevmediğiniz için, her zaman huysuz olabilirsiniz.

Yelda güldü.

— Jacques, bu kadar uzun saçları olan birinin kadın düşmanı olabileceğine inanmam.

— Kadın düşmanı değilim, gerçekçiyim.

— Bir bilim adamı olarak söyle bakalım öyleyse, niye huysuzuz?

— Buna cevap verebilmek için bilim adamı olmak yetmez, tanrı olmak gerekir.

Aralarında, belki tek tek işaretleri bulunamayacak bir dostluk oluştuğunu hissediyorlardı, bu sadece bir histi ama güvenilir bir his olduğunu üçü de seziyordu. Üçünün de dürüstlüğü ve açıksözlülüğü birbirine benziyordu, bu birbirlerini daha iyi anlamalarını sağlıyordu, başkalarına kabalık gibi gözükecek bazı davranışlarla sözlerin sadece dostça bir dürüstlükten kaynaklandığını biliyorlardı.

Öğlene doğru odanın kapısında Heja gözüktü, odaya bakmıyor önüne bakıyordu, içeri girmek için davet beklediği anlaşılıyordu. Yelda gidip ona sarılmak istedi ama Heja'nın buna izin vermeyeceğini, böyle bir sevgi gösterisini bir "erkek" için aşağılayıcı bulacağını öğrenmişti. Selim'e gönderdiği bir mailde, "bu çocuk senden sonra sevdiğim ikinci erkek oldu ama o da sarılmama izin vermiyor" diye yazacaktı.

Yemek salonunda Heja'nın önüne et tabağını koyduklarında Heja hiçbir şey söylemedi, sadece Yelda onun yutkunduğunu gördü. Rahat etsin diye onunla ilgilenmiyormuş gibi kendi yemeğini yiyordu. Heja'nın hiç kıpırdamadan durduğunu, etini yemediğini görünce önce niye yemediğini kavrayamadı sonra çatal bıçak kullanmayı bilmediğini düşündü.

— Etini kesmemi ister misin, kuzu? dedi.

Heja ona bir iyilik yapmayı kabul eder gibi başını salladı.

— Olur.

Heja'nın ağır hareketlerle, acele etmeden etini yiyişini izlemeye başladı gözünün kenarıyla, onun ayıp olmasın diye yavaşça yediğini biliyordu. Heja ağır ağır çiğneyerek etini yedikten sonra bir ekmekle tabağını sıyırdı.

Yemekten sonra Heja gitmek istedi, "gel, odamızı gör, sonra gidersin" dedi Yelda.

Birlikte odaya gittiler, Heja odanın içinde dolaşıp yanlarına pek yaklaşmadan bilgisayarlara baktı. Yelda ona kalemler kâğıtlar verdi.

— Sen okuma yazma biliyor musun?

Heja çok çabuk bir şekilde, gözlerini kaçırarak, "biliyorum" dedi.

Yelda Heja'nın yanına gelip eğilerek yüzüne baktı.

— Biz birbirimize hiç yalan söylemeyeceğiz, değil mi kuzu?

Heja hiçbir şey söylemeden masanın üstünden bir kâğıtla kalem aldı, kâğıdın üzerine eğri büğrü bir büyük A yaptı.

— Bunu biliyorum.

Yelda da onun yanına bir B harfi çizdi.

— Peki bunu?

— Onu bilmiyorum.

Onları izleyen Zerrin yanlarına geldi.

— Yelda sana okuma yazma öğretsin mi?

Heja başını salladı. Yelda gerçek bir minnetle baktı Zerrin'e, garip bir şekilde Zerrin Heja'ya daha rahat ve teklifsiz davranıyor, Yelda'dan daha kolay ilişki kuruyordu.

Heja gittikten sonra Yelda Zerrin'e ofisle ilgili bir şey söylemeye hazırlanırken birdenbire, ortada hiçbir neden yokken, kapakları açılan bir barajdan fışkıran azgın sular gibi hırpalayıcı bir keder doldurdu içini, bu öylesine beklenmedik, öylesine ani bir saldırı olmuştu ki Yelda elinden bardağını düşürdü.

— Neyin var? dedi Zerrin.

Yelda zorlukla,

— İyiyim, dedi, elimden kaydı.

O anda hissettiği acı dayanılacak gibi değildi, bütün insanlarla, hayatla ilişkisini kaybetmiş gibiydi, bir başkası olmadığında değil, bizzat hayatın kendisi artık onunla olmadığında insanın hissedebileceği korkunç, kara bir yalnızlık hissediyordu. Kalbi iki kalın demirin arasında ezilir gibi sıkışıyor, acı bütün göğsünü dolduruyordu. Selim'e daha sonra, "gerçek acı sadece ruhunu, zihnini değil, bedenini de kavrıyor insanın" diye yazacaktı, "bir yerden sonra fiziksel bir acıya dönüşüyor."

Yüzünü görmesinler diye kalkıp pencerenin yanına giderek odaya arkasını döndü. Öğleden sonra güneşinin altında kehribar rengine bürünmüş uçuruma bakarak, bu ani kederin nedenini arıyordu, sanki o nedeni bulursa rahatlayacak, bu ani krizi dindirebilecekti. Aklı, o acının içinde bir neden bulabilmek için çırpınıyordu, Heja'nın gidişi miydi, onu hep yanında tutmak isterken gidişini seyretmenin getirdiği çaresizlik miydi, Heja'ya duyduğu özlemin Selim'e duyduğu özleme eklenmesi miydi, Heja'nın yürüyüşünde, omuzlarını dik tutmaya çalışmasında gördüğü o öfkeli ve çaresiz acı mıydı, Selim'in sabahki telefondan sonra bir daha aramaması mıydı, aldatılmanın getirdiği yıkılışın açtığı yaraların durup durup kanayan hastalıklı damarlar gibi nedensiz patlaması mıydı, neydi bu nedensiz neşeler ve nedensiz kederler, çıldırıyor muydu, çıldırmanın ilk belirtilerini mi görüyordu?

O sırada yavaşça yanına yaklaşan Jacques yanında durup, kolunu omzuna atarak onu kendine doğru çekti. Bir zaman birlikte uçuruma baktılar.

Sonra Jacques başını onun başına yaklaştırdı, bir fısıltıyla konuşmaya başladı.

— Ben Paris'te ders verirken evliydim, iki çocuğum vardı. Bir gün asistanıma âşık olduğumu hissettim. Ama asistanım erkekti. Öylesine parlak, öylesine eşsiz bir aklı vardı ki beni büyülemişti, cinsiyeti, cinsi, rengi, milliyeti, hiçbir şey önemli değildi. Kadın da olsa, erkek de olsa, bir süs bitkisi bile olsa o akla sahip olan her şeye âşık olabilirdim. Evimi, ailemi terk ettim. Eski Yunanın o kutsal erkek aşkını yaşadık. Bir gün bana hastaneden telefon ettiler. Bir inşaatın altından geçerken halatlar kopmuş, büyük bir demir putrel düşmüş üstüne. Ciğerleri parçalanmış, belkemiği kırılmış. Hastaneye yetiştiğimde hâlâ sağdı. Beni görünce...

Jacques bir an durdu, derin bir soluk aldıktan sonra devam etti.

— Beni görünce gülümsedi. O tuhaf kaderle alay etmek için mi, yoksa çekeceğim acıyı tahmin edip beni teselli etmek için mi, bilmiyorum... Onu gömdüm. Paris'ten ayrıldım. Onsuz Paris'e dayanamadım. O gülümseme, bütün hayatla, bütün insanlarla arama girdi, hiç kimse, hiçbir şey o gülümsemeyi aşıp bana değemedi bir daha, hiçbir şey benim için o gülümsemeden daha değerli olmadı. Ölü bir adamın gülümsemesiyle yaşamaya başladım... Hâlâ da öyle yaşıyorum...

Jacques bütün söylemek istediği bu kadarmış gibi sustu. Yelda ağlamaya başlamıştı, Jacques'a sokulup yaslandı. O anda, o yabancıdan daha yakın kimsesi yoktu. Hayatı boyunca ne zaman merhametten söz edilse Jacques'ın uçuruma bakarak, onu teselli edebilmek için kendi sırrını ona vermesini hatırlayacaktı. Bundan daha büyük bir merhamet olamayacağına karar vermişti.

Jacques yeniden ona eğildi.

— Şimdi gözlerini sil, kimse ağladığını görmesin... O ilk gece onları çok korkuttun, senin deli bir Jeanne d'Arc olduğunu düşünüyorlar. Onların bu inancını bozma.

Yelda gözlerini silerken gülümsedi.

— Jeanne d'Arc ağlamaz mı?

— Başkalarının yanında değil... Şimdi kimseye görünmeden git yüzünü yıka, ben de sana kahve getireyim.

Yelda gidip yüzünü yıkayıp döndüğünde Zerrin yerinden kımıldamadan, "iyi misin?" dedi.

Yelda biraz utanmıştı ağlamasından.

— Evet, evet, iyiyim... Bilmem birden ne oldu... Ama geçti.

Zerrin, sanki tümüyle duygusuz biri gibi dümdüz bir sesle konuştu.

— Eğer annesini de götürebilirsen belki Heja seninle gelir... İstersen ben annesiyle konuşurum.

— Ben babamlarla da konuşacağım, dedi Yelda, bir şeyler ayarlayacağım... Kuzuyu burada bırakamayacağım kesin... Bir çaresini bulacağım... O zaman sen de annesiyle konuşursun...

Jacques kahvesini getirdikten sonra hiç konuşmadan hep birlikte bilgisayarlarının başına geçip aşırı bir dikkatle çalışmaya başladılar. Deminki yakınlığın yerini tuhaf bir çekingenlik almış gibiydi, hepsi de görünenin ardındaki yüzlerinden biraz göstermişler, iyi yetişmiş insanların alameti farikası sayılan duygudan yoksun görüntülerinin ardındaki duyguların görünmesine izin vermişlerdi, hepsinde sınırı geçtikleri duygusu vardı, bu onları biraz utandırıyordu ama sevindiriyordu da.

Yelda, Jacques'ın sakin bir sesle ve sade cümlelerle anlattığı acının nasıl bir şey olduğunu anlamış, bir an Selim'in ölmüş olduğunu düşünmüş ve bunun nasıl taşınması imkânsız bir acı olduğunu fark edip o anda çektiklerini önemsiz bulmuştu. O büyük acıyla kıyaslandığında bunlar çok anlamsızdı.

Selim'e bir mail yazmaya başladı.

"Selimciğim, bu küçük köyde bildiğimizi sandığımız birçok şeyi aslında bilmediğimizi anladım... Onlardan söz ediyoruz ama gerçekten var olduklarını bilmiyoruz. Karşılıksız sevgi diye bir şey var, karşılık beklemeyen bir sevgi... Bunu bana Heja öğretti... Ölüm var Selimciğim, hayat sonsuz değil, bunu bana Jacques öğretti... Onun hikâyesini sana anlatacağım daha sonra... Hayat var, bunu da bana sen öğretmiştin, sanırım onu ikimiz de unuttuk ve bana bunu senin yeniden öğreteceğini umuyorum.

Çok acı çektim. Senin tahmin ettiğinden daha fazla. Şimdi ondan bahsetmeyeceğim. Zaten bunun seni sıktığını biliyorum. Ama şimdi, burada, uçurumun kenarındaki bu barakada o acılar bana önemsiz gözüküyor.

Seni kaybetmek istemiyorum. Seni asla kaybetmek istemiyorum. Sensiz bir hayata dayanamayacağımı biliyorum şimdi. Ben Jacques kadar yürekli değilim, senin son gülümsemenle hayatımı sürdüremem, ben ölürüm. (Bu cümleyi anlamayacağını biliyorum, bunu sana sonra anlatacağım.)

Seni çok seviyorum. Sevmenin ne kadar zor bir şey olduğunu öğrendikten sonra seni hâlâ çok seviyorum. Sanırım hayatım boyunca da hep seveceğim.

Her şeyi unutmak istiyorum. Unutmaya hazırım şimdi. Hayat sonsuz değil ve zamanı bunlarla geçirmek çok anlamsız. Belki senin de bana biraz yardım etmen gerekecek.

Seninle ihtiyarlamak istiyorum. Masalı istiyorum.

Bir de Heja'yı istiyorum, Selimciğim. Galiba onsuz da yaşayamayacağım. Öyle aniden içime sızdı ki...

O çocuğu niye bu kadar çok sevdiğimi bir gün bana anlatmalısın."

Gönderme düğmesine basmadan kısa bir an tereddüt etti, sonra hızlı bir hareketle düğmeye basıp gönderdi. Sürekli yaşadığı duygusal altüst oluşlar Jacques'ın ona hatırlattığı ölüm gerçeği karşısında sanki aniden korkup sinmişler, varlıklarının bu büyük gerçek karşısındaki anlamsızlığını hissedip saklanmışlardı. Şimdi aklında berrak bir gerçek vardı: Her an bir ölüm haberinin alınabileceği bir hayatta aşk, öfkeden de, kişilik yıkımlarının getirdiği acıdan da daha gerçekti. Ölümü ve aşkı aynı anda gören birinin diğer duygulardan vazgeçmesi kaçınılmazdı. Leopold'un "ölüm korkusu gelecek kaygısının içinde saklı" diyen sözlerini hatırladı, "asıl gelecek kaygısı bize ölüm gerçeğini unutturuyor" diye düşündü.

Zihninde Jacques'ın anlattığı sahne vardı ama orada yatan Jacques'ın değil, kendisinin sevgilisiydi, Selim'i bir ölüm yatağında düşündüğünde, o güne kadar yaşadıkları bütün acılar anlamsız kalıyordu. Selim'le ilişkisinde yaşadığı her acı bir öncekini anlamsız ve önemsiz kılmıştı. Şimdi hissettiği acının ötesinde ise bir tek acı kalmıştı: Ölüm acısı. Onun hayali bile acılarını sindirmeye yetmişti. Selim'i bağışlayacaktı.

Bağışlamayı düşünmek içini tahmin edemeyeceği bir huzurla doldurdu. Sevdiği erkekle kendisi arasındaki en korkunç engeli, kendisini, kendi yaralarını, öfkesini aradan kaldırıyor, kendisine aşkını yaşama imkânını yeniden veriyordu. Selim'i bağışlayabileceğini daha önce hiç düşünmemişti. "Niye bunu daha önce hiç aklıma getirmedim?" diye düşündü, Selim'le arasındaki sorunlarda çareyi hep kendi dışında aramış, her seferinde acılarla karşılaşmıştı, sorunun çözümünü kendi içinde aradığında ise bağışlamayla birlikte huzuru bulmuştu.

Arkasına yaslandı, evet, bağışlayacaktı.

XI

Uçurumdan pencerelere yansıyan uçuk kehribar rengi bir ılıklığın içinde, oda arkadaşlarının parmaklarının tuşlara değmesinden çıkan belli belirsiz tıkırtıyı dinleyerek bilgisayarındaki dosyaları düzenlerken, bağışlama fikrinin getirdiği huzur, güzel bir ev sahibesi gibi geçmişin acılarını saklayan kapıları teker teker kapatıp geleceğin hayallerine uzanan kapıları açıyor, Yelda çok uzun zamandan beri yeniden hayaller kuruyor, bu dünyadan uzak, neredeyse ilahi bir gülümsemeyle yüzü yumuşak bir aydınlığa bürünüyordu.

Bir an önce Selim'in aramasını bekliyor, hayatlarındaki bu yeni değişikliği ona da haber verip, bu huzuru onunla da paylaşmak istiyordu. İlk günlerde olduğu gibi, içinde kuşkunun bulunmadığı, güzel, temiz bir özlemle özlüyordu Selim'i, onunla yeniden masallarından konuşmayı arzuluyordu.

Ölüm gerçeğinin, garip bir biçimde hayatın acılarını önemsizleştirip gölgelendirdiği, mutluluğun ve hayallerin ışıklarını parlattığı olağanüstü iki saat geçirdi.

Selim eğer o süre içinde arayabilmiş olsaydı herhalde aşkla, yaşama isteğiyle, şefkatle dolu, geçmişi unutmaya hazır, bağışlayıcı bir sevgiliyle konuşacak, belki onun içinde de birçok duygu değişecek, Yelda'nın kıskançlıklarının, krizlerinin yarattığı bıkkınlığın altında saklı olan sevgi yeniden ortaya çıkacaktı.

Derslerinin arasında arayacak zamanı bulamadı.

Ölüm, hayatın acılarını anlamsızlaştırmaya, insanların hayatı bambaşka bir ışın altında görmelerini sağlamaya muktedir de olsa, insan, yapısı gereği, ölüm fikrini bütün gerçekliğiyle çok fazla içinde barındıramaz. Ölüm, insan ruhunun duvarlarını, oralardaki eski acıları kapatarak bir başka renge boyar ama bir süre sonra, eski boyaları kazınmadan badana yapılmış bir duvar gibi insanın ruhundaki asıl renkler yavaş yavaş ortaya çıkar.

Akşamüstüne doğru Jacques'ın anlattığı hikâyenin büyüsü solmaya başladı. Yelda'nın birkaç saatini mutluluğa benzer hülyanın içinde geçirmesini sağlayan huzur gün ışığına çıkarılan bir mumya gibi çatlayıp sökülmeye, yer yer dökülmeye koyuldu, geçici bir süreliğine saklanan öfkeler, kızgınlıklar, hayal kırıklıkları, ihanet yıkımları, terk edilmişlikler hızla yayılan salgın hastalıklar gibi birbiri ardına sökün etti.

Bir an huzuru bulurmuş gibi olan, bütün acılarını geride bıraktığını, bütün dertlerini unuttuğunu sanan Yelda hiçbir şeyin değişmediğini, kederin yerli yerinde durduğunu görünce eskisinden de beter bir ümitsizliğe düştü, "bundan kurtulamayacağım" diye düşündü, "hiçbir çaresi yok bunun."

Bu çaresizlik duygusu onu bir teslim olmaya, bir yıkıma, kader karşısında bir boyun eğişe götürmedi, tam aksine garip bir dirilik, bir mücadele isteği, bir savaş arzusu hissetti, "bunu halledeceğim" dedi, "ne pahasına olursa olsun bunu halledeceğim, böyle yaşayamam, böyle ölemem bile, bir zavallı olduğumu düşünürler arkamdan."

— Ben biraz dışarı çıkacağım, dedi.

Koridorda yürürken kendi topuk seslerinin duvarlardaki çınlamasını duydu, sert, kararlı vuruşlar, bu ses hoşuna gitti, daha kararlı, daha sert basarak yürüdü, topuklarının sesi kararlılığın gücünü ve çekiciliğini hatırlatıyordu ona.

Taner'in odasının önünden geçerken içeri baktı, boştu. "Bu akşam beni yeniden davet ederse, ne yapmalıyım?" diye düşündü. Aslında gitmek, onun tuhaf hikâyelerini dinlemek, biraz gülmek, sıkıntısından bir geceliğine daha kurtulmak istiyordu ama iki gece üst üste gitmenin doğru olmayacağına karar verdi. "Onu kırmadan nasıl reddetmeliyim?" diye geçirdi aklından, onu kırmak istemiyordu, bir dahaki davette gidecekti çünkü. Sonunda yemek saatinde odasına saklanmak en iyi çare olarak gözüktü ona, yemek saatinde odasında oyalanacak, Taner gittikten sonra ortaya çıkacaktı.

Barakanın önünde biraz durdu, derin derin nefes alıp dağlara, köyün evlerine baktı, çok şaşırarak evlerin arasından çıkıp barakaların arkasına doğru giden iki köylü gördü, Heja'yla annesinden başka kimsenin burada olmadığını düşünmeye başlamıştı. Uçurumun hemen yanındaki bu ıssız köy ona bazen dünyanın ucundaymış ve birden aşağıya düşecekmiş duygusu veriyordu.

Selim belki arar diye fazla dışarıda kalmayıp odaya döndüğünde, "arayan oldu mu?" dedi Zerrin'e.

— Kimse aramadı.

Akşamüzeri koridorlarda sesler çoğalmaya, yemek hazırlıkları yapılmaya başladığı sırada Yelda ofisten çıkıp eve gitti. Önünden geçerken baktığı Taner'in odası boştu. Evin sıkıntılı loşluğuna aldırmamaya çalışarak serin taş duvarların arasından merdivenleri tırmandı, bir odanın içinden gelen bir gülme sesi duyar gibi olduğunda, bu evde birinin gülebileceğini hiç düşünmediğinden şaşırdı. Odasına girip kapıyı kapattı.

Bir çilehaneye benzeyen bu boş odanın içinde ne yapacağını bilmiyordu, yatağına oturdu. Oda loştu, pencerelerden ıssız tepeler, uçurum, insansız vadi, dar boğaz ve kızılımsı sarı dalgalarla usulca ürperen geniş ova gözüküyordu. Dışarının aydınlığı odanın karanlığını, kederini ve yalnızlığını artırıyordu. Bütün öğrenciler gittikten sonra okulda yapayalnız kalmış bir çocuk gibiydi, insanların neşesinden, eğlencesinden, bir arada gülüşmelerinden uzak düşmüş, gittikçe daha grileşen bir yalnızlığın içine hapsedilmişti. Pencerenin önüne gitti, camlara yansıyan kendi gölgesine baktı. Tepeler bomboştu. Kayalıklar, yeryüzünde hiçbir insan kalmamış duygusunu uyandırıyordu. Onların orada binlerce yıldan beri durduğunu düşünmek nedense onu üzmüştü. Tepelerin hatırlattığı zamanın genişliği ve sonsuzluğu içinde yok oluyormuş duygusuna kapılmıştı.

Üstesinden gelemeyeceği bir kederle kuşatılmış bütün insanlar gibi o da hareketsiz duramıyor, zihnini ve bedenini oyalayabilmek için sürekli kımıldamak, bir yerden bir yere gitmek, insanların arasında dolaşmak ihtiyacını hissediyordu. Hareket, ağrıyan yerini ovalamak gibiydi, ağrıyı geçirmiyordu ama biraz olsun hafifletiyordu. Hareketsiz durduğunda kaçmaya çalıştığı keder onu yakalıyor ve hemen teslim alıyordu.

"Dayanamayacağım" diye düşündü, "buradan çıkmalıyım." Boğulmak üzereyken boynuna dolanmış ipten son anda kurtulan bir insan gibi telaşla odadan çıktı. "Taner'e bu akşam onunla gelemeyeceğimi söylerim" diye geçiriyordu aklından, bir daveti reddetmek, reddedecek güçte olmak hoşuna gidecekti. "Belki de onunla yemeğe giderim." Kararsızdı. Kararını orada, o anda verecekti.

Barakalara yaklaşırken Taner'in arabasının hareket ettiğini gördü. Yanındaki koltukta kımıldayan başın Rojda'ya ait olduğunu fark etti.

O kadar şaşırmıştı ki önce ne olduğunu anlayamadı, bir an dönüp geri gelmelerini bekledi ama araba köyün içine girip kaybolmuştu bile.

Bu, hiç beklemediği bir şeydi, o varken, onunla, kendi kendine açıkça itiraf etmese de flört ederken Taner'in bir başka kadını kendisine tercih edebileceği aklının ucundan bile geçmemişti. İçten içe Taner'i küçümsediğinden onunla ilişkisinde reddetmenin de kabul etmenin de tamamen kendi tekelinde olduğunu sanıyordu. Çok sert bir yumruk yemiş gibi sersemleşmiş, şaşkınlaşmış, sarsılmış, aklı karmakarışık olmuştu. Tam da kanayan yerine vurmuşlardı. Selim kendisine ihanet ettiğinde bile aklına gelmeyen korkunç bir endişeyi hayatında ilk kez hissetti, "çekiciliğimi kayıp mı ettim, artık çekici bir kadın değil miyim?" sorusu zihninde uğulduyordu. Taner gibi biri bile mi artık onu beğenmiyor, onu istemiyordu?

İçine kızgın bir şiş sokup çekmişlerdi. Canı yanmıştı. Daha ilk hamlede oyunu kaybetmiş acemi bir oyuncu gibi herkesin alay konusu olacağını, Taner'le Rojda'nın kendisine güleceklerini sanıyordu.

Barakalara gitmekten vazgeçip kayalıklara doğru döndü. Selim'i arayacaktı. Onun kim olduğunu, nasıl biri olduğunu, zekâsını, kadınlığını bilen birisiyle konuşmalıydı. Sürgün gittiği ülkede kimsenin kendisini ciddiye almadığı, önem vermediği bir kraliçe gibi içi içini yiyordu, onun kraliçe olduğunu bilen bir sese muhtaçtı. Kendisini tanımayanlara kim olduğunu daha sonra gösterecek, bir kraliçeyi küçümseyemeyeceklerini öğretecekti. Kayalıkların arasında birdenbire uyuşan parmaklarıyla telefon numarasını çevirmeye çalışırken gözleriyle de uçurumun kenarındaki patikadan vadiye inen arabayı izliyordu. İçindeki kızgınlığın kıskançlığa benzemesi onu şaşırtıyordu, "kıskanmam için ne sebep var?" diyordu sürekli olarak kendi kendine.

Telefon uzun uzun çaldıktan sonra Selim'in fısıldayan sesini duydu.

— Efendim?

— Nerdesin?

Araba vadiye ulaşmıştı.

— Bölüm toplantısındayım canım.

— Ne zaman çıkacaksın?

Araba minicik bir toz yumağı gibi vadide ilerliyordu.

— İki saate kadar evde olurum. Ne oldu? İyi misin?

Araba boğaza yaklaşıyordu.

— İyiyim. Ben seni iki saat sonra ararım. Daha önce gelirsen sen beni ofisten ara, herhalde ofiste olacağım.

— Erken dönersem ararım canım... Sen iyi misin?

— İyiyim.

Araba boğaza girmek üzereydi.

Telefonu kapatacakken aceleyle.

— Seni çok seviyorum, dedi.

Araba boğaza girip kaybolmuştu.

Telefonu kapatıp kayalara dayandı, hafif bir rüzgâr esiyordu. Baktığı yeri görmeden bakıyordu. Bütün duygular üstüste yığılmış ve kendi ağırlıklarına dayanamayarak koca bir bina gibi çökmüşlerdi, içinde tozdan başka bir şey yoktu o anda, hiçbir duygu yoktu, toz dolu bir boşluktu ruhu.

Yemekhaneye gitmeye karar verdi, orada birileriyle konuşur, sonra odasına giderdi, Selim'e bir mail daha yazmayı düşünüyordu, biraz dertleşmeye, içini dökmeye, sevdiği birinin yakınlığını hissetmeye ihtiyacı vardı, bu yakınlığı, kendisi, tek başına, yazacağı mektuplarla kendisi için yaratacaktı.

Ağır ağır, adımlarını sürüyerek uçurumun kenarından yürürken Heja'nın gelip gelmeyeceğini düşünüyordu, "acaba gidip çağırsam mı?" diye aklından geçirdi ama annesinin bundan hoşlanmayabileceğini düşünerek vazgeçti.

Karakola yaklaşırken genç teğmenin bahçe duvarına dayanıp sigara içerek ovayı seyrettiğini gördü, "Teymın Ceyfır" adı aklına gelince elinde olmadan gülümsedi, teğmen de o sırada onun geldiği yana bakmış, onu görmüştü. Yelda kendisine yaklaşınca teğmen ovayı gösterdi.

— Çok güzel, değil mi?

Yelda da ovaya baktı. Yeşillik biraz koyulaşmış, ufka yakın uçları ise batan güneşin ışıklarıyla kızıla kesmişti, kenarları tutuşup alev almış ipek bir kumaş gibi gözüküyordu.

— Güzel gerçekten.

Yelda yeniden yürüyecekken, teğmen, "bu ovayı seyretmekten daha önemli bir işiniz mi var?" dedi.

— Gidip yemek yiyeceğim.

Teğmen, yakışıklı yüzüne çok yakışan o dalgacı gülümsemesiyle güldü.

— Bizim de yemeğimiz var... Üstelik bizim aşçı sizin aşçıdan iyi.

Yelda önce teğmenin ne demek istediğini kestiremedi, sonra kendisini yemeğe davet ettiğini anladı, nerede yemek yiyeceklerine baktı, yemek yenecek bir yer görmedi.

— Sizin aşçı bizimkinden iyi olabilir ama emin olun bizim yemekhane de sizinkinden iyidir.

— Buradan daha güzel bir yemekhane yeryüzünde yok.

— Buradan mı?

— Evet, ovaya bakarak yiyeceksiniz yemeğinizi... Fena teklif değil, değil mi?

Yelda etrafına bakındı.

— Peki nerede yiyeceğiz?

— İsterseniz kayalıkların oraya da bir masa koydurabiliriz.

Teğmen öylesine genç bir neşeyle doluydu ki Yelda da gülümsedi.

— Bunu yaptırabilir misin?

— Elbette... Karakol komutanı demek köyün imparatoru demek.

Yelda köye doğru baktı.

— Pek büyük bir imparatorluk değil.

— Ama gene de bir imparatorluk.

Yelda, bir tarihçinin sevgilisi olmanın sağladığı bilgilerle insanları şaşırtmaktan hoşlanırdı, Napolyon'un karısı Josephine'e yazdığı ünlü mektubu tekrarladı.

— Yirmi altı yaşındayım. Generalim. Yarın Roma ayaklarıma kapanacak. Ama bütün bunlar neye yarar sen olmayınca, Josephine... İmparator Ceyfır, sen kaç yaşındasın?

Teğmen "kaç yaşında" olduğu sorusunu atlayıp abartılı bir dargınlıkla baktı.

— Genç bir teğmeni Napolyon'la vurmak... Ordu düşmanı mısın sen, niye bir subayı üzmek istiyorsun?

Teğmen öylesine doğal, öyle sevimli ve neşeliydi ki konuşma "senli benli" bir hale dönüşmüştü bile.

— Sen bildiğimiz subaylara pek benzemiyorsun.

— Senin bildiğin subaylar neye benziyor?

— Ne bileyim, ama sen bildiğimiz subaylara benzemiyorsun.

— Hadi söyle, hayatında kaç subayla tanıştın?
Yelda bir düşündü.
— Sen ilksin herhalde.
— Subaylar hakkında nasıl bir fikrin olabilir peki?
— Bütün subaylar senin gibi mi?
Cevap bir soru biçiminde geldi.
— Bütün kadınlar senin gibi mi?
— Ben diğer kadınlardan o kadar farklı değilim...
— Tabii... Mezopotamya Ovasının kenarındaki uçurumlara yapılmış bütün köyler bilim kadınlarıyla dolu... Burası bütün kadınların gelmek için can attığı bir yer... Sen de onlardan birisin...
— Bütün subaylar da Amerikan aksanıyla İngilizce konuşup, akşamları Mezopotamya Ovasına bakarak yemek yemek için kadınları yemeğe davet ediyor... Sen de onlardan birisin.
— Peki, ikimiz de farklıyız ve bunu kutlamak için ovaya bakarak yemek yiyeceğiz... Bu nasıl?
— Bu daha iyi.
Teğmen, karakolun avlusundaki askerlerden birine seslendi.
— Oğlum, bak buraya.
Askere seslenirken sesinde yaşından çok daha olgun ve yaşlı bir otorite vardı.
— Emredin komutanım...
— Şu bizim arka taraftaki masayı kayalıkların oraya koysunlar... Sen de koş yemekhaneye iki tepsi kap gel bakayım.
— Emredersiniz komutanım...
Asker koşa koşa gitti... Biraz sonra elinde, içleri yemek konulabilsin diye oyulmuş boş iki tepsiyle geldi.
— Masayı oraya koydular komutanım...
Elindeki tepsileri de teğmene uzattı.
— Bunlar ne oğlum?
— Emrettiğiniz tepsiler komutanım...
Teğmen gülmemeye çalıştı.

— Bende de öyle bir izlenim uyandı... Peki oğlum, şimdi git, bu tepsilere bizim karavanadan yemek koydur, öyle getir.

— Emredersiniz komutanım.

Teğmen Yelda'ya döndü.

— Hadi, kayalıkların oraya gidelim.

Birlikte kayalıklara doğru yürüdüler, kayalıkların dibine tahta bir masayla iki tahta iskemle konmuştu. Teğmen, Yelda'yı ovaya karşı oturttu.

— Ceyfır, sen bu kadar iyi İngilizce konuşmayı nereden öğrendin?

Teğmen güldü.

— Herkes sana bu soruyu soruyor, değil mi?

— Evet.

— Sen de bununla eğleniyorsun.

— Evet.

— Peki nerede öğrendin?

— Benim babam deniz subayıydı... Amerika'da Norfolk deniz üssünde iki yıl kaldık ben çocukken... Bizim orada bir subay heyetimiz vardır. Sonra babamlar dönerken onun yerine bir sınıf arkadaşı tayin oldu, onların çocukları yoktu, babam oradaki eğitimim kesilmesin diye beni onlarla bıraktı. Orada öğrendim... Liseye de New York'ta uzak bir akrabamız yanında gittim...

— Baban şimdi ne yapıyor?

— Amiral.

— Sen niye denizci olmadın?

Teğmen o sevimli gülümsemesiyle güldü gene.

— Denizciler genelkurmay başkanı olamıyor çünkü.

— Oooo, dedi Yelda, ihtiraslıyız.

— Bütün teğmenler öyledir... Her teğmen Harbiye'den Napolyon olarak mezun olur derler...

O sırada bir er iki yemek tepsisiyle geldi, bir diğeri de bir sepetin içinde ekmekle, teneke bir sürahide su getirdi. Pilav, türlü ve hoşaf vardı. Yelda yemekleri görünce acıkmış olduğunu fark etti. Yemeğe başladı.

— Hakikaten güzelmiş yemekler.

— Söyledim.

— Peki sen niye buralara geldin baban amiralse... Niye daha iyi bir yere tayin olmadın.

Teğmen gene o dalgacı haliyle gülerek, "birincisi bizim orduda torpil yoktur" dedikten sonra devam etti:

— İkincisi benim babam gerçekten iyi askerdir, öldürsen oğlu için torpil istemez ki annem onu bu yüzden öldürüyordur şu anda bence... Üçüncüsü ben buraya gelmek için gönüllü oldum... İnsanların senin düşündüğün gibi düşünmesini istemedim çünkü.

— Niye subay oldun peki? Pek öyle katı disiplin içine girecek birine benzemiyorsun.

Teğmen şakağını kaşıyarak düşündü.

— Seviyorum askerliği.

— İnsan öldürmeyi seviyorsun yani.

— İnsanlar için ölebileceğimi, onlar için hayatımı feda edebileceğimi düşünmeyi seviyorum bence... Ama siz siviller askerlik deyince çok yüzeysel bakıyorsunuz. Askerlik sadece disiplin veya öldürme değil ki... Askerlik, gerçekten zekâya ve yaratıcılığa dayanan bir meslektir. Tarihteki bütün büyük komutanlara bak, mutlaka o güne kadar kimsenin aklına gelmeyen bir yöntem ya da silah yaratmışlardır... Hem, unutma, savaşlar ve askerler olmasaydı bilim bu kadar ilerlemezdi, büyük buluşların çoğunu savaşlara borçludur insanlık... Savaşı seven askerler değil, savaşı seven insanlığın kendisi...

Yelda, teğmenin mesleğini gerçekten sevdiğini anlamıştı. Ceyfır ise o aldırmaz tavrından sıyrılmış ciddiyetle anlatmaya koyulmuştu.

— Hem niye askerleri öldüren insanlar olarak görüyorsunuz da ölen insanlar olarak görmüyorsunuz? Üstüne bombalar, mermiler yağarken, ölüm bir an meselesiyken yürümeye devam etmek, insanları koruyabilmek için ölmeyi göze almak hiç mi saygıyı hak etmiyor? Asker olduğunda, üniformanı giyip yemin ettiğinde, "ben öldürmeye hazırım" demiyorsun, "ben ölmeye hazırım" diyorsun... Biz, öldürmek için değil, asıl ölmek için yemin ediyoruz... Elbette biri benim ülkeme saldırırsa, ülkemi savunmak, saldıranı durdurmak bunun için öldürmek de benim görevim... Sizin beceremediğiniz her şeyi biz beceriyoruz, biz öldürüyoruz, biz ölüyoruz... Siz de bizi küçümsüyorsunuz... İyi bir iş bölümü sizin açınızdan. Çatapat patlasa kaçacak yer ararsınız ama askerlerin merminin üstüne yürümesini normal karşılarsınız.

Yelda omuzlarını silkti.

— Yürümeyin...

Teğmen bir kadınla konuştuğunu fark edip güldü.

— Olur, yürümeyiz... Siz de düşman askeri kapınızı kırıp evinize girdiğinde "yürümeyin" tavsiyesinin akıllıca bir tavsiye olup olmadığını bir daha düşünürsünüz... Tabii düşünmeye vaktiniz kalırsa...

— Sen askerliği gerçekten seviyorsun...

Teğmen başını salladı.

— Yemek güzel diyorum inanmıyorsun, kayalıkların kenarında yiyebilirsin diyorum inanmıyorsun, askerliği seviyorum diyorum inanmıyorsun... Sen benim niye hep yalan söylediğimi düşünüyorsun...

Sonra yeniden ciddileşti.

— Seviyorum gerçekten... Bak, eski Roma'da savaşa giden askerler, "Sezar, ölüme gidenler selamlıyor seni" diye bağırırlardı... Bu ölüme gidişteki cesareti ve yiğitliği seviyorum...

Yelda, biraz önce Taner'in arabasının küçük bir toz bulutu halinde geçtiği boş vadiye bakarak, "niye tartışıyorum bunları?" diye düşündü, teğmenin ihtiraslı sevgisi ilgisini çekiyordu, bir başka zaman bu konuyu belki onunla daha içten ve coşkuyla tartışırdı ama o anda birden ilgisini kaybetti. Bir insan sesi duymak, birisiyle konuşmak istiyordu ama duymak istedikleri bunlar değildi.

O sırada, iri omuzlarını hafifçe öne doğru eğerek yürüyen uzun boylu bir başçavuş yaklaştı yanlarına. Teğmen,

— Gel başçavuşum, dedi, bir sandalye getirsinler de gel otur.

Başçavuş Yelda'ya da teğmene de ilgiyle, araştıran gözlerle bakıyordu.

— Bu Yelda hanım, dedi Teğmen, misyondaki istatistikçi hanım... Bu da bizim Necati Başçavuşumuz.

Yelda, birden teğmenin o köydeki herkesin dosyasını okumuş olduğunu, herkes hakkında bilgisi olduğunu anlayıverdi.

Başçavuş,

— Sağ olun komutanım, dedi, şu nöbetçilere bir bakayım, geleyim...

Başçavuş gidince teğmene döndü.

— Sen ne zaman geldin bu köye?

— Sizden iki gün önce... Devir teslimle, sayımla uğraşıyorduk, onun için çok yoğundu işler, şimdi düzene koyduk.

Yelda teğmenin yüzüne baktı.

— Ne oldu? dedi teğmen.

— Seni buraya özel olarak gönderdiler, değil mi Ceyfır? dedi. Ben de dağın başında İngilizce konuşan teğmen de nereden çıktı diyordum.

Teğmeni yakalamak Yelda'yı neşelendirmişti. Bu tuhaf teğmenin o ıssız köyde karşılarına çıkmasının, harikulade İngilizce konuşmasının, bir subay üniformasının içinde görmeyi beklemediği sevimliliğinin yarattığı şaşırtıcı belirsizlik birden aydınlanmış, özel biriyle karşı karşıya olduğunu anlamıştı. Belirsizlik her zaman Yelda'yı tedirgin ederdi. Gerçeğin kendisi ne kadar tedirgin edici olursa olsun, o gerçeği belirsizliğin kuşkusuna yeğlerdi. Şimdi çok daha rahatlamış, "Teymın Ceyfır" onun için eğlenceli bir oyuna dönmüştü.

— Ceyfır teğmen, bir çay da içecek miyiz?

Teğmen bir askere işaret etti.

Hava kararmaya başlamıştı. Ovadaki kızıl ışık sönüyor, o

kızıllığın içine koyu bir lacivert duman gibi dağılıyordu. Vadi koyu bir gölgenin altına çekilmişti. Birden jeneratör homurtuyla çalıştı. Barakaların ve karakolun ışıkları yandı.

Yelda teğmene takılıyordu.

— Sezar, seni misyonu gözetlemeye gidenler selamlıyor.

Teğmen, kendisini savunmuyor, Yelda'yla birlikte bu şakaya gülüyor, konuşmaları iki çocuğun şakalaşmalarını andıran bir hafiflikle sürüyordu. Yelda arkadaş olacaklarını anlamıştı. Teğmenin gerçek görevinin ne olduğu onu ilgilendirmiyordu. Garip bir şekilde onun askerlikle ilgili söylediklerinin samimiyetine şimdi daha çok inanmıştı.

Onlar çaylarını içerlerken başçavuş geldi.

— Nöbetçileri yerleştirdin mi?

— Evet, komutanım.

Başçavuş masaya oturdu. Yelda onun ellerini fark etti önce, parmakları kalındı, dirseklerini masaya dayayıp konuşurken serçe parmaklarını diğer parmaklarından biraz ayrı ve yukarda tutuyordu. Teğmene, göstermesi gereken saygıyı gösteriyor ama gene de o saygıya rağmen hareketlerindeki gevşeklikten tecrübesiz teğmenden fazla çekinmediği fark ediliyordu. Telaşsız halinden bu bölgeyi iyi tanıdığı, her türlü zorluğun çaresini bulacağına güvendiği, sorunlardan çekinmeyen pratik bir adam olduğu, meseleleri çok derinliğine kurcalamadığı anlaşılıyordu. Yelda, o köyde en rahat hayatı o çavuşun sürdürdüğüne emindi.

— Buralarda, komutanım, çok güzel lor peyniri yaparlar, diyordu, keçi sütünden olduğundan lezzeti de pek firaklıdır. Ben buraya ilk geldiğimde, bir köyden çıktık, orada içine ot koydurup bir peynirli dürüm de yaptırmıştım, biz bir pusuya düştük. O zaman benim yeğen de bir kaza geçirmiş. Vay, dedim kader. Zaten de kızgınım. Attım kendimi bir taşın dibine. Koydum dürümü yanıma. Başımızda bir komando binbaşı var. O da peyniri çok sever, kulakları çınlasın. Yiğit de bir adam. Bir gece boyunca. Onlar atar biz atarız. Güvenmeyeceksin burada hiç kimseye... Ama burada peynirin hasını yaparlar o da başka.

Sanki cümleleri bir kutuya atıyor, sallayarak karıştırıyor ve hepsini ortaya döküveriyordu. Hangi cümlenin hangi cümlenin yanına geldiğine pek aldırmıyordu. Yelda başçavuşun neyi anlattığını anlamaya çalışıyor, cümlelerin arasından bir araya gelerek bir anlam oluşturacakları seçmeye uğraşıyordu. Tek anlayabildiği peyniri çok sevdiğiydi.

— Bu kalaşnikofun şerefsiz bir sesi vardır, bu kaleşler...

Yelda'ya döndü.

— Biz burada kalaşnikofa kaleş deriz hanım bacım, bu kaleşler patladı mı adamın tüyleri diken diken olur... Alışana kadar... Dedim Necati, evi unut, her şeyi unut, burada her şeyi unutacaksın... Aklına bir fikir takıldı mı sen onu düşüneyim derken alnına kurşunu yersin çünkü... Bizim bölüğün olduğu köyde bir pınar vardı, bir suyu var komutanım, buz gibi ama tadı şeker... Yahu dedim zehirlerler mi bunu... İçirtmedim kimseye... Nöbetçi koydum başına... Aradan zaman geçti, bir akşam ağustosun ortası, yandım, gittim pınara... Nöbetçiye dedim çekil... Kana kana bir içmişim... Güzel köydü. Karakola roketle saldırdı imansızlar. Pınarı da vurdular... Vay dedim... Bak şu işe...

Karanlık çökmüştü. Karakol bahçesindeki hareketlilik artıyordu.

— Ben gideyim komutanım, gece görüşleri bir kontrol edeyim... İyi geceler hanım bacım... Burada bir lor peyniri olur... Bulursan mutlaka ye...

Başçavuş kalktı, Yelda,

— Ben de gideyim, dedi.

Ceyfır kalması için ısrar etmedi, onun da işlerinin başına dönmek istediği anlaşılıyordu.

— Gece görüş dediği ne, dedi Yelda. Neyi kontrol edecek?

— Gece görüş dürbünlerini, geceleyin baktığında karanlığın içindeki bütün hareketleri görürsün... Bir gün sana baktırırım.

Yelda Ceyfır'ın yanında kayalıklara gitmek istemediğinden önce eve doğru yürüdü. Evin önünde durup simsiyah uzanan ovaya baktı. "Ben neredeyim" diye düşündü, "ne yapıyorum burada?" Sanki hayatı çatlamış, oluşan yarıktan içeri daha önce türlerinin varlığından bile haberdar olmadığı değişik insanlar boşalmış, içi soluk almasını zorlaştıran bir yabancılar kalabalığıyla dolmuştu. Tanımadığı bu insanlar hayatında gittikçe daha önemli bir hale geliyorlardı, biraz önce hiç tanımadığı genç bir teğmenin arkadaşlığına sığınmaya çalıştığının farkındaydı ve karşılaştığı her sese, her insana sığınmaya çalışmaktan utanıyordu. "Burada bir lor peyniri olur" diyen başçavuşu hatırlayıp kendine acıyarak gülümsedi. Evin önündeki taş basamaklara oturdu. Gece her yanına siniyor, yalnızlık ve kimsesizlik, çürümüş et gibi siyahlaşmış ağır bir karanlıkla dolduruyordu içini. Korkuyordu. Neden korktuğunu da kestiremiyordu. Bu, korkuyu daha da büyütüyordu.

Bütün duyguları onu utandıran biçimler alıyordu. Taner'le Rojda'nın ne yaptığını huzursuz kıpırdanışlarla merak ediyor, Selim'i böylesine sevip özlerken bir başka erkeği merak etmek Selim'e duyduğu kuşkuyu artırıyordu, o da şu anda bir başkasını aynı huzursuzlukla merak ediyor olabilirdi. "Kimse beni istemiyor" diye düşündü "ve ben herkesi istiyorum." Taner'e duyduğu öfkeye bir neden bulmak için uğraşıyor, bir neden bulamazsa bunun kıskançlık olduğunu kabul etmek zorunda kalacağını biliyordu. Selim'i kıskanmaya alışmıştı, bu kıskançlık her şeye rağmen onu utandırmıyordu ama beğenmediği bir erkeği kıskanmak zavallılıktan ve çaresizlikten başka neyin işaretiydi? "Sadece kabalığına kızdım" dedi kendi kendine.

Selim'in sesini duymak istedi.

Onun sesi, içindeki bu yabancı kalabalığından, nedensiz korkulardan, isimsiz ve rahatsız edici duygulardan arındırırdı onu. "Tanrı beni cezalandırıyor" demişti Selim'e bir keresinde, "mutluluğu beni en çok mutsuz eden adamda arıyorum hep. Seni bu yüzden affetmeyeceğim, bunca mutsuzluğun içinde hep benim mutluluk hayalimi ayakta tuttuğun için, o hayal yıkılsaydı daha çabuk kurtulabilirdim ama buna hiç izin vermedin."

Bütün şikâyetlerine rağmen gene de hayatı boyunca vazgeçmek istemediği tek şeyin o mutluluk hayali olduğunu biliyordu. Selim'e telefon etmek için kayalıklara doğru, karakolun uzağından geçerek, hızla yürürken Selim'in sesinde o hayali bulmayı umuyordu. O hayal onu herkesten ve en önemlisi yavaş yavaş onu ürkütmeye başlayan kendisinden de koruyabilecek tek güçtü.

Selim telefonu açtığında sesi soluk soluğaydı.

Yelda bir an paniğe kapıldı, gözlerinin karardığını hissetti.

— Ne yapıyorsun? dedi.

— Şimdi içeri girdim canım, telefonun sesini duyunca, sen olduğunu tahmin edip koştum.

— Yalnız mısın?

Selim güldü.

— Yalnızım canım... Bağırmamı ister misin?

— Hayır... Beni özledin mi?

— Evet... Çok.

— Ben de seni çok özledim.

Bir an bir sessizlik oldu, Yelda karanlığa doğru baktı.

— Ben çok yalnızım.

Selim, bunun son bir çığlık olduğunu, Yelda'nın artık dayanamayacağını anlamadı ama sesteki derin kederi hissetti.

"Çok üzülüyor, keşke iyi bir adam bulsa ve bu üzüntüden kurtulsa" diye geçirdi aklından. Bu dileğinde gerçekten içtendi. Bu içtenliğinde, çaresiz bir hastalığa tutulmuş olan çocuğunu kurtarabilmek için bütün servetini hatta kendi yaşamını vermeye hazır bir babanın sevgisi ve kıskançlık krizlerinden, acılardan yorulmuş bir sevgilinin bıkkınlığı vardı. Artık ikisinin de kurtulmasını istiyordu.

Çok kısa bir süre sonra Selim bu duygusuna, böyle bir şeyi nasıl hissedebilmiş olduğuna çok şaşacak, "acaba öyle bir duygu hissetmedim de daha sonra öyle bir duygu hissettiğimi mi uydurdum?" diye kendine soracaktı.

— Geleyim mi oraya, Yeldacığım? dedi.

Yelda acıyla yüzünü buruşturdu, bu sorudan nefret ediyordu artık. Onun bunu sormasını değil, hiçbir şey sormadan gelmesini istiyordu. Gelecek olan birinin bunu sormayacağını biliyordu.

Ağlamaya başladı.

— Hayır canım, dedi, şimdi okulu bırakamazsın... Ben hallederim.

— Neden ağlıyorsun?

— Bilmiyorum... Bu köy çok karanlık... O sinirlerimi bozuyor herhalde... Neyse bak bugün ne oldu...

Yelda, uçurumun dibinden başlayıp gökyüzüne doğru uzayan karanlığa bir şey ararmış gibi dikkatle bakarak Selim'e Heja'yı, Teymın Ceyfır'ı, Necati Başçavuşu uzun uzun anlattı. Konuşmaları bitecek diye korkuyor, her ayrıntıyı, bunların Selim'i sıkabileceğini düşünmesine rağmen teker teker anlatıyordu. Telefonun öbür ucundan duyulan Selim'in soluğu o anda onun hayatla tek bağı gibiydi, ondan kopamıyordu.

Artık konuşmaktan yorulmaya başladığı sırada karanlığın içinde bir ışık gördü. Kımıldayan parlak bir iğne başı gibi küçücük beyaz ışık karanlığın içinden köye doğru yaklaşıyordu. Yelda'nın ilk düşündüğü, "sevişecek zamanları olmamıştır" oldu, bunu niye düşündüğünü bilmiyordu, bütün gece boyunca böyle bir ihtimali aklından bile geçirmemişti.

— Ben çok yoruldum canım, gidip yatacağım, dedi.

— Peki... Güzel uyu, olur mu?

— İnşallah canım.

Yelda gözleriyle ışığın yaklaşmasını izliyordu.

— Sabah konuşuruz Selimciğim.

Işık uçurumun dibine gelmişti.

— Benim artık gitmem lazım.

Telefonu aceleyle kapatıp, hızla eve giderek merdivenleri çıktı, karanlık odasına girip, sesleri dinlemeye başladı.

Arabanın kapının önünde durduğunu, Rojda'nın eve girip merdivenleri çıktığını duydu.

İçinde yadırgatıcı bir ferahlık hissetti.

Başucundaki mumu yaktı.

"Bu odaya artık alışmam lazım" diye düşündü.

XII

Selim o günlerde çok huzurluydu, ılık bahar öğlenleri gibi sakindi ruhu. Ağır bir hastalıktan kurtulmuşcasına hayatın günlük ayrıntılarını sevinçle fark ediyor ve sadece küçük zevkler arıyordu. Okuldan çıkınca hemen eve dönüyor, Çingenelerden aldığı çiçekleri vazolara koyuyor, tek başına balkonda oturuyor, değişik otlardan kendine salatalar yapıyor, çocukluğunda tuhaf memleketlerde yediği yemekleri pişiriyor, gezi dergileri okuyor, Mahmut'un bulduğu belgeleri inceliyor, film izliyordu. Fahrünisa da dahil olmak üzere hiçbir kadını aramıyordu.

Bazen Mahmut'la birlikte bira içip tarih tartışmalarına giriyorlar, yakın tarihi neredeyse baştan aşağıya yalan olan bir yerde gerçekleri bilmenin ağır yükünü nasıl taşıyacaklarını, gerçeklerin açıklanmasına izin verilmeyen bir meslekte dürüst kalabilmeyi nasıl başarabileceklerini konuşuyorlardı. Birlikte, Yirminci Yüzyılın ilk çeyreğinde yaşanan bütün gerçekleri açıkça ortaya koyan bir tarih kitabı yazma hayalleri vardı.

Mahmut,

— Nerede bastıracağız bu kitabı? diyordu.

Selim, "asıl soru o değil" diyordu.

— Asıl soru, o kitabı bastırdıktan sonra nerede yaşayacağız. İnsanları öylesine yalanlarla boğmuşlar ki bizim söyleyeceğimiz gerçeklere kimse inanmayacak. Bizim yalan söylediğimizi düşünecekler. Düşman olacak herkes bize. Bizi burada yaşatmazlar.

Kitabın bölüm başlıklarını kafalarında hazırlıyorlar, bunu konuşmaktan bile büyük bir mesleki haz alıyorlardı.

— Sonunda yazacağız biz bu kitabı, demişti Selim bir keresinde, ben bildiklerimi insanlara anlatmamaya daha fazla dayanamayacağım. Sen de dayanamayacaksın.

— Gidecek miyiz sonra buradan?

— Bilmem... Önce kitabı hazırlayalım, sonra bunları düşünelim. Yavaş yavaş belgeleri tasnif etmeye başlayalım.

Mahmut gülmüştü.

— Yani ben tasnif etmeye başlayayım... Senden bir gün bıkacağım, haberin olsun.

— Sultan Üçüncü Mahmut Hazretleri bu tehditkâr konuşmalarınızla tebaanızın canını sıkıyorsunuz.

Kitabı yazma fikri Selim'in huzurlu iç dünyasını aydınlatıyor, onun zihnini oyalıyor, Yelda için hissettiği üzüntüyü biraz daha gerilere itiyordu ama bazen beklenmedik sarsıntılar geçiriyordu.

Bir seferinde, arabayla okula giderken, belki radyoda çalan bir aşk şarkısından, belki de farkında olmadan artık ruhunun bir parçası haline gelmiş olan ve içinde uzun zamandır bastırılıp duran sevginin içine hapsedildiği kozaya sığamamasından, ani bir özlem krizine yakalanmıştı. Bu, bilinen özlem duygusuna benzemiyordu. O anda öyle şiddetle Yelda'nın yüzünü görmek, sesini duymak istemişti ki göğsü sıkışmış, sanki arabanın direksiyonu yerinden fırlayıp göğüs kafesine baskı yapmaya başlamıştı. Arabayı kenara çekip durdurmuştu. O çaresiz özlemden bütün bedeni solmuş, grileşmiş gibi gelmişti ona. Bir an, hemen yola koyulup Yelda'ya gitmeyi düşünmüş, hemen yola çıksa bile bir günden önce Yelda'nın olduğu yere varamayacağını fark etmek onu daha da bunaltmıştı. Başını direksiyona dayamış, kendi kendine "bu geçecek, bu geçecek" diye tekrarlamıştı.

Bir iki saat sonra bu özlem dinmiş ama o arada çektiği acı, ona başka bir acının yolunu açmıştı.

O kısa sürede hissettiği çaresizlik, yalnızlık ve özlemin yarattığı kederin ruhunu ve bedenini nasıl sarstığını, kendisini nasıl imkânsızlıklardan yapılmış bir kafese hapsedilmiş bir tutsak gibi hissettiğini, hemen görmek istediği birini görememenin insanı nasıl bir zavallılığın içinde boğduğunu, birini görmeye karar vermenin onu görmeye yetmediğini anlamanın nasıl bir yetersizliğe yol açtığını böylesine kuvvetli bir şekilde fark edince, Yelda'nın "seni özledim" diyen kederli sesini hatırlamıştı. O sesi hatırlayınca elinde olmadan, bir yeri ağrıyormuş gibi inlemişti.

"Yelda her gün mü yaşıyor bu duyguyu" diye sormuştu kendisine, "bu acıya nasıl dayanıyor?"

Yelda'nın böyle bir acı çektiğini düşünmeye bile tahammül edememiş, onu hemen aramak, ona "hazırlan, gelip seni alacağım, hayatımız boyunca da birlikte olacağız, o masalı yaşatacağım sana" demek istemişti. O sırada ona telefonla ulaşabileceğini bilse belki kendine engel olamaz ve arardı.

Birbirini seven iki insanın düşebileceği en kötü duruma düştüklerinin farkındaydı, sevgi asla kaybolmayacak bir biçimde canlıydı ama aralarındaki ilişki çürüyüp eski bir köprü gibi yıkılmıştı. Bir nehrin iki kıyısında kalmışlardı. Birbirlerini görüyorlar, rüzgârın kelimelerin çoğunu uğultusuyla boğduğunu bile bile birbirlerine sesleniyorlar ama birbirlerine ulaşamıyorlardı.

Bütün hissettiklerine rağmen o köprünün bir daha kurulamayacağına inanıyordu, bunu denemeye bile gücü kalmamıştı, o kavgalar, kıskançlıklar, dinmeyen kuşkular, iyileşmesi imkânsız biçimde ilişkilerini de ruhlarını da hastalandırmıştı.

Arabanın içinde yaşadığı o korkunç özlem krizini, arabayı nasıl kenara çektiğini, özlemenin şiddetinden nasıl soluğunun kesildiğini Yelda'ya hiçbir zaman anlatmadı, Yelda o kadar özlendiğini hiç bilmedi.

Yelda'nın uzaklara gitmesinin ilişkinin kopuşunu süratlendirip kolaylaştıracağını, bunun ikisi için de iyi olacağını düşünüyor, bu kopuşu zorlaştıracak, aralarındaki sevgiyi ortaya çıkartacak, besleyecek konuşmalardan kaçınıyordu.

Birbirlerini sevmiş, birbirlerinin canını acıtmış, birbirlerinin hastalıklarını ortaya çıkarmış iki sancılı ruhun birbirinden kolayca kopabileceğini sanıyor, sevgilerine hastalıklarını da katmış insanların kolay kolay ayrılamayacağını bilmiyordu.

Yelda'nın mailleri okuyup evi terk ettiği o korkunç sabahtan sonra da aynı yanılgıya düşmüştü. Yelda'ya bir şey olacak korkusuyla günlerce onu telefonla aramış, bazen arka arkaya yirmi defa telefonu çevirmiş ama telefon hiçbir zaman açılmamıştı, onun öleceğinden ya da başına kötü bir şey geleceğinden korkmuştu, ortak bir tanıdıklarından Yelda'nın iyi olduğunu öğrendikten sonra "bu işin bittiğine" karar verip, biraz da memnuniyetle telefonları kesmişti.

O zaman da şimdikine benzer bir huzur dönemine girmişti.

Bir ay sonra bir gün Yelda aramıştı.

— Seninle konuşmam lazım.

Selim, bu ilişkiyi yeniden canlandırma korkusuyla duraksayınca Yelda o kederli sesiyle konuşmuştu.

— Gel... Bunu bana yaptığın bir iyilik olarak göreceğim. Sen de öyle gör.

Yenilmişliği kabul eden bu cümleye dayanamamıştı.

— Hemen geliyorum, demişti.

Birbirleri hakkında her şeyi bildiklerini sanırken birbirleri hakkında o kadar çok bilmedikleri vardı ki... Yelda, bu tür "yenik ve çaresiz" cümlelerin Selim'i nasıl etkilediğini bilmezdi. Selim, onun böyle bir cümleyi söylediğini duyunca kendini "yenen, ezen" güçlü taraf olarak görmekten garip bir utanç hisseder, Yelda'nın çaresizliğini açıkça kabul edecek kadar çaresiz olması onun içindeki, aslında her zaman gizli gizli hissettiği şefkati canlandırır, o şefkat de uyuşturulmaya çalışan sevgiyi uyandırırdı. Kaçmaya çalışan ilgisiz bir adamdan, aşkla dolu bir adama dönüşürdü.

Aslında bu da ilişkilerinin acıklı yanlarından biriydi, birbirleri için hissettikleri şefkat gerçek bir anneyle babanın çocukları için hissettiği o koşulsuz, sınırsız şefkate çok benzerdi ama anlaşılmaz bir utangaçlık ve acemilikle bu şefkatlerini gizlerlerdi. Gizlememiş olsalardı belki de bütün hayatları daha farklı olacaktı ama bunu hiçbir zaman görememişlerdi. O şefkati sadece kendileri bilir, karşı tarafa hissettirmezlerdi.

Selim buluşacakları yere daha önce gelmişti. Yelda'nın ayaklarını zorlukla kaldırarak ağır adımlarla yaklaşmasını içi ezilerek izlemişti. Yüzü solmuş, yanakları çökmüş, gözlerinin altı halkalanmıştı, çok kilo verdiği (yedi kilo verdiğini daha sonra söyleyecekti) hemen fark ediliyordu. Bombardımana uğramış bir şehir gibi görünmüştü Selim'e.

Karşı karşıya geldiklerinde, baktığı yeri değil de kendi içinde kimsenin görmediği bir şeyi görür gibi bakan dargın ve uzak gözleriyle uzun uzun Selim'i süzmüş sonra bir şey söylemeden ona sarılıp göğsünde sıkmıştı.

Birlikte yemek yemişlerdi. Selim, aldatanın neşeli cümlelerinin aldatılmış birinin kederli tenine kızdırılmış bir demir parçası gibi nasıl yakarak dokunduğunu hiç fark etmeden insafsız bir havailikle onu neşelendirmeye çalışmış, aceleci cümlelerle önemsiz konulardan söz etmişti.

Yelda hep o uzak ve derin gözleriyle bir şey söylemeden dinlemişti.

Selim, tanıdığı kadının ağır bir depremden geriye kalmışa benzeyen harabesine bakmasına, onu görmesine rağmen Yelda'nın kendi kederinin içinde boğulmakta olduğunu, yıkılmış bir duvarın altında kalmış gibi ağzını dayadığı çatlaktan zorlukla nefes almaya uğraştığını anlayamamıştı. Belki de anlamak istememiş, bilinci, korktuğu bir şeyle karşılaştığında gözlerini kapayan bir çocuk gibi gördüğünden kaçmaya çalışmıştı.

Yelda usul bir sesle, yürüyüşü gibi ağır ağır konuşarak, "senden ayrılacağım" demişti.

— Ama seni son bir kere daha görmek istedim.

Selim bencilce bir sevinci yutkunarak gizlemişti. Sanki bu cümle söylenmemiş gibi konuşmaya devam etmişlerdi. Selim, gerçek bir üzüntüden çok Yelda'nın daha fazla kırılmasından korkarak neşeli konuşmalarından vazgeçmiş, daha ağırbaşlı bir tonla konuşmuştu. Bir yanıyla da, onun neşeli ve aldırmaz halinin Yelda'nın ayrılma isteğini daha azaltacağını sezdiği için böyle bir tehlikeye girmek istememişti.

Ayrılmalarına yakın, Yelda gene yavaşça,

— Bu gece son kez birlikte kalalım, demişti.

Selim başını sallamıştı.

— Olur.

Yelda eklemişti:

— Ama seninle sevişmeyeceğim.

Selim gene başını sallamıştı.

Sevişmişlerdi. Yelda sevişme boyunca ağlamıştı, onun ağladığını görüp durmak isteyen Selim'e yalvaran bir sesle, "durma" demişti. Birbirlerine sadece acı vererek kederle sevişmişlerdi. O kederin içinde, yaşadıkları o korkunç aşkı, asla bitmeyecek olan tutkularını, birbirleri için duydukları sonsuz şefkati dehşete kapılarak hissetmişlerdi.

Sabahleyin bir şey söylemeden gitmişti Yelda. Yüzünün solgun beyazlığı ve altlarındaki halkalarla o beyazlığın ortasında mor menekşeler gibi duran gözleri kalmıştı Selim'in hatırında. Pencereden, onun o ağır adımlarıyla gidişini üzüntüyle izlemişti.

Bir hafta sonra tekrar aramıştı. Sonra Selim onu aramıştı.

Nasıl olduğunu anlayamadan ilişkileri yeniden başlamış ve çok kısa bir süre içinde Yelda'nın içindeki öfke ve kuşku, kıskançlık krizleri, kavgalar, hakaretler, tehditlerle ortaya çıkmıştı, her sözden, her şakadan alınır olmuş, Selim'in de karşısındaki kadının yaşadığı yıkımın ağırlığını anlayamaması, şefkatini her zamanki gibi saklaması Yelda'nın her seferinde biraz daha fazla yaralanmasına yol açmıştı, neredeyse her karşılaşmaları Yelda'nın zaptedemediği acısının aralarına girip, onları biraz daha ayırmasıyla son bulmuştu.

Yelda belki acıya dayanabilirdi ama acı çeken bir kadın olmaya, kendisine aldırmadığını düşündüğü biri için her gece ağlamaya, onu biraz daha görmek için yalvaracak hallere gelmeye dayanamazdı.

Sonunda bir gün Selim'e geldi.

— Ben gidiyorum, dedi. Daha fazla dayanamayacağım, bunu burada, senin bulunduğun şehirde halledemeyeceğim...

Avrupa Birliği'nin "töre cinayetlerini" araştırmak için kurduğu misyona Selim'e haber vermeden başvurup işe kabul edilmişti. "Ben gidiyorum" dedikten üç gün sonra yola çıkmıştı.

Hayatı boyunca bir daha hiç kimseyi onu sevdiği kadar sevemeyeceğini düşündüğü bir kadınla yaşadığı kırgınlıkların, kızgınlıkların, vicdan azaplarının ve sevdiği kadın tarafından sürekli kıskançlıklarla, kuşkularla, acılarla hırpalanmanın sonucunda hasar gören ruhunda bir korku uyanmıştı: Çirkinleşme korkusu. Bıkkınlığın, öfkenin, kıskançlığın, güvensizliğin açtığı yaraların onları, ilişkilerini, yaşamış olduklarını, parlak anılarını çirkinleştireceği endişesi. "Seni kaybetmekten belki de daha fazla senin hayalini kaybetmekten korkuyorum" demişti Yelda'ya, "aklımdaki Yelda'nın orada, hep aynı biçimde durmasını istiyorum, ben de senin aklında öyle kalmak isterim."

Geri çekilmeye çalışmasında, bundan sonra olacakların ikisini de utandırabileceği konusunda duyduğu endişe de önemli bir rol oynamıştı.

Yelda'nın gidişiyle, korktuklarının gerçekleşmeyeceğini, ilişkinin artık yavaşça bitmekte olduğunu, birbirlerini hep aynı ışıklı halleriyle hatırlayacaklarını düşünmüştü. Bu düşünceleri, tarihi çok iyi bilse de insanları, özellikle de kadınları hiç bilmediğini ya da aşkın savruluşları içinde bütün bildiklerini unutmuş olduğunu gösteriyordu.

Bütün konuşmalarında, Yelda'nın duygularını kışkırtmadan, sakin bir bitişe doğru ona dostça eşlik etme isteği vardı. Huzur ve çirkinleşmeme kaygısı o sırada ona aşktan da sevgiden de daha çekici görünüyordu.

O gece, Yelda'yla konuştuktan sonra onun gönderdiği maili okumuştu.

Cümlelerin her birinde onun çok sevdiği o kırılgan sesini duymuştu. İçindeki o şefkatli sevgi, uyuyakaldığı bir dere kenarında sabah güneşinin yüzüne vuran ışıklarıyla uyanan bir peri kızı gibi sakin bir sevinçle uyanmıştı. Niye bu mailden hiç konuşmadıklarını sormamıştı kendisine. Aldatıldığı için acı çeken bir kadının duygularının çok hızlı değişimler gösterebileceğini, o kadının içinde birçok duygunun bir arada, birbirleriyle dövüşerek var olabileceğini hiç aklına getirememişti. Geceleyin konuştuğu kadının, sabahleyin o satırları yazmış olan kadından çok farklı biri olabileceğini düşünememişti bile.

Hemen cevap yazmak istemişti.

" Yeldacığım, yazdıklarını okurken neler hissettiğimi sana anlatmam çok zor.

Seni neden bu kadar çok sevdiğimi o maili okurken bir kere daha anladım.

Seni çok sevdim. Çok da seviyorum.

Bir daha hiç kimseyi o kadar sevemeyecek kadar çok. Bir insan bir ömürde iki kişiyi böyle sevemez. Bunu artık çok iyi biliyorum. Bu, ancak bir kere yaşanabilecek bir duygu.

Bu duyguya haksızlık ettiğimizi, ona hak ettiği özeni göstermediğimizi de biliyorum.

Ben de hem seni hem de masalı çok özledim.

Bana 'gel' dersen hemen geleceğim.

Ölüm olduğu için böyle düşünmüyorum. Hayat olduğu için böyle düşünüyorum.

Kendimizi, kendimize kurban etmemeliyiz bence.

Heja'yı niye o kadar sevdiğini sana anlatacağım."

Yelda bu maili ertesi sabah, Taner'le birlikte koştuktan sonra okumuştu.

Sabah, sanki dünyanın bir geçmişi yokmuş, hayat o gün başlıyormuş duygusu veren taze ve parlak uçuk pembelerle uçuk mavilerin koyu kahverengi gölgelerin etrafında birleştiği bir berraklığın içinde yüzer gibiydi. Yelda da bir an kendini yeni bir hayatın başında hissetti.

Rojda gelmemişti koşuya, Yelda hafifçe sinirlendi buna, "demek artık Taner'le beni yalnız bırakacak kadar güveniyor kendine" diye geçirdi içinden, önceki akşam onların arasında geçenler hakkında bir bilgi veriyordu bu davranışı. Bu düşünce, büyük bir üzüntüye ya da kıskançlığa neden olmuyordu, yalnızca içinde böcek ısırığı gibi hafif bir sızı ve rahatsız edici bir huzursuzluk yaratıyordu.

Telaşsız bir biçimde koşmaya başladılar. Köyün çıkışında mor saçlı kadın gene bahçede durmuş onlara bakıyordu, Yelda kadının özellikle kendisine ve kuşkuyla baktığını hissetmişti.

Tepelere yaklaşırlarken konuşmaya başlamışlardı. Yelda, nerede oturduğunu sormuştu Taner'e.

— Barakaların arkasında bana ait özel bir bölüm var... Ayrı bir kapıdan giriliyor.

— Ne yapıyorsun peki akşamları?

— Yemeğe gitmediğim zamanlar genellikle film seyrederim... Bilgisayarım DVD gösteriyor.

— Şanslısın.

Bunu söyledikten sonra bir davet beklediğini fark etmişti ama Taner bir şey söylememişti.

Ağacın altında gene bir dakika durmuşlardı.

— Ne yapacaksın akşama? demişti Yelda.

— Bilmem.

Ovaya baktıktan sonra Yelda'nın söylemek istediğini birden anlamıştı Taner, yüzünde Yelda'yı sinirlendiren o tuhaf, kendini beğenmiş gülümseme belirmişti.

— Yemeğe mi gitmek istiyorsun?

— Oranın yemekleri güzeldi.

— Olur... Gideriz.

Yelda, bütün hamleleri kendisinin yaptığının ve bunun kendisini Taner gibi sıradan ölçülere sahip birinin gözünde değersizleştirecek yanlış bir davranış biçimi olduğunun farkındaydı ama "umurumda bile değil" diye düşünmüştü, artık o köyde bir tek geceyi bile Selim'in ne yaptığını merak ederek yalnız geçirecek gücü kalmamıştı. Tükenmişti. "Bir hayalete bağlı olarak yaşamak beni de bir hayalete çeviriyor, kurtulmalıyım" diye düşünmüştü bir gece önce yatağında dönerken. Yelda da herkes gibi zaman zaman kendine karşı küçük sahtekârlıklar yapar ve onları görmezden gelirdi, "o hayaletten kurtulması" gerektiğini o kadar kararlı bir biçimde düşünürken, onu böylesine kararlı kılan nedenler arasında, Taner'in onun yerine Rojda'yı yemeğe götürmesinin bulunup bulunmadığını hiç sormadı kendisine. Cevabı biliyordu çünkü ve bu cevap onu utandırıyordu. Böyle bir kıskançlığı kendisine haklı gösterecek bir mazeret bulabilmesi için zamana ihtiyacı vardı. Onun kuşkularla, öfkelerle, kıskançlıklarla, intikam arzularıyla, yaralayıcı özlemlerle karanlık bir ormana dönmüş zihninde, bütün ağaçların arkasında birbirine değmeyen başka başka düşünce gölgeleri dolaşıyordu ve onlardan biri de bu yaptığını zaten yapacağını, Rojda'nın bunu sadece çabuklaştırdığını mırıldanıyordu.

Mağaranın önünde hızlandı, kayanın yanından dönerken yalnız olmak, ayaklarının altında açılacak boşluğu dolduran köye, vadiye ve uçuruma tek başına bakmak istiyordu, kayanın yanından dönünce onu sonsuzluk duygusuyla doldurarak şaşırtan, dağlardan, ovalardan, vadilerden oluşmuş rengârenk muhteşem bir kabartmayı koynuna almış o genişliği gördü, genç bir kısrak gibi bir an yerinde duraklayıp kollarını açarak yokuş aşağıya bıraktı kendini, her an havalanmayı bekleyerek gittikçe hızlanıyordu, rüzgârın içinde gözlerine dolan yaşın nedenini bilmiyordu, sadece tepenin altına vardığında sürekli "ah Selim, ah Selim" diye inlediğini fark etti.

Köyden çıkarken bıraktığı yerde sanki oradan hiç kımıldamamış gibi duran mor saçlı kadının önünden geçti. Heja'yı özlediğini hissetti.

Evin önüne vardığında ise az daha kahkahayla gülecekti.

Teymın Ceyfır'la Leopold yan yana durmuşlar onun gelişini seyrediyorlardı. Bütün çizgileri birbiriyle tamamen aynı ama bütün ifadeleri tümüyle farklı iki yüz, insanda hiç durmadan kımıldayıp ifade değiştiren tek bir yüze bakar gibi hafif bir baş dönmesi yaratıyordu.

— Tenten'deki ikiz polislere benziyorsunuz, dedi Yelda... Dupont ve Dupont... Sadece üniformalarınız farklı.

— Neşelisin bu sabah, dedi Ceyfır kusursuz İngilizcesiyle... Ya iyi bir gece geçirdin...

Arkadan gelen Taner'e bakarak tamamladı.

— Ya da iyi bir sabah...

Yelda kendisini çok rahatsız eden o tuhaf utancı yeniden hissettiğini saklayabilmek için saldırıya geçti.

— İzlemeye devam ediyorsun demek, Teymın Ceyfır... Ave Sezar, seni izlemeye gidenler selamlıyor.

Leopold konuşulanlardan bir şey anlamamıştı. Yelda'ya doğru eğildi.

— Sen içmeye mi başladın? Benim için bile biraz erken bu saat.

Yelda güldü.

— İnsan sizi yan yana görünce zaten içmiş gibi oluyor.

Bir yandan da yüzlerine bakarak onları böylesine bir benzerliğin içinde bu kadar benzemez yapanın ne olduğunu anlamaya çalışıyordu. Karakter denilen şeyin de bir görüntüsü olduğunu düşündü, her şey aynı bile olsa kişilikleri farklı olunca görüntülerinde de bir farklılık oluşuyordu.

Uzaktan Beatrice'nin el sallayarak geldiğini görünce, bir gün önce onları beraber gördüğünü hatırlayarak Ceyfır'a döndü.

— Arkadaşın geliyor, dedi.

Ceyfır o sevimli gülümsemesiyle güldü.

— Ave Sezar, seni izlemeye gidenler selamlıyor... Sen de izliyorsun anlaşılan.

Evlerden çıkanlar kahvaltı etmek için barakalara doğru gidiyorlardı, Yelda çevreye bakarak Zerrin'i ve Heja'yı arıyordu gözleriyle. Zerrin'i gördü ama yalnızdı.

Beatrice'yle soğukça selamlaştılar, hiçbir neden yoktu ama birbirlerinden hoşlanmıyorlar, birbirlerinden uzak duruyorlardı, Jacques ilişkilerine "güzelliğin düşmanlığı" adını takmıştı.

Yelda Zerrin'e doğru Heja'yı sormak için yürürken evlerin arasından çıkan Heja'yı gördü, o sırada diğer taraftan da daha önce Yelda'nın hiç görmediği yirmi yaşlarında bir köylü genç belirmişti, ikisi karşılaştılar. Heja genç çocuğun elini öptü, genç de ona sarılıp yanaklarından öptü. Bir şeyler konuşup ayrıldılar.

Yanına gelince Heja'ya merakla sordu.

— Kimdi o?

— Amcamoğlu.

— Niye elini öptün peki?

Heja "ne kadar cahilsin" der gibi baktı Yelda'ya.

— Büyüğümdür.

Yelda'nın içinde gene o dayanılmaz sarılma isteği uyanmıştı, zorlukla tuttu kendini.

— Büyüğün müdür, kuzucum, büyüğün müdür?

Heja cevap bile vermedi Yelda'ya, Zerrin başıyla Heja'yı işaret edip,

— Böyle hafifliklerden hoşlanmaz erkeğimiz, dedi gülerek. Yanında saygılı olalım lütfen.

Kahvaltı masasına oturduklarında Yelda Heja'nın yüzüne dikkatle baktı.

— Senin yüzün çok solgun, kuzu... Hiç uyumuyor musun sen?

Heja cevap vermedi.

Yelda Zerrin'e döndü.

— Zerrinciğim, bizim Amy'ye söyleyelim de kuzuyu bir muayene etsin... Niye böyle solgun bu çocuk? Bir yerin ağrıyor mu, kuzu? Doğru söyle...

Heja başını salladı. Yelda gidip süt getirdi, zorla içirdi Heja'ya.

Kahvaltının sonuna doğru Yelda'yla Zerrin konuşurken bir "deniz" lafı geçti, Yelda Heja'ya döndü.

— Denizi biliyor musun?

— Duymuşum.

— Ne duymuşsun, kuzu?

— Sudur.

Yelda Heja'nın elinden tuttu.

— Gel.

Onu uçurumun kenarına götürdü.

— Bak, şu ovayı görüyor musun, işte onun tamamen suyla dolu olduğunu düşün, o denizdir.

Heja, beğendiğini ifade etmek ister gibi dudaklarını büzüp başını salladı.

— Ama aslında ondan da büyük denizler var.

Heja gözünün kenarıyla aşağıdan yukarıya doğru onu "kandırıp kandırmadığını" anlamak için şöyle bir baktı.

— Bir de okyanuslar var, kuzucum, bütün Türkiye'yi içine koysan kaybolur gider, o kadar büyük.

Heja, inanmadığını belli etmemek için yüzünü saklayarak güldü.

Yelda kendi kendine konuşur gibi mırıldandı.

— Bir gün sana denizi göstereceğim, kuzu... Okyanusları da göstereceğim...

Heja cevap vermeden başını önüne eğdi sonra yavaşça kaldırıp gene gözünün kenarıyla baktı Yelda'ya, yüzüne Yelda'nın artık tanımaya başladığı o düşünceli ifade gelmişti, onun bir şey düşündüğünü ama bunu kendisine söylemeyeceğini anladı.

Heja düşünceli bir şekilde gittikten sonra Yelda barakalara döndü, yola çıkmadan önce maillerini kontrol etti. Selim'in gönderdiği maili buldu.

Okurken kendisini bile şaşırtan bir öfkeye kapıldı. Aşk dolu satırlar hiçbir etki yaratmadan kayıp gitmişti gözlerinin önünden, yalnızca iki cümle kalmıştı geriye, "biz buna özen göstermedik" cümlesiyle "istersen hemen geleceğim" cümlesi.

"Biz özen göstermemişiz, niye biz" diye söyleniyordu içinden, "niye biz, ben mi yattım bir kadınla, ben mi ihanet ettim, ben mi her şey ortadayken yalan söyledim, suçu bile tek başına yüklenemiyor, biz özen göstermemişiz, pişman bile değil, hâlâ oyun peşinde."

"İstersen hemen geleceğim" sözü ise ilkinden de ağır bir kızgınlık, hatta düşmanlık yaratmıştı Yelda'nın içinde, "ben istersem gelecekmiş, ben istersem, peki sen ne istiyorsun, sen niye gelmeyi istemiyorsun, sen niye gelmiyorsun... Niye bunu bile bana bırakıyorsun... Burada benim ne halde olduğumu bildiği halde kılını bile kıpırdatmıyor, umurunda bile değilim onun... Bitmiş bu ilişki."

Jacques'ın Leopold için söylediği cümle aklına geldi.

"Bir ilişkinin cesedini taşıyorum sırtımda."

Makineyi kapatıp kalktı masadan.

"Ama artık taşımayacağım."

Öfke kızgın, kızıl bir duman gibi yayılmıştı içine, sonra yavaşça soğuyarak küçülmeye başladı, sonunda yerini kaskatı, dokunduğu yeri donduran bir düşmanlığa ve yabancılığa bıraktı, o yabancılık yıllardır içinde taşıdığı sevgiyi sarıp onu bir buzulun içine hapsetti. O anda, Selim'e karşı ne sevgi, ne dostluk, ne de şefkat taşıyordu, o sadece canını yakan bencil bir düşmandı artık.

Hafızasının karanlıklarını, ruhunun karmaşık labirentlerini bazen sevgi, bazen şefkat, bazen özlem, bazen öfke, bazen kıskançlık, bazen keder biçiminde ama daima alevli sular gibi yakıcı bir duyguyla dolduran aşk belki de ilk kez bu kadar soğuk ve durgun bir hale geliyor, Selim'le ilgili hiçbir duygu o anda onun içini yakmıyor, sadece içini donduruyordu. O soğumuş duygular içinde belki de yakıcılığını hâlâ koruyan tek duygu, Selim'e bencilliğinin ve "kötülüğünün" (Yelda Selim'in ona kötülükler yaptığına inanıyordu artık) bedelini ödetmek isteyen intikam duygusuydu. Bunu, Selim'in canını acıtmak için istemiyordu sadece, öyle bir acıyı yaşayarak Yelda'nın neler çektiğini anlamasını da istiyordu, belki de onu en çok üzen Selim'in bunu hiç anlamamasıydı çünkü, karşısında duran, kendi yarattığı acıya böylesine aldırmaz bir halde bakmasıydı.

Başka bir zaman belki o mektubu başka biçimde okur, aklında başka satırlar kalır, başka duygular hissederdi ama artık tükeniyordu, derin bir karanlığa düşmekte olduğunu ve onu ancak başka bir insanın elinin tutabileceğini hissediyordu. Hiçbir sözün yetmeyeceği, ulaşamayacağı kadar derindeydi. Birinin onu tutup çekmesi gerektiği o anda Selim uzakta durup "istersen geleyim" diyordu. Bu cümle onu bulunduğu yerden çıkarmaya yetmezdi. Hiçbir cümle yetmezdi artık, cümlelerin ulaşabileceği yeri geçmişti, biraz daha içindeki karanlığa gömülürse bir başka insanın varlığı da yetmeyecekti onu oradan çekmeye. O cümleleri Selim karşısında durup gözlerine bakarak, ona sarılarak söylemeliydi, buraya, sevdiği, seviştiği, aşkla dolu sadık erkeklerle kadınları anlatan o eski filmleri birlikte seyrettiği, neler düşündüğünü çok iyi bildiği "kadınını" kurtarmaya gelmeliydi. Onun yerine mektubu gelmişti. Öyleyse Yelda onun "kadını" değildi, "belki de hiç olmadım" diye düşündü, "belki de öyle olduğunu sandım ve o içinden benimle alay etti."

Jacques kapıdan "hadi gidiyoruz" dedi.

— Geç kalacağız.

Arabaya binerlerken Zerrin, "ne olmuş sana" dedi.

Yelda soğuk, düşmanca bir sesle onun sorusunu tekrarladı.

— Ne olmuş?

Zerrin, Yelda'yla o sırada konuşulmaması gerektiğini hissetti.

— Bilmem, dedi, sanki biraz solgun gibi göründün bana...

Sonra arabada herkes sustu. Üçü de daha güvenli olduğunu sezdikleri sessizliğin içine çekildiler.

Köyden çıkıp dağlara doğru saptılar.

Tabiat o sabah vahşileşmiş gibi gözüküyor, yakınlarından

geçtikleri dağ yamaçlarından fırlamaya çalışır gibi duran sivri kayalar, diplerindeki kızıl killi topraklarla kana batmış kurt dişlerine benziyordu, oyulmuş gözleri andıran karanlık mağaralarıyla dağlar saldırmaya hazırlanan yabani hayvan sürüleri gibi sarıyordu arabayı. Ağaçlarda bile düşmanca bir şeyler seziyordu Yelda, ağır ağır yaklaşan bir istila ordusunun sinsi casusları gibi tek başlarına duruyorlar, rüzgârla bile kımıldamıyorlardı.

Köye yaklaştıklarında uzaktan kara, kalın bir duman gördüler, birden köpekler çıktı, hırlayarak kendilerini arabaya doğru fırlatıyorlar, tekerlekleri ısırmaya çalışıyorlardı, bir kayalığın arkasında ilk geldiklerinde fark etmedikleri silahlı nöbetçileri gördüler.

Evlerin arasındaki yamru yumru yollardan sarsılarak, köy meydanına sapacakları sırada Taner'in sesini duydular telsizden.

— Cilveköy ekibi, köye girmeyin... Tekrarlıyorum, Cilveköy ekibi köye girmeyin... Derhal dönün... Derhal dönün...

Telsizin sesi aniden sustuğunda onlar meydana girmişlerdi.

Futbol sahasının çevresi kalabalıktı, bir ağacın dibinde jandarma arabası duruyordu, meydanda da jandarmalar vardı.

Yelda, ne yapacağını kestiremeden Jacques'a baktı.

— Devam et, dedi Jacques sinirli bir sesle.

Futbol sahasının kenarında nedenini anlayamadıkları büyük bir ateş yanıyor, ateşten yükselen kalın dumanların bütün köye yaydığı yanık odun kokusu ölüm kokusunu andırıyordu. Gümüş yapraklı kavak ağaçları yaslı bir hışırtıyla titreşiyorlardı tek sıra dizildikleri meydanın kenarında. Kavakların altında telaşsız horozlarla tavuklar kızıl tüylerini parlatarak toplanmışlardı.

Sahanın tam ortasında üstüne beyaz bir çarşaf örtülmüş bir ölü yatıyor, hafif bir rüzgâr arada sırada çarşafı bir yelken gibi şişiriyordu.

Aralarında jandarmaların da olduğu kalabalık kuşkulu,

düşmanca gözlerle Yelda'ların arabasına bakıyordu.

Bir ağacın dibinde, Heja'dan biraz daha büyük bir erkek çocuğu, kelepçeli ellerini dizlerinin arasına sarkıtmış bir halde çömelmiş, olanların kendisiyle bir ilgisi yokmuş gibi başını önüne eğmişti.

Yelda arabayı kalabalığın yanında durdurdu.

Yüzünde pençe gibi yarası olan ağa, yanında bir jandarma subayıyla birlikte kalabalığın içinden çıktı.

— Hoş gelmişsiniz, dedi, sizi beklemiyorduk... Haber verseydiniz hazırlık yapardık.

Gelişlerinden hiç memnun olmadığı sesindeki kızgınlıktan anlaşılıyordu.

— Ne oldu? dedi Zerrin.

— Kız yalnız başına köyün dışına çıkmış, teröristlerden bir grup da kızı sıkıştırıp ırzına geçmiş... Küçük kardeşi kızı vurmuş bu sabah.

İçi ürkütücü bir ölüm duygusuyla ürperen Yelda dayanamadı.

— Kızın ne günahı var? Onu niye vuruyor?

Ağa kaşlarını çattı.

— Bir kadının namusundan başka neyi var? Namusunu kaybeden kız ailesine utançtan başka ne verir ki? Çocuk, ailesinin utancını temizledi.

Jacques, kibar bir sesle,

— Çocukla konuşabilir miyiz? dedi.

Jacques'a düşmana bakar gibi bakan jandarma subayı araya girdi.

— Çocuk tutuklu, konuşamazsınız.

Halinden bu kararını değiştirmeyeceği, tartışmanın bir anlamı olmadığı anlaşılıyordu.

Yelda, meydanın öbür yanındaki bir evin önünde kümelenmiş olan kadın kalabalığını fark etti, hem kendi aralarında konuşuyorlar hem de erkeklere bakıyorlardı.

— Kadınlarla konuşabilir miyiz? dedi.

Ağa başını çevirip kadın kalabalığına baktı, dudaklarını ısırarak düşündü, sonra Jacques'ı gösterdi.

— Bu da konuşacak mı?

— İzin verirseniz.

Ağa yanındakilere Kürtçe bir şey söyledi.

— Sizi götürsünler onların yanına ama kadınlar yasta, çok kalmayın.

Silahlı erkekler üçünü birden çevirip aralarına aldılar, tavırlarında düşmanca, korkutucu bir kızgınlık seziliyordu. Silahlıların arasında yürürken, Yelda kendisine çok fazla yaklaştıklarını düşünerek tedirgin olurken Türkçe bir fısıltı duydu.

— Yalan söylüyorlar... İnanmayın.

Yelda arkasına döndü hızla ama adamlarının hepsinin ifadesi birbirine benziyordu, hangisinin fısıldadığını anlayamadı.

Kadınlar onların yaklaştığını görünce hep birlikte susmuşlar, mırıltılar kesilmişti. Aralarında ağıt yakan yoktu. Yalnızca bir yaşlı kadınla bir genç kız ağlıyordu.

— Başınız sağ olsun, dedi Yelda.

Daha önceden tanıdıkları ağanın karısı,

— Siz sağ olun, dedi.

Sözlerini Zerrin çeviriyordu.

Ağanın karısı bir emir verdi, içerden çaylar getirdiler. Jacques'la Zerrin ağanın karısıyla konuşurlarken Yelda ağlayan kadınlara yaklaşmaya çalışıyordu ama aralarındaki kadın kalabalığından oluşan kalın duvarı yaramıyordu, biraz kenara çekildiği sırada bu kez arkasından bir genç kız sesini duydu.

— Oturmak ister misiniz?

Kız Türkçe konuşuyordu.

Biraz ilerde duran bir tabureyi gösterdi.

— Teşekkür ederim, böyle iyiyim.

Kız Yelda'nın kolundan tutup, sanki ona yardım ediyormuş gibi itti.

— Oturun.

Tabureye doğru birlikte yürürlerken kız onun hatırını soruyormuş gibi konuşuyordu.

— Öldürülen kızın kardeşinin ırzına ağanın oğlu geçti... Onu ailesi odunla döverek öldürdü. Bugün öldürülen onun ablasıydı. Jandarmaya gidecekti, onun için vurdurdular.

Taburenin yanına geldiklerinde kız Yelda'yı kolundan tutup oturttu.

— Ben size su getireyim, dedi.

Yelda, ağanın karısının kendilerini kuşkulu gözlerle izlediğini görmüştü, kızın içeri gittiğini gören kadın başını yeniden kendisiyle konuşmaya çalışan Jacques'la Zerrin'e çevirmişti.

Yelda kızın getirdiği sudan bir iki yudum aldı, midesi bulanıyordu.

Jacques'la Zerrin'in yanına gitti.

— Hadi, artık gidelim.

Jacques sakin olmaya çalışarak,

— Konuşuyoruz, dedi.

— Gidelim... İyi değilim.

Jacques çaresizce etrafına bakındı, gitmekten başka bir şey yapmayacağını kestirerek "peki" dedi.

Kadınlara veda edip yeniden başsağlığı diledikten sonra silahlı erkeklerin arasında arabalarına doğru yürümeye başladılar.

Arabaya binmeden önce Yelda son kez meydanın ortasında beyaz çarşafın altında yatan genç kızın ölüsüne baktı, o sırada rüzgâr çarşafın kenarını havalandırdı ve kızın balmumu bir maske gibi duran yüzünün bir yanı açıldı. Alnına yapışmış bir tutam saçla, bir yara gibi duran kalın siyah kaşının ucunu gördü. Geçen geldiğinde, kadın kalabalığı arasında hiç konuşmadan hep önüne bakan kıza benzediğini düşündü. "Acaba o muydu?" diye geçirdi aklından. Onlar arabaya binerken silahlı adamlardan biri çarşafı kapatıp, açılmasın diye ucuna bir taş yerleştirdi.

Arabayı hareket ettirdiklerinde Taner'in sesini duydular telsizden.

— Cilveköy ekibi cevap verin... Cevap verin.
— Efendim? dedi Yelda.
— Nerdesiniz?
— Köyden çıkıyoruz.
— Niye girdiniz köye?
— Sen anons yaparken biz zaten köye girmiştik.
Taner'in dişlerinin arasından "peki" diye homurdandığını duydular.
— Döndüğünüzde haber verin.
Yelda hızla sürüyordu arabayı köyün engebeli yollarında, bir an önce buradan çıkmak istiyordu.
Köyden çıkarken Jacques sinirli bir sesle,
— Neden konuşmamızı yarıda kesip, bizi köyden çıkarttın?
— Çünkü benim öğrendiğimden fazlasını zaten öğrenemezdiniz.
— Sen ne öğrendin? dedi Zerrin heyecanla.
Yelda, onlara kendisine anlatılanları aktardı, dikiz aynasından Zerrin'e baktı sonra.
— Kimdi onlar? diye sordu. Niye bana anlattılar bunları?
Zerrin cevap verirken sesinde bir intikam ve zafer tınısı vardı neredeyse.
— Gerillanın adamları...
Yelda şaşırdı.
— Orası devlet yanlılarının köyü değil mi?
— Herkesin her yerde adamı var burada. Herkes birbirini izliyor, hepsi de bizi izliyor. Attığımız her adımdan herkesin haberi var.
Yelda düşünceli bir sesle sordu.
— Bizim köyde de gerillanın adamları var mıdır?
— Olmaması mümkün mü?
— Kimdir peki?
— Bak işte onu bilmemiz imkânsız...
Yelda aynadan bir an kuşkuyla Zerrin'e baktı ama genç kız hafifçe gülümseyerek dağları seyrediyordu.

— Ölümü ne kadar doğal karşılıyorlar, dedi Jacques. Ölüm onları hiç şaşırtmıyor sanki... Ne kadar da alışkınlar.

— Buralarda insanlar çoktandır sadece ölüyor, dedi Zerrin, hayatın ne olduğunu bile unuttular...

Jacques Zerrin'e döndü.

— Bu insanların gerçek duygularını öğrenmek isterdim, dedi. Ne düşünüyorlar, ne hissediyorlar, hayatı nasıl algılıyorlar.

— Hiç kimse sana gerçek duygularıyla, düşüncelerini söylemez burada... Asla anlayamazsın...

— Peki sence gizlice Yelda'ya söyledikleri doğru mu yoksa bizi kandırmaya mı çalışıyor birileri?

— Bunu da anlamak çok zor ama sanırım doğru söylüyorlar... Burada kimin kimi, niye öldüreceği hiç belli olmaz.

Jacques, hınzır bir gülümsemeyle,

— Şöyle bir düşünürsek, dedi, bizi de rahatlıkla vurup suçu birbirlerinin üstlerine atabilirler... İki taraf için de fena hedef değiliz.

Zerrin, işin ciddiyetini Jacques'dan daha iyi kavramış bir ifadeyle yüzünü buruşturdu.

— Birilerinin böyle bir şeyler düşündüğünü öğrenmek beni hiç şaşırtmazdı, dedi.

Yelda hızla gidiyordu, cip çukurlara giriyor, tümseklerin üstünde zıplıyor, sarsıntılarla içerdekiler başlarını tavana vuracak gibi oluyorlardı. Kimse ona daha yavaş gitmesini söylemiyordu. Yelda korkmuştu, ilk kez ölümü bu kadar yakından görmüş, buralarda insanların çok rahat ölebileceğini anlamış, böyle bir coğrafyada bir sırra sahip olmanın, bir cinayetin içyüzünü öğrenmenin dehşetine kapılmıştı. Birisi ona da ateş edecekmiş hissini içinden atamıyordu. Öldürülen kızın yüzü, adamların bakışlarındaki düşmanlık, gizlice kendisine gerçekleri fısıldayanlar aklından çıkmıyordu. Nasıl bir yere gelmiş olduğunu şimdi anlıyordu.

Dağ yamaçlarına, kaya diplerine, ağaç arkalarına, birbirlerine söylemedikleri bir dikkatle bakıyorlardı. Üçü de aynı korkuyu, odun kokusuna karışan o ölüm kokusunu kokladıklarından beri hissediyorlardı. Korucuların arasında dağdakilerin adamlarının olduğunu fark etmeleri, buradaki ilişkilerin tahminlerinden de karışık olduğunu göstererek onları daha da ürkütmüştü. Kurallarını bilmedikleri bir oyuna katılmış gibiydiler ve bu oyunda ölümün sık rastlanan bir ceza olduğu o sabah akıllarına güçlü bir biçimde kazınmıştı.

Hızlarını hiç azaltmadan arkalarında pembemsi bir toz bulutu bırakarak, zaman zaman hendeklere süratle girdiklerinde yerden iki karış havalanarak, savrularak köye vardılar. Yelda ancak köye vardıklarında yavaşlamıştı.

Arabadan inerken Jacques,

— İç organlarımın yeniden eski yerlerine yerleşmeleri herhalde birkaç gün alacak, dedi.

Çok acıkmışlardı. Gidip yemek var mı diye bakmaya karar verdiler.

— Siz gidin, dedi Yelda, ben elimi yüzümü yıkayıp geliyorum... Her yanıma toz dolmuş gibi hissediyorum.

Evin loş ve serin banyosunda yüzünü yıkadı, ensesine su çarptı.

Evden çıktığında, karakolun ikinci katındaki pencereden Ceyfır'ın kendisine baktığını görünce el salladı, Ceyfır elini alnına götürerek utangaç bir gülümsemeyle selam verdi.

Barakadan içeri girince Taner'in masasında bir şeyler okuduğunu gördü, kapıyı hafifçe tıklatıp içeri girdi. Dışardan bakıldığında çok sakin görünmesine karşın içinde hiç durmayan korku kabarmaları dolaşıyordu, o kabarmaları düşüncelerinden ya da duygularından çok, ölümle birlikte kokladığı o yanık odun kokusu besliyordu, o kokunun her yeri doldurduğunu, her yere sızabildiğini, her an herkesi sarmalayıp boğabileceğini, o dumana benzeyen, bir biçimi, adı olmayan tuhaf korkularla hissediyordu. Kimden ya da neden korktuğunu tam açıklayamazdı. Buradaki hayatın kendisinden, bütününden korkmuştu. Kimin kim olduğunun bilinmemesi, ilişkilerin tehlikeli belirsizliği, insanların öldürülüp suçun başkasının üstüne atılabilmesindeki pervasız rahatlık, onda uyanamayacağı bir kâbusun içine hapsolmuşluk duygusu yaratıyordu. Hayatın bir ritmi, bir düzeni yoktu burada, ani ve tehditkâr sıçramalarla havada dönüp duran yağlı bir kement gibiydi yaşananlar, o ipin kimin boğazına dolanacağı, ipi kimin tuttuğu bilinemiyordu.

Bir yüzü, bir kimliği, bir adı olmayan bir tehditle kuşatıldığı duygusuna kapılan Yelda, Taner'in yanında kendini güvende hissediyordu, onu da tanımıyor, onun da kim olduğunu bilmiyor ama ta ilk günden beri sezdiği bir dokunulmazlığa ve ürkütücülüğe sahip olduğunu görüyordu, sabahtan beri yaşadığı o boğucu korkuyu yatıştırabilecek tek insanın o olduğuna anlaşılmaz bir şekilde inanıyordu. Bu güvenin anlamsızlığını biliyor, bunu kendisine söylüyor ama gene de onun yanında olmak istiyordu. Hissettiği korkuyla karmakarışık olan zihni yatışabilmek için mantıktan daha fazla bir şeye ihtiyaç duyuyordu, bunun ne olduğunu kestiremiyordu Yelda ama o her ne ise onu Taner'in yanında buluyordu o sırada.

Kapının tıkırtısına başını kaldıran Taner, Yelda'yı görünce onun beklediğinin tersine kaşlarını çattı.

— Niye girdiniz köye?

— Girmiştik zaten.

— Gereksiz tehlikelere atılırsanız sizi korumak güçleşir. Söylediklerimi yapın bundan sonra... Buraya yolcu olarak geldiniz kargo olarak göndermeyelim sizi geriye.

Önce ne dediğini anlamadı Yelda ama sonra kargodan kastının ne olduğunu kavrayınca ürperdi.

— Biz yemek yiyeceğiz, gelsene, dedi.

— Şimdi çalışıyorum, siz yiyin, sonra gel, kahve içeriz.

Yelda bu kaba davranışa öfkelenmedi bile, aksine bu davranış onun güvenini artırdı.

— Görüşürüz, dedi.

Tam gidecekken geri döndü.

— Sen burada mısın, bir yere gidecek misin?

Taner bu soruya bir anlam veremedi ama omuzlarını silkti.

— Buradayım.

— İyi.

Yemekhaneye gittiğinde Jacques'la Zerrin boş salonun köşesindeki bir masaya oturmuş tartışıyorlardı. Zerrin Yelda'yı görünce, "sana da yemek söyledik, şimdi getirecekler" dedikten sonra yeniden Yelda'nın da katılacağından emin oldukları tartışmalarına döndüler.

Jacques, öğrendiklerini jandarmaya bildirmeleri gerektiğini söylüyordu.

— Bir cinayetin içyüzünü biliyorsak bunu yetkililere bildirmeliyiz... Bu bir insanlık görevi... Hem o katil çocuk da belki daha az ceza alır, eğer onu kimin kışkırttığını açıklarsak.

Zerrin, Jacques'ın saflığından sıkılmış gibi Yelda'ya baktı.

— Jacques, göründüğün kadar saf değilsin, değil mi?

Bir saygısızlıkla karşılaştığında takındığı, öğrencisiyle konuşan profesör tavrını takınan Jacques,

— Anlayamadım Zerrin, dedi.

— Yetkililer zaten her şeyi biliyor... Bilmemeleri mümkün mü? Ayrıca o çocuğa da çok ceza vermeyecekler... Üç ay sonra o köye gidersen o çocuğun kasıla kasıla ortada dolaştığını görürsün. O iki kızın ölümünün üstünü örterler...

— Bir cinayetle ilgili bir bilgimiz var ve bunu hiç kimseye söylemeyecek miyiz?

— Burada bir insanın değeri, bir merminin değeri kadardır derler ve burada mermi çok ucuzdur. Bilgi de sandığından daha tehlikeli bir şeydir buralarda...

— Ne yapacağız peki? dedi Yelda.

— Hiçbir şey, dedi Zerrin.

— Ölen kızlar ne olacak?

— O kızların hesabının sorulmasını ve o cinayetlerin bedelinin birisi tarafından ödenmesini mi istiyorsun?

— Evet, dedi Yelda, bunu istiyorum. Bir daha kızları öldürecek olanların bunu yapmadan bir kere düşünmelerini istiyorum.

O sırada yemekleri geldi. Zerrin, Yelda'nın söylediğini duymamış gibi yemeğine başladıktan sonra başını kaldırdı.

— Burada çok insan öldü, dedi, hâlâ da ölüyor. Burada bir ölüm dengesi var. Her yerde hayatın kuralları vardır, burada ise ölümün kuralları hâkimdir. Bizim bilmediğimiz kurallar bunlar Yelda. Biz karışmazsak senin istediğin sonuç belki daha çabuk elde edilir.

Jacques'la Yelda, Zerrin'e baktılar, genç kızın ikisinden daha fazla bir şeyler bildiğini anlamışlardı.

— Susacak mıyız? dedi Jacques öfkeyle. Bunları araştırmak için geldik ve susacak mıyız?

— Buradan ayrılırken hazırlayacağın rapora yazarsın bunları... Ama buradayken susacağız. Tabii eğer arabamızın yanlışlıkla bir mayına çarpmasını ya da yolda bir kurşunun da bizim arabamızı bulmasını istemiyorsak.

— Bizi öldürmeye cesaret edemezler, dedi Jacques.

— Öyle bir ederler ki şaşırmaya bile vaktin olmaz... Kimin öldürdüğünü de kimse bulamaz. Herkes birbirini suçlar.

Yemeğin sonuna kadar bir daha konuşmadılar.

Yemeklerini bitirince Yelda, "ben gidip biraz uyuyacağım" dedi.

Taner'in odasının önüne geldiğinde içerde genç sekreter kızlardan biri olduğunu, güldüklerini gördü.

Taner, Yelda'yı görünce, "gelsene" dedi.

— Gidip biraz dinleneceğim.

— İyi, akşama görüşürüz.

Akşama görüşeceklerini kızın yanında söylemesine sinirlendi ama sadece yüzünü buruşturmakla yetinip çıktı barakadan. "Hiç kibarlığı yok, "diye düşündü. Akşam yemeğini iptal etmeyi geçirdi bir an aklından ama sonra bu kararı vermeyi akşama bıraktı.

Hiçbir konuda karar veremiyordu. Sanki ta derinlerde bir yerde önemli bir karar vermiş, bütün gücünü bu kararı verirken tüketmişti, artık başka bir karar vermek istemiyor, henüz bilincine açıkça yansımayan bu kararın peşi sıra sürüklenmeyi tercih ediyordu. Zihni sisler içindeydi, ne duygularını ne düşüncelerini açıkça göremiyor, isteklerini açıkça saptayamıyor, sislerin arkasına saklanan kendi varlığına ulaşamıyordu. Ulaşmak da istemiyordu. Kararsızlığının temelinde de belki vereceği bir kararla zihninin açılmasından, derinlerde yatanı açıkça görmekten duyduğu çekingenlik vardı. Verdikleri gizli bir kararı kendilerinden son ana kadar saklamak isteyenlerin bilinçli belirsizliğine bırakmıştı kendini. O kararla hayatlarında önemli olan bir şeyi yok edebileceklerini bilmelerine rağmen kararlarından vazgeçememek için sonuçlarını düşünmemeyi tercih edenlerin, o sonuçları kendilerinden saklayanların o garip uyurgezer halleri yansıyordu onun da zihnine. Sadece yorgunluk ve anlaşılmaz bir bıkkınlık hissediyor, başkalarına değil ama kendisine karşı sorumluluğunu yüklenmek istemediği bir şey yapmadan önce tuhaf bir uyuşukluğun kendisini sarmasına izin veriyordu.

Dışarı çıktığında dalga dalga buğular halinde yayılan parlak sarı bir ışık doldu gözlerine, öğlen güneşinin altında dağlar altın tozlarıyla ovulmuş gibi parlıyor, yakıcı bir sıcaklık tenine dokunuyordu. Odasına gitmeden önce Selim'e telefon etmek için kayalıklara doğru yürüdü. Karakolun önünden geçerken kapının yanında duran Ceyfır'a rastladı.

— Nasılsın Ceyfır... Bu sıcakta pişmiyor musun burada?

— İçerisi de sıcak... Ne oldu bugün? Gittiğiniz köyde bir kız öldürülmüş ha?

— Evet.

— Niye öldürmüşler?

Yelda teğmenin yüzüne kuşkuyla baktı.

— Kızın ırzına geçtiler diye küçük kardeşi öldürmüş.

— İlkel herifler, dedi teğmen.

Yelda sözü uzatmak istemedi.

— Neyse, ben gideyim, güneşin altında yandım... Bir telefon edip, biraz dinleneceğim.

— Akşamüstü uğra istersen, dedi Ceyfır, sana demli çay ikram ederim.

— Biraz daha mı bilgi almak istiyorsun?

Ceyfır dargın bir şekilde gülümsedi.

— Keşke benden kuşkulanmayacağın bir yerde karşılaşmış olsaydık, dedi. Dağlar herkes gibi seni de yabanileştiriyor. Hayır, daha bilgi almak istemiyorum. Sadece seninle ahbaplık etmek istiyorum. Daha önce hiç böyle birine rastlamadın mı? İnsanlar seninle yalnızca bilgi almak için mi konuşuyorlardı?

— Bu sıcakta bu kadar uzun konuşabilmek için gerçekten komando eğitiminden geçmek lazım, Ceyfır. Tamam, akşamüstü bir çay içeriz.

Teğmenin yanından ayrıldığında gülümsüyordu, söylediği doğruydu, bir başka yerde karşılaşsalar onunla arkadaşlık etmekten, Amerika'daki hikâyelerini dinlemekten hoşlanırdı ama burada, bu vahşi coğrafyada neredeyse bütün duygular sapıyor, doğal mecralarının dışında akıyordu, hiç hoşlanmamanız gereken birinden hoşlanıp, çok sevebileceğiniz birinden kuşkulanıp uzak durabiliyordunuz.

Kayalıkların çatlaklarından sıcak tütüyordu, elini değdirince eli yandı, ova sıcakla kıpırdanıp duran buğunun altında derin derin soluk alıp veren bir kadının göğsüne örtülmüş yeşil şifondan bir tül gibi inip inip kalkıyordu.

Selim'in telefonu kapalıydı. Derste olduğunu düşündü, aklına bir kuşku gelmedi, biraz da alışkanlıkla aramış, bulamadığına da neredeyse sevinmişti, burada yaşadıklarını Selim'in anlayabileceğini sanmıyordu, buraları burada yaşamayan biri anlayamazdı.

Odasının o loş serinliği ilk kez hoşuna gitti, pencereleri açıp, üstünü çıkarmadan yatağa uzandı. Uykuya dalmadan önce "çok yorgunum" diye düşündü.

Garip rüyalar gördü ama bir tanesini bir daha hiç unutmayacaktı.

Dedesini görmüştü.

Kendi odasına benzer taş bir odada, taş bir kerevitin üstündeki yüklük gibi bir yerdeki pirinç topuzlu bir yatakta yatıyordu.

Yatağın etrafında bir kalabalık vardı.

Dedesi yatağın bir köşesinde dertop olmuştu. Üstünde duman gibi şeffaf, beyaz bir çarşaf örtülüydü, karnı ve bacakları çarşaftan görünüyordu ama yüzünün üstünde çarşaf kat kat katlanıp kalınlaştığı için yüzü seçilemiyordu.

Bacaklarının çırpındığını görüyordu.

Çarşaf yüzüne ve ağzına doluyordu.

Dedesi can çekişiyor, tam bir soluk alamıyor ama soluğunu tümüyle verip ölemiyordu da.

Acı çekiyor, kurtulmaya uğraşıyordu.

"Ölüm böyle bir şey mi" diye düşünerek uyandı, "bu kadar korkunç ve acılı bir şey mi ölmek?"

Pencereden baktığında güneşin çekilmeye başladığını, gölgelerin uzadığını gördü. Sıkıntıyla hazırlanmaya başladı. Çok özendiğini hissettirmeyecek bir makyaj yaptı. Ne giyeceğine uzun süre karar veremedi, sonunda beyaz bir gömlekle bir blucinde karar kıldı, gömleğinin yakalarını hafifçe kaldırdı, saçlarını toplayıp topuz yaptı.

Kayalıklara gidip Selim'i aradı.

— Nerdesin?

— Okuldan çıktım, eve gidiyorum... Sen nasılsın... Seni merak ettim, bütün gün sesin çıkmadı...

Yelda'nın sesi durgundu.

— Öğleyin bir ara aradım ama telefonun kapalıydı... Dersteydin herhalde.

— Dersteydim canım... Sen iyi misin? Sesin durgun biraz.

— İyiyim... Yorgunum sadece.

Bir sessizlik oldu, Yelda'nın aklına söyleyecek bir şey gelmedi.

— Benim şimdi gitmem lazım canım, Jacques'larla akşam aşağıda bir lokantaya gideceğiz... Geç dönersek seni arayamam, merak etme.

— Peki canım... Ama döndüğünde halin olursa ara istersen.

— Çok yorgun olmazsam ararım ama arayamazsam merak etme.

— Merak etmem canım.

Telefonu kapattıktan sonra derin bir soluk aldı, ağır adımlarla yürümeye başladı.

Karakolun önünde Ceyfır onu bekliyordu, kayalıklara gittiğini pencereden bakarken görmüş olmalıydı. Karakolun duvarına dayandılar, Ceyfır askere iki çay getirmesini söyledi.

Çaylarını içerlerken Yelda arada bir dönüp köye doğru bakıyor, Heja'nın gelip gelmediğini anlamaya çalışıyordu.

— Birisini mi bekliyorsun? dedi Ceyfır.

— Heja'ya bakıyorum... Belki gelir...

— Çok alışma o çocuğa, çok özlersin sonra...

— Biliyor musun, onu da götürmeyi düşünüyorum.

— Gerçekten mi?

Yelda durup düşündü, daha kararlı bir sesle cevap verdi.

— Onu da götüreceğim, sadece annesini düşünüyorum, oğlunu bırakmak istemezse ne yaparım, gerçi o kadını da götürürüm olmazsa diyorum ama bilmem ki gelir mi...

— Oğlunu gönderir... Burada ne yapacak o oğlan... O da çocuğu için iyi bir gelecek ister... Eğer çocuğu götürmekte ciddiysen niye hemen alıp gitmiyorsun oğlanı... Ne yapacaksın bu dağ başında, işte gördüğün gibi buraları...

Yelda güldü.

— Ne o, dedi, Beatrice kıskandı mı beni, başından mı atmaya çalışıyorsun.

Ceyfır, bu sözde kıskanç bir kadının sitemi değil, ablaca bir takılma olduğunu anladı, kırgın bir bakış belirdi bir an yüzünde sonra kendini toparlayıp gülümsedi.

— Ciddi söylüyorum, dedi, o çocuğu götürmek istiyorsan, niye oyalanıyorsun... Çocuk da çok sevinir.

— Nasılsa çok uzun kalmayacağız burada... Bir annesiyle konuşmalıyım önce...

Yelda bir yandan Ceyfır'la konuşurken bir yandan da arkasındaki gürültülerin arttığını, herkesin köye döndüğünü, akşam hazırlıklarına başladığını duyuyor, gecikirse Taner'in Rojda'yı ya da başka birini alıp gideceğinden endişeleniyor, barakalara gitmek istiyor bir yandan da ağırdan alıyor, acele etmiyordu. Taner kendisini beklemeden giderse bunu kaderin bir işareti olarak görecek, acele etmediğine sevinecekti.

— Çay çok güzelmiş, dedi.

— Sana söyledim, bizde her şeyin en iyisi var... Akşam yemeğimiz de çok güzel...

— Teşekkür ederim ama bugün yemeğe kalamam... Askerler beni erattan sanacak sonra.

— Anladım...

— Ne anladın?

— Bu akşam yemek yiyemeyeceğiz...

Yelda daha fazla dayanamadı, Taner'in bir başkasıyla gitme fikri gittikçe daha şiddetlenerek onu huzursuzlaştırmaya başlamıştı.

— Neyse, dedi, bu akşam Beatrice ile yersin... Benim gitmem lazım...

Hızlı hızlı barakalara doğru yürüdü, yavaşlamaya çalışıyor ama adımlarına söz geçiremiyordu, barakalara yaklaşınca yavaşladı ve aldırmaz bir yüz ifadesiyle girdi içeri. Başını kaldırıp baktığında Taner'in odasında kendisini beklediğini gördü.

Taner, sert bir sesle azarlar gibi,

— Nerede kaldın? dedi. Seni bekliyorum.

Yelda kendisini şaşırtan bir uysallıkla özür diler gibi uyuyakaldığını söyledi.

XIII

Uçurumun kenarındaki patikadan hızla inerlerken hava kararmaya başlamıştı.

Taner camı açmış, bir kolunu pencereye dayayarak bir sigara yakmıştı.

İkisi de konuşmuyorlardı, Taner kendi aldırmaz sessizliğinin içine çekilmişti, Yelda ise konuşamayacak kadar gergindi, bu adamın yanında hissettiklerine bir isim bulmaya çalışıyordu, onunlayken nefret ettiği kadınsı bir ürkeklik beliriyordu içinde, onunla tartışamıyor, kabalıklarını keskin bir espriyle engelliyemiyor, zekâsı ve cümleleri gücünü kaybediyordu. Her an çirkin bir erkeksilikle kabalaşabileceğini hissettiğinden çocukluğundan beri çok korktuğu bir düzeysizlikle, bir "ucuzlukla" karşılaşmamak için hep alttan alıyordu. İlişkilerinin biçimi bu olmuştu, bunu da görüyordu. Onun kendisini önemsememesi, üstelik de kendisiyle asla kıyaslanamayacak kadınlarla onu aynı sınıftan görmesi Yelda'yı şaşırtıyor, ona diğerlerinden farklı olduğunu kanıtlamak, onu sinirlendiren kendini beğenmişliğini kırıp parçalamak istiyor, bunu da zekâya hiç aldırmayan, zarafetten etkilenmeyen bir adamın yanında ancak kadınlığıyla yapabileceğine inanıyor ama kadınlığını nasıl göstereceğini bilmiyordu.

Aslında küçümsediği, bir başka yerde asla yüzüne bakmayacağını düşündüğü bu adamın dikkatini çekebilmek için onun düzeyine inmek, onun anlayacağı bir dilden konuşmak gerektiğini düşünüyor ve her seferinde de onun anladığı tek şeyin kadının bedeninden başka bir şey olmadığını görüyordu. Ne ruhu, ne zekâsı, ne bilgisi, ne şakaları bu adamı etkilemiyordu, bedeninin bile etkilediğinden çok emin değildi. Hastalıklı bir inatla, bu adama gerçeği göstermek, kendisinin onun için aslında ulaşılamaz bir kadın olduğunu anlatmak istiyordu. Bunu niye böylesine istediği ise onun için de bir sırdı. Nedenini bilmiyordu, bildiği bunu istediğiydi.

Usul bir sesle,

— Pencereyi kapatır mısın lütfen, üşüyorum, dedi.

Taner sigarasını kayalıkların üstüne fırlatıp hoşnutsuz bir şekilde camı kapattı.

"Düşüncesiz herif" diye geçirdi içinden öfkeyle, onun tanıdığı erkekler ilk seferde oradan geçerken kadının üşüdüğünü gördüklerinde ikinci sefer geçişlerinde kadın uyarmadan o pencereyi kapatırlardı ama Taner o erkeklerden biri değildi. İşin garibi, köydeki ekipte öyle erkekler vardı, zeki, kibar, yakışıklı, âşık olunabilecek, aşk yaşanacak, yanlarında bir "ucuzluk" endişesiyle tedirgin olunmayacak erkeklerdi onlar. Hiçbiri Yelda'nın ilgisini çekmemişti. "Bunun kabalığı ve düşüncesizliği de Tekin'in sakatlığı gibi bir şey mi benim için" diye düşünmüştü, "Selim'e rakip olamayacak, asla âşık olamayacağım bir erkekle mi ilgilenmeyi tercih ediyorum." Buna inanmaya yatkındı ama içerlerden bir ses bunun da çok doğru olmadığını söylüyordu ona.

Kendine itiraf etmek istemese de bu adamdan ve kabalığından korkuyordu ama bu adamın yanındayken başka hiç kimseden korkmuyordu. Taner'i o köydeki bütün erkeklerden farklı kılan da aralarındaki korkuyla beslenen bu ilişkiydi.

Yelda bunu asla kabul etmek istemeyecekti ama bir erkeğin yanında böylesine zavallı bir kadın gibi çıplak ve kaba bir korku hissetmeyi de, onun yanında başka hiç kimseden korkmamayı da garip bir biçimde çekici buluyordu. Her şeye rağmen hâlâ içinde istediği zaman bu oyunu değiştirebileceğini, korkmaktan vazgeçebileceğini söyleyen bir inanç vardı ama bunu isteyecek mi, ne zaman isteyecek, isterse gerçekten becerebilecek mi, bunu bilmiyor, bunu düşünmeyi hep erteliyordu.

Vadiden, lacivertleşen bir toz bulutuyla geçiyorlardı, Taner farları yakmıştı, ışık, mor kahverengi bir gölgeliğin içine parlak beyaz bir su gibi boşalıyordu.

Lokantaya kadar hiç konuşmadan geldiler. Lokantada bir önceki gelişlerinde yaşananların hepsi neredeyse aynen yaşandı, sanki adamlar bile aynıydı, o günden beri orada etlerini yiyip rakılarını içerek duruyorlardı.

Yelda bu tehditkâr lokantayı seviyordu. Taner'in bütün kadınları buraya getirdiğini bilmek onu biraz rahatsız etse de buna şimdilik çok fazla aldırmıyordu, başka hiçbir erkekle böylesine güvenle giremeyeceği, bir batakhaneyi andıran ve tehlike kokan bu yere korkusuzca girmek hoşuna gidiyordu. Burası onun dünyasından ayrı bir yerdi. Orayı kaçakçıların, casusların, biraz sonra birilerini öldürmeye gidecek katillerin uğrak yeri gibi görerek ürperiyor, çamurlarla oynayan bir çocuk gibi bu kirliliğin içinde olmaktan da adını koyamayacağı tuhaf bir zevk alıyordu. Orada hissettiği dokunulmazlığı başka hiçbir yerde bu kadar yoğun hissedemeyeceğini biliyordu. Sanki kendisi de onu tanıyan hiç kimsenin bilmediği gizli bir kimliğe bürünüyordu bu lokantada. O korkutucu bakışlı adamları ürküttüğü anlaşılan Taner'in erkekler âlemine ait gücü nerdeyse somut bir biçimde, insanın dokunabileceği bir nesne gibi hissediliyordu burada.

İlk kadehini sessizce içen Taner, ikincisiyle birlikte değişmeye, konuşkanlaşmaya, neşelenmeye başladı. Yelda'nın alışkın olmadığı, basit, hemen hemen kaba bir mizah anlayışı vardı ama anlattıkları komikti ve Yelda'yı güldürüyordu. O lokantada Taner'i dinlerken bütün geçmişiyle, dertleriyle, kederleriyle ilişkisi kesiliyordu, onların ulaşamayacağı kadar "aşağıda" bir yerdi burası.

— Güzel gülüyorsun, dedi Taner bir ara.

Bu, Yelda'nın ondan duyduğu ilk iltifattı.

— Komik anlatıyorsun, dedi o da.

İkinci kadehten sonra Taner boğuk, bitirim bir sesle mahalledeki kabadayı "ağabeylerin" ağzından onların tuhaf maceralarını anlatmaya başladı. Bir pavyon kavgasını anlatan hikâyelerden birinin sonuna Yelda çok güldü.

"Biz herifle daha önceden takışmışız, orada rastlaşınca dedim hiç alakadar olmayayım, başımıza iş almayalım ama herif dikmiş gözlerini mal gibi bakıyor, aldırmıyorum, ikinciyi içtim, baktım herif bakıyor ama anama küfrediyor sanki, öyle bakıyor, la havle dedim, üçüncüyü içtim, baktım herif bakıyor, dedim bizimkilere siz kımıldamayın, kalktım ben bunların yanına gittim, dedim ne bakıyorsun, dedi sana ne, sana mı soracağım, sonrasını hatırlamıyorum, ben karakolda kendime geldim... Ben bunu vurmuşum, yanındakini vurmuşum, onun yanındakini vurmuşum, dördüncü ağır yaralı, beşincisi kaçmış. Abi ben hiç anlamadım ya, o beşinciyi ben niye vurmadım."

Yelda kahkahalarla gülerken Taner şöyle gözünün ucuyla lokantayı süzüyordu, kimse dönüp gülen kadına bakmıyordu.

O kahkahaların arasında kısacık bir an Yelda, Selim'in kendisini o lokantada Taner'le oturup gülerken, Taner'i kendisine pavyonda tanıştığı bir kadına iltifat eder gibi "güzel gülüyorsun" derken izlediğini hayal etti, kendisini nasıl küçümseyeceğini düşündü, sevdiği kadını bir başka erkeğin yanında ve küçümsenecek bir durumda görmesinin Selim'de yaratacağı duyguları aklından geçirmenin ona verdiği hazdan ürktü. O utandırıcı hazzın yanında garip bir iç sıkıntısı ve acıklılık da hissetmişti. Hemen aklından sildi bu hayali.

Lokantadan çıktıklarında hava iyice serinlemişti.

Arabanın içinde konuşmadılar. Yelda, sanki aralarında kalın kürklü bir hayvan oturuyormuş ve bedenlerinin ısısı o hayvandan birbirlerine geçiyormuş gibi bir duyguya kapıldı. O sessizliğin içinde, aralarında canlı, yaşayan bir şey varmış duygusundan kurtulamıyordu. Biraz zor soluk aldığını fark ediyordu.

Karanlık vadiye girdiler. Taner pencereyi açtı, açık hava, üşümesine rağmen Yelda'ya da iyi gelmişti, sesini çıkarmadı.

Köye girerken,

— İyi filmlerin var mı? dedi.

— Var epeyce film... İstersen getireyim, ofiste seyredelim.

Yelda sadece bir an durakladı konuşmadan önce.

— Ofiste gelen giden olur rahat seyredemeyiz, dedi. Sende seyredelim.

Yelda, Taner'in kısa sessizliğinden onun söylediğini doğru anlayıp anlamadığını kafasında tarttığını anladı.

— Tabii... Nasıl istersen.

— İçkin de var mı?

— Var.

Barakaların önünden geçip arka tarafa döndüler.

Taner önden gidip evin kapısını açtı. Yelda içeri girerken, hayatındaki önemli birçok şeyi yıkmaya hazırlandığını, hayatının bundan sonrasının bir daha asla eskisi gibi olamayacağını, bütün geçmişiyle bu gece hesaplaşıp, o geçmişi kapatacağını biliyordu. Yıkacaklarını düşündüğünde hafif bir korku ama onları yıkmak için o korkuyla kıyaslanmayacak kadar büyük bir istek duyuyordu.

Birisi ona sorsa, yapmaya hazırlandığı şeyin Selim'den intikam almakla bir ilgisi olmadığını söylerdi. Bu doğruydu da. İntikam almayı bilinçli bir şekilde düşünmüyordu o anda. Bazen karanlık bir odaya girdiğinizde orada birinin olduğunu hissedersiniz, onu görmeden bilirsiniz orada olduğunu. O da intikam duygusunu, onu görmeden, hatta hissetmeden, karanlık odada duran birinin varlığını fark eder gibi fark ediyordu. Bu ona keder dolu bir zevk veriyordu.

Ev iki küçük odadan oluşuyordu. Salon denilecek yerde basit bir kanepe, önünde tahta bir sehpa vardı. Bir kenarda küçük bir buzdolabı duruyordu.

Taner, bilgisayarını sehpanın üstüne koydu. İçkileri getirdi. DVD'leri bilgisayarın yanına dizdi.

Yelda ayakkabılarını çıkarmış, çıplak ayaklarını sehpaya dayamıştı. Gömleğinin üst düğmeleri açıktı, göğüslerinin sütyenden taşan kısımlarının dolgunluğu gözüküyordu.

Taner ona içkisini verip yanına oturdu.

Birbirlerine baktılar.

Yelda bardağı yanına bırakıp başını öbür tarafa doğru çevirdi.

Yeniden Taner'e dönerken onun elinin kendisine doğru uzandığını gördü.

El, gelip karnının üstünde durdu.

El karnına değdiğinde, yaşadığı o anın yarılıp derinleştiğini, aylardır kederinin ardında biriken bütün duygularının zamanın derinliğine doğru patlayarak aktığını bütün teninde duydu. Hayatında daha önce hiç hissetmediği bir heyecanla sarsıldı, sadece bedeninin değil ruhunun da titrediğini, onu o yapan her şeyin korkunç bir arzuyla yıkıldığını hissetti.

Günlerdir gizli gizli arzuladığı bir adamla sevişmeye hazırlanırken, kendisine acı veren her şeyden ve herkesten de intikam alıyor, bir aşkı, hayatına anlam katan bir masalı, gelecekle ilgili hayallerini, umutlarını, geçmişini, acılarını yok ediyor ve bir yok edişin dehşet verici depremleri duyduğu heyecanı benzersiz bir şekilde çoğaltıyordu. Kendisini ürpermelerle dolu bir zevkin içine bırakırken bir an aklından Selim geçti, onun kendisine bakan gözlerini gördü. Başını arkaya doğru attı.

Kanepenin üstünde sevişmeye başladılar.

Her dokunuş, her tutuş, her öpüş olağan bir cinsel isteğin çok ötesine geçiyor, zevkten de çok heyecan veriyor, kendisine dokunan bir elle ölümcül bir hastalıktan kurtulan bir insanın hayatla ölümün gerginliğini bir arada hissedişine benzer ilahi bir coşku yaratıyordu.

Sevişmenin ortasında, Taner içinden çıkmadan onu kucaklayıp kaldırdı, ayakta kendine doğru çekti, Yelda bacaklarını onun beline dolarken kendisini kucaklayan bedenin gücünü ve içini dolduran hayvansı sıcaklığını sadece bedeninde değil ruhunda da hissetti.

Taner onu o vaziyette içeriye, yatağa götürdü.

Ne kadar seviştiklerini hatırlamıyordu Yelda, Selim'den başka hiçbir erkekle yapmadığı ve asla yapmayacağını düşündüğü ne varsa hepsini yaptı Taner'le, bedeninde Selim'e ait hiçbir şey bırakmadı, onun bedenindeki izlerini bir başka erkeğin dokunuşlarıyla sildi, bunu yaparken kendisini öylesine büyük bir istekle vermişti ki bir daha belki de hiçbir sevişmede böylesine bir zevk ve heyecan bulamayacaktı.

Barakadan çıktığında bir an duvara dayanıp durdu, serinliği ve geceyi kokladı. "Âşık oldum" diye düşündü. Çoktandır içine kapatıldığı karanlık bir zindandan kurtulmuş, nihayet özgürlüğe ve aydınlığa kavuşmuş gibiydi, ruhu kurtarıcısına tapınırken, bedeni de kendisine bu olağanüstü zevki veren erkeğe tutulmuştu. Daha sonra, kendi kendine, "yatarken ona âşık değildim ama yataktan çıkarken kendimi âşık bir kadın gibi hissediyordum" diyecekti.

Barakanın diğer tarafına geçip, ofis binasının önünden geçerken Selim'i aramadığını hatırladı, bir an onu aramayı düşündü ama şu anda ne onun sesini duyacak ne de onunla konuşacak hali vardı.

Birlikte olduğu erkekten bir başkasıyla yatan kadınların birçoğu gibi "aldattığı" erkeği küçümsüyor, Selim onun gözünde aldatılmış, kandırılmış, zavallı durumuna düşürülmüş bir erkek oluyor, bu da Selim'le ilgili diğer bütün duygularını bastırıyordu. Küçümseyebilmek şifalı bir suda yıkanır gibi iyileştiriyordu onu.

"Artık bir daha acı veremeyecek bana" diye geçirdi içinden. Kurtulmuştu. Acı bitmişti. Sırtında taşıdığı ağır keder aniden kaybolmuş, ruhu inanılmaz bir biçimde hafiflemişti.

Taner'le birlikte yaşayıp yaşayamayacağını bile düşünüyordu. Bu mümkün olabilir miydi, bu adamla bir hayat kurabilir miydi? Olabilir diyordu.

Odasına geldiğinde bacakları hâlâ titriyordu.

Ne tanrıya ne de Selim'e karşı en küçük bir vicdan azabı bile hissetmiyordu, ikisine de kızıyordu.

Sadece Selim'in annesine karşı suçluluk duyuyor, onu üzdüğü için üzülüyordu.

Başını yukarı kaldırdı, "anneye" baktı.

— Sen biliyorsun, dedi, sen biliyorsun neler çektiğimi... Bunun bir ihanet olmadığını sen biliyorsun...

XIV

Ondan sonraki günler tam bir baş dönmesi gibi her şeyin biraz bulanıklaştığı, belirsizleştiği, şekillerin ve duyguların iç içe geçtiği bir hızla aktı. Büyük bir dönme dolabın sallanan koltuğunun her yükselişinde bir başka görüntünün ortaya çıkması gibi her sözcükle, her davranışla, her gülüşle Yelda'nın duyguları değişiyordu. Hissettiği o müthiş hafifleme duygusu, o hafiflemeyi yaratan adama karşı arzulu bir bağlanmaya, bir tür aşka dönüşmüştü. O hafifleme duygusu kaybolacak, yeniden eski keder baş gösterecek korkusunun yarattığı kuşkulu endişe onun Taner'e bütün varlığıyla sarılıp tutunmasına neden oluyordu.

Belki bu baş dönmesi, bu tutkulu sarılış, bu tuhaf ve acele aşk çok uzun sürmeyecekti ama hiç beklenmedik bir davranış, Taner'in o sevişmeden sonra da değişmeyen aldırmazlığı ve kabalığı, başka kadınlara olan ilgisinin azalmadan sürmesi Yelda'nın kıskançlığını ve kaybetme korkusunu besliyor, onu Taner'den başka bir şey düşünemez hale getiriyordu. Taner'in gözünde ise Yelda, erkeğin çekiciliğine kapılmış, ona hiç rastlamadığı bedensel bir zevk veren bir erkeğin peşine düşmüş, diğer kadınlardan farkı olmayan bir kadındı. Yelda ona bağlandıkça o Yelda'yı küçümsüyor, o küçümsedikçe hem geçmişe dönme korkusuyla hem de kıskançlıkla Yelda ona daha çok bağlanıyordu.

Birçok kadın gibi Yelda da sevişmeye, bir sevişmenin ötesinde anlamlar yüklediğinden, kendisi için çok önemli olan, bütün hayatını ve duygularını değiştiren o sevişmeden sonra aralarında neredeyse kutsal bir ilişki oluşmasını, Taner'in onun kadınlığına tapınmasını, şefkatin ve sevginin ortaya çıkmasını beklemiş, bunlar olmayınca da kendi kadınlığının gücünden kuşkulanmıştı. Oynadığı her eli kaybeden bir kumarbaz gibi sürekli oynamak, sevişmek istemiş, Taner'in hayranlığını kazanmak için çaresizce çabalamaya ve her seferinde onun gözünde değerinden biraz daha kaybetmeye başlamıştı.

Yelda bütün bunların farkındaydı ama kendine engel olamıyordu. Sanki bütün duyguları ve düşünceleri bilincinin denetiminden çıkmıştı, bir yanı kendisini utançla, biraz yavaşlamasını isteyerek izlerken, bir yanı hiçbir şeyi umursamadan kendini Taner'e doğru savuruyordu.

Selim'e duyduğu bütün ilgi, aşk, öfke, kıskançlık, bir gecede yatağını değiştiren büyük bir nehir gibi yön değiştirmiş, Taner'e doğru akmaya başlamıştı. Sadece onu düşünüyor, onun sözlerinden ve davranışlarından anlamlar çıkarmaya uğraşıyor, başka hiçbir şeyle ilgilenemiyordu.

Aslında onun o sıradaki bütün duygularını anlamak zordu, Selim'e olan o köklü ve yerleşik sevgisinin tümden kaybolduğu söylenemezdi, o sevgi gerçek ve büyük bir duygu olarak duruyordu bir yanda ama Taner'e olan tutkusu o sevgiden daha canlıydı. Büyük ve durgun bir okyanus gibi onu saran Selim'in sevgisinin içinden çıkamamış, o okyanusun içinden geçen güçlü bir akıntıyı andıran Taner'e duyduğu tutkuyla sürüklenmekten de kurtulamamıştı. Kurtulmak da istememişti.

Selim'i geceleri, Taner'le seviştikten sonra arıyor, çok kısa konuşuyor, arkadaşlarıyla gittiği yemekten döndüğünü ve çok yorgun olduğunu söylüyor ve telefonu kapatıyordu. Sabahları ona "canım, nasılsın, bugün işler çok yoğun" gibi kuru ve kısa mailler yazıp gönderiyordu.

Orada yaşadığı o tutkulu ilişkiyi Selim'in hem bilmesini hem de bilmemesini istiyor, sözleriyle gerçeği saklarken, davranışlarıyla duygularındaki değişimi ona sezdirmeye uğraşıyordu. İçindeki öfke ve intikam isteği azalmıştı ama gene de Selim'in acı çektiğini görmekten hoşlanacak bir yanı hâlâ canlı duruyordu.

Selim, bir zaman bu değişikliği, maillerin ve konuşmaların sıkıcı kuruluğunu fark etmedi, arada bir Yelda'yı ofisten aradığında da onu yerinde bulamıyordu, Yelda ya dışarıda oluyordu ya da Taner'in odasında. Artık bu ilişkiye bitmiş gözüyle baktığı ve kendini daha huzurlu bir hayata hazırladığı için bütün bunlara çok da dikkat etmiyordu.

Ama bir gece her şey değişti.

Mahmut'la birlikte bir konferans için İngiltere'den gelen eski bir sınıf arkadaşlarını da alıp yemeğe gitmişlerdi, hepsi de çocukluk arkadaşlığının hiç bitmeyen gençliğiyle neşeliydi, eski günlerden, anılardan konuşmuşlar, birbirlerine takılmışlar, çok gülmüşler, birbirlerini sevgiyle hırpalayan tarih tartışmalarına girmişlerdi.

Eve kendinden ve hayatından memnun biri olarak dönmüştü. Evin sessizliği ve sükûneti içinde oturmuş, kıskançlıkların ve kavgaların olmadığı bir hayatın özgür lezzetinin tadını çıkarmıştı. Bir ara Yelda'nın hâlâ aramadığını fark etmiş ama çok aldırmamıştı. Yatmadan biraz önce Yelda o yorgun ve duygudan yoksun sesiyle arayıp ona "iyi geceler" dilemişti.

Huzur içinde yatmış, hemen uykuya dalmıştı.

Sabaha karşı, zihninin bir çığlığıyla uyanıp sustalı bir çakı gibi doğrularak yatağın içinde oturmuştu.

Zihni, cepheden karargâha yollanan bir telgraf gibi kısa, keskin bir mesaj gönderiyor ve hep aynı cümleyi tekrarlıyordu:

— Başka biri var... Başka biri var... Başka biri var.

Onun unuttuğunu ve ilgilenmediğini sandığı kadını, içinde bir yer ondan habersiz hep izlemiş, bütün davranışlarını kaydetmiş, bir sonuca varmış ve vardığı sonuçtan emin olunca da bir gece yarısı sabaha karşı onu uyandırarak durumu ona bildirmişti.

Acıyla fırlamıştı yataktan.

Bilincinin derinliklerinde, o uyurken bile çalışmaya devam eden bir yerlerde biriktikten sonra tam da uykusunun ortasında kesin bir güvenle ortaya çıkıp onu uyandıran bu cümlenin doğru olduğunu daha uyandığı anda biliyordu.

Salona gidip oturmuştu. Son günlerde olan bütün olayları, konuşmaları, konuşma saatlerini, ses tonlarını, mailleri tek tek hatırlamış, bilincinin karanlık kısımlarından gelen uyarıyı bir de bilincinin berraklığıyla gözden geçirmiş ve Yelda'nın hayatında bir başka erkek bulunduğuna emin olmuştu.

Daha önce tahmin edemeyeceği azaplı bir sancıyla ciğerlerinin büzüştüğünü, midesinin katıldığını, ruhunu ağır bir kederin sardığını hissetmişti.

Yelda'nın bir başka erkekle seviştiğini düşünmüyordu, gideli daha çok az olmuştu ve onun tanıdığı Yelda'nın o kadar kısa zamanda bir erkeğin koynunda yatmayacağına hayatını ortaya koyarak bahse girebilirdi. Yelda'nın onunla olan ilişkisinden çok, her zaman kesin bir dille ifade ettiği kendi ölçülerine, çok övündüğü dürüstlüğüne, seyrettiği o eski filmlere sadık kalacağından emindi. Güvenle "o böyle bir şey yapmaz" diyordu.

Hissettiği kıskançlık cinsel bir kıskançlık değildi bu yüzden. Ruhsal diyebileceğimiz bir kıskançlık burkuyordu içini, annesinin ölümüne birlikte ağladığı, birlikte bir ömür boyu sürecek bir masalın hayalini yarattığı, hayatta hiç kimseyi sevemeyeceği kadar sevdiği kadının, bir başka erkeği kendisinden daha fazla önemsemesine, onunla olmak için kendisiyle konuşmaktan vazgeçmesine dayanamıyordu. Bütün benliğini üstüne kurduğu egosu, kendini beğenmişliği, onunla olan bir kadının bir başka erkeğe bakmayacağına duyduğu güveni hiç beklemediği bir anda ağır bir darbe almış, bütün varlığı bir başka erkeğin karşısında güçsüz düşmenin ezici aşağılanmasıyla zedelenmişti.

Daha üç saat önce o kadınla bir geleceğin olmayacağını düşündüğünü çoktan unutmuştu, şimdi ona bomboş gözüken evin içinde yaralı bir hayvan gibi "masal bitti, masal bitti" diye inleyerek dolaşıyordu. O anda bir eroinmanın eroine ihtiyaç duyduğu gibi bir kadın sesinin tesellisine ihtiyaç duyuyordu ama o saatte ulaşabileceği kimse yoktu. Arasa telefonuna cevap verecek, onunla buluşup kederini paylaşacak birini bulabilirdi ama o bir kadın için acı çektiğini itiraf edebilecek biri değildi. Yalanlarla ördüğü hayatının arkasına sakladığı, yıllarca herkesten hatta kendinden bile gizlediği o zayıf erkeği, en çok canının acıdığı anda bile kimseye gösterecek cesareti yoktu. Çektiği acı, sadece Yelda'nın bir başkasından hoşlanmasından değil, kendi içinde saklı olan zayıflıkla yüz yüze gelmesinden de kaynaklanıyordu.

Hissettikleri Yelda'nın aldatıldığında çektiği acıya benziyordu, aralarındaki benzerlikler acılarını da benzer kılıyordu ama acıyı taşıma biçimleri birbirinden tümüyle farklıydı. Yelda acısını çok daha açık biçimde, bir "kurban" gibi kederle, öfkeyle, utançla kabul ederken Selim bir "katil" gibi bu acıyı ve o acıyı yaratanı öldürmeyi planlıyordu.

Gidip kendisine bir kadeh şeri koydu, çok sevdiği ve özel günlerde içmekten hoşlandığı Havana purolarından bir tane yaktı, içi acıyla kavrulurken garip bir tepkiyle en eğlendiği zamanlarda yaptıklarını yapıyordu. İçkisinden bir yudum aldı, purodan kocaman bir duman çekip onu havaya boşalttı. Yelda'nın vurduğu darbenin acısını hafifletebilmek için onunkinden daha ağır bir saldırıyla kendini yaralamak için, yüksek sesle konuşarak kendisiyle alay etmeye başladı. Sesi boş duvarlarda yankılanıyordu.

Kendini beğenmişliğiyle, Yelda'nın sadakatına ve aşkına duyduğu kör inancıyla, akılsızca güveniyle, masalı önemsemesindeki ciddiyetiyle, kendisini çok kızdıran bir adamla alay eder gibi, en aşağılayıcı, en hırpalayıcı sözcüklerle alay ediyor, sanki onu çok eğlendiren bir şey yapıyormuş gibi purosunun dumanlarını havaya savuruyor, şerisinden büyük yudumlar alıyordu.

Bütün şehrin uyuduğu, Boğaz'dan geçen çatana seslerinin geçmişi, mutluluğu hatırlatan bir ahenkle duyulduğu, deniz kıyısından yükselen kuru yosun kokusuna iğde kokularının karıştığı, sessizliğin hayatın üstüne kalın bir perde gibi indiği o sabaha karşı bir tür ayinsel törene benzeyen davranışları anlaşılmaz bir biçimde işe yaramış, kendi tanrısıyla buluşmayı başarmış bir Budist gibi içini, duygularını boşaltmıştı, içindeki boşluğu hissediyordu. Kendi acısına, en azından o gece yabancılaşmayı başarmıştı. Acıyla arasına alaylarını, hakaretlerini, purosunu, içkisini yerleştirebilmişti.

Acının şimdilik geri çekildiğini, yeniden saldıracağını biliyordu, kendini yeni acı dalgasına hazırlamaya uğraşırken bir yandan da ne yapacağını düşünüyordu. İlk isteği Yelda'yı geri almaktı. Daha birkaç gün önce "kendisine birisini bulsa" diye düşünen adam bir gecede yerini o kadına sahip olmayı hayatının tek amacı gibi gören bir adama bırakmıştı. Yelda'nın son zamanlardaki sesini hafızasının labirentlerinden çıkartıp, eski bir plak gibi tekrar tekrar dinliyor, ondan habersiz bir şekilde hafızasına yerleşmiş o sesin her tonundan Yelda'nın duygularını anlamaya uğraşıyordu.

O durgun ve sıkıntılı ses, Yelda'nın ondan çok uzaklaşmış olduğunu açıkça anlatıyordu, "nasıl fark edemedim" diyordu, "nasıl o sesi duymadım." Aslında sesi fark etmekte sandığı kadar gecikmemişti sadece olaylar onun tahmininden daha hızlı gelişmişti, bu kadar hızlı bir değişim olabileceğini aklına getirmemişti.

Yelda'nın kendisiyle ilgilenmediği, bir başkasıyla ilgilendiğini biliyordu şimdi. Yeniden onun ilgisini çekmeliydi.

Arşivlere giren tutkulu bir tarihçi gibi yıllar içinde zihninde Yelda'yla ilgili birikmiş bütün bilgileri tarıyor, en küçük ayrıntıları bile gözden kaçırmadan inceliyordu, Yelda'yı bir kez daha yeniden tanıyor, yaşanırken gözden kaçmış ne çok bilgiyi farkında bile olmadan hafızasının karanlıklarında saklamış olduğuna şaşıyordu. Onun içini en fazla kanatan görüntü bir akşam o salondaki bir konuşmaydı, Yelda ağlıyordu, dudaklarının titreyişi onu küçük bir kız çocuğuna benzetiyor, yüzünün solgunluğu acısını ele veriyordu, Selim'in hiç unutamadığı o titreyen dudaklarıyla, "sen benim bir parçamsın" demişti, "bir gün seni kaybettiğimde bir parçamı kaybetmiş olacağım" hafifçe aşağıya sarkmış alt dudağının titreyişi bu sözlere gerçek bir keder yüklemişti. Bunu hatırladığında, öylesine kederle ağlayan kadının sevgisini kaybettiği için canı yanıyordu. Onun gülüşlerini hatırlıyordu, "kimse beni senin kadar güldüremez" deyişini, birlikte çıktıkları bir tatilde göz alabildiğine uzanan kıpkırmızı bir gelincik tarlasında rüzgârlı geniş eteği ve çıplak ayaklarıyla yürüyüşünü, sonra bir sır verir gibi "benim en sevdiğim çiçek gelinciktir" deyişini, sevişmelerini, bütün bir gece ağlayarak seviştiği geceyi, kızgınlıklarını, kırılganlıklarını, üzüntüsünü ancak bir öfkeyle gösterebildiği zamanları...

Hatırladığı her sahne ona kaybının büyüklüğünü, hayatından eksilenin değerini gösteriyor, acısı kadar öfkesini de artırıyordu. Kıskançlık, suyu bulmak için toprağı delen demir bir matkap gibi o büyük sevginin üstüne örtülmüş bütün duyguları delip aşkın yeniden ilk günlerdeki gibi patlayarak yüzeye çıkmasını sağlıyor, bu aşk, kaybedişin kederini ve öfkesini dayanılmaz hale getiriyordu.

Sanki o aşkı hiç unutmamış, Yelda'yı terk etmeyi hiç düşünmemişti, o anda hissettiği aşk geçmişteki aşka bağlanmış, arada yaptıklarını, yaşadıklarını unutmuştu, kendisi âşıkken Yelda sebepsiz yere onu terk etmiş gibi bir ihanete uğramışlık hissiyle, intikam isteği çoğalıyordu.

Onu geri alacak ve kendisine çektirdiği acının bedelini ona ödetecekti.

Ama onu nasıl geri alacaktı, bir kere giden bir kadın nasıl geri gelecekti?

Kendi hastalıkları kadar hatta daha fazla Yelda'nın hastalıklarını tanıyor, onun zaaflarını, güçsüzlüklerini, ona yeniden ulaşmanın yolunu biliyordu.

Yelda'nın ilgisini en fazla ilgisizlik çekerdi.

Ama böylesine kıskançlık ve acı doluyken nasıl ilgisiz duracak, her an içi "o şimdi ne yapıyor?" sorusuyla çalkalanırken nasıl soğukkanlılığını koruyacaktı, aşkını, kederini, kızgınlığını nasıl saklayacak, sesini nasıl neşeli tutabilecekti.

Avuçlarının içiyle şakaklarına bastırdı, sanki fiziksel bir baskıyla beynine, duygularına kararını kabul ettirmeye çalışıyordu, "bunu yapacağım" dedi. Yelda'ya, onun yaptıklarını fark ettiğini hissettirmeyecek, bu konuda tek kelime bile etmeyecekti, eğer şimdi acıya dayanamaz ve zayıflık gösterirse Yelda'nın kendisini terk edeceğini, onu kaybedeceğini ve sakatlanmış bir insan gibi yaşamını hep bir yanı eksik ve sancılı yaşayacağını seziyordu.

Salondaki geniş koltuğun üstünde sızdığında sabah ezanı okunuyor, mavi, temiz bir su gibi berrak gökyüzü insanları tanrıya ibadete çağıran huzurlu bir müzikle doluyordu, uykuya dalmadan hemen önce, uzun sevişmelerinde sabah ezanı okunmaya başladığında Yelda'nın nasıl hafifçe kendinden uzaklaşıp, çarşafla göğüslerini örterek, çıplaklığını saklamaya çalıştığını, onun tanrıdan saklanmaya çalışan bu çocuksu masumiyetini, sevgilisini değil de çocuğunu hatırlar gibi şefkatle hatırlayıp gülümsüyordu.

Uyandığında, hiç uyumadığı anlaşılan acı daha da yoğunlaşmış olarak onu bekliyordu, o kısa sürede bedeninin ve ruhunun o acıyı benimsediğini, bir daha ayrılmayacak bir parçası gibi kabullendiğini hissetti, acıyı reddetmeye, unutmaya değil onu kendi parçası haline getirip alışarak etkisini azaltmaya uğraşıyordu.

Piramitlerin inşaatında o koca kayaları taşıyan köleler gibi büyük bir çabayla acısını taşıyor, o acıyı taşıyabilmek için kendisine güç vermeye uğraşıyordu, ıslık çalarak duş aldı ama hep hüzünlü parçaları çaldığını gülümseyerek fark etti, kendine çok sevdiği otlu omletten yaptı, sosis kızarttı, portakal suyu sıktı, hazırladıklarının hepsini kendini zorlayarak yedi. Bu yaptıkları acısını azaltmıyordu ama direncini artırıyordu, ilk yapmak istediği o acıyı taşıyabileceğini kendisine kanıtlamak, acının altında ezilip dağılmamaktı, yenilmiş ordusunu bir arada tutmaya çalışan bir komutan gibi ruhunu ve bedenini bir arada tutabilmek için olağanüstü bir çaba harcıyordu.

Kahvaltı yaparken telefonu masanın üstüne hemen yanı başına koymuştu, Yelda'nın aramasını bekliyordu. Telefonun çalmadığı her dakika onun çok zorluklarla topladığı gücünü azaltıyor, onu acıya teslim olmanın kıyısına getiriyordu. O kahvaltı masasında oturup omletini yerken, içinde yaşanan o korkunç savaşı, acıyla arasındaki dövüşü, her an acıya yenilme korkusuyla izliyordu.

Bir yandan da zihni yapacaklarını planlıyor, nasıl konuşacağını, neler söyleyeceğini, Yelda'nın sesini nasıl dinleyeceğini, Yelda'nın dışında bir hayatı derhal nasıl kurması gerektiğini, hangi kadınları arayacağını tek tek aklından geçiriyordu.

Kahvaltıdan kalkarken bütün çabalarına rağmen yüreği sıkışıyordu, haz almaya çalıştığı hiçbir şeyden haz alamadığını fark ediyordu, acının içine kıstırılmıştı, birden, nasıl olduğunu bile anlayamadan Yelda'nın yanına gitmeye karar verdi, "oraya gideceğim" dedi, "hemen hazırlanırım, bugün bile gidebilirim, Mahmut'a söylerim benim için bir şeyler uydurur, benim derslerime de o girer" bunu düşündüğü anda yüreğinin üstündeki baskı kalktı, ferahladı, "olmazsa evleniriz" diye geçirdi içinden.

Bunu hemen Yelda'ya söylemek istedi, zihni ona oyunlar oynuyor, bir yandan onun başka bir erkekten hoşlandığını bilirken bir yandan da kendisinin oraya gideceğini öğrenmekten onun büyük bir sevinç duyacağına, diğer adamı hemen unutacağına inanıyordu.

Yelda'nın ofis telefonunu çevirdi. Telefon uzun uzun çaldı ama kimse cevap vermedi. Hastalıklı bir sabırsızlıkla salonun içinde dolaşıyordu, bu kararını hemen söylemeli, hemen yolculuk hazırlıklarına başlamalı, hemen gitmeliydi. Burada, Yelda'dan uzakta beklemeye tahammül edemeyecekti. Kendi sabırsızlığından etkileniyor, soğukkanlılığını kaybediyordu.

Saatine baktı, genellikle Yelda'nın onu aradığı saatlerdi bunlar, telefonunu elinde sıkı sıkı tutuyor, masanın üstüne bile bırakamıyordu, çaldığında hemen açamaz da telefon kapanır diye korkuyordu.

Sıkıntılı bir şekilde evden çıkmaya hazırlanırken telefon çaldı. O ana kadar neredeyse delice bir sabırsızlıkla beklediği telefon çaldığında telefonu hemen açmadı, zil çalıyordu, o elindeki telefona bakıyordu. Yelda'nın, onun o telefonu beklediğini düşünmesini istememişti. Üçüncü çalışta açtı.

Sesi, baharda saçak altlarında ötüşen kırlangıçların sesi gibi şen ve coşkuluydu.

— Nasılsın Yeldacığım, çok özledim seni.

Yelda'nın sesi çok durgundu.

— İyiyim canım, ben de seni özledim.

— Oraya geliyorum.

Telefondan, çığlıktan başka hiçbir sözcükle tarif edilemeyecek bir ses yükseldi.

— Sakın gelme.

Yelda kayalıklara gelirken Taner'in Rojda'yla konuştuğunu görmüş, aklı ona takıldığı için Selim'le neredeyse otomatiğe bağlanmış bir uçak gibi hiç düşünmeden, bildik, alışıldık sözleri tekrarlayarak konuşmaya koyulmuştu, beklemediği bir cümleyle karşılaşınca denetleyemediği bir tepki vermişti.

Yelda'nın çığlığını ve kendisini nasıl istemediğini duyunca incecik bir jilet Selim'in bütün kılcal damarlarında dolaşmış, değdiği her şeyi doğramıştı. Bütün kanının içine aktığını, yüzünün sarardığını hissediyordu. Alnı terlemişti. Dişlerini sıkarak sesine hâkim olmaya çalıştı, aldırmaz, şımarık bir tonla,

— Neden canım? dedi. Artık istemiyor musun beni?

O ana kadar telefonda bir uyurgezer gibi konuşan Yelda, konuşma her zamanki ezberlenmiş düzeninden uzaklaşınca birden uyandı, duygularını çok açık bir biçimde gösterdiğini anlayarak korktu. Selim'in bunu fark eder etmez başka bir kadına koşacağını, onun koynuna sığınacağını biliyordu. Selim'i görmek, dikkatini Taner'den ona çevirmek istemiyordu, bunu yapamazdı, aklı Taner'le doluydu ama Selim'in bir başka kadına gitmesini de gönül rahatlığıyla kabul edemezdi. O anda bir tutkuyla sürüklense de Selim'i hayatının dışına atmaya henüz hazır değildi, o gün gelene kadar bu ilişkiyi sürdürmek, Selim'in onun dikkatini dağıtacak, onu yeniden üzecek bir şey yapmasını engellemek istiyordu.

Hemen bir yalan bulmaya çalıştı.

— Buraları şu sıralarda çok karışık, canım... Seninle ilgilenemem, sen de köyün içinde sıkılırsın.

— Peki canım, dedi Selim.

Israr etmedi, sadece son bir kez, "belki de kızgınlığından beni istemiyordur, benim sevgimi görürse kızgınlığı geçer" diye düşünerek, içinde bir yalvarmayı da saklayan sevecen bir sesle,

— Seni çok özlemiştim, dedi.

Cevap ezberlenmiş kuru bir cümleydi.

— Ben de seni özledim, canım.

Yelda'nın kendisini istememesinin nedeninin kızgınlık olmadığını anlamıştı, daha fazla konuşmak istemedi, içi katılıyor, sesinin titremesinden korkuyordu.

— Benim okula gitmem lazım, geç kaldım, canım, deyip telefonu kapattı.

Koltuğa oturdu, "beni istemiyor" diye düşündü, "öbür adama sandığımdan çok bağlanmış." Hâlâ aklına Yelda'nın o adamla sevişmiş olabileceği ihtimali gelmiyordu, cinsel değil duygusal bir reddedilişten yaralanıyordu.

Bir başkası için acı çekmeyi kabul edebilecek biri değildi Selim, ruhunun derinliklerindeki hastalıkları böyle insani bir zaafı, bir başkasına onun için acı çekecek kadar bağlanabilmeyi, birini sevdiği için güçsüzleşmeyi içinde barındıramazdı. Acıyı bir acı gibi taşıyamıyordu, o acı ağır bir utancı, yenikliği, zavallılığı da beraberinde getiriyor, acıdan ziyade acının getirdikleriyle boğuşmak, Herkül gibi yıkılan bir tapınağı omuzlarıyla ayakta tutmaya çalışmak yoruyordu onu. Bütün bunlarla birleştiğinde acı kızgınlığa ve düşmanlığa dönüşüyordu.

Birbirlerini seven iki insan şimdi birbirlerini gözleyen, hesaplar yapan iki düşman haline gelmişlerdi; bir yandan kendilerini korumak, acıdan sakınmak için uğraşırken bir yandan da karşılarındakine acı çektirmek istiyorlardı. Bu karmaşık oyunun en garip yanı ise ikisinin de bu ilişkiden kurtulmayı arzulamasına rağmen aralarındaki bağı parçalayıp yok edecek bir mayını ilişkilerinin içine yerleştirirken, bu ilişkinin bitmesinin geçmişlerini ve hayatlarını eksilteceğini, hep bir şeylerin eksik kalacağını hissederek bir yandan da söyledikleri yalanlarla o mayının patlamaması için çaba göstermeleriydi.

Karşılarındakine acı çektirdiklerini ve daha da çektireceklerini, üstelik bunu istediklerini biliyorlar, acı çektirilen zavallı bir güçsüzden acı çektiren güçlüye dönüşebilmek amacıyla yaptıkları her hamle, söyledikleri her yalan onları utandırdığı için de kendilerine haklılıklarını kanıtlamak için mantıksal nedenler uyduruyorlar, bu da onların zihinlerinin tuhaf tuhaf oyunlar oynamasına yol açıyordu.

İki insanın davranışlarından örülmüş o ilişkiye baktıklarında, iki renkli bir kordona bakan renk körleri gibi yalnızca bir rengi, yalnızca karşılarındakinin yaptığını görebiliyorlar, kendi yaptıkları her şeyi haklı bulup, onları neredeyse hafızalarından siliyorlardı. Eğer birisi onlara "ilişkinizi anlatın" deseydi, onlar ilişki diye yalnızca diğerinin yaptığını anlatır, kendi yaptığı hatırlatılıp "ama ya senin yaptığın" dendiğinde buna türlü türlü haklı mazeretler bulurdu.

İlişkilerini düşündükçe haklılıklarına olan inançları ve sevdiklerine duydukları kızgınlıkları artıyordu. Uğursuz bir zincire dolanmışlardı. İkisine ait olan ilişki artık ikisinin de denetiminden çıkmıştı, araya başkaları, daha fenası başkaları için hissettikleri duygular girmeye başlamıştı. Bir başkasını sevebilmek için hissettikleri o korkunç arzuyla birbirlerine duydukları sevgi, onları hırpalayarak, ezerek, yaralayarak çarpışıp duruyordu içlerinde.

Selim evden çıkarken Fahrünisa'yı aradı, "öğlen yemek yiyelim mi?" dedi.

Fahrünisa'nın Selim'in sesine her zaman hassas olan kulakları alışılmadık bir tınıyı hemen fark etmişti.

— Olur, yiyelim... Sen iyi misin?

— Hem de çok iyi...

— Hem de çok iyi ha... İyi, gel de konuşalım...

Selim, Fahrünisa'yı öğlen yemeğine davet etmişti çünkü akşam yemeği için arayacağı kadın Fahrünisa'nın sadeliğine ve masumiyetine sahip olmayan biri olmalıydı, gece için çılgın, şehvetli, etiyle Selim'i iyileştirebilecek, en azından acılarını unutturacak birini bulacaktı. Zehirli ot yemiş bir at gibi bundan sonraki günlerde deliler gibi kendini oradan oraya atacağını, bir kadından bir kadına savrulacağını, her gece durmadan sevişeceğini, genç bedenlerden kendilerine gençlik iksiri yapan eski zaman büyücülerinin vahşetiyle kadın bedenlerinden ruhuna ve bedenine güç aktaracağını biliyordu. Unutabilmek için bildiği tek yöntem buydu.

Aşırı bir coşkuyla, öğrencileriyle şakalaşarak verdi derslerini, arada bir dalgınlaşıyor sonra hemen kendini topluyordu, iki ders arasında, Yelda'yla ilk büyük kopuşlarına neden olan genç asistanı buldu, "akşama ne yapıyorsun?" dedi. "Hiç" dedi kız.

— Yemek yiyelim mi?

— Tabii...

Öğleyin, geniş yapraklı iri bitkileri, hasır sandalyeleri, smokinli garsonlarıyla 19. yüzyıl kolonyal lokantalarına benzeyen ünlü bir lokantada buluştular, Fahrünisa sütlü kahve rengi keten bir tayyör, beyaz ipek bir bluz, alçak topuklu bej–beyaz bir ayakkabı giymiş, tek sıra inci takmıştı, giysinin eski moda görüntüsü ona yakışıyor, nedense seçkin bir zevki daha da vurgulayıp şıklığını artırıyordu. Bu lokantaya yakışan aristokrat bir görüntüsü vardı. Öğlen yemeği için aradığı kadın tam da böyle bir kadındı.

Oturduğu yerden, Fahrünisa'nın tanıdıklarına kibar gülücüklerle selam vererek, bazılarının yanında bir an durup bir iki kelime konuşarak kendisine doğru gelişini izledi, "bu kadının varlığı bana huzur veriyor" diye düşündü. Dünyanın her yanında hep aynı güvenle dolaşır, herkesi aynı kibar gülümseyişiyle selamlardı. Öylesine doğal bir kibarlığı, öylesine gerçek bir sevecenliği vardı ki Selim onun yanında daima rahatça şımarır, çocuklaşır, zayıflıklarını serbestçe ortaya döker ve yüzünü çocuklar gibi sevimli bir şekilde buruşturarak ondan şefkat isterdi.

Fahrünisa geldiğinde Selim ayağa kalkıp onu öptü, iskemlesini çekip oturmasını bekledi. Fahrünisa, erkeklerin kibarlığına alışkın bir kıvraklıkla iskemleye süzülür gibi oturdu, "kimse bir iskemleye böylesine zarafetle oturamaz" diye geçirdi aklından, onun bu zarafeti, çok pahalı ama çok sade zevki, güvenli yürüyüşü, gülümsemesi Selim'in acısını azaltıyor, onunla kıyasladığında Yelda'yı ve onun hoşlandığı erkeği küçümsüyordu.

— Bunları nereden öğrendin? dedi.

— Neleri?

— Bir lokantanın içinde böyle yürüyerek geçmeyi, bir iskemleye böyle oturmayı.

— Ben böyle doğdum, dedi Fahrünisa, annem de böyle doğmuş, anneannem de...

Kendisine ızgara levrek, zeytinyağlı enginar ve yeşil salata söyledi Fahrünisa, Selim de kalkan balığı istedi. Bir şişe de beyaz şarap ısmarladılar. Sanki çevresindeki her şey Fahrünisa'nın ışığının etrafında toplanıyor, onun zarafetini ve şıklığını paylaşıyordu, masa, yemekler, beyaz şarap, lokanta başka bir kadınla görünebileceğinden daha güzel görünüyordu.

Selim gözlerini dikmiş Fahrünisa'ya bakıyordu.

— Niye öyle bakıyorsun?

— Çok hoş görünüyorsun.

Fahrünisa gülümsedi.

— Çirkin kadınlara söylerler bunu...

— Güzel kadınlara ne derler?

— Çok güzelsin derler...

Selim öyle bir kahkaha attı ki çevre masalar dönüp baktı. Fahrünisa o kibar ama azarlayıcı gülümsemesiyle o masalardakilere bakınca herkes hızla başını çevirdi.

— Beni utandırıyorsun, dedi Fahrünisa. Kimlerle arkadaşlık ediyorsan kibar yerlerde nasıl yemek yeneceğini unutmuşsun.

Selim şarap kadehini ışığa doğru kaldırıp içindeki ışık oyunlarını seyretti.

— Benim sana sevgim hiç bitmeyecek, değil mi? dedi. Ölene kadar sürecek sana olan sevgim.

Fahrünisa zarif bir hareketle balığından bir lokma aldı.

— Çünkü bana âşık değilsin, dedi, hiç de olmadın. Âşık olsaydın biterdi, bitmese de böyle sonsuz bir sevgi gibi sürmezdi, daha başka bir şey olurdu...

Bir an durduktan sonra devam etti.

— Ben bunu çok düşündüm, bana âşık olmanı, seninle büyük bir aşk yaşamayı isterdim... Ama dediğim gibi o biterdi... Sanırım bu sevginden memnunum, bu sevginde sadece bana ait özel bir şey var, başkalarına âşık olsan da hiç kimseyi böyle sevmeyeceğini biliyorum... Bilmem, belki de acıklı bir teselli bu...

Sonra, karşılığında hiçbir talebi olmadığını, söylediğine bir cevap beklemediğini ortaya koyan tarafsız bir sesle, "çünkü" dedi,

— Belki şaşacaksın ama ben sana hâlâ âşığım...

Ardından da boynunu hafifçe büküp, sadece Selim'in tanıdığı, varlığından haberdar olduğu bir dalgacılığı saklayan masum bir sesle ekledi.

— Lokantalarda böyle küçük bir katır gibi tepinerek gülen bir adama nasıl âşık oldum bilmiyorum ya... Annem, ailemizde bir lanet olduğunu söylüyor.

Selim gene gürültülü bir kahkaha attı.

Yelda'yı unutmuştu, yemeğin ortalarında bir yerde Yelda'yı aniden hatırladığında onu nasıl unutabilmiş olduğuna şaştı ama unutmuş olmanın getirdiği ferahlık olağanüstü rahatlatıcıydı.

Akşamleyin asistan kızla buluşana kadar yalnız kalmak istemiyordu, okula dönmek de istemiyordu.

— Yemekten sonra dolaşalım mı biraz? dedi... Gidip Boğaz'da çay içelim...

Fahrünisa saatine baktı. Selim telaşla atıldı.

— İşin mi vardı? Varsa önemli değil, ben okula dönerim.

— Bir iki işim var ama şimdi hallederim.

Fahrünisa, Selim'in başka hiç kimsede görmediği küçük, şık telefonunu çıkardı, bir iki talimat verdi, sonra Selim'e dönüp birçok anlama gelecek bir şekilde,

— Tamam, dedi, seninim...

O zarafetin içine ustaca yerleştirilmiş bu dişice ima her zaman olduğu gibi gene Selim'i heyecanlandırdı, bir an asistan kızla akşam yemeğini iptal edip Fahrünisa'yla eve gitmeyi, onunla kalmayı geçirdi aklından ama içinde duygusallık bulunabilecek bir ilişkiye o anda tahammül edemeyeceğini düşündü. Bir başka kadın için acı çekerken, kendisine âşık olduğunu söyleyen bir kadınla birlikte olmak kısa bir süre sonra ikisinin de acısını artırmaktan başka bir işe yaramayacaktı. Onun duyguya değil, tam aksine, bütün duyguları unutturacak şiddette duygusuz bir şehvete ihtiyacı vardı.

Bütün öğleden sonrayı gezerek geçirdiler, ağaçların altındaki tahta iskemleli küçük kahvelerde çay içtiler, sahilde kolkola yürüdüler, kâğıthelvası yediler, iki genç âşık gibi dolaşıp güldüler, Fahrünisa iş dünyasındaki dedikodulardan söz etti, Selim tarih konusundaki tartışmaların içyüzünü anlattı. Fahrünisa'nın, zenginliğinin ve gücünün özellikle parlattığı ışığı bütün bu zaman zarfında Yelda'nın hayalini soluk bir gölge gibi geriye itmeyi başarmıştı. Zarafeti, kibar alaycılığı, dişi sokulganlığı, koluna girip vücuduna usulca yaslanması, Yelda'nın yokluğunun içinde bıraktığı boşluğu kısa süreliğine de olsa doldurmuş, Selim Yelda'nın asla erişemeyeceği üst düzey bir hayatı yaşamaya her an başlayabileceğini düşünerek, o hayatın içine yerleşen duygularla değil ama o hayatın ihtişamıyla Yelda'nın yaşamakta olduklarını kıyaslamış ve onun yaşadıklarını küçümsemişti. Acısından kurtulabilmek için sadece Fahrünisa'ya değil, onun parasına da sığındığını hissediyor ama o anda bundan utanmıyordu bile, sığınabileceği her yere sığınacaktı.

Akşamüstü Fahrünisa'yı evine bıraktı. Kapıda Fahrünisa, Selim'in dudaklarından hafifçe öptü.

— Gel istersen, dedi.

Selim yalan söyledi.

— Başka zaman... Bu akşam bölümdeki çocuklara söz verdim.

Öğleden sonranın nispeten hafif acısını yatıştırmaya Fahrünisa'nin zekice cinsel imalarla süslenmiş yumuşak şefkati yetmişti ama gece için daha kuvvetli bir duyguya ihtiyacı olduğunu biliyordu. Eve dönerken Fahrünisa'yı düşünüyordu, acı şimdi onu başkalarının acılarına karşı daha duyarlı yapmıştı, "bana âşıksa bunca zamandır bu acıya nasıl dayanıyor" diye düşündü, "gizli bir ümit mi ona bu dayanma gücünü veriyor yoksa insan acısına alışıp onu benimsiyor mu?"

Eve geldiğinde, her zaman sessizliğinden hoşlandığı ev ona çok boş ve bunaltıcı derecede sessiz göründü. Kız gelmekten vazgeçerse diye endişelenirken flüt biçimi iki bardakla bir şişe şampanyayı da buzluğa yerleştirdi. Canı şampanya çekmiyordu ama kızın bu gecenin özel bir gece olduğunu hissetmesini ve öyle davranmasını istiyor, kızın kafasındaki "özel gece" kalıplarının neler olabileceğini düşünerek ona göre hazırlık yapıyordu. Sık sık pencereye gidip sokağa bakıyordu.

Kız nihayet geldiğinde onu büyük bir sevinç ve heyecanla karşıladı. Kız gerçekten çok güzeldi ve çiçek kokuyordu. Selim öylesine tuhaf bir heyecana kapılmıştı ki konuşması tutuklaşmıştı. Sanki vücudu acıdan kurtulabilmek için kendini hemen cinsel bir şehvetin içine atmak istiyordu.

Selim'in heyecanı, şampanyanın da yardımıyla, kızı da etkilemişti. Yemek yemeden önce salonda sevişmeye başladılar. Hiç bilmeden aynen Yelda gibi davranıyor, bir dövmeyi teninden jiletle kazımak istercesine haşin ve arzulu sevişiyor, Yelda'yla sevişmelerini kızla tekrarlayarak o da kendi bedeninin hafızasını boşaltmaya, Yelda'ya ait hiçbir özel iz bırakmamaya gayret ediyordu. Kısa süre sonra büyük bir sevinçle kızın o narin bedeninde vahşi bir şehvet taşıdığını, onu bir unutuşun karanlığına sürükleyecek tutkulu bir sınırsızlığı olduğunu keşfetti, her sınırı, her kuralı, her yasağı, ulaşmak istedikleri kutsal bir hedef varmış gibi arzuyla geçiyorlardı. Kendilerine ait, karşılarındakini şaşkınlığa sürükleyecek sırlar vererek, molalarda birbirlerine, çikolata paketinden çıkmış bir pırlantaya bakar gibi sevinçle, memnuniyetle ve şaşkınlıkla bakarak hava aydınlanana kadar seviştiler. Sevişme aralarında, kızın bütün kabuklarından soyunmuş ruhunun neşeli ve şakacı yanı da ortaya çıkmış, anlattığı inanılmaz derecede ahlaksız fıkralara Selim kahkahalarla gülmüştü.

O da aynen Yelda gibi, bir başkasıyla öyle arzuyla sevişebilmekte acılarını dindiren bir teselli bulmuştu. Yelda'yla benzerlikleri, birbirlerini aldatışlarında da ortaya çıkmıştı ama ikisi de bunu öğrenememişti. Eğer öğrenselerdi, birbirlerine bu kadar benzedikleri için birbirlerinden belki de ölene kadar nefret ederlerdi. Birbirini aldatan iki kişiyi en çok üzecek gerçeğin, diğerinin de kendisinin yaşadıklarını aynen yaşadığını keşfetmek olduğunu anlarlardı.

Uykuya dalarken Selim, Yelda'nın Taner'in evinden çıkarken hissettiklerinin neredeyse aynısını hissediyor, en yakınının kendisinde açtığı yaraları bir yabancının bedeninde iyileştirebileceğini düşünüyordu.

Bu yüzden, kız kendisini sevgiyi andıran bir sıcaklıkla öpüp "muhteşemdin" diyerek gittikten sonra acıyı bir önceki sabah bıraktığı yerde ve aynı şiddette bulmaktan büyük bir şaşkınlığa düştü. Selim'in "şanssızlığı" kızın kendini beğenmiş olmasıydı, eğer kız o sevişmeden biraz daha az memnun ayrılsa, biraz daha uzak dursa, aynen Yelda gibi Selim de onun peşine takılabilir, kısa bir süre de olsa, önündeki yumakla oynayan bir kedi yavrusu gibi bütün dikkatini o kıza verebilirdi. Ama öyle olmamıştı. Başka bir zaman büyük bir tatmin yaratacak olan bu beğenilme duygusu bu kez ciddi bir huzursuzluk yaratmıştı, neredeyse kendisini bu kadar beğendiği için kıza öfkelenecekti.

Işıklarla parlayan aynanın içinden kendine bakan solgun yüzünü tıraş ederken, aslında her zamankinin tersine kendini beğenmeyen, yaratacağı beğenilmeme kuşkusu Yelda'nın yarattığı kuşkularla dövüşecek birini aradığını birdenbire anlamış, öfkeyle "bu bir hastalık" diye söylenerek bir an elindeki jiletle yüzünü kesmek, kanatmak, bu "zavallılığı" fiziksel bir acıyla cezalandırmak istemişti.

İçindeki isteğin bir tür delirme hali olduğunu anladığından kendisini tutmuştu ama çenesinin altında bir yeri hafifçe kesip kanatmaktan da kendini alamamıştı. Başını yukarı kaldırıp kanayan yere bakmıştı. Kanın, kesiğin üzerinde tomurcuklanıp sonra da boynuna doğru yavaşça süzülerek akmasını anlaşılmaz bir zevkle izlemişti. Kanı silerken üzülmüştü. İnsanların bunu bir "manyaklık" olarak görmeyeceğini bilse bütün gün boynunda kuruyan kan çizgisiyle dolaşmak isterdi. Kendi canını acıtmaktan böylesine zevk alabileceğini daha önce asla tahmin edemezdi, tıraş bıçağını yanağına yaklaştırırken, "tanrım" diye homurdanmıştı, "içime neler gizledin."

Ondan sonraki günleri sürekli hareket halinde geçmişti, ders verirken bile yerinde duramıyor sınıfın içinde dolaşıp duruyordu, boş vakitlerinde uzun uzun Fahrünisa ile konuşuyor, rastladığı her kadınla, sekreterlerle, asistanlarla, tezgâhtar kızlarla, eski arkadaşlarla flört ediyor, gözlerinde kederli bir bakış, sesinde telaşlı bir neşeyle sohbetlere dalıyor, her kadında ne olduğunu bilemediği bir şey arıyordu. Sanki ruhu ateşli bir hastalığa tutulmuştu. Çarşafları terden ıslanıp buruşmuş, hastalık kokan bir yatağı andıran hayatın içinde çırpınıyor, kendini oradan oraya atıyordu. Geceleri ise asistan kızla buluşuyordu. Bir tür uyuşturucu bağımlısı gibi bağlanmıştı kızın bedenine, onunla sevişirken acısı kesiliyor, bedeni ruhunun önüne geçip bir süreliğine onun acılarını bastırıyordu.

Ne yaparsa yapsın acı hep oradaydı, başka kadınlar onu ortadan kaldıramıyordu. Yelda, acısını sabırla taşımış, olgunlaştırmış, onun taşınamaz derecede ağırlaşıp düşmesini beklemiş ve o sırada bir başka erkeğe gerçekten ilgi duymuştu ama Selim onun sabrını gösteremediğinden daha acıya rastlar rastlamaz onu diğer sevişmelerle boğmak istemiş, gelişimin bütün doğallığını bozmuş, yanlış yapılmış bir kanser ameliyatı gibi acıyı bütün ruhuna ve bedenine yaymıştı, şimdi neresinden tutacağını, ne yapacağını bilemiyordu. Acı her yanına siniyordu. Bildiği ve denediği tedavi de işe yaramıyordu. Bu da, onun ümitsizliğini artırıyordu. Yelda Selim'le ilgili acısından kurtulurken, Selim o acının içine daha çok ve daha derin saplanıyordu.

Gene o kısa konuşmalarını hiçbir şey olmamış gibi sürdürüyorlardı. Hiçbir anlamı olmayan kuru mailler yazıyorlardı. Yelda'nın sesini her duyduğunda bir elektrik kablosunu tutmuş gibi keskin bir sancı hissediyor, hemen telefonu kapatmak istiyordu. Yelda'nın sesini duymak için hissettiği dayanılmaz istek ile o sesi duyduğu anda beliren kaçma isteği bir arada ortaya çıkıyordu. Onun aradığı Yelda'nın eski sesiydi.

Yelda'nın sesi ise hep dalgındı.

Taner'in yanından ayrıldığı andan itibaren onu kıskanmaya başlıyor, onun hemen bir başka kadınla ilgilenmeye başladığını düşünüyordu. Taner'in ne ruhuna, ne hayatına nüfuz edebiliyor, geceleri onun koynuna giren ve kendisini verişindeki istekle onun erkeklik gururunu okşayan, en büyük yakınlığı sevişme sırasında kurabildikleri için de sürekli sevişmek isteyerek Taner'in gözünde bir seks manyağına dönen bir kadın olduğunu fark ediyordu.

Sevişirlerken gerçekten aralarında bir tür ilişki kurulabiliyor, sevişme molalarında bazen birlikte Afrika'da bir misyona gitme hayaliyle eğleniyorlar, aralarında uzun sürecek bir bağlılık oluşabileceğini belirten açık sözlerin değilse de imaların etrafında oyalanmaktan zevk alıyorlardı. Ama sevişmeden sonra Taner gene o aldırmaz ve kaba haline geri dönüyor, hatta seviştikleri bir gecenin sabahında onu herkesin yanında "telsizini niye kapattın?" diye sert bir sesle azarlayabiliyordu. Taner'i kontrol edebilmek için ofiste olduğu zamanın çoğunu da onun odasında geçirdiğinden herkes bu ilişkinin ve Yelda'nın düşkünlüğünün farkındaydı. Alaycı dedikoduların, daha da kötüsü kendisine acıyan konuşmaların, yemek sohbetlerinin konusu olduğunu hissediyordu. Beatrice bazen yanından geçerken saçlarını savurarak öyle bir "nasılsın" diyordu ki Yelda'yı zavallı, küçük bir böcek gibi gördüğü anlaşılıyordu. Yabancı misyon üyeleri arasında ilk gece kazandığı saygıyı çoktan kaybetmişti. Onu Taner'in bile çok fazla beğenmediği biri olarak görüyorlardı. Kahve toplantılarına onu çağıran pek çıkmıyordu. Sadece Jacques ona hâlâ sevgiyle ve şefkatle davranıyordu ama bazen Jacques'ın kendisine bakışlarında gördüğü hüzün Yelda'yı çok daha fazla üzüyordu.

Selim'den kurtulmak isterken, hayatta en istemediği, en utandığı, en aşağıladığı duruma düşmüştü. O küçük köye sıkışmış dar hayatın içinde hissettiği bütün duygular, ne kadar anlamsız ve köksüz olurlarsa olsunlar ona olduklarından çok daha güçlü ve gerçek görünüyorlardı. Selim'den Taner'e kaçmıştı ama uçurumun kenarındaki bu köyde Taner'den kaçabileceği bir yer yoktu.

Üstelik Taner'i kıskanmak Selim'i kıskanmaya benzemiyordu. Selim, sevdiği, âşık olduğu, beğendiği bir erkekti, onun kıskanılmaya layık olduğuna inanıyordu ama Taner beğenmediği, sevmediği, hatta kızdığı, zekâsını küçümsediği, kaba bulduğu biriydi. Onu bir gün odasında sekreter kızlardan biriyle gülerken gördüğünde hissettiği kıskançlıkla tuvalete koşmuş, orada kapıyı kapatıp hıçkıra hıçkıra, "ne hale getirdim ben kendimi" diye ağlamıştı. "Ne yaptım ben kendime" demişti, "ne yaptım ben kendime?"

Bazen kendisine, dışardan, bir başkası gibi baktığında durumunun acıklılığını görüyordu ama gene de bundan kurtulmak için büyük bir çaba harcamıyordu, bütün bu duyguların, kıskançlıkların, göz yaşlarının, üzüntünün gerçek olmadığını, bu köyden çıkıp eski hayatına döndüğünde bütün bu yaşadıklarının soluk bir anıdan başka bir şey olmayacağını, bu duyguların hepsinin canlılığını yitirip yok olacağını seziyordu. Ama Taner'e olan tutkusundan kurtulduğunda, kendini sürükleyip götüren bu akıntıdan çıktığında kendisini bekleyen acı, gerçek bir acıydı. Onun için bu aşağılanmışlığa razı oluyor, burada biraz daha oyalanması, Selim'i iyice unutana kadar bunları çekmeyi kabul etmesi gerektiğini düşünüyordu.

Bir de daha derinlerde, varlığını asla kabul etmek istemeyeceği bir başka duygu vardı, Taner kendisini her aşağıladığında aslında Selim'in aşağılandığını düşünüyordu. Sevdiği kadın bir başka erkek tarafından istenmediğinde, aşağılandığında, horlandığında o erkeğin çekeceği acının kadınınkinden de kat kat fazla olacağını hastalıklı içgüdüleriyle seziyor, kendi gözünde Selim'i iyice parçalayıp yok edecek bir zavallılığa indirgeyebilmek için kendi aşağılanmışlığının sürmesine de göz yumuyordu.

Selim bir keresinde onların ilişkisine şahit olmuştu. Bir akşamüstü Yelda onu ofisten aradığında konuşma nasılsa biraz uzamıştı, o sırada Selim telefonda kalın, kaba bir erkek sesi duymuştu. Adam Yelda'ya, "hadi, geç kalıyoruz, deminden beri seni bekliyorum" demişti. Yelda adama sinirli, tiz bir sesle "telefonda konuşuyorum" demiş, adam odadan çıkınca da "kaba herif" diye söylenmişti, "telefonda konuştuğumu görmesine rağmen iki dakika sessiz bekleyemiyor." Ama hemen sonra da "benim gitmem lazım" diyerek telefonu kapatmıştı.

Selim çok üzülmüştü ama bu üzüntü Yelda'nın tahmin ettiği üzüntüye pek benzemiyordu. Kızını, erkeklerin girip çıktığı, çıplak bacaklı ağır makyajlı kadınların dolaştığı barların arka taraflarındaki, duvar diplerine çöpler yığılmış pis kokulu karanlık bir sokakta bir adamın dövdüğünü görüp de müdahale edemeyen bir babanın üzüntüsünü andırıyordu bu. Kıskançlık ya da aşağılanmışlık değil, sevdiği birinin düştüğü durum için hissedilen çaresizlik ve keder vardı. "Zavallı kızım" diye geçirmişti aklından, "ona neler yapıyorlar."

Yelda, o boynu bükük, ezilmiş haliyle o sırada ona kıskanılacak bir kadın gibi gözükmemişti. Sadece, sevdiği kadına artık hiç benzemeyen bir kadını sevmeye devam ettiğinden kuşkulandı bir an, bir gün Yelda geri gelirse, gelen kadın nasıl biri olacaktı, o zeki, gururlu, hiç kimsenin karşısında eğilmeyen, gülüşleriyle ona mutluluk veren, dürüst, günahlarından bile masum çıkmayı başaran, ağladığında bir çocuk gibi ağlayan kadın mı yoksa duygular dünyasının arka sokaklarında hırpalanmış, horlanmış, kabalıklarla lekelenmiş bir kadın mı... Kimi bekliyordu? Yelda'yı kaybetmekte olduğunu, geri gelse bile gelenin başka biri olacağını ilk kez o gün düşünmüştü.

O korkunç hafta sonuna kadar günler böyle değişik duygularla, üzüntülerle, acılarla, teselli aramalarıyla geçmişti. Neredeyse bu yeni ilişkilerine ve birbirlerinin farklı kederlerine alışmışlardı.

Yalnızca bir keresinde ikisini de şaşırtan bir olay yaşamışlardı.

Selim bir konuşmalarında "çoktandır canım Coquille Saint-Jacques çekiyor, burada da bulunmuyor onlardan" deyince Fahrünisa Fransa'dan bu taraklı deniz hayvanlarından getirtmiş, aşçısına onları Selim'in sevdiği gibi pişirtmiş, bir şişe de Selim'in en sevdiği beyaz şaraplardan olan Chateau Dick açmıştı.

Yaşlı bir manolya ağacının geniş gölgesine sığınmış terasta, beyaz manolyaların hafifçe ekşimsi uçuk kokularına karışan çim ve deniz kokusunu koklayarak birlikte öğle yemeği yerken telefon çalmıştı.

Yelda'nın aradığını görünce Selim "izninle" deyip terastan içeri girmişti.

Yelda çıldırmış gibi "neredesin?" diye bağırıyordu.

Öğlen tatilinde, o gün ofiste kalanlar barakadaki lokantada yemek yerlerken Yelda'yla Taner, Taner'in arka taraftaki evine gidip, acele bir şekilde, tam da soyunmadan, uzaktan gelen çatal kaşık seslerinin cılız yankılarını duyarak sevişmişlerdi.

Yelda ter içinde barakadan çıktığında kendi yaptığına şaşmıştı, onların yokluğunun rahatlıkla fark edileceğini bile bile arka taraftaki odaya gitmek, orada sevişmek ve ter içinde dışarı çıkmak aklında olan bir şey değildi, yemekten önce Taner'in odasında konuşurlarken gözü onun dudaklarıyla dişlerine takılmış, bir zaman onlara başka hiçbir şey görmeden bakmış, sonra da gidip sevişmek istemişti.

Kendi yaptığına kızmıştı. Kendine olan kızgınlığı hiç beklenmedik biçimde aniden kılık değiştirmişti, kendisi bir köyde böyle şeyler yapabiliyorsa Selim'in şehirde neler yapabileceğini düşünmüş, biraz önce o küçük odada nasıl ter içinde seviştiğini hatırlamış ve Selim'in de aynı şekilde bir yerlerde sevişmekte olduğuna inanıvermişti. Elleri soğuyup terlemişti.

Kendini kaybetmiş biçimde kayalıklara koşmuştu.

Koşarken, hayalinde biraz önceki sevişmeyle Selim'in bir başkasıyla sevişmesi birbirine karışmıştı. Kayalıklara vardığında, o anda Selim'in bir kadınla birlikte olduğuna emindi.

Telefonu çığlık çığlığa "neredesin?" diye bağırarak açmıştı.

— Ne yapıyorsun sen? Neredesin? Aşağılık herif bir kadınla birliktesin değil mi?

Selim sessizce kapıyı arkasından kapayıp bahçeye inmişti. Sakin bir sesle Yelda'yı yatıştırmaya çalışıyordu.

— Sahilde yürüyüş yapıyorum canım.

— Yalan söylüyorsun... Oradan geçen bir adamla konuştur beni...

Selim bahçeden dışarı çıkmıştı.

— Şu anda kimse yok sahilde...

— Ben bekliyorum... Birini bulana kadar yürü.

Selim etrafına bakarak yokuştan aşağıya doğru yürümüş, sonunda yoldan geçen bir adama rastlamıştı.

— Bir adam buldum...

— Adama ver telefonu.

— Deli olduğumu düşünür.

— Umurumda bile değil ne düşüneceği... Sen beni delirttin nasılsa, o da seni deli sanıversin... Adama ver telefonu.

Selim adama yaklaşmış, "affedersiniz" demişti,

— Acaba saatin kaç olduğunu arkadaşıma söyleyebilir misiniz?

Elindeki telefonu adama uzatmış adam da şaşkın şaşkın bakarak saati söylemişti.

Yelda yatışmıştı.

— Özür dilerim canım, demişti, bir an kendimi kaybettim.

Selim bu ani öfkenin nedenini belli belirsiz sezmişti. Yelda'nın kıskanılacak bir şey yapmış olmasından kaynaklanan bir kıskançlık olduğunu, hâlâ onun birisiyle yatmış olduğuna inanmadığından cinselliği hiç aklına getirmeden düşünmüştü.

O hastalıklı, hayvansı güdüleriyle, insanca duyguları arasında Yelda konusunda Selim'in kendisinin de anlayamadığı gerçek bir çatışma vardı hep, varlıklarını sonsuz bir özgüvene borçlu oldukları için hep o güveni beslemek zorunda olan güdüleri, kendilerini yaralayan Yelda'yı derin bir kedere gömmek isterken, o kadınla yaşadığı mutlulukları, o kadının kırılganlığını, başkalarına karşı hep savunmaya çalıştığı çocuksuluğunu bilen, o sahneleri hatırlayan duyguları Yelda'yı özenle her acıdan korumaya çalışıyordu. O gün Yelda'nın yaşadığı ani kıskançlık krizi sırasında onun canını acıtması için bir kadınla birlikte olduğunu ima etmesi yeterdi ama bunu yapmamış, iştahla yediği yemeğini, kendisine merakla bakan Fahrünisa'yı bırakarak onu teselli edebilmek için sokaklarda konuşacak bir adam aramıştı.

Selim'in kendisi için yaptığı fedakârlığı fark eden Yelda yumuşamış, sevgiyle konuşmaya başlamıştı, onun sıcaklığı

Selim'i de etkilemişti, uzun zamandan beri ilk kez iki sevgiliymişler gibi konuşmuşlardı.

Geri dönüp, Fahrünisa'nın onun için fırına koydurduğu yemeğine bıraktığı yerden ve daha iştahla başlayıp, içkisini her yudumunun tadına vararak içerken, bu manolya gölgeli terasta Fahrünisa'nın göğüslerini göstermeden sezdiren lacivert keten bluzunun kıvrımlarına bakarak gizli bir heyecanı taşıyan sakin bir sohbete daldığında ruhunun düğümlerini çözen bir huzur hissetmişti.

Biraz önce sevgiyle konuştuğu Yelda'nın onu hayatı boyunca unutamayacağı bir acıya sürüklemek üzere olduğunu o sırada tahmin etmesi mümkün değildi.

XV

Yeraltına doğru inen merdivenler binlerce yıldan beri oralara basan ayakların altında aşınıp parlamış, keskin uçları yuvarlaklaşmış, zeytinyağı sarısıyla küf yeşili arası bir renk alarak iyice kayganlaşmıştı. Basamakların orta kısımları çukurlaşmıştı. Kaymamak için dikkatle önlerine bakarak ağır adımlarla iniyorlardı.

Merdivenin sağ yanında bir uçurum gibi aşağılara doğru karanlıklaşan bir boşluk vardı, merdivenle birlikte helezonlar çizen sol yandaki kalın taş duvara açılmış küçük mazgal deliklerinden içeri tozlu, soluk bir ışık giriyordu.

İçerisi küf, çamur, paslı demir ve karbondioksit kokuyordu, merdivenin sağ yanındaki boşluktan bütün yapıyı taşıyan, çok kalın, üst üste konmuş iri dörtgen taşlardan yapılmış devasa sütunlar yükseliyordu.

Aşağılara indikçe rutubet ve serinlik artıyor, merdivenler koyulaşan bir loşluğun içinde eriyerek gittikçe daha zor seçiliyorlardı.

Toprak zemine vardıklarında, sütunlarla bölünmüş geniş bir alanın ortasında nereden geldiği anlaşılamayan bir aydınlık gördü Yelda, yaklaşık yirmi metre yüksekliğindeki duvarların diplerinde küçük hücreler sıralanmıştı. Hiç rastlamadığı kadar uzun sütunların arasından, zaman içinde engebeli bir hal alan toprak zemindeki çukurlara dikkat ederek ortaya doğru yürüdüler, o aydınlık lekeye yaklaştılar.

— Bak, dedi Taner.

Ortada, küçük çukurlarla minik tepelerin yarattığı bir oynaklıkla dalgalanır gibi gözüken ışıktan yuvarlak bir daire, dairenin içinde kalın Romen rakamları duruyordu. Başını yukarıya kaldırdığında metrelerce yukarıdaki bir delikten girip, kahverengi tozların arasından geçen güneş ışığını gördü.

— Bu ne? dedi

— Güneş saati... Söylediklerine göre Bizanslılar hazinelerini buraya saklarlarmış, bir saldırıyla karşılaştıklarında da buraya saklanırlarmış... Herhalde geçen zamanı anlayabilmek için tepeye bir güneş saati yapmışlar.

Yelda o zaman rakamların arasındaki gölgeden bir çubuğu fark etti.

— Yeraltında bir güneş saati, diye mırıldandı. Pek akla gelecek bir şey değil.

Taner, sanki bu güneş saatini kendisi yapmış gibi memnuniyetle gülümsedi.

— Onun için seni buraya getirdim ya... Başka bir yerde bunu göremezsin.

— Evet, dedi Yelda. Göremem gerçekten...

Sesinde dargın ve ilgisiz bir ton hissediliyordu. Taner ona hazine odalarını, gizli bölmeleri, duvarlara açılmış küçük deliklerden girilen labirentleri gösterdi. Yelda hepsine de aynı aldırmaz gözlerle baktı.

Merdivenlerden yeniden dikkatle çıktılar. İçerisinin loşluğundan sonra dışarısının aydınlığı gözlerini kamaştırdı.

Girişi oluşturan küçük kümbetin yanında dururlarken etekleri yerlere kadar uzanan bol beyaz bir entari giymiş, sırtlan suratlı bir adam koşarak geldi, Taner'in elini öpmek için eğildi.

— Hoş gelmişsin begim... Hiç haber vermemişsin ki hazırlık yapak.

Taner elini hızla çekip gülümsedi.

— Nasılsın Haşim?.. Biz de geçerken uğradık, geleceğimizi bilmiyorduk.

Yelda'ya döndü.

— Bak, bu Haşim, buranın bekçisi...

Haşim ellerini önüne kavuşturmuş, yüzünde güven vermeyen kaygan bir gülümsemeyle yere bakarak konuşuyordu.

— Taner begimden Allah razı olsun... Onun sayesinde bu işi bulmuşum.

Taner, sanki adam orada yokmuş gibi Yelda'ya bilgi veriyordu.

— Haşim hapisten yeni çıktı.

Bir an Yelda'nın merakını artırmak için sustu, sonra onun tepkisini izleyerek suçunu da söyledi.

— Kız kardeşini öldürmüştü.

Yelda eline ıslak bir sürüngen dokunmuş gibi irkildi, Taner'in bunu beklediğini, onun için gülümsediğini anlamıştı ama tepkisine engel olamamıştı.

Adama değil de Taner'e sordu.

— Niye öldürmüş?

Taner Haşim'e baktı, adam başını yerden kaldırmadan açıkladı.

— Başkasına kaçıp evlenmiştir.

— Eee, evlenmiş de işte... Bunda öldürecek ne var?

Adam, yüzünden akıp gidecekmiş gibi eğreti duran gülümsemesini hiç değiştirmiyordu.

— Kız evin namusu... Kaçtı mı, evin namusu gider. İnsan içine çıkamazsın.

Yelda, sabahtan beri üstünde olan o ilgisiz ve dargın halinden birden sıyrılmıştı.

— Hiç özlemiyor musun peki öldürdüğün kardeşini?

Adam ilk kez başını kaldırıp Yelda'nın yüzüne bakmış, gülümsemesi bir yüz buruşmasına dönmüş, ıslak gözleri hafifçe gölgelenmişti.

— Özlemez misin... O senin canın... Canının canını almışsın... Ama ne yapacaksın, yazan böyle yazmış yazgını, o kızdır ölecek, sen erkeksin öldüreceksin...

Yelda kızdı.

— Bu nasıl kardeşlik böyle.

— Bu, böyle bir kardeşlik bacım... O da biliyordu kaçarken öleceğini...

Yelda kederle konuştu.

— Öleceğini bile bile kaçtığına göre demek ki çok sevmiş... Nasıl kıydın ki ona?

Adam içini çekti.

— Sevmiş demek ki... Kıydık işte... Onu toprağa, kendimizi zındana gömdük... Alın yazısı...

Taner Yelda'nın gerginleştiğini ve konuşmanın tatsız bir yere doğru gitme ihtimalinin belirdiğini hissedince, "hadi, biz gidelim artık" dedi. Haşim onları arabaya kadar götürdü. Arabaya bindikten sonra Yelda yeniden o dargın ve ilgisiz haline dönmüştü. Mutsuzdu. Kendi hayatına ve kararlarına yön verebilme gücünü kaybetmekte olduğunu hissediyor, olaylarla sürükleniyor, istediklerini gerçekleştirebilmek için değil, sadece istemediklerini önleyebilmek için neredeyse irade dışı tepkilerle yaşıyordu.

Taner'le çıktığı bu hafta sonu yolculuğu, onun son zamanlarda yaşadıklarının acıklı bir özeti, çaresizliğinin ve yenilgisinin onu utandıran bir itirafı gibiydi. Bir acıdan kurtulmak isterken, değersiz bulduğu, küçümsediği bir başka acının içine düşmüştü. Çektiği acıya kutsallaştırılmış bir anlam yükleyemeyen herkes gibi acısından da kendisinden de uzaklaşıyor, seyrettiğinden sıkılan bir seyirci gibi kendi hayatını bunalarak izliyordu.

Bir gün önce, öğlen vakti Jacques neşeli bir halde gelip,

— Bu hafta sonu herkes izinli, demişti, dinleneceğiz.

"Harika, kırk sekiz saat uyuyacağım" diyen Zerrin'i çok sevindiren bu haber Yelda'yı beklemediği kötü bir haber alan biri gibi şaşırttı, onu sürekli kabaran, kıskançlığa, öfkeye, kedere dönüşen duygularının ruhunu bir sel baskını gibi basmasından kurtaran tek şey hareketti, duygularından daha hızlı hareket edip, onlar kendine ulaşmadan yer değiştirmek ister gibi hareketliliğin peşine takılıp, kendinden kurtulmaya uğraşıyordu. Bu köyde kırk sekiz saat hareketsiz durmak ya da yakın şehirlerden birine gitmeyi planlayan bir grubun yanına bir sığıntı gibi ilişmek onun bir ip cambazı gibi dengede tutmaya çalıştığı ruhunu altüst ederdi.

"Taner'e söylerim, birlikte bir yere gideriz" diye düşündü, bütün bir hafta sonunu onunla baş başa geçirmenin çok eğlenceli olmayabileceğini bir yanı söylüyordu ama başka bir çaresi yoktu. Bunu söylemek için hemen Taner'in odasına gitti ama oda boştu.

O gün bütün öğleden sonra Taner gözükmedi, Yelda sık sık odasına gidiyor, duvar diplerindeki karton kutuları, masasının üstündeki tertipli kâğıtları, indirilmiş pancurları, söndürülmüş lambasıyla bomboş duran odaya bakıp içi sıkışarak dönüyordu.

Akşamüstü herkes neşeyle konuşarak, hafta sonu için programlar yaparak gruplar halinde kuş sürüleri gibi Yelda'nın odasının önünden geçerlerken Taner hâlâ dönmemişti. Hafta sonunu yalnız geçirme endişesine Taner'in nerede olduğu, kiminle olduğu sorusu da ekleniyor, kıskançlık öfkeye dönüşüyor, dişlerinin arasından "aşağılık herif" diye söyleniyordu, yalnızca Taner'i kıskanıp ona öfkelenmekten utandığı, bunun kendisini çok zavallı gösterdiğini hissettiğinden kızgınlığı bütün erkekleri hedef alıyor, Selim'e de öfkelenerek "hepsi böyle bunların" diyordu, "hepsi aşağılık."

Bu kıskançlık, bunu paylaşacak hiç kimsesi olmadığından, geniş kubbeli büyük ve boş binadaki bir ses gibi mutlak bir yalnızlığın içinde olduğundan çok daha büyük bir gürültüyle çınlıyor, kendi duygu yansımalarından kendisi etkilenerek bütün dünyanın, bütün hayatın kendine düşman olduğunu sanmasına neden oluyordu. Sığınabileceği bir dostu, bir evi, bir yakını yoktu. Onu uçurumun kenarındaki bir köyde terk edip gitmişlerdi. Zihni, içindeki yankılarla şaşırarak, olayların, insanların, gerçeklerin boyutlarını kavramakta, onları oldukları gibi görmekte zorlanmaya başlamıştı, her şey olduğundan daha büyük, kendisi ise olduğundan çok daha küçük ve güçsüz görünüyordu.

Öfkelenmeden üzülmeyi beceremediğinden üzüntüsü bir kızgınlık halinde ortaya çıkıyor, hayatında kim varsa hepsine kızıyor, bu durumundan dolayı hepsini suçluyordu. O anda kimseyi kendine dost ve yakın görmediğinden bir boşlukla kuşatılmış gibiydi, hangi yöne gideceğini, kurtuluşunun nerede olduğunu bu boşlukta seçemiyor, içine kaybolmuşluk duygusu da yerleşiyordu. "Kimsem yok benim" diye düşündü, "beni seven kimse yok."

Barakalar boşalmış, sesler azalmıştı, herkes gezi hazırlıkları yapıyordu. Yelda masasının başında oturuyor, ne yapacağını düşünüyordu. Bütün ruhu yara olmuş gibi sızlıyordu içi. Her duygu, her düşünce, her inanç daha ortaya çıktığı anda o yaraya değip içini ağlama isteğiyle doldurarak acıtıyordu. Uyumak, unutmak istiyordu, o anda o kadar yalnız ve öyle çaresizdi ki bu uyku ölüme dönüşse ve bir daha uyanmayacak olsa bundan şikâyet etmezdi, bunu derinlerinde hissediyordu. O sessiz ve boş odada hayata olan inancıyla birlikte ölüm korkusunu da kaybetmişti.

Eğer o anda sihirli bir güç onu o köyden alıp büyük bir şehire taşısa, kalabalıkların, arkadaşlarının, ona sevgiyle bakan yakınlarının, onu arzulayan erkeklerin arasınada koysa bütün bu duygularını gülünç bulur, Taner gibi bir adam dört saatliğine ortadan kayboldu diye hayata olan bütün inancını kaybedebileceğine inanmazdı ama bütün insanlar gibi onun da duyguları, çeşitli prizmalardan geçen ışıklar gibi çevre koşullarının içinden geçiyor, o koşullara göre biçim değiştiriyor ve o değişmiş biçimiyle algılanıyordu. Yelda'nın içinde yaşadığı yer küçüldükçe, duyguları, acıları, öfkeleri büyüyor, minik bir mum alevinin önünde oynayan parmaklar gibi duvara korkunç canavar gölgeleri halinde yansıyordu.

Masasının başında, karşısındaki bilgisayarın, elektronik bir lacivertle kaplı ekranında dolaşan balıkların sanal hareketlerini izlerken, işlerini bitiremediği için diğerlerinden geriye kalmış olan Leopold hızla geçti kapısının önünden. Adım seslerinin durduğunu duydu önce, sonra geri dönen Leopold'un başı uzandı kapıdan.

— Ne yapıyorsun sen burada? dedi Leopold.

— Balıklarımı besliyorum.

Leopold önce anlayamadı, sonra ekrandaki balık görüntülerinden söz ettiğini anladı.

— Haftasonu planın bu mu?

— Ne mi?

— Ekrandaki balıkları güzel bakışlarınla beslemek mi?

— Şimdilik fena bir plan gibi gözükmüyor... Sen nasılsın?

Leopold telaşla,

— Çok iyiyim, dedi.

Yelda, bütün insanlara duyduğu kızgınlıkla Leopold'u iğnelemekten alamadı kendini.

— Panik atakların nasıl?

Leopold gelip Yelda'nın karşısındaki boş masaya oturdu. Yelda'nın kızgınlığını fark etmemişti ya da fark etmemiş gibi yapmıştı.

— Daha az geliyorlar, dedi. Ama artık nedenini biliyorum.

— Neymiş nedeni?

— Algılarımın çok güçlü olması... Bunu geçen gün Amy'le konuşurken keşfettim.

Yelda dayanamayıp güldü.

— Nasıl yani?

Leopold cebindeki teneke kutudan daha önce hazırlanmış bir sigara çıkartıp yaktı, bir nefes çektikten sonra Yelda'ya "ister misin?" dedi.

— Hayır, teşekkür ederim.

— Ama balıklarını beslemekten daha iyidir.

— Gene de istemem, teşekkür ederim... Sen algılamalarını anlat.

— Geçen gün konuşurken Amy herkesin vücudunda bütün gün boyunca birçok değişiklik olduğunu anlatıyordu, kan basıncımız inip çıkıyormuş, nabzımız bazen yavaşlayıp bazen hızlanıyormuş, burun deliklerimizden biri tıkanıp diğeri açılıyormuş, böbreklerimiz bazen yavaşlayıp bazen hızlanıyormuş...

— Leopold, bütün iç organlarımızı saymayacaksın değil mi?..

Leopold gülümseyip sigarasından bir nefes daha çekti.

— Biz bunları fark etmiyormuşuz... Yani normal insanlar bunları fark etmiyormuş... Ama benim gibi insanların algılamaları çok keskin olduğu için, biz fark etmememiz gereken bu değişiklikleri fark ediyoruz, o zaman da beynimiz eyvah bana bir şey oluyor, dengem bozuluyor, ölüyorum diye panikliyor... Bence bu yüzden panik atak geçiriyorum ben... Algılamalarım çok güçlü olduğu için.

— Böbreklerine karşı çok hassas ve duyarlı olduğun için hastalanıyorsun yani...

Leopold o sakin haliyle Yelda'nın takılmalarına aldırmadan sigarasının dumanlarını seyrediyordu.

— Evet, senin gibi böbreklerine duyarsız olanlar da benim gibi hassas insanlarla dalga geçiyor.

Sonra yerinden kalktı.

— Hadi, dedi Yelda'ya, bizimle gel... Bu haftasonunu civardaki tarihi bölgeleri gezerek geçireceğiz... Eğleniriz, sen de gel... Burada böyle oturup balıklarına bakmaktan iyidir.

— Sadece böbreklerine değil bana karşı da hassassın.

— Sen vahşisin, dedi Leopold gülerek... Hadi gel, bu güzel vahşetinle bize ırkının barbarlığından örnekler ver.

Bunları söylerken Yelda'yı oturduğu yerden kaldırmak için elini uzatmıştı.

Yelda konuşmanın başından beri ilk kez dostça gülümsedi.

— Çok teşekkür ederim, Leopold, başka bir zaman olsa gelirdim ama bugün canım çok sıkılıyor, sizi de sıkarım...

Gülerek ekledi.

— Sen git, kendini kurtar...

Leopold Yelda'nın yüzüne dikkatle baktı, ısrarının bir işe yaramayacağını anladı.

— Peki, dedi.

Tam çıkarken döndü.

— Biliyor musun, dedi, biz seninle güzel bir aşk yaşayabilirdik...

— Belki, dedi Yelda, ama böbreklerin aramıza girdi...

Leopold manalı manalı baktı.

— Ve başka şeyler...

Leopold gittikten sonra aniden pişman oldu Yelda, onlarla gidip hiç olmazsa bu köyün boğuculuğundan kurtulabilirdi ama onların da bu köy kadar boğucu olabileceğini düşündü, aynı sıkıntıyı onlarla da yaşayacaktı. İçten içe, Taner'i görmeden, onun ne yaptığını öğrenmeden buradan ayrılamayacağını biliyordu. Oltaya takılan küçük bir balık gibi kıskançlığın çengeline takılmıştı, oltayı girdiği yerden çıkartmadıkça hiçbir yerde içi huzur bulmayacaktı.

Birden, bulutlarla kaplı kurşuni bir son bahar günü hiç beklenmedik bir anda bulutların arasından görülüveren güneş gibi garip, beklenmedik bir aydınlık belirdi zihninde, biraz önceki o duygusal kaynaşma durmuş, kendi içinden sıyrılıp kendine bir yabancı haline gelmişti, bir başkasını inceler gibi kendi duygularını incelemeye koyuldu,. "Niye böyleyim" diye düşündü, "niye her şeyden bu kadar çabuk yaralanıyorum." Sonra kendisine, bu sükûnetine, kendine karşı soğukkanlı yabancılığına şaşırıp, bu ani değişimin nereden kaynaklandığını merak etti ve zihnindeki o berrak aydınlıkta Leopold'un dalga geçtiği bir cümlesi belirdi, "benim algılamalarım çok keskin olduğu için hastayım", tam böyle söylememişti ama buna benzer bir şey söylediğini hatırlıyordu. Sanki farkına varmadan o cümleyi duyduğundan beri bilincinin bir yeri çalışmaya, bu cümleyi düşünmeye başlamıştı ama bunu tam nereye bağlayacağını bilemiyordu. Bu cümleyle kendi hayatı arasında bir bağ olduğunu hissediyor ama o bağın ne olduğunu göremiyordu.

"Herkeste olan ama kimsenin algılamadığı değişimleri algılıyorum" Leopold'un bu cümlesi de belirdi, iki cümle sürekli tekrarlanarak hızla dönüyordu zihninde, bir düşünceye yaklaştığını hissediyor ama o düşünceyi bulamıyordu, bir sırrı çözmeye yaklaşan bir arkeolog gibi önündeki bu iki cümleye bakıyor, bunlardan bir sonuç çıkarmak için yoğun bir çabayla düşünüyordu, o anda nerede olduğunu, diğer bütün düşüncelerini ve duygularını unutmuştu, zihnini zorlamaktan yüzü kızarmış, hafifçe terlemişti. Baş dönmesine benzer bir kararma oldu zihninde ve aniden her şey birbirine bağlandı, "herkeste olan ama kimsenin hissetmediği küçük duygusal değişimleri algılıyorum ben, onları büyük duygular gibi algılayıp panikliyorum."

Arkasına yaslandı.

Selim'i özledi, bu duygusal değil, tamamen zihinsel bir özlemdi, bu konuyu konuşabileceği tek insanın o olduğunu, onun bunu anlayacağını, yeni katkılarda bulunacağını, birlikte kendilerine ait bir çok sırrı çözebileceklerini, o sırra kendilerini götürecek yolu bulduğunu hissediyordu. Selim'i hemen aramayı düşündü ama şu anda Selim'in sesini duymak istemiyordu. Düşünceleri tamamen Selim'e aitti, sadece onunla paylaşmak istiyordu bunları ama duyguları başka bir erkeğe aitti ve sadece onunla ilgileniyordu. Selim'le şimdi konuşamazdı. Bunun bir haksızlık olacağını söylüyordu içindeki bir ses.

Yorulmuştu. "Bu mu benim hastalığım" diye düşündü, "hissedilmemesi gereken duyguları hissetmek mi?" Küçük, önemsiz kıskançlık dalgalanmaları büyük krizlere mi dönüyordu onları yanlış algıladığı için?

Pencereden dışarıdaki aydınlığın parlaklığını yitirdiğini, güneşin çekilmekte olduğunu gördü, uçurum akşamın kızıl gölgeleriyle bronz rengine dönüşmüştü.

Ağır ağır yerinden kalktı. Boş koridordan yavaş adımlarla yürüdü. Tam kapıdan çıkarken telaşla içeri giren Taner'e rastladı, "neredesin?" diye sormaya hazırlanırken kaba bir cevap alma endişesiyle sustu.

Taner, onu çok sinirlendiren laubali bir sesle, "naber?" dedi. Soğuk bir tavırla

— İyiyim, dedi.

Taner odasına girerken geri döndü.

— Haftasonunda Mardin'e gideceğim gezmeye... Gelmek ister misin?

Yelda'nın içi katıldı. Bu adamla sevişiyordu, bütün bedenini veriyordu, onunla öpüşüyordu, ona sarılıyordu, gelecekle ilgili hayaller bile kurdukları oluyordu ve o haftasonu programını ona sormadan yapıyor, ona "gelmek ister misin?" diyordu. Gelip gelmemesi umurunda değilmiş gibi davranıyordu. Ama asıl Yelda'yı derinden yaralayan bütün bunlara rağmen onunla gitmek istemesi, onun yanında bulunmayı arzulaması, kendisinden başka bir kadını götürecek diye içinin kıskançlıkla titremesiydi. Hiçbir erkeğin yanında böylesine aşağılanmamıştı ve hayatındaki en önemsiz erkek onu böyle aşağılıyordu.

— Sen git, dedi... Ben kalıp dinleneceğim.

— Sen bilirsin...

Israr bile etmemiş, dönüp odasına girmişti.

Yelda kıpkırmızı kesilmiş, gözleri dolmuştu. Kimse kendini o halde görmesin diye hızlı adımlarla odasına gitti. İçeri girip kapıyı kapattı, kapının önünden geçenler sesini duymasın diye yastığı ağzına bastırarak hıçkıra hıçkıra ağlamaya başladı. Tam olarak neye ağladığını bilmiyordu, aşağılanmışlık duygusuna mı, gitmek istediği halde gitmemesine mi, Taner'in başka bir kadını götüreceği korkusuna mı, yalnızlığına mı, kadınlığına olan güveninin sarsılmasına mı, Taner gibi bir erkeğin bile aşağılayacağı bir yerlere düştüğünü düşünmesine mi, kendisine bir kraliçe gibi davranılan muhteşem bir aşk macerasından art arda hatalarla buralara gelmesine mi... Nedenini bilemiyordu, düşünmüyordu da, bir şeyleri yitirdiğini, geri alınamayacak bir şeylerin kaybolduğunu hissediyordu sadece.

Dışarıda hava kararmış, dağlar koyu, karanlık gölgelere dönmüştü.

Hep aynı cümleyi tekrarlıyordu.

— Çok yalnızım, çok yalnızım...

Karanlıkta yalnız başına ağlıyordu, nedense Heja'yı düşündü, ona sarılıp ağlamak, onunla herkesten uzak bir yerlerde bir hayat kurmak istedi, onun o solgun yüzüyle "olur" deyişi gözünün önüne gelince daha da kederlendi. Hiçbir kuşku duymadan sevdiği tek erkek on iki yaşındaki bu küçük oğlandı, babasının, ağabeylerinin, hayatına girmiş bütün erkeklerin sevgisinden kuşku duymuştu ama Heja'nın kendisini sevip sevmediğini bile düşünmeden seviyordu onu, karşılıksız sevmeyi, garip bir biçimde anneliği öğretiyordu bu çocuk ona. Ona sarılabilse, ona İstanbul'dan, denizden, gelecekten söz edebilse sanki biraz daha sakinleşecekti ama o da yoktu.

Ne kadar ağladığını bilmiyordu, bir zaman sonra acısı değil ama gözyaşları tükendi, gidip yemek yemeye karar verdi. Acıkmamıştı ama Taner'i görmeyi, onun kendisini yeniden davet etmesini umuyordu. Bu istek sinirli bir damar gibi atıyordu içinde, onu durduramıyordu. Marazlı birinin sürekli göz kırpması ya da başını sallaması gibi kendi iradesinin dışındaydı bu istek, bu istekten yoruluyordu. "Anlamsız bu" diyor ama bir yandan da hazırlanıyor, şiş gözlerini, solmuş yanaklarını boyalarla biraz canlandırmaya uğraşıyordu. İçinde, bütün duygularına, düşüncelerine, inançlarına aykırı bir arzunun nasıl bu kadar canlı bir şekilde var olabildiğini, aşağılandıkça nasıl bu kadar çok bağlanabildiğini bir türlü anlayamıyordu.

Barakalar boştu, Taner'in odasında kimse yoktu. Yemek odasında tek başına oturup yemek yemeğe çalıştı ama boğazından tek lokma bile geçmiyordu. Bir an odadaki bütün oksijen boşalmış gibi soluk alamadığını fark etti.

Dışarı çıktı. Hava serinlemişti.

Kayalıklara doğru yürüdü.

İri bir kayaya dayanıp telefonu çevirdi, Selim'in sesini

duymayı heyecanla bekledi, bir sevgiliyi bekleyen bir kadın gibi değil, bir doktoru bekleyen bir hasta gibi bekliyordu o sesi. Telefon açıldı.

— Merhaba, dedi.

Kendi sesinin yorgunluğuna kendisi şaşırdı. Selim'in sesi ise onun sesini duymaktan gelen bir sevinçle doluydu.

— Nasılsın canım?

— İyiyim.

Ağlamaya başladı.

— Ne oldu Yeldacığım, neden ağlıyorsun?

— Ben iyi değilim.

Selim'in içi sıkışmıştı, "öbür adamın" Yelda'yı üzdüğünü seziyor, bir yandan kıskanıyor bir yandan da Yelda'nın acısını dindirebilmek için ne yapabileceğini düşünüyordu. Sevdiği kadının bir başka erkek tarafından üzüldüğünü görmektense kadınını onu mutlu edeceğini bildiği bir erkeğe kendi eliyle teslim etmeye hazırdı. Yelda, kendisini seven bir erkeği sevse Selim bu kadar incinmezdi ama hayatının en önemli insanının bir başkası tarafından değersiz bulunması, Selim'in bütün hayatını da değersizleştiriyordu. Hiç tanımadığı bir adam, ikisini birden aşağılıyor, onları acıyla kıvranan zavallı iki karikatüre dönüştürüyor, bütün aşklarını, geçmişlerini kirletip anlamsızlaştırıyordu.

— Birisi mi üzdü seni?

— Hayır.

— Ne oldu peki?

Yelda bir yandan Selim'e sığınmaya çalışıyordu ama bütün duygularının altında yatan kızgınlık da orada duruyor, bütün yaşananlardan Selim'i sorumlu tutuyor, onun başka bir kadına gitmiş olmasını affedemiyor, bu nedenle de canını acıtma isteğinden kendini kurtaramıyordu.

— Burada sana anlatamayacağım şeyler var.

Karşı tarafta ses kesildi.

— Selim?

Solgun bir ses duyuldu.

— Buradayım.

"Sana anlatamayacağım şeyler var" cümlesinin anlamını biliyordu Selim. Yutkundu, o anda acısını gösterirse Yelda'nın kendisini nasıl küçümseyebileceğini ve onu tümden kaybedebileceğini seziyordu. Telefonu sıkan parmaklarının kızardığını, bütün eklemlerinin bembeyaz kesildiğini gördü. O anda telefonu kapatabilmek ve bir daha Yelda'nın sesini duymamaya razı olacak kadar güçlü olabilmek isterdi ama değildi.

— Bana anlat, dedi.

— Nasıl anlatayım?

— Olduğu gibi anlat.

— Her üzüldüğümde ben sana mı sığınacağım, sana sığınmaktan kurtulamayacak mıyım? Tek başıma ayakta durmayı ne zaman becerebileceğim ben?

— Şu sırada önemli olan bu değil Yeldacığım, şu sırada önemli olan senin üzüntünü biraz dindirebilmek.

— Sana anlatamam.

Yelda bir yandan konuşuyor bir yandan düşünüyordu, acısını paylaşmak ama nedenini saklamak istiyor, bunu nasıl yapacağını bulmaya uğraşıyordu.

— Anlat bence, dedi Selim.

Sesinden çene kemiklerinin kasılmış olduğu anlaşılıyordu.

Yelda, Selim'den yakınmaya başladı, böylece hem acısını dökebiliyor hem de gerçeği saklayabiliyordu.

— Beni aldattın, beni yalnız bıraktın... Artık yalnızım, özgürüm ama gene de istediğim gibi özgürce yaşayamıyorum, hâlâ içimden bir şekilde sana bağlıyım... Sen benim hayatımda var mısın yok musun bilmiyorum, neyim olduğunu bile bilmiyorum... Sadece içim çok acıdığında sana sığındığımı biliyorum... Artık sana sığınmak istemiyorum, yalnız ve güçlü bir kadın olabilmek istiyorum. Kimse beni üzemesin istiyorum.

Selim, Yelda'nın yalan söylediğini, gerçeği saptırdığını

anlıyordu ama o anda bu yalana minnettardı, gerçeğin ne olduğunu çoktan öğrenmiş, onu bilincinin altlarındaki o gizemli hücrelerden birine, bilincinin ulaşamayacağı bir karanlığa hapsetmişti, o gerçeği açıkça kabul edene kadar da orada tutacak, o sırada kendisine söylenecek her yalana, yalan olduğunu bilerek inanacaktı. İnsan zihninin tuhaflığı ona yardım edecek, yalan artık zorla hapsedildiği yere sığmayacak kadar büyüdüğünde ya da zihin onu kabul etmeye kendini alıştırdığında oradan çıkacaktı. Ama o gece bunlardan hiçbiri olmayacaktı ve yalan ikisine de iyi gelecekti. İyi de geliyordu. Hayatı boyunca yalan söylemiş ama yalanı hiçbir zaman o gece sevdiği kadar sevmemişti.

Gökyüzünde birikmeye başlayan bulutların arasından bir ara kıpkızıl bir ay çıktı. Zifiri karanlık ovanın tam ortasına siyah püsküllü kızıl ipekten bir şal serilmiş gibi ay ışığı yansıyor, o parlaklıktan insan yürüyerek gökyüzüne yükselebileceğini sanıyordu.

— Şu anda burayı görebilseydin, dedi Yelda, o kadar güzel ki...

Selim cevap vermedi. Yelda yakınmalarına devam etti, sanki o sırada kendisi için başka hiçbir şey önemli değilmiş gibi Selim'den, yaptıklarından, onu yalnız bırakmasından şikâyet etti. Yelda'nın söylediklerini dinliyor, gerçek sorunun bu olduğuna inanıyormuş gibi kendini savunuyor, onun suçlamalarına cevap veriyordu. Bir yalanı hiç böylesine arzuyla paylaşmamışlardı, o sırada gerçeklerin onları ayıracağını, ancak yalanın bir arada tutabileceğini biliyorlardı, o gece yalan onların arasında gerçek bir aşka benziyor, onları birbirine yakınlaştırıyordu.

Gece yarısına kadar konuştular. Konuştukça Yelda biraz sakinleşiyor, Taner'in ruhunda bıraktığı o ekşi tadın etkisinden kurtuluyordu. Birbirlerini sanki yeniden keşfediyorlar, birbirlerinin sesini seviyorlar, geçmişlerini hatırlıyorlardı.

Vakit gece yarısını geçmeye başladığında Yelda,

— Ben çok yoruldum canım, dedi... Sakın yarın bir yere gitme... Ben bütün haftasonu burada yalnız olacağım, beni sakın yalnız bırakma... Sabah uyanır uyanmaz seni arayacağım... Bir şey olur da ben seni arayamazsam mutlaka beni ofisten ara... Ama mutlaka ara... Unutmazsın, değil mi?

— Unutmam canım...

— Beni burada yalnız bırakmazsın, değil mi?

— Bırakmam Yeldacığım.

— Çok teşekkür ederim Selimciğim... Yarın sabah konuşuruz... İyi geceler canım...

Yelda, karakolun bahçesinde nöbet tutan askerlerin huzursuz kıpırtıları arasından yürüyüp odasına gitti. Selim'in sesi gerçekten onu rahatlatmış, Taner'in yaptıkları gözünde önemsizleşmişti.

Selim de bütün haftasonu konuşabilecekleri için sevinçliydi. Konuştukları sürece Yelda'nın ne yaptığını bilecek, kıskançlığının zaptedilemeyecek hale gelmesini önleyecekti.

Yelda, huzurlu bir uykuya daldı odasında. Mum ışığını söndürmedi.

Bütün geceyi sakin geçirdi.

Sabahleyin hava aydınlanırken, gri bir serinliğin içinde dehşetli bir panikle uyandı, dışarda yağmur yağıyordu, baş ucundaki mum o uyurken sönmüştü. Kendisi gitmezse Taner'in başka bir kadınla gideceğini düşünüyordu, uykusundan bu düşünceyle uyanmıştı. O köyde Taner'in başka bir kadınla gittiğini düşünerek bütün bir haftasonunu geçiremezdi. Yataktan kalktı. Taner'in ne zaman yola çıkacağını bilmiyordu ama onu hemen yakalamak istiyordu.

Aceleyle üstüne bir şeyler giyip ofise koştu. Ofis telefonundan Taner'in evini aradı.

— Alo, dedi Taner kalın sesiyle.

Yelda telefonların dinlendiğini bildiğinden söylemek istediğini şifreli bir şekilde anlatmak istedi.

— Dün istediğin harita var ya, ben düşündüm o haritayı sana vereceğim... Sen ne zaman yola çıkıyorsun?

— Ne haritası, dedi Taner kaba bir sesle.

"Allahım, bu adam aptal" diye geçirdi bir an içinden Yelda.

— Hani dün Mardin'e gideceğini söyledin ya... Ben fikrimi değiştirdim...

— Ha, anladım... Benle mi gelmek istiyorsun?

Yelda öfkeden dudaklarını ısırdı ama onunla gidip gidemeyeceğini öğrenmek ona o anda hayati bir sorun gibi gözüküyor, başka bir şeye çok fazla aldırmıyordu.

— Evet.

— Olur... Çabuk hazırlan o zaman, birazdan yola çıkacağım.

Yelda koşarak eve döndü, aceleyle duş aldı, giyindi, koşarak barakaların önüne döndü, bütün bunları yaparken Taner'in başka bir kadınla gitmemesine o kadar sevinmişti ki kabalıklarını düşünmemişti bile. Arabaya bindiler. Araba hareket etti ve o anda Yelda, artık zihni kıskançlığın mengenesinden kurtulduğu için başka şeyleri, Taner'in kabalıklarını düşünecek hale geldi. Taner'le yola çıktığına pişman oldu ama birisi ona "istersen dön" deseydi de asla dönmezdi. Ancak köyden çıkarken hatırladı Selim'e bir gece önce söylediklerini. Ama artık onu arayamazdı, ne söyleyebileceğini bilmiyordu ve bu yolculukta aklının Selim'e takılmasını da istemiyordu, eğer Selim ararsa kendisini bulamasın diye aceleyle cep telefonunu kapattı. Dönüşte bir yalan uyduracaktı.

O sırada bütün amacı bu iki gün içinde Taner'e aslında nasıl bir kadın olduğunu gösterip onu kendisine bağlayabilmekti. Bunu istemesine rağmen içinin dargınlığını, incinmişliğini de yatıştıramıyordu. Hiç sesini çıkarmıyor, Taner arada bir şey sorarsa kısa cevaplar veriyordu.

Taner onun kırgın olduğunu anlamış, öğleye doğru,

— Bak, sana hayatında göremeyeceğin bir şey göstereceğim, deyip onu o köye götürmüştü.

Köyden ayrıldıktan sonra bir yol lokantasında yemek yemişlerdi. Taner belki de ilk kez ona kibar ve şefkatli davranıyordu ama garip bir biçimde bu davranışlar Yelda'nın dargınlığını daha da koyulaştırıyordu.

Şehirler arası trafiğin yoğunluğuyla iyice sıkışmış dar bir yoldan, kamyon konvoylarının arasına hapsolmuş bir vaziyette yavaş yavaş gidiyorlar, arada bir Taner biraz öne geçebilmek için tehlikeli manevralarla kamyonların arasından fırlıyordu. İlk kez bu kadar uzun birlikte oluyorlardı ve Yelda Taner'in konuşmalarından, şakalarından sıkıldığını fark ediyordu. Onun anlattığı hiçbir şey ilgisini çekmiyordu.

Gece olduğunda hâlâ Mardin'e varmamışlardı.

Hava iyice karardığında Yelda uzakta hayatında hiç görmediği bir şey gördü.

Bir dağın tepesine altın zincirlerden örülmüş bir eski zaman zırhı geçirmişler, o örgü zırhın üstüne de altından dev bir yılan çöreklenmişti. Zırhla yılan, etekleri karanlık tepenin üstünde kutsal bir masaldan çıkmış parlak bir hayal gibi ışıklar içindeydi.

— Bu ne? dedi Yelda.

Taner, Yelda'nın şaşkınlığından memnun bir halde güldü.

— Orası Mardin... Yeryüzünde bu şehrin gece görüntüsü gibi bir görüntü yoktur... Sen onu böyle gör diye biraz da mahsus ağırdan aldım.

— Dur biraz, dedi Yelda, biraz bakmak istiyorum buna... Hayatımda böyle bir şey görmedim.

Taner arabayı kenara çekip durdu.

— O en tepede altın bir yılan gibi parlayan şey ne?

— Mardin kalesi...

Bir süre daha seyrettikten sonra Taner "hadi, gidelim" dedi.

— Haftasonları Mardin çok kalabalık olur, odayı biz gelmiyoruz diye başkasına vermesinler.

Geniş bir asfalttan tepeye tırmanmaya başladılar, tepeye varıp şehre girdiklerinde yol darlaştı.

Eski bir taş handan yapılmış otelin önünde durdular. Taner kayıt yaptırırken Yelda biraz da utanarak geride duruyordu. Odanın anahtarını aldıktan sonra taş bir sahanlıktan geçip dik merdivenlerden aşağıda bir bahçeye indiler, bahçenin iki yanındaki taş binalarda yan yana odalar vardı.

Odaya girdikten sonra Taner yiyecek bir şeyler ısmarladı. Yelda bir otel odasında iki sevgili gibi kalmalarını anlaşılmaz bir şekilde yadırgıyor, ilişkilerinin sevgililik gibi görünmesi onu tedirgin ediyordu. Ne başkalarına karşı ne de kendisine karşı bu ilişkinin bir biçimi, bir ismi olsun istemiyordu. Bugüne kadar bunun nasıl bir ilişki olduğunu hiç düşünmemişti ama bir otel odasına girildiğinde ilişkinin de bir isim kazanması gerekiyordu, Yelda ise Taner'le arasında ismi olan herhangi bir ilişkinin kurulmasından tuhaf bir rahatsızlık, bir utanç duyuyordu.

Yemeğini aceleyle yiyip yatağa girdi.

İçgüdüsel bir şekilde Taner'le sadece sevişirken rahat ettiğini sezmişti, sevişirlerken ilişkilerini bir belirsizlik içinde tutabiliyor, bu ilişkinin biçimini ve adını sorgulamıyor ve Taner'i tümüyle kendine ait hissettiğinden kıskançlıkları ve huzursuzlukları da diniyordu.

Çok yorgun olmasına rağmen bir zaman sonra kendini sevişmenin şehvetine kaptırdı, ilk seferki heyecanı bir daha hiç bulamamıştı ama Taner'le sevişmekten zevk alıyordu, bütün dertleri bu süre içinde onu terk ediyorlar, ruhunun derinliklerine çekiliyorlar, hayat bedeninden ibaret bir hale geliyordu.

Seviştikten sonra uykuya daldılar.

İlk kez birlikte kalıyorlardı.

Yelda huzursuz bir şekilde, sık sık uyanarak geçirdi geceyi.

Sabahleyin kalktıklarında dik merdivenlerden yukarıya, taş bir terasa çıktılar, arka tarafta Mardin Kalesi'nin altında, Ermeni ustaların yaptığı düz damlarıyla solgun sarı taş evler, ince minareli camiler, kubbeli kiliseler birbirlerine yaslanarak taşlardan oyulmuş zarif bir şelale gibi ovaya doğru akıyorlardı. Önlerinde ise, tepesinde durdukları dağın eteklerinde Yelda'nın çok iyi tanıdığı o muhteşem ova sarı yeşil parıltısıyla uzanıyordu.

Yelda biraz dalgındı, arada bir Selim aklına geliyor, içinde bir şey kesik bir parmak gibi sızlıyordu. Kahvaltılarını bitirdikten sonra Yelda odaya dönmek istedi, Taner karşı çıktı.

— Deli misin, dünyanın en eski, en güzel şehirlerinden birindeyiz. Gel, sana etrafı göstereyim, şehrin sokaklarını gez biraz... Böyle bir yeri bir daha göremezsin.

Taner, Yelda'nın onunla şehir sokaklarında gezmekten rahatsız olduğunu anlamıyor, onun odaya dönmek istemesini sadece sevişme isteğine bağlıyordu.

Sonunda Yelda Taner'in ısrarına daha fazla dayanamayarak şehri dolaşmaya razı oldu. Bir yandan da içinden "acaba benimle sevişmekten hoşlanmadığı için mi odada kalmak yerine şehirde dolaşmak istiyor" diye düşünüyordu. Taner'in her davranışı onu kuşkulandırıyordu, onunlayken hissettiği sıkıntıyı sıkıntı olmaktan çıkartıp heyecanlı bir gerginliğe dönüştüren de bu tuhaf kuşkuydu.

Şehrin sokaklarında dolaşmaya başladıklarında birden zaman değişti, başka bir çağa geçtiler ve zamanın içindeki bu hızlı yolculuk Yelda'yı günün gerçeklerinden kopartıverdi. Geçmiş yüzyıllardan birinin içinde geziyorlardı. Gümüşü önce ince teller haline getirip sonra bu incecik tellerden bilezikler, yüzükler, kolyeler yapan telkaricilerin dükkânlarındaki gümüşi parıltının içinde sadece yüzü değil ruhu da aydınlandı, tezgâhların üzerine yığdırdığı gümüşlerin arasından hangilerini seçip alacağına karar veremiyor, kendisini dükkânın önünde sıkıntıyla bekleyen Taner'i unutuyordu. Yüzükleri parmaklarına takıp bakıyor, bilezikleri bileklerine geçiriyor, kolyeleri boynuna tutuyordu. Gümüşten bir ırmakta yıkanıyor gibiydi ve o ışıltılı suların içinden çıkmak istemiyordu. Heyecanlanmıştı. Arada bir dükkâna giren Taner'e gülerek aldıklarını gösteriyordu. Camlı tezgâhların içindeki yüzüklere, duvarlara sıra sıra asılmış kolyelere, uzun yuvarlak halkalar gibi birbirlerine geçirilerek dizilmiş bileziklere mutluluğu andıran bir sevinçle bakıyordu.

Taner, "daha görülecek çok yer var" diyerek neredeyse zorla çıkarttı onu dükkânlardan.

Şehrin tek anacaddesine işlemeli demir çubuklardan oluşan bir kapıyla açılan daracık bir sokağa girdiler. Aniden beliriverererek birbirlerinin içine boz renkli dereler gibi akan bir sokaklar labirentinin içinde istekle kayboldu Yelda, iki yanlarındaki solgun taş duvarların arasından geçen merdivenli sokaklar bazen öylesine daralıyordu ki yan yana yürüyemiyorlardı, merdivenlerden arabalar geçmediğinden küçük nallarını tıkırdatarak eşekler alışkın bir yorgunlukla sırtlarındaki yükleri taşıyarak insanlarla birlikte inip çıkıyorlardı. Taş duvarların içine oyulmuş dükkânlarda semerciler eşeklere semerler yapıyor, bakırcılar sokağı kızılımsı bir renge boyayarak bakır dövüyor, kumaşçılar duvarlarına astıkları rengârenk kumaşların altında nargile içiyordu, marangozların dükkânından talaş tozu yayılıyor, karanlık kahvehanelerin alçak taburelerinde avuçlarında tuttukları ince belli bardaklarından çaylarını içen ihtiyarlar oturuyor, yemişçilerin kavurduğu nohutların kokusu, baharatçıların kimyon ve zahter kokularına karışıyordu. Türkçe, Ermenice, Arapça, Süryanice, Kürtçe konuşmalar değişik vurgulu sesleriyle birbirlerine sarılarak duvarlarda yankılanıyordu. Bazen yürüdükleri sokak oymalı bir taş evin altında bitiveriyordu. Taner o zaman güvenle yürümeye devam ediyor ve evin altından geçen karanlık bir tünele giriyorlardı.

Bu sokaklarda dolaşırken onların ruhları da zamanın eşiğinden atlayıp bir başka çağa geçmiş gibiydi, neredeyse bütün duyguları hatta kişilikleri bile değişmişti, fısıltıyla konuşarak gülüşüyorlardı, evlerin altındaki "abbara" denilen o karanlık tünellerden birinde, etrafta kimsenin olmadığına emin olduktan sonra öpüşmüşlerdi. Geçmişin ve geleceğin olmadığı bir yerdeydiler ve o an, bütün kokuları, sesleri, görüntüleriyle çok güzeldi. İsimsiz ilişkilerinin tek mutlu anısını orada, o sokaklarda yaşamışlardı.

Otele döndüklerinde Yelda bir hayal görüp görmediğini, o sokaklara hayalinden görüntüler, kokular ekleyip eklemediğini merak etti. Yolculuğunun bir yerinde aniden zamanın fırtınasına tutulmuş bir seyyah gibi hafifçe başı dönüyordu.

Hazırlanıp yola çıktılar. Bir gün önceki dargın hali kaybolmuştu Yelda'nın, dolaştıkları sokaklar, gümüşçüler, o loş tüneldeki kaçamak öpüşme, Taner'in kabalıklarından vazgeçmesi belki de ilk kez onların ilişkisini gerçek bir ilişkiye benzetmiş, kendilerini bir "çift" olarak hissetmişlerdi. Yelda, arabada, Taner'le birlikte yaşayıp yaşayamayacağını düşünmeye başlamıştı yeniden, Taner'in şakalarına gülüyor, onu bir gün önce olduğu kadar sıkıcı bulmuyordu. Şimdi ortak bir konuları vardı, o sokakları konuşuyorlardı. Yelda birlikte yaşadıklarını arada bir hayal gücünün de aldatmacalarına zevkle kapılarak öylesine heyecanla anlatıyordu ki Taner bazen ona gülerek "uydurma" demek zorunda kalıyordu.

Karanlığa kalmadan köye yetişebilmek için geldiklerinden daha hızlı dönüyorlardı, akşamüstüne doğru bir lokantada yemek yediler. Yemekten çıktıktan sonra Yelda,

— Köye yakın bir yerde otel yok mudur? dedi.

— Bir otel var, eskiden iyi bir oteldi, bu yoldan geçen herkes orada kalırdı ama sahibi öldükten sonra akrabaları işi boşladı. Şimdi biraz terk edilmiş gibi...

— Bu gece orada kalalım, dedi Yelda, sabah erkenden kalkıp gideriz köye.

Taner bir an durup düşündü ama Yelda ona o gecenin çok iyi geçeceğini vaat eden bir bakışla bakınca gülümseyerek razı oldu.

Hava kararmaya başlarken boş gibi gözüken bir otelin önünde durdular.

Toz içindeki lobide terlikleriyle dolaşan yaşlı bir adam onlara kuşkulu gözlerle baktı.

Taner, bir oda tutmak için adamın yanına giderken Yelda da kendisine bırakılan mesaj olup olmadığını anlamak için cep telefonunu açtı.

Mesajlarını kontrol ederken telefon çaldı.

Selim arıyordu.

XVI

O iki gün boyunca Selim, "Ravel'in Bolero'su gibi" diye düşünmüştü, gittikçe daha şiddetlenerek yükselen aynı melodinin çalması gibi gittikçe daha şiddetlenerek yükselen aynı acı. Onun acılarını yöneten her kimse ona bir boleroyu layık görmüştü. Artık daha fazlası olmaz derken daha sarsıcı bir acıyla karşılaşmıştı.

Yelda'yla yaptıkları o uzun konuşmadan ve "ona söylenemeyecek şeyler" olduğunu duyduktan sonra öğrendiği bilginin ruhunu ezen ağırlığına rağmen iki gün boyunca konuşacaklarını, telefonda da olsa baş başa kalabileceklerini düşünerek Yelda gibi o da huzurlu bir uyku uyumuş, Yelda'dan daha geç kalkmıştı.

Güzel bir gün, yaza hazırlanan bir deniz vardı dışarda.

Nedense çok acıkmıştı, koyu bir kahve yapmış, İngiltere'den kalan bir alışkanlıkla kalın bir bonfile kızartmıştı.

Telefonun çalmasını beklerken zaman geçirebilmek için uğraşmış, kitaplarını hazırlamak amacıyla Mahmut'un toplamaya başladığı belgeleri okumuştu.

Yelda'nın yorgun olduğu için geç kalkacağını düşünerek öğleye kadar telaşlanmamıştı ama saat on iki olduğunda telefon hâlâ çalmayınca ofisi aramıştı. Telefona cevap veren olmamıştı. Birde gene aramıştı. Sonra ikide. Sonra üçte... Sonra üçü çeyrek geçe, yirmi geçe, yirmi bir geçe, yirmi üç geçe... Her iki dakikada bir arıyor, Yelda'nın hastalandığından hatta daha kötüsü ani bir keder darbesiyle kendini öldürdüğünden endişeleniyordu. Korku ağır bir şahmerdan gibi ciğerlerine vuruyor, ani bir dindarlıkla tanrıyla pazarlığa girip, "ona bir şey olmasın, her şeye razıyım" diyordu, bir daha Yelda'yı görememe ihtimaline dayanamayacağını, o ihtimal zihninde belirince daha iyi anlıyordu.

Saat beşe doğru artık Yelda'nın başına kötü bir şey geldiğine iyice inanmış, ne yapması gerektiğini düşünmeye başlamıştı. Havaalanını arayıp uçak olup olmadığını sormuş ama akşam saatlerinde uçak olmadığını öğrenince çaresizliği daha da büyümüştü.

Terli elleriyle her iki dakikada bir tuşlarına bastığı telefona saat beşe doğru biri çıkmış, titreyen bir sesle Yelda'yı isteyen Selim'e,

— Yelda Hanım arkadaşıyla gitti, bugün gelmez artık... Zaten burada da kimse yok, demişti.

İçinde bir anda bütün sesler kesilmiş, duygular ve düşünceler susmuş, zihni buzlanıp donmuştu. Ne yaptığını bile fark etmeden bir şişe viski açıp bir bardağı yarısına kadar doldurmuş, üstüne hiçbir şey eklemeden onu öyle içmişti.

Damağında, yemek borusunda ve midesinde hissettiği yanmayla, biraz önce susan sesler içinde patlayıvermişti.

Annesiyle babasını kaybettiği kazanın haberini aldığından beri böyle bir acı, böyle bir keder, hayata ve tanrıya böyle bir isyan hissetmemişti.

Bu kez bütün o duygulara nefret de eklenmişti.

Evin perdelerini kapatmıştı. Ne bir ışık görmek ne de bir ses duymak istiyordu.

Bir ölüm acısıydı bu.

Yıllardan beri o kadını sevmişti, kızdığında, özlediğinde, sıkıldığında, yalan söylediğinde, kavga ettiğinde, bütün bu duyguların hepsinde Yelda daima onun hayatının merkezinde duruyordu, daima da orada duracağına, ne olursa olsun birbirlerinin hayatlarındaki yerlerinin, duygularındaki ani değişimlerine rağmen hep aynı kalacağına inanmıştı.

Şimdi, ruhunun, zihninin, düşüncelerinin, duygularının geniş bir kısmını kaplayan hayatının merkezindeki o kadın, birbirini sevdiklerinden bu yana ilk kez o yeri boşaltıyor, onun sevdiği, tanıdığı, özlediği Yelda ölüyordu. Bir daha geri gelse bile artık boşalttığı o yeri dolduramayacak, hayatının merkezi olamayacaktı. Ruhunun, Yelda'nın bıraktığı o boşluğun içine doğru çöktüğünü, bütün varlığının o boşluğun karanlığına doğru aktığını, buruşup, küçüldüğünü hissediyordu.

Yelda'nın cep telefonunu aramıştı. Kapalıydı.

Bilincinin arka tarafındaki bir perdeye yansıyan siyah beyaz bir filmde Yelda, yüzünü göremediği bir erkekle sevişiyordu, ne düşünürse düşünsün bu filmin aynı sahnesi aynı yerde oynayıp duruyor, gözlerinin önünden o sahne gitmiyordu.

Yelda'nın bir başka erkekle birlikte olmayacağına o kadar güvenle inanmıştı ki zihninde seyredip durduğu bu sahneye inanamıyordu, bunun kıskanç bir âşığın kuşku dolu zihninin yarattığı bir kâbus değil gerçek olduğunu biliyor ama yıllarca içine yerleşmiş bu inancı, tanrısının varolmadığını öğrenen bir dindarın bu gerçeği kabul etmekte zorlanması gibi, kolayca içinden atamıyordu.

Bu gerçekliği kesinlikle kabul eden bir yanı ise acıyla ve kederle tüterken, aynen Yelda'yla seyrettikleri ve onlara olan düşkünlüğü için hep Yelda'yla hafifçe alay ettiği Türk filmlerinin kahramanları gibi sadakatini yitirmiş bir kadının bir daha asla aynı kadın olmayacağını söylüyordu. Zihninin berraklığını hâlâ koruyan küçük bir parçası ise, "o kahramanlar ne zaman yerleşti içime" diye soruyordu, "yoksa onlar hep mi vardı içimde, dalga geçtiğim filmin kahramanı mıyım ben?"

Evin içinde dolaşıyordu, bir yandan bir ses duymak istiyor bir yandan da hiçbir sese tahammül edemeyeceğini, kimseyle iki dakika bile konuşmayacağını hissediyordu, Musset'nin şiirinde söylediğinin ne anlama geldiğini anlıyordu, bazen bir insanın yokluğu bütün dünyayı bomboş yapıyordu, Yelda kendisiyle birlikte bütün renkleri, kokuları, sesleri alıp götürmüş, Selim'i kaybolmuş bir dünyanın kıyısında öfkesi, kıskançlığı ve ölüm acısıyla yapayalnız bırakmıştı. Gidebilecek bir yeri, onu teselli edebilecek kimsesi yoktu, bu acıyı dindirmeye Yelda'dan başka bir canlının gücü yetmezdi ve Yelda da ölmüştü.

Şişedeki viski azaldıkça zihni de ağırlaşıyordu, düşünceleri uyuşup akşam güneşiyle birlikte solan çiçekler gibi solarken acı onların ortasında, kendisini engelleyecek hiçbir düşünceye çarpmadan tek başına büyüyerek yanmaya devam ediyordu.

Sarhoş oluyordu.

Zihni acıyı zaptedecek, onu yatıştıracak bir düşünce bile yaratamıyor, acı o uyuşukluğun içinde nedenini bile bazen unutarak sanki Selim'in bedeni acıdan yapılmış gibi duygulardan ve düşüncelerden kopmuş bir halde varlığını sürdürüyordu.

Bir ara büyük kanepenin üstüne iki büklüm uzanıp, ellerini karnına bastırarak dayanılmaz bir ağlama isteğiyle kendinden geçti.

Kısa bir süreliğine sızdıktan sonra eskisinden daha diri olarak uyandı, hiç içmemiş gibiydi, şimdi acı zihninden bedenine yayılmıştı, kızdırılmış kerpetenlerle bütün etlerini çekiyorlar, acının yerini saptayamıyordu.

Yelda'nın cep telefonunu çevirdi. Kapalıydı.

Ne söyleyeceğini de bilmiyordu ama aramadan duramıyordu.

Yelda'sız bir hayatı olacaktı bundan sonra ama böyle bir hayata hiç hazırlanmadığını şimdi fark ediyordu, sıkıldığında, ayrılmayı düşündüğünde, koptuklarına sevindiğinde bile aslında ayrılacaklarına hiç inanmadığını, o masala inancını hiç kaybetmediğini, hep bir gün yeniden bir araya geleceklerini umut ettiğini anlıyor, bütün o yaşananların arasında bu inancını nasıl kaybetmemiş olduğunu ise bir türlü kavrayamıyordu. Birbirlerini aynı kutuya kapatılmış iki iri yamyam fare gibi dişleyip parçalarken nasıl bu ilişkinin asla bitmeyeceğine güvenebilmişti, nasıl olmuştu da bunu tanrısal bir emir, değişmez bir kader gibi kabul etmişti. Bunun asla değişmeyeceğine içten içe bu kadar eminken nasıl olmuştu da bitebileceğini düşündüğü zamanlardan geçmişti.

Bunların hiçbirini anlayamıyordu.

Bilincinin arkasındaki perdeye yansıyan sevişme sahnesi dönüp duruyordu, bulanıklaşan zihninde beliren düşünce kırıntılarıyla "niye bir adamın altında bacaklarını açmış olması bu kadar korkunç" diye soruyordu kendine, "herkes yapıyor bunu, niye bu kadar önemli, hayvanlar bile sevişiyor, bu kadar önemli olmamalı." Ama bu düşüncelerle, yorulan sarhoşlaşan zihnini bile ikna edemiyordu, bir başka erkeğin yanında soyunduğunda ölüyordu Yelda. "Niye?" diye soruyordu ama niye soyunduğunu mu yoksa niye bunu bir ölüm gibi gördüğünü mü sorduğunu kendisi de ayırt edemiyordu.

Elinde telefonuyla sürüklenerek yatağına gidip sızdığında hâlâ "niye" mırıldanıyordu.

— Niye?

Sabahleyin daha güneş doğmadan uyandı, "geri dönülmesi imkânsız bir şey bu" diye düşünüyordu uyandığında.

Bu kez "niye" sözcüğünün ardına başka bir soru takılmıştı.

— Niye yaptın bunu Yelda? Niye masalı mahvettin?

Aynada yüzüne baktığında kendi görüntüsünden korktu, bir ölünün yüzüne benziyordu, balmumu renginde, yanakları çökmüş, tıraşı uzamış yüzünde gözleri iki mor halkanın ortasında cansız bir halde bakıyordu.

"Bir şeyler yemeliyim" diye düşündü, "yoksa ben de öleceğim."

Kendine yiyecek bir şeyler hazırlamaya çalışırken ölüm fikri de kafasında dönüp duruyordu, eğer o anda ölseydi, o acı dineceği için tanrıya minnettar kalacaktı, bunu hissediyordu, bir yandan yaşamaya devam edebilmek içim mücadele ediyor bir yandan ölebilmeyi diliyordu.

Yelda'yı aradı. Telefon kapalıydı.

"Dün gece sevişmişlerdir" diye düşündü. "Ben uyurken onlar sevişiyordu."

Bazen öfkeyle Yelda'ya lanetler okuyor, bazen de geçmişteki o güzel anılarını, sevişmelerini, konuşmalarını hatırlıyordu. Ama her zaman olduğu gibi onu en çok yaralayan hep aynı görüntüydü, Yelda'nın dudakları titreyerek ağlarken "sen benim parçamsın, ne olursa olsun hep öyle kalacaksın, seni benden koparırlarsa bir parçam kopar" dediği görüntü.

Bu yakınlığın bitmiş olması, bir daha asla canlanamayacağını bilmek kaybının büyüklüğünü gösteriyordu.

Bazen aniden acısı duruveriyordu, bunun tam olarak nasıl gerçekleştiğini anlayamıyordu ama birdenbire acı yok oluyordu, motorlarını stop eden bir gemi gibi içinde derinlerinde bir şey acıyı durduruyordu, o zaman durup içindeki sessizliği dinliyor, kasılıp, büzüşerek yeniden başlamasını bekliyordu, acının kesildiği anlar en çok ürktüğü anlardı, yeniden başlayacağı zamanı beklemenin tedirginliği acıdan bile zor geliyordu ona.

Biten viskinin yerine votkaya başlamıştı.

Sürekli olarak Yelda'nın telefonunu çeviriyordu.

Hep aynı mekanik ses Yelda'nın "kapsama alanı dışında" olduğunu söylüyordu.

Bir ara telefonu dinlerken gülmüştü, "onu biliyorum" diye cevap vermişti o mekanik sese. "Artık o başkasının kapsama alanında."

Bir yanıyla o büyük kaybı içine sindirmeye çalışırken bir yanıyla da bundan sonra ne yapacağını, zihninde Yelda'ya ayrılmış bir yer olmadan nasıl yaşayacağını düşünüyordu.

"Birini bulmalıyım" diye düşündü.

Bu kez cinsellikten, onu avutacak sevişmelerden söz etmediğini biliyordu, Yelda'yla tanıştığından, onu sevdiğinden beri ilk kez hayatının merkezine, Yelda'ya ayrılmış yere bir başkasını almayı düşünüyor, alışkın olmadığı bu düşünceyi yadırgıyordu. Yelda'dan başkasına bir daha âşık olmayacağına inanmış olduğunu, kendi kararı karşısında duyduğu şaşkınlıktan anlıyordu.

Bu çektiği acıyı gerçek bir bağlılıktan başka bir şey dindiremeyecek, ona Yelda'yı sarsıcı bir aşktan başkası unutturamayacaktı ve o başka bir erkekle yatan kadını artık hatırlamak istemiyor, onu hayatından ebediyen, bir daha asla hatırlamamak üzere silebilmeyi diliyordu.

Bilincinin altındaki karanlıklar sanki bu anın geleceğini daha önceden biliyorlarmış gibi bazı hazırlıklar yapmışlar, orada bazı isimleri biriktirmişlerdi, onların isimlerini fısıldıyorlardı.

Bir aşk arayacaktı şimdi.

Bir daha aynı hataları yapmayacaktı.

O çok sevdiği kadının ölümünde kendi payı olduğunu biliyordu, bu onun öfkesini yatıştırmıyordu, ne olursa olsun sadık kalmasını beklemişti ondan ama gene de bu sonun gelmesinde kendi hataları da rol oynamıştı.

Akşama kadar evin içinde oradan oraya, geçmişi hatırlayarak, öfkelenerek, bunun hesabını soracağına yemin ederek, kimleri arayacağını hesaplayarak, acıdan, kederden kıvranarak, hayatın bir gün öncesine dönebilmesi karşılığında sahip olduğu her şeyi vermeye razı olacağını düşünerek ve hayatın asla geriye dönemeyeceğini korkunç bir pişmanlık ve kederle fark ederek sürüklendi durdu.

Akşama doğru, daha önce aklına gelmeyen "niye"li bir soru birden onu öfkeden çıldırttı. "Niye gideceğini bile bile bir gece öncesinden beni ara diye sıkı sıksıya tembih etti, niye gidişine benim dikkatimi böylesine keskin bir şekilde çekti, arkadaşlarımla gidiyorum deseydi ben bunu fark etmezdim, niye bir gece önceden bana telefonda onları söyledi" diye soruyordu.

Bu soruya, bunu bir insanın ancak düşman olduğu birine yapabileceği cevabını veriyor, Yelda'nın kendisinden intikam almak için ertesi gün başka bir erkekle gideceğini iyice fark etsin diye bir gece önceden ona "mutlaka yarın beni ara" dediğine inanıyordu.

— Bu nasıl bir düşmanlık, biz ne hale gelmişiz?

Bu düşünce, Yelda'nın öldüğü fikrini iyice pekiştirdi aklında.

Akşam bir cevap beklediğinden değil, kendini durduramadığından sürekli tuşlarına bastığı telefonun çaldığını sonra açıldığını hayretle fark etti.

— Neredesin? diye bağırdı. Neredesin?

Yelda şaşkın bir sesle.

— Arkadaşlarla Mardin'e gittik, dedi.

— Öldüğünü sandım, bunu nasıl yaparsın? Nasıl bu kadar düşmanca davranabilirsin?

Hiç susmadan çıldırmış gibi bağırıyordu.

— Niye bir gece önceden illa beni ara diye tutturdun, niye benim dikkatimi bu kadar çekmek istedin?

Acısının nedenini saklıyor, öfkesinin kıskançlıktan değil meraktan olduğunu söylüyordu.

— Oraların o kadar tehlikeli olduğunu söyledikten sonra nasıl böyle ortadan kaybolursun? İnsan hiç olmazsa bir telefon bile etmez mi? İçinde nasıl düşmanlıklar besliyorsun sen? Nasıl sahtekârca saklıyorsun bu düşmanlıkları?

Yelda ağlamaya başlamıştı.

— Herkes gidiyordu, yağmur başlamıştı orada kalamayacağımı düşündüm... Çok acele çıktılar, arayamadım.

— Telefonunu niye kapadın?

— Şarjını köyde unuttum sanıyordum, şimdi bulup taktım ve hemen açtım telefonumu...

— Sen birisine mi âşık oldun?

— Hayır.

— Birisini mi seviyorsun?

— Hayır.

— Birisinden mi hoşlanıyorsun?

Bir sessizlik oldu.

— Evet, ama önemli bir şey değil... Sadece onu görmek hoşuma gidiyor, o kadar...

İkisi de sustular.

Selim dişlerini sıkarak konuştu.

— Neler çektirdin bana bu iki günde ama bunu sana ödeteceğim.

Yelda artık tutamadığı hıçkırıklarla bağırdı.

— Ben aylarca çektim sen de iki gün çek, çok mu?

Selim soğuk bir sesle tane tane cevap verdi.

— Hayatımın en korkunç iki gününü yaşattın bana... Sana yemin ediyorum bunun bedelini ödeteceğim... Bunu ödeyeceksin... İyi geceler... Umarım buna değmiştir.

Telefonu kapattı.

Bütün öfkesinin arasında Yelda'nın birisine âşık olmadığına sevinmişti, hâlâ onun söylediklerine garip bir inatla inanıyordu.

XVII

Bir ucu kopup yere düştüğü için çapraz duran kornişe takılı güneş soluğu perdenin rüzgârı kesik bir yelken gibi döşemeye yığıldığı, aynası çatlamış tuvalet masasının tozla kaplandığı, banyodaki musluğun sürekli su damlattığı, çarşafları eskilikten sararmış, en küçük sesin boş koridorlarda çınladığı bu terk edilmiş zavallı otelde o gece Yelda çok ağladı. Bu yolculuğa çıkarken açıkça olmasa da sezgileriyle bunun ilişkisini bitireceğini biliyordu ama, aynen öleceğini bilmesine rağmen buna inanmayan bir insan gibi, o da bunun gerçekleşeceğine inanmıyordu. Bilmek, anlamaya ve inanmaya yetmemişti.

İçindeki sezginin gerçekleştiğini Selim'in sesi ona anlatmıştı, ilk kez onu bu kadar öfkeli görmüş, onu kaybettiğini kavramıştı.

Bazen beklediğimiz şeyler gerçekleştiğinde, beklemediğimiz bir şeyle karşılaşmış gibi şaşırırız. Bilincimizin her şeyin farkında olduğunu, her şeyi denetlediğini, bütün ihtimallere karşın kendini donattığını, hazırladığını sanan çocuksu küstahlığına karşılık, onun altındaki karanlıkta saklı olan ruhumuz zayıflıklarımızı, güçsüzlüklerimizi iyi bilir, bizi yaşatanın, bize dayanma gücü verenin umutlarımız ve hayallerimiz olduğunun farkındadır, kesin son gelene kadar da her ihtimali kuşkuyla karşılayıp, bilincimizin bildiğinden daha değişik bir sonu gizlice ummayı sürdürür. Bilgiyle umut arasındaki bu çatışma, ölüm gibi, ayrılık gibi büyük acılara rağmen yaşayabilmemizi, hayata tutunabilmemizi sağlar, bedeli ise bildiğimiz gerçeklerle karşılaştığımızda şaşırmaktır. Yelda da bu bedeli ödüyor, bu acılı kopuşun gerçekleşmesine şaşıran ruhu beklenmedik bir darbe almış gibi titriyordu.

Boş koridorlarında gece rüzgârlarının, kuşkulu tıkırtıların dolaştığı otelin odasında kendisini seyreden Taner'in önünde ağlarken aslında Selim'den çok masalını, aşka olan güvenini kaybettiği için üzülüyordu, o aşkı hayatın bütün kötülüklerine karşı onu koruyacak büyülü bir sığınak gibi görmüştü hep, şimdi kötülükler sığınağının içine sızmış, o sığınağı ele geçirmiş, eskitmiş, duvarlarını yıkmış, onu hayatın karşısında çırılçıplak bırakmıştı.

— Niye ağlıyorsun, demişti Taner, kim aradı?

Yelda yalan söylemişti.

— Ağabeyim aradı, önemli değil, ailevi bir sorun... Birazdan geçer.

Selim'i kaybetmeye hazırdı aslında, onun başka bir kadına yazdığı o mektubu okuduğundan beri hazırdı buna ama Selim'siz bir hayata hazır değildi, uzun yıllar içinde birbirlerini sevmeye, birbirlerine kızmaya, ne yaparlarsa yapsınlar zihinlerinin bir yanını birbirlerine ayırmaya o kadar alışmışlardı ki aynı Selim gibi o da hayatında beliriveren bu büyük boşluğa baktığında, ne kadar geniş bir yeri ona ayırdığına şaşırıp, orayı dolduramayacağından endişe ediyordu.

Bir daha kimseyi öyle sevmeyecekti. Bu, korkunç bir gerçekti. Aynı bağdan, toprağın aynı, asmaların aynı olmasına rağmen ancak belli zamanlarda, belli koşulların yan yana gelmesiyle en iyi hasadın alınabilmesi, o hasatla en unutulmayacak, en lezzetli şarabın yapılabilmesi gibi böyle büyük bir aşkın olması için de birçok koşulun bir araya gelmesi, seslerinin birbirlerinin içindeki çınlayışından, tenlerinin kokusuna, gülüşlerinden, dokunuşlarına, konuşurken gözlerinde beliren anlamdan, kederlendiklerinde yüzlerine beliren hüzne, bütün bunları en iyi biçimde algılayıp onları sevgiyle kaydetmeye hazır bir ruh haline kadar ne çok şey yan yana dizilmeli, birbirini tamamlamalı ve o aşkı yaratmalıydı.

Bu, bir daha olmayacaktı.

Bir insanı kaybetmekten daha büyük bir kayıptı bu.

Üstelik, çok şaşırtıcı ama, Selim'in o kederli, içine acının hapishane işi bir dövme gibi işlendiği sesinin ele verdiği üzüntüsü Yelda'yı sandığının aksine hiç sevindirmemiş, tam tersine nerdeyse Heja'ya duyduğuna benzer bir şefkat ve bu acıyı besleyen kendisi olduğu için de vicdan azabı yaratmıştı. Şimdi burada, ışıksız odaları, tozlu salonları, boş mutfaklarıyla bizzat terk edilmişliğin kendisine benzeyen otelin çıplak ışıklı odasında Selim'le olmak, onun yüzünü göğsüne bastırmak, onu teselli etmek isterdi. Böyle zamanlarda, Selim'in onun ağlayışını hatırlaması gibi o da Selim'den zorla aldığı o çocukluk resmini hatırlıyordu. Bir İnka tapınağının önünde, başında And dağlarının köylülerinin giydiği kulaklıklı yün beresi ve yüzünde şaşkın ifadesiyle çekilmiş fotoğrafını, o çocuk yüzdeki masumiyeti hatırlıyordu. O her üzüldüğünde, hastalandığında, kendine olan güvenini ve gücünü kaybettiğinde, onu anlaşılmaz bir şekilde, daha fazla sevip, çocuğu gibi hissetmişti. Şimdi ruhundaki kederin en azından bir yanı, çocuğunu kaybetmiş bir annenin kederine benziyordu.

Yelda'da garip bir hakkaniyet duygusu vardı ve bir zaman sonra Taner'e haksızlık yaptığını, onu o terk edilmiş otele getirdikten sonra hiç ilgilenmediğini düşünüp, yerinden kalktı, elini yüzünü yıkadı.

— Bir şeyler yiyelim mi? dedi.

— Tabii... Ben şimdi gider bir şeyler getiririm.

Odadan çıkarken belindeki tabancasını tuvalet masasının üstüne bıraktı.

— Bu, burada dursun... Kullanmasını biliyor musun?

— Hayır.

— Belki bir gün öğretirim sana...

Taner, ucunda tek bir ampul yanan loş koridorun gölgeleri arasında kaybolduktan sonra elinde plastik bir tepsiyle geri geldi. Tepside bayat bir köy ekmeği ile bir çanak buruşuk zeytin vardı.

Yatağın üstüne oturup onları yediler.

— İhtiyar çay da demliyor, birazdan getirecek, dedi Taner.

Onlar yemeklerini bitirirken ihtiyar, terliklerini sürükleyip, oflamaya benzer tuhaf hırıltılar çıkartarak bir demlikle iki bardak getirdi.

— İhtiyarlık zor, dedi çıkarken kendi kendine konuşur gibi.

Çaylarını içerken, "daha iyi misin?" dedi Taner.

— İyiyim, iyiyim.

Çaylarını bitirdikten sonra seviştiler ama Yelda çok isteksizdi, bir ara "Selim'e benzedim" dedi kendi kendine, "ben de teselliyi sevişmede arıyorum artık."

Seviştikten sonra uyumaya hazırlanırken bir ara nereden aklına geldiyse "Yelda ne demek" diye sordu Taner.

— Uzun demek ama asıl Farsça bir tamlamanın parçası olmakla ünlü bir sözcük... Şeb-i yelda... Yılın en uzun gecesi demek.

— Eeee, dedi Taner... Niye sana bu ismi koymuşlar? Yılın en uzun gecesinde mi doğdun?

Yelda, bu hikâyeyi Selim'e anlattığını da hatırladı.

— Hayır, annemin sancıları akşamüzeri tutmuş ama ben sabaha karşı doğmuşum... Babam bütün gece beklemiş... Ona çok uzun gelmiş o gece... O yüzden adımı Yelda koymuş...

Sonra hafifçe gülümseyerek kendi kendine konuşur gibi ekledi.

— Ama bazen bu isim kaderimi belirlemiş diye düşünüyorum... Bütün hayatım uzun bir gece gibi...

Uykuya geçerken kederle mırıldanarak ekledi.

— Hiç bitmeyen bir gece.

Karışık rüyalarla bölünen huzursuz bir uykudan sonra sabahleyin güneş doğmadan önce çıkıp yola koyuldular. Köye vardıklarında daha kimse uyanmamıştı. Yelda hemen bir duş alıp giyindi. Çıktığında diğerleri de uyanmıştı.

Yemek salonunda Zerrin'i buldu.

— Heja nerede, dedi, onu epeydir görmedim.

— Bilmiyorum sabah evlerine gittim ama annesi bir şey söylemeden öyle yüzüme baktı, dediğimi anladı mı anlamadı mı bilmiyorum ama galiba Heja uyuyordu.

Yakındaki küçük bir köye gitmek üzere yola çıktılar, Yelda çok suskundu, diğerleri de ona uymuş gibiydiler, hiç konuşmadan, dağların arasından, küçük bir derenin üstündeki tahta köprüden geçtiler. Köprüden geçerken birden Zerrin "balık" diye bağırdı, diğerlerinin irkildiğini görünce hafifçe utanarak, "suyun içinde bir balığın zıpladığını gördüm" dedi.

Kabukları soyulmuş gibi gözüken tezek evlerden oluşan köyde bir tek ağaç bile yoktu, bir kayalığın dibine yaslanmıştı. Erkekler bıkkındı, kadınlar ise kuşkucu. Yaşı anlaşılamayan, tıraşı uzamış, kasketi kulaklarına kadar inmiş bir adam, "oldu burada da bir şeyler" dedi, "hep olur, namus davasıdır, namusunu korumanın ayıbı yok."

Çamur rengi bir fakirliğin içinde kaybolmuşa benzeyen, bilinmeyen bir suçtan dolayı dünyadan sürgün edilmiş duygusu yaratan köyün ağır havasıyla çelişen gülümsemesiyle insanda "acaba deli mi" kuşkusu yaratan yaşlı bir kadın, etraftakilerin ne diyeceğine hiç aldırmadan ağzını doldura doldura Kürtçe anlatmaya başladı, o anlattıkça Zerrin çeviriyordu.

— Şimdi bakın, bunlar yalancıdır, ben size işin aslını söyleyeyim. Başlık parası alır kızın babası burada. Mal gibi satar yani... Köylünün gencinde para olmaz, nereden olsun... Para ya ağa oğlunda ya ihtiyardadır. Ağa oğlu ağa kızı alır. Köyün kızı köyün ihtiyarına kalır. Kız genç... İçi fıkırdar, semaver gibi kaynar, eti soğumuş ihtiyarı netsin, gönlünü bir gence kaptırır, kaçar... Bunlar da onları bulup vurur... Sonra da kasıla kasıla namus davası derler.

Bunları gülerek artık hayatta üzülecek hiçbir şey kalmamış gibi anlatıyordu.

Zerrin dayanamayıp kadına sordu:

— Sen de kaçtın mı, teyze?

Kadın ilk kez hüzünlendi, yüzünü buruşturdu.

— Kaçmadım, kızım... Kaçamadım... Anamdır dedim, babamdır dedim, yüzleri yere bakmasın dedim... Keşke kaçaydım, keşke üç beş gün de olsa sevdiğime bir sarılaydım da sonra beni vuraydılar...

— Kimin kimsen yok mu teyze, sana böyle söyleyince kızmıyorlar mı?

— Ah, yok kızım, ya bizim herif kısırdı ya da ben, artık Allah bilir, çocuğumuz olmadı, bizim herif geçen yıl öldü, ben öyle tek ağaç gibi kaldım, günümü beklerim... Kızsınlar, benim onlara kızdığım kadar kızamazlar ya... Çekip de vuracaklar mı, vuran olsa önce ben elini öperim ama hani...

Diğer köylüler başlarını sallayarak "gene konuşuyor deli kadın" der gibi dinliyorlardı, kadınlar ise eşarplarının ucunu tutup yüzlerini kapatarak gülüşüyorlardı.

Dönerken yolda Jacques, "galiba" dedi, "en doğrusunu bu kadın söyledi."

Köye diğerlerinden evvel dönmüşlerdi, tam barakaya girerken Taner sinirli bir şekilde odasından çıkarak sanki daha bir gece önce sevişenler onlar değilmiş gibi hışımla bağırdı Yelda'ya.

— Niye telsizini kapattın, bin defa kapatmamanı söyledim.

Yelda, buz gibi bir yüzle baktı Taner'e.

— Sen böyle bağırırken telsize ne gerek var, zaten sesini o köyden de duyardık...

Taner hiç böyle bir cevap beklemiyordu, sesi sönüverdi birden.

— Ama, bakın bu çok tehlikeli...

Üçü de onun sözünü bitirmesini beklemeden yürüdüler, Zerrin gülümseyerek kolunu Yelda'nın omzuna koydu, Yelda usulca, Zerrin'e hissettirmeden kaydı kolunun altından, o sırada birinin ne kendine acımasına ne de beğenmesine tahammül edebilecek durumda değildi. Zerrin arkasından yetişip kolunu tutarak onu durdurdu. Elini alnına koydu.

— Yelda, senin ateşin var.

— İyiyim... Yok bir şeyim...

— Amy'ye haber vereyim de sana bir baksın... Gömleğinin üstünden bile hissediliyor.

— İyiyim Zerrin, kötü olsam söylerim.

Yelda'nın sesindeki huysuzluğun farkına varan Zerrin sustu.

Bir ara içerisi çok sıcak geldi Yelda'ya biraz dışarı çıkıp hava almak istedi, Taner'in odasının önünden geçerken onun sekreter kızla güldüğünü gördü. Hiçbir şey söylemeden dışarı çıktı, "hastalanıyorum galiba" diye düşündü ama sonra "Zerrin öyle dedi diye böyle hissediyorum herhalde" diye geçirdi aklından.

Akşam diğerleri yemeğe giderken Yelda odasına gidip yatmaya karar verdi, iştahı yoktu, vücudu da kırılıyordu, "uykusuzluktan yorgun düştüm herhalde" diye düşündü, çıkarken baktı Taner'in odası boştu, cipi de yoktu kapıda. "Dayanıklı herif" diye gülümsedi, "uykusuzluk onu yormuyor, bu gece de başkasını yemeğe götürdü demek."

Odasına gidip yattı, hafif bir titreme vardı vücudunda. Zihni bomboştu, hiçbir şey düşünmüyordu. Derin bir uykuya daldı.

Gece yarısı uyandığında her yanı yanıyordu, karnı ağrıyor, midesi bulanıyordu, ter içinde titriyordu, zorla duvarlara tutunarak banyoya gitti, içinde ne varsa çıkardı, odasına dönmeye uğraşırken bacakları titriyordu, merdivenleri çıktı, midesinin bir anafor gibi vücudunu içine doğru çektiğini, gözlerinin karardığını hissetti, Rojda'nın kapısının önünde kendini yere bırakırken, "bayılıyorum" diye düşündü. Kendinden geçti. Ne kadar baygın yattığını bilmiyordu, buz gibi bir terle uyandığında üstünde yattığı taşların soğuğunu hissetti, o soğukluk ona iyi geliyordu. Biraz öyle yattıktan sonra birden inanılmaz bir korkuya kapıldı, güçsüzce Rojda'nın kapısına vurdu ama sesini duyuramıyordu. "Rojda" diye bağırmaya çalıştı ama ancak fısıldayabiliyordu. Saçlarının dibinden ter akıyor, saçları alnına yapışıyordu. Yeniden midesi bulanıyordu ama kalkacak hali yoktu. Son gücünü toplayıp kapıya hızla vurdu.

İçerden Rojda'nın adım seslerini duyunca kendini bıraktı, kapı açıldı, Rojda etrafına bakınıp da kimseyi göremeyince şaşırdı sonra yere bakıp Yelda'yı fark etti.

— Yelda... Ne oldu, neyin var?

— Kötüyüm... Hastalandım galiba...

Rojda, Yelda'yı kaldırıp koluna girerek odasına götürdü, yatağına yatırdı.

— Ben şimdi geliyorum, dedi... Amy'yi uyandıracağım.

Yelda cevap vermeden çıktı, biraz sonra Amy'le birlikte döndüler. Amy geceliğinin üstüne bir pardesü giymiş, küçük doktor çantasını alıp gelmişti. Yelda'yı muayene etti, ateşini ölçtü, sırtını, göğsünü dinledi.

— Fena üşütmüşsün... Ama asıl sorun bünyen çok zayıf düşmüş... İyileştikten sonra da dinlenmen lazım... Kendini çok zorlamışsın... Ama önce şu ateşini düşürelim.

Yelda'ya bir iğne yaptı. Rojda'yla gidip mutfaktan buz alıp bezlere sararak ensesine, alnına, ayaklarına buz koydular. Yelda'ya bir ateş basıyor, bir üşüyordu. Gözleri yorgunluktan ve uykusuzluktan kapanıyor, biraz dalar gibi olunca çırpınarak uyanıyordu. Amy'nin gittiğini gördükten sonra yeniden daldı. Sabaha kadar sık sık uyandı, her uyandığında başucunda Rojda vardı, sirkeli bezlerle bileklerini ovuyor, terden ıslanan üstünü değiştiriyor, alnına soğuk kompres yapıyor, "üşüyorum" deyince içerden kendi yorganını getirip üstüne örtüyor, "yanıyorum" deyince pencereyi açıyordu. Sabaha çok bitkin ama ateşi düşmüş olarak uyandı. Rojda yanındaki iskemleye oturmuş ona bakıyordu.

Zorlukla konuşarak,

— Sen hiç uyumadın mı? dedi.

Rojda gülümsedi.

— İskemlede uyudum... Biraz daha iyi misin?

— Biraz daha iyiyim ama elimi kıpırdatacak halim yok...

— Amy birazdan gelip bir daha muayene edecek... Ben de bu arada sana bir çorba pişirteyim... Ya da kızarmış ekmekle peynir mi istersin? Şöyle demli bir çayla...

— Çok teşekkür ederin, Rojdacığım, hiçbir şey yiyecek halim yok.

— Aa, hiç olur mu öyle şey, daha da zayıf düşersin, çorba mı kızarmış ekmek mi, birini yiyeceksin.

Yelda yavaşça uzanıp Rojda'nın eline dokundu.

— Kızarmış ekmek ama ne olur çok yaptırma...

— Tamam... Başka bir şey ister misin?

— Hayır, sağ ol.

Biraz sonra elinde üstü bir peçeteyle örtülmüş bir tepsiyle geldi, içinde kızarmış ekmek, beyaz peynir, bir bardak da portakal suyu vardı.

— Bunu nereden buldun? dedi Yelda.

Rojda gözlerini kısarak gülümsedi.

— Ben bulurum... Hadi iç, birazdan Amy gelecek.

Zorla bir dilim ekmekle peynir yedirip portakal suyunu içirdi. O sırada Amy geldi.

— Günaydın, nasılsın bu sabah?

— Dün geceden biraz daha iyi.

— Bir bakalım.

Yeniden Yelda'yı muayene etti, ateşine baktı.

— Şimdi bir iğne daha yapacağım, akşama doğru toparlanırsın ama üç dört gün kesinlikle yatmalısın... Dün gece de söyledim, çok zayıf düşmüş bünyen...

Yelda odaya baktı, orada üç dört gün tek başına yatamayacağına karar verdi.

Kalkmaya çalışarak,

— Ben ofiste otururum, dedi, biraz daha iyiyim.

Rojda onun yalnız kalmaktan korktuğunu anlamıştı, omzundan bastırıp doğrulmasına engel oldu.

— Şimdi ben Taner'le konuşur köydeki boş evlerden birini hazırlatırım... Ben de birkaç gün işe gitmem, orada ben sana bakarım.

— Rojda, hiç gerek yok, ben toparlanırım. Sen düzenini bozma...

— Ben de sıkıldım zaten küçücük bir odada kalmaktan, benim için de iyi olur... Doğrusunu istersen işten de sıkıldım, ben buraya gelirken daha eğlenceli olacak sanıyordum... Ben bir ocak bulurum, yemek de yaparız.

Amy de lafa karıştı.

— Yelda, dinlenmen gerekiyor, kendini zorlarsan bu zatürreye çevirir, aylarca yatarsın... Rojda kalırım diyorsa bırak kalsın... Aslında biri de bana baksa hiç itiraz etmem... Hastalığının tadını çıkart.

Sonra Rojda'ya döndü.

— Sen bir ev hazırlat... Hazırlatabilir misin?

— Tabii...

Yelda, Rojda'nın Taner'den bahsedişinden, istediğini yaptırabileceğine olan güveninden onların arasında tahmininden daha fazla bir yakınlık olduğunu anlamıştı ama o anda Rojda'ya karşı öyle bir minnet ve sevgi doluydu ki buna çok aldırmadı.

— Sen şimdi biraz dinlen, dedi Rojda, ben gidip şu ev işini halledeyim.

Onlar çıkarken Zerrin geldi.

— Nasılsın?

— Hasta.

— Öyle gözüküyorsun zaten... Rojda birkaç gün yatacağını söyledi.

— Evet, öyleymiş.

— Sen merak etme biz işleri hallederiz, arabayı ben kullanırım... Jacques da seni ziyarete gelmek istiyor ama rahatsız etmek istemedi... Biraz toparlan o da gelecek.

Zerin yatağın yanındaki iskemleye oturdu.

— Bir şey istiyor musun?

— Teşekkür ederim, hiçbir şey istemiyorum.

— Yoldan istediğin bir şey varsa alıp getireyim...

— Gerçekten yok...

Zerrin Yelda'nın yüzüne baktı dikkatle, Yelda onun dostça ve sevgisini gösteren bir şeyler söylemek istediğini ama beceremediğini, bu tür bir davranışın bir gösteriş gibi algılanacağından endişelendiğini anladı. Gülümsedi. Zerrin onun anladığını fark etti. Utangaç bir şekilde gülümsedi o da.

— Ben gideyim, dedi, yoldan hoşuna gideceğini düşündüğüm bir şey bulursam getiririm... Akşama görüşürüz... Gene de canın bir şey isterse Rojda'ya söyle, bize telsizden haber verir.

Zerrin gittikten sonra Yelda uykuya daldı, Rojda'yla Zerrin'in yakınlıkları ona anlayamadığı bir huzur vermişti. Uykuya dalarken Rojda'yla Taner'in arasında ne olduğunu düşündü ama bir sonuca varamadan uyudu.

Rojda inanılmaz örgütlenme yeteneğiyle sırtını tepelere dayamış boş bir ev ayarlamış, öğleye kadar onu temizletmiş, havalandırmış, eşyalar taşıtmış, nereden bulduysa perdeler bile taktırmış, orayı içinde kalınacak bir yer haline getirmişti. Öğlen Yelda'nın koluna girip, onu eve götürdü, iyi havalandırmış bir odadaki yatağa yatırdı, çorba yaptırıp içirdi.

Yelda ertesi sabaha kadar hiç uyanmadan uyudu. Artık tükenme noktasına geldiği anlaşılan bedeni bir karanlığın içine çekilmiş, aylardan beri hasar gören yanlarını tamir ediyor, yeniden hayata başlayabilecek hale gelmeye uğraşıyordu. Uykusunda bir iki kere inledi, bir kere kısacık bir zaman ağladı ama onun dışında çok sakin ve huzurlu bir uykunun içinde kayboldu.

Uyandığında Rojda gene oradaydı, elinde kızarmış ekmeklerin, beyaz peynirle reçelin ve o mucizevi portakal suyunun bulunduğu bir tepsi vardı.

— Nasılsın?

— Çok iyiyim.

— İyi gözüküyorsun gerçekten...Yüzüne renk geldi. Hadi,

kahvaltını et, ilaçlarını vereceğim sonra.

Yelda yatağın içinde doğrulup sırtını Rojda'nın arkasına koyduğu yastığa dayadı.

— Annem gibisin, dedi, o da hastalandığımda bana böyle bakar.

Rojda'nın yüzünde Yelda'nın anlamını tam çözemediği ama kederli bir anının yansıması olduğunu tahmin ettiği tuhaf bir ifade belirdiğinde Yelda onun bir sırrı olduğunu ve bir gün bunu kendisine anlatırsa bunu dinlemekten üzüleceğini bir an aklından geçirdi. Rojda her zamanki neşesinden yoksun bir gülümsemeyle,

— Annelikten zevk alan bir yapım olduğunu söylerler hep, dedi.

— Ben senin çocuğun olmak için fazla büyüğüm.

— Bir kadın için, dedi Rojda, anneliğin ve çocukluğun yaşı yoktur... Her yaşta ikisi de olabilir.

Yelda, Rojda'nın yüzüne daha dikkatle baktı, Rojda'nın böyle bir cümle söyleyebileceğine inanmazdı, "insanları hiç tanımıyorum" diye düşündü, "kendimle ilgilenmekten onlarla ilgilenmeye vaktim olmuyor."

Rojda, o sırada arkasını dönmüş küçük bir masanın üzerine yerleştirdiği ilaçların arasında bir şey arıyordu.

— Rojda, dedi Yelda.

— Efendim?

Yelda'ya döndüğünde yüzü gene eski, neşeli, çocuksu halini almıştı, Yelda bir an deminki konuşmayı hayalinden uydurup uydurmadığını düşündü. Rojda ona bir ilaç uzattı.

— Bunu yut bakalım.

Yelda yeniden daldı, uyandığında üstüne eğilmiş ona dikkatle bakan Heja'yı gördü. Heja minik elini uzatıp onun alnına koydu.

— Nasılsın kuzu? dedi Yelda.

— İyi...

Heja arkasını dönüp kapıdan çıkarken Yelda "nereye gidiyorsun?" dedi, "geleceğim" dedi Heja başını çevirmeden.

Biraz sonra elinde bir maşrapayla geldi, Yelda'ya uzattı.

— İç.

Yelda bir yudum alıp yüzünü buruşturdu.

— Bu zehir gibi, kuzu...

— İç, dedi Heja, annem yaptı.

Sonra durdu, bir şey hatırlamaya çalışır gibiydi, aniden gülümsedi, hatırladığını anladı Yelda.

— Hatırım için, dedi fısıldar gibi.

Yelda gülmeye başladı.

— Peki içersem sana sarılmama izin verecek misin?

Heja'nın kaşları çatıldı, düşündü.

— Olur.

Yelda yavaş yavaş o maşrapadaki sıvıyı içti. Bitirince Heja'ya maşrapanın boş olduğunu gösterdi.

— İhtiyarladığında, gençliğimde kadınlar benim için zehir içerdi diye övünebilirsin, kuzu... Yemin ediyorum yalan olmaz.

Heja başını öne eğip gülümsedi.

— Gel bakalım şimdi, sen de sözünü tut.

Heja isteksizce yatağın kenarına geldi, Yelda hafifçe doğrulup ona sarıldı, yüzünü Heja'nın boynuna dayadı, odun isi kokuyordu, sonra yavaşça bir mucizenin gerçekleştiğini, iki minik kolun da ona sarıldığını, o küçük ellerin sırtına dokunduğunu hissetti. Sonra Heja birden geri çekildi.

Yelda, Heja'nın yüzünün biraz solgun olduğunu fark edince,

— Sen iyi misin, kuzu, dedi, sütünü içiyor musun, yüzün niye solgun senin, Amy'ye söyleyeceğim sana bir baksın.

— İyiyim, dedi Heja.

— Süt içiyor musun?

Heja gene başını sallayıp kaşlarını çattı.

— Benle İstanbul'a gelecek misin, kuzu?

Heja gene önüne bakıp gülümsedi.

— İsterse anneni de götürürüz... Ben seni burada bırakır da gidersem çok özlerim... Sen beni özlemez misin?

Heja hiçbir şey söylemeden Yelda'nın yüzüne baktı. Yelda neredeyse kadınca bir cilveyle sorusunu tekrarladı.

— Sen beni özlemez misin?

Heja başını önüne eğerek fısıldar gibi cevap verdi.

— Özlerim.

Sonra hiçbir şey söylemeden hızla çıkıp gitti odadan.

Yelda gözlerini kapattı, yüksek ateşten kalan bir baş ağrısı vardı, gözlerinin önünden Heja'nın, Selim'in, Taner'in, Rojda'nın, Zerrin'in, Jacques'ın, Leopold'un, Ceyfır'ın yüzleri geçiyor, hepsi bir başka duyguya dokunuyordu, birbirinden çok farklı bütün duygularda ise, bir senfoninin *Leitmotiv*'i gibi kederli bir ses vardı ama Heja'nın varlığından ve Rojda'nın beklenmedik dostluğundan kaynaklanan bir umut ve sevinç de topraktan başını çıkarmaya çalışan bir tohum gibi içinde bir yerlerde büyümeye hazırlandığının haberini veriyordu. Yeniden uykuya dalmadan önce "yeni bir hayat" diye düşündü ama bu düşüncesini tamamlayamadan uykuya geçmişti.

Üç gün boyunca, aralarda uyanıp yanı başında duran Rojda'ya ya da Heja'ya bakıp onlarla kısa kısa konuşarak uyudu Yelda. Bu uzun uyku döneminde bütün kasları, kemikleri, damarları biriktirdikleri gerginlikleri, yorgunlukları, toksinleri atıp gevşeyerek dinlenirken, ruhu da aylardan beri içinde biriken zehiri rüyalarla, uykuyla uyanıklık arasındaki o muğlak alana saplanan düşüncelerle boşaltıyor, uykunun koruyucu sessizliği içinde Yelda geçmişiyle hesaplaşıyor, kendi hatalarını da Selim'in hatalarını da daha açık görüyor, gizli vicdan azaplarını, öfkelerini, acılarını da fırtınalı bir yolculuktan dönen bir yük gemisi gibi bilincinin sağlam limanına indiriyordu. Bazen ağlıyordu uykusunda, yumruklarını sıkıyor, tam anlaşılamayan kelimeler mırıldanıyordu. Bazen de gülümsüyordu.

Sonunda bir akşamüstü deliler gibi acıkmış olarak uyandı, ev iştah açıcı bir yemek kokusuyla dolmuştu, Rojda ona yemek pişirmişti. Birlikte yemek yediler.

— Çok güzel yemek yapıyorsun, dedi Yelda, iyi ki baştan

beri birlikte oturmuyoruz yoksa ikimiz de buradan iki şişko olarak ayrılırdık.

Rojda memnuniyetle gülümsemiş, onun tabağına biraz daha yemek koymuştu.

Aralarında çok garip, anlatılması çok zor bir ilişki vardı, ikisi de diğerinin Taner'le olan macerasının farkındaydı ama bundan hiç söz etmiyorlardı, içlerindeki hafif bir sızıyı anımsatan kıskançlık ise dostluklarının yarattığı parlak sevincin yanında neredeyse görünmez oluyordu. Bu dostluk aynı zamanda onların kendilerini kabalıklarıyla, ilgisizlikleriyle üzen Taner'den aldıkları çok şık bir intikam gibiydi, yakınlıklarıyla Taner'e ona hiç aldırmadıklarını, onun için birini kıskanacak kadar bile onu umursamadıklarını gösteriyorlar, amaçlarına ulaşıp Taner'i şaşırtarak onun o kuvvetli erkeklik gururunu ve kendini beğenmişliğini sarsıyorlardı. Kadınca bir başka yan daha vardı bu yakınlıkta, birbirlerini de denetleyip, Taner'le ilişkisini sürdürmediğine emin oluyorlardı. Taner'in birlikte eğlendiği diğer kızları zaten önemsemiyorlardı.

Yelda, Rojda'nın neşeli, sevecen görüntüsünün altında çok sağlam bir ketumiyet ve kendine güven saklı olduğunu, sorunları çözmek konusunda az rastlanır bir yeteneği ve güven verici bir gücü bulunduğunu görüyordu. İkisi de birbirinin değerini, Taner'in onların değerini anladığından daha çok anlıyorlardı. Bir daha Taner'le birlikte olmamaya kendilerine bile bir şey söylemeden karar vermiş gibiydiler.

O akşam yemekten sonra Taner, Yelda'yı ziyaret etmeye geldi, hem Yelda'yı görmek hem de neler olduğunu anlamak istiyordu. Yelda, Rojda'nın bir yerlerden bulup getirdiği, oturulacak yeri patlayıp samanları çıkmış olan büyük koltuğun üzerine bir minder koyup oturmuştu. Taner odaya girince önce ne yapacağını bilemedi, etrafta oturacak bir şey arıyordu, iki kadın da onu bir şey söylemeden sessizce izliyorlardı. Sonunda Rojda dayanamadı, "ben sana bir iskemle getireyim" dedi. Tahta bir iskemle getirdikten sonra "iyi bir çay demleyeyim" diyerek onları yalnız bıraktı, bu da Taner'i şaşırttı.

— Nasılsın?

— İyiyim, dedi Yelda.

— İyi gözüküyorsun zaten.

— Sen nasılsın?

— Ben de iyiyim.

Yelda Taner'e bakıyor ve o sırada o adamla ilgili neler hissettiğini anlamaya çalışıyordu, dikkati Taner'den çok kendi içine dönmüştü. Taner'in karşısında her zaman duyduğu korku kaybolmuştu, o korkuyla birlikte Taner'in ulaşılmaz ve görkemli hayali de yok olmuştu içinde, kaidesi yıkılmış bir heykel gibi durduğu yüksek yerden Yelda'nın ayaklarının dibine düşmüştü. Taner'e duyduğu ilginin o tuhaf korkudan beslenmiş olduğunu şaşkınlıkla fark ederken bir yandan da o korkunun tam olarak ne zaman kaybolduğunu çıkartmaya uğraşıyordu, o ıssız otelde Selim'le ilişkisinin bittiğini düşünerek ağladığı gece mi yoksa o gecenin ertesinde Taner'in terbiyesizce bağırışını duyunca onu tersleyip yürüdüğü an mı, tam karar veremiyordu. Bu iki olay arasında, Selim'le koptuğunu düşünmesiyle Taner'e bakışının değişmesi arasında bir bağ varmış gibi geliyordu, sanki Selim'i bir daha görmeme fikrine dayanamayacağını sezdiğinden, bu gerçeği "hayatını bütün erkeklere kapatma" gibi henüz daha tam isimlendiremediği bir büyük "temizlik" hareketinin içine yerleştirerek acısını ve etkisini azaltmak istiyordu.

Ucunda bir pingpong topunun zıpladığı lunaparktaki fıskiyeler gibi kendi ilgisinin Taner'i kendi gözünde nasıl yukarlara çıkartıp yücelttiğini, o ilginin azalmasıyla birlikte onun gözündeki değerinin azalmasından anlıyordu, bazı kelimeleri telaffuzundaki kabalık, bir kadını ziyaretinde ne yapacağını şaşıran beceriksizlik, ellerini bir türlü bir yere yerleştirememesi, artık sevilmediğini düşündüğünde yüzüne ve gözlerine yerleşen o şaşkın sıradanlık, kaybolan güveniyle birlikte güldürme yeteneğinin de soluvermesiyle soğuklaşan esprileri şimdi Yelda'nın gözüne batıyordu. Ellerinin karakoldaki başçavuşun ellerine benzediğini, parmaklarının çok kalın olduğunu da fark etmişti.

Kadınların bir zamanlar hoşlanıp da daha sonra çabucak vazgeçtikleri erkekler karşısındaki duydukları o garip acıma duygusunu hissediyordu Taner'e bakarken, onun böylesine sıradan ve sıkıcı görünmesine kendi duygularındaki değişiklikler değil de sanki Taner'in başına gelen bir felaket neden olmuş gibi onun adına üzülüyordu. Bütün bu uzaklığına karşın ona olan ilgisi tam anlamıyla da kaybolmuş değildi, eski anıların izi hâlâ tazeydi, şimdi onun bu beceriksiz duruşunda sevimli bir yan buluyor, artık onunla istediği gibi oynayabileceğini sezdiğinden gizli gizli biraz oynamak, Taner'i ayaklarının dibinde süründürmek istiyordu ama çok kuvvetli bir duygu değildi bu.

Belirgin bir şey olmamıştı ama Taner Yelda'nın o rahat duruşundan, alaycı sesinden, sakin bakışından onun duygularının değiştiğini anlayıp huzursuzlanmış, fazla oturmayıp gitmişti.

Rojda, "çabuk gitti" diye gülmüştü arkasından ve yaptıkları tek yorum da bu olmuştu.

Amy, Yelda'nın birkaç gün daha evden çıkmayıp dinlenmesi gerektiğini söylemişti. Rojda da işe gitmiyor, Yelda'ya bakıyor, onu şımartıyor, güzel yemekler pişiriyor, mutfak konusunda çok beceriksiz olan Yelda'ya tarifler veriyordu.

Bütün misyondakiler Yelda'yı ziyarete geliyorlar, iş çıkışında onların evinde toplanıyorlardı, Yelda'nın hastalığı misyon hayatının yeni eğlencesi olmuştu, Yelda'nın bir istediğini iki etmeyen Taner eve bir telsiz yerleştirmişti, oradan emirler verip mutfaktan istediklerini de getirebiliyorlardı. Bazen tarçınlı sıcak şarap kaynatıyorlardı. Yelda yeniden bütün ilginin odağı haline gelmişti, herkese takılıyor, şakalar yapıyor, gülüyor, insanları etrafına topluyordu. Ona hediyeler veriyorlardı. Beatrice, "bunu boynuna sararsın çıktığında" diyerek güzel bir İtalyan eşarpı vermişti, o köye geldiklerinden beri beş kelimeden fazla konuşmadıkları Günter dağlardan topladığı bir demet kır çiçeği getirmişti. Leopold esrarlı sigarasını, Jacques tecrübelerini, Amy üyesi olduğu kilisenin papazının eşcinsel nikâh kıydırması üzerine nasıl o kiliseden çıktıklarını anlatışındaki alaycı neşesini sunuyordu.

Heja her gün geliyor, bir şey söylemeden Yelda'nın karşısına oturup ona bakıyordu. Yelda ona harfleri öğretiyordu, İstanbul'u, denizi, vapurları anlatıyordu. Heja kaşlarını çatıp, onun anlattıklarını görmek ister gibi gözlerini kısarak dinliyordu.

Yelda Amy'den Heja'yı muayene etmesini istemişti, Amy de neredeyse zorla Heja'yı muayene etmişti.

— Sağlığında bir şey yok, demişti, ama yorgun biraz... Ona vitamin vereceğim...

Ceyfır da gelmişti bir gün ama o içeri girmemiş tek katlı evin penceresinden başını uzatıp "nasılsın" demişti.

— İyiyim, gelsene içeri.

— Rahatsız etmeyeyim.

— Saçmalama Ceyfır, gel içeri...

Genç teğmenin bakışından onun kendisini özlemiş olduğunu sezmişti Yelda, bir ablanınkini andıran bir şefkat duymuştu. Onu umutlandırmadan sevgisini nasıl göstereceğini bilememiş, sevgisini ona takılarak göstermeye çalışmıştı. "Sen diplomat olmalıydın, Ceyfır, niye asker oldun?" demişti, Ceyfır da gülerek postallarına bakmış, "onların ayakkabıları benim için fazla ince, ben bastım mı toprağı titretmeliyim" diye gülerek cevap vermişti.

— Ne zaman gideceksin? diye sormuştu sonra.

— Yakında zaten herkes gidecek, demişti Yelda.

— Niye onları bekliyorsun, baksana sağlığın da iyi değil... Al çocuğu da git... Yakında buraları çok sıcak olacak, sen bu halinle o sıcağa dayanamazsın.

— Git, git diye tutturan bir erkek bir kadının gururunu çok fazla okşamış olmuyor, Ceyfır, bilmem farkında mısın?

— Ben senin için söylüyorum, demişti Ceyfır.

— Gideceğiz, Ceyfır, yakında, sabırsızlanma... Köyün sana

kalacak... Bakalım bilgi alacak kimse kalmayınca ne yapacaksın? Sıkıntıdan öleceksin buralarda.

Yelda birden durdu.

— Yoksa biz gidince sen de Ankara'ya mı döneceksin?

Ceyfır kendinden memnun bir genç adamın biraz mağrur biraz utangaç gülümsemesiyle güldü.

— Ben buralarda kalacağım, dedi, ben bunun için gönüllü oldum.

Yelda birden onun için korktu.

— Sakın ölme, Ceyfır, dedi, kimseyi de öldürme, olur mu?

Ceyfır gülerek ellerini iki yana açtı.

— Bir askere verdiğin emre bak... Bazen düşünüyorum da, tanrı kadınları, nasıl bir mizah duygusuna sahip olduğunu göstermek için yarattı herhalde diyorum.

— Ceyfır, doğru söyle, bunu bir yerde okudun, değil mi?

Ceyfır Yelda'nın söylediğini ciddiye alıp kıpkırmızı kesildi.

— Hayır... Ben söyledim.

— Ceyfırcığım, tabii sen söyledin... Sen benim Napolyon'umsun... Bir gün genelkurmay başkanı olduğunda seninle çok övüneceğim.

Ceyfır palaskasını düzelterek kalktı.

— Yaz geliyor, dedi, söylediğimi yabana atma, buranın sıcağına dayanamazsın.

Yelda onu yolcu ederken, "bunu düşüneceğine" söz verdi.

Artık biraz dışarı çıkabilecek hale gelince bir akşamüstü Heja'yla birlikte uçurumun kenarına yürüyüp ovaya baktılar, sararmış başakları, yeşil sapları, üstlerine düşen kızılımsı pembe akşam ışıklarıyla gökkuşağı renginde sabırsız bir rüzgâr gibi dalgalanıyor, olduğu yerden kopup uçmak ister gibi kıpırdanıyordu.

— Bu ovayı özleyeceğiz, değil mi, kuzu?

— Evet.

— Ama gene gelir bakarız, İstanbul uzak değil o kadar da.

— Olur.

Eve dönerken kayalıklara doğru bakmıştı Yelda, bir an Selim'i aramayı düşündü. Evde yatarken onun kendisini arayıp bulamamış olabileceğini düşünmüş, aradıysa meraklanmıştır diye üzülmüştü. Hayatının belki de bu en huzurlu, en sakin günlerinde derinlerinde bir yerlerinde bir özlemin varlığını hissediyordu ama Selim'e duyduğu bu özlem bir kozanın içine saklanmış gibiydi, içine yayılmıyor, yakmıyor, canını acıtmıyordu, neredeyse dostça denilebilecek bir özlemdi, özlediği bir erkek değil de cinsiyetinin önem taşımadığı bir insandı, onun konuşmasını, gülüşünü, birlikte olayları değerlendirmeyi özlemişti. Gene de kozasının içindeki bu evcilleşmiş, uslanmış özlemde hâlâ onu ürküten, her an patlayıverecekmiş endişesi uyandıran tehlikeli bir yan seziyordu, ne olursa olsun Selim'in onun hayatının bir yerinde hep duracağını, onun hayalini hep içinde taşıyacağını, bütün yaşadıklarının, mutluluk ve mutsuzluk veren bütün duygularının o alevli yakıcılığıyla hayatlarının bir yerlerinin birbirlerine bir daha ayrılamayacak bir şekilde kaynadığını, bundan hem garip bir sevinç hem de ürkütücü bir ürperti hissediyordu. Eskiden, o acılı günlerde "bu hiç bitmeyecek" diye üzülürken, şimdi bu sakin zamanda "bu hiç bitmeyecek" diye anlayamadığı bir biçimde seviniyordu. O özlemi kozasının içinde taşımaktan memnundu, ne onun yok olmasını ne de patlayıp her yanına yayılmasını istiyordu.

Asıl onu tedirgin eden ise o kozanın içinde özlemle birlikte minik bir balık gibi kıpırdanıp duran "acaba şimdi ne yapıyor?" sorusuydu, o soruyu hiç fark etmemeye çalışıyordu, onu yeniden bir acının içine çekebilecek olanın o soru olduğunu biliyordu, Selim'in neler yapmakta olabileceğine dair de aklından sürekli silmeye çalıştığı bir fikri vardı.

O gece, çoktandır kesilmiş olan çatışmaların yeniden hızlandığını sabaha kadar dinledikleri silah sesleriyle anladılar.

Selim'e bunu anlatmak istediğini fark etti, onun kendisi için endişelenmesini istiyordu.

"Bu da özlemin bir parçası herhalde" diye düşündü.

XVIII

Aşk gibi, kıskançlık gibi çok yoğun duygularla doldukla-rında, birçok erkeğin ruhunda aniden artan duyarlılıklarıyla birlikte meydana gelen o kadınsı kırılmalar, alınganlıklar, vesvese derecesinde endişeler, telaşlar, sabırsızlıklar, sitemkârlıklar, sürekli konuşma isteği Selim'i de teslim almış, sanki kişiliği değişmişti. Okuldaki odasına bile küçük bir radyo getirmiş, Mahmut'un sessiz gülümsemeleri arasında her saat başı Güneydoğu'yla ilgili bir haber olup olmadığını anlamak için haberleri dinlemeye başlamıştı. Yelda'ya bir şey olacak korkusu bir tür hastalık gibi bütün zihnini sarmıştı.

İçinden sürekli Yelda'yla konuşuyor, ona sorular soruyor, niye başka bir erkekle seviştiğini, o sırada neler hissettiğini, o sevişmeden ne kadar zevk aldığını, o adamın yatakta kendisinden daha iyi olup olmadığını öğrenmek istiyordu. Kıskançlık içinde deli bir at gibi koşuyor, her duygusunu ve düşüncesini yaralıyor, aşkı da sahipsiz bir araba gibi peşi sıra sürükleyip götürüyordu.

Yelda'yla bir daha konuşamama, bu soruların cevabını ondan alamama ihtimali bile onu şiddetli bir ıstırapla boğuyor, rengi bembeyaz kesiliyordu. Duyguları tümüyle denetiminden çıkmıştı. Davranışlarını kontrol edemiyor, bazen gereksiz bir gevezelikle insanları bunaltıyor, bazen karanlık bir suskunluğun içine hapsoluyordu. Aklında hep aynı sorular dolaşıyor, sadece Yelda'yla konuşmak, her kelimesinin kendisini vurup yaralayacağını bildiği cevaplarla bütün ayrıntıları öğrenmek istiyordu, nasıl sevişmeye başladılar, sevişmeye başlamadan ne konuştular, ilk kim diğerine dokundu, ilk dokunuşta ne hissetti, nasıl öpüştüler, adam Yelda'nın vücudunun nerelerine ve nasıl dokundu, Yelda sevişirken neler yaptı, ne söyledi, nasıl sesler çıkardı, seviştikten sonra ne dedi... Bütün bunları duymak istiyordu. Her biri kendisi için korkunç gerçekler olan bu ayrıntıları duymayı, bunları saatlerce dinlemeyi niye bu kadar çok istediğini bilmiyordu ama asıl duymak istediğinin Yelda'nın o sevişmelerden zevk almadığını, sıkıldığını, seviştiği adamı aşağıladığını, Selim'i özlediğini ve onun daha iyi seviştiğini söylemesi olduğunu içten içe seziyordu.

Bu sorulara Yelda'dan başka cevap verebilecek, onun yaralarını iyi edebilecek kimse yoktu, onu son bir kez konuşamadan kaybederse hayatı boyunca yaralı kalacağını biliyordu, bundan hiçbir kuşkusu yoktu. Yelda'nın bir başka erkekle sevişmesi, Selim'in kendisiyle ilgili bütün yargılarını, inançlarını ufalayıp bir toz yığınına çevirmiş, o toz bulutunun ardında kendi varlığını göremez olmuştu. Var olduğunu, bir değeri bulunduğunu, hâlâ bir erkek olduğunu anlayabilmesi için Yelda'nın o toz fırtınasını cevaplarıyla yatıştırması, ardında saklı olanları yeniden Selim'e göstermesi gerekiyordu.

Kendi erkekliğine olan güvenini de kaybetmiş, bir daha bir kadınla sevişip sevişemeyeceğini, bir daha bir kadına dokunurken korkuyla titreyip titremeyeceğini, sevişmeyi başarıp başaramayacağını kendine sorar olmuştu. Bazen, zihninin bulutlardan sıyrılıp aydınlandığı, soğukkanlılığına kavuştuğu kısa anlarda, kendisini hayalarına tekme yemiş biri gibi ellerini önüne kapatıp kıvranan bir halde görüp kendi haline gülüyor ama biraz sonra yeniden kıvranmaya başlıyordu.

O günlerde seviştiği ve kendisine o kaybettiği güvenini yeniden bağışlayan kadınlara duyduğu minneti hayatı boyunca kimseye duymamıştı, en azından yatakta eski haline dönebilmeyi başka kadınların yardımıyla başarmıştı ama bu, ruhunu bir kangren gibi çürüten aklındaki soruları yok etmeye yetmemişti. Onların cevabı hâlâ Yelda'daydı. Bu da, Selim'i Yelda konusunda çok endişeli bir hale getiriyor, o cevapları duyamadan Yelda'ya bir şey olacak fikri yırtıcı sesiyle bir matkap gibi içini oyup duruyordu. Endişeler kafasında hayali tehlikeler yaratıyordu ama Güneydoğu'da çatışmaların yeniden başladığını haberlerde duyduğundan beri bu tehlike bir gerçeğe dönüşmüştü. Her an kötü bir haber almayı bekler gibiydi.

Birkaç kez Yelda'yı aramıştı ama ofisteki telefona ya kimse çıkmamış ya da çıkan biri "Yelda Hanım'ın hasta olduğunu" söylemişti. Atlayıp oraya gitmeyi de düşünmüştü ama Yelda'yı başka bir erkekle birlikte gülerken görme ihtimali onu bu fikrinden caydırmıştı.

Sevişmelerle bedenini iyileştirmeye uğraşıyordu ama bunların ruhunu iyileştirmeye yetmeyeceğini biliyordu, zihninde Yelda'ya ayrılan yeri dolduracak bir başkasını bulmadan da iyileşemeyeceğine inanmaya başlamıştı. Birine âşık olmak istiyordu. Bütün kadınlara "buna âşık olabilir miyim" diye bakıyor, onu Yelda'yla kıyaslıyordu. La Rochefoucault'nun "yeni bir aşk en çabuk eski bir aşkın sönmemiş küllerinden doğar" sözünü hatırlıyor ama âşık olamadıkça da sinirlenip, "eski bir aşkın küllerinden belki ama alevlerinden değil" diyordu, "bir aşkın alevlerinden yeni bir aşk doğmuyor." Yelda'ya olan sevgisini azaltmaya uğraşıyordu ama bunu beceremiyordu, onun titrek dudaklarıyla ağlayan yüzü geliyordu hep aklına ve bu görüntü onun duygusal prangasına dönüşüyor, Yelda'dan uzaklaşmasına izin vermiyordu.

Kendisini etkileyecek bir kadın yüzü, kendisine Yelda'yı unutturacak bir kadın sesi bulabilmek için Mahmut'la birlikte lokantalarda, davetlerde, partilerde dolaşıyordu.

Elizabeth'e de İngiliz Konsolosluğu'nun bir davetinde rastlamıştı. Daha önce bir iki kez karşılaşmışlardı ve bu uzun boylu, sarışın İngiliz gazeteci kadın, Fahrünisa'yı andıran zarafeti, Yelda'yı anımsatan zekâsı ve Selim'in çok sevdiği o İngiliz "humoruyla" onun dikkatini çekmişti. O sıralarda biraz da bilinçli bir şekilde ondan uzak durmuştu. Şimdi ise aynı kararlılıkla ona yaklaşmıştı.

Konsolosluktaki konuşmanın daha başında bunun gerçek

bir aşka dönüşemeyeceğini ama pahalı çantaların neredeyse tıpkısı olan o sahte çantalar gibi ilişkilerinin aşkın kendisi olmadan aşka çok benzeyen bir şey olacağını hissetmişti. O sırada aşkın sahtesine, görüntüsüyle aşka benzeyen bir bağa da razıydı.

Elizabeth, kısa sürede parlak yaldızdan bir paket kâğıdı gibi onun hayatını ve ruhunu sarmıştı ama paketin içinde hâlâ Yelda ve ona ait sorular duruyordu. Bir gece, Elizabeth'i bırakıp evine döndüğünde, salonda tek başına otururken birden Yelda'nın "Selim" diyen sesini duymuştu. Bu sesin gerçek olmadığını biliyordu ama zihninde çınlayan ses gerçekti ve bir anda tuhaf bir korkuya kapılmış, Yelda'nın kötü durumda olduğunu, kendisinden yardım istediğini ve doğaüstü güçlerle bu sesin kendisine ulaştığına inanmıştı. Bir yanı bunun saçmalığının farkındaydı ama bir yanı da buna gerçekten inanıyordu.

Öyle korkmuştu ki, korkudan damarları büzüşmüş, kalbi hızla çarpmaya başlamıştı. Kendine bir viski koymuştu. "Deliriyor muyum" demişti, "olmayan sesler duymaya başladım." Televizyonu açmış, bütün haber kanallarına tek tek bakmıştı, bir kanalda Güneydoğu'daki bir çatışma haberinin sonuna yetişmiş, bir arabanın mayına çarptığını duymuştu. Hemen Yelda'nın ofisini aramıştı ama o saatte kimseyi bulamamıştı. Sonra yeniden kanalları dolaşmış, o haberin tekrarını yakalamaya uğraşmıştı.

Bir saat boyunca yabancı kanallar da dahil neredeyse bütün kanalları izleyerek sonunda o haberi yeniden dinlemiş, "yabancı misyondaki bir Türk kadından" söz edilmediğini anlayarak rahatlamıştı.

O hırpalayıcı gerginlikten sonra birden içi boşalmış, tuhaf bir sükûnet belirmişti içinde.

Balkona çıkıp ayaklarını parmaklıklara dayamış ve yıllarca gördüğü eğitimin ve bir bilim adamı olarak çalışmanın kendine verdiği yetenekle kendinden uzaklaşmış ve kendini bir "tarih vakası" gibi sorularla incelemeye başlamıştı.

"Kıskançlık mı yoksa aşk mı bu?" diye sormuştu.

Tarafsız bir soğukkanlıkla hemen cevaplamıştı bu soruyu.

"Kıskançlık."
"Ben hayatımda başka bir kadını böyle kıskandım mı?"
"Hayır."
"Kendi karımı, Fahrünisa'yı böyle kıskandım mı?"
"Hayır."
"Elizabeth'i böyle kıskanıyor muyum?"
"Hayır."
"Böyle kıskanacağım bir kadın tanıdım mı hayatımda?"
"Hayır."
"Neden Yelda'yı böyle kıskanıyorum? Neden ona duyduğum kıskançlık beni böyle sarsıyor, neden kişiliğim değişiyor, neden kendimden başka biri gibi davranıyorum?"
Bu soruya cevap vermeden durmuştu.
Kendine bir içki daha koymuş, yıldız kümeleriyle esrarengiz bir varlık gibi duran gökyüzüne, milyonlarca yıldan beri aynı şekilde akıp giden Boğaz'a, akıntıyla boğuşmaya çalışan, kıçında küçük bir lüks lambasının yandığı balıkçı motoruna bakmış, yutkunmuş ve sonunda cevabını vermişti.
"Onu kimseyi sevmediğim gibi sevdim. Nasıl olduysa onu çok derinlerimde bir yere yerleştirdim. Biri ona dokunduğunda, benim varlığımın özüne ya da o öze çok yakın bir yere dokunuyor. Onun için böyle dengem altüst oluyor."
Derin bir nefes almıştı.
"Ondan kurtulamayacağım. Gerçekten de bir fresk gibi o içimde."
Sonra bencilce bir kızgınlıkla söylenmişti.
"Ondan kurtulduğumu sandığım sırada kaçmalıydım, belki o zaman kurtulurdum."
Bunu düşündüğü anda, onun yapamadığını Yelda'nın yaptığını, "kurtulduğunu sandığı" anda ondan kaçtığını ve bu şekilde belki de gerçekten kurtulacağını, kendisini sorularıyla, kıskançlıklarıyla, acılarıyla yapayalnız bırakacağını fark etmişti.
"Ne yapmalıyım" diye sormuştu, "ne yapmalıyım?"
Bunun cevabını bilmiyordu.

XIX

Yelda iyileşip de ofise döndüğünde çatışmalar da hızlanmaya başlamıştı, artık her köye gitmelerine izin vermiyorlar, bir an önce raporlarını hazırlayıp dönmeleri için baskı yapıyorlardı.

Geceleri köyün girişinde askerler nöbet beklemeye başlamıştı.

Hava karardıktan sonra Taner'den başka hiç kimse köyden ayrılamıyordu, bir tek o olanlara aldırmadan eski hayatını sürdürür gibiydi.

Herkes gergindi, Ceyfır aksi bir adam olmuştu, birkaç defa Yelda'ya "git buradan" demişti, "çocuğu da al git buradan, daha neden oyalanıyorsun?"

Yelda dönmeyi bir iki kez düşünmesine rağmen diğerleri orada kalırken işi yarım bırakıp kaçmaya içi razı olmamıştı ama artık Heja'yı götürebilmek için harekete geçmesi gerektiğini anlamıştı. Zerrin'e,

— Heja'nın annesiyle bir konuşsana, demişti, Heja'yı götürmeme izin verir mi? İsterse onu da götürürüm.

Sonra kendi annesini arayıp durumu anlatmış, o yaşlı kadını da getirmesi halinde babasının onlara bir evle bir iş bulmasına yardımcı olmasını istemişti, annesi bu fikri beğenmediğini hissettirerek, "kızım, o insanlar burada ne yapacak, tanımadıkları bir yerde nasıl yaşayacak?" demişti ama Yelda'nın ısrarı üzerine babasıyla konuşacağını söylemişti.

Hâlâ yorgun olduğu için zaten seyrekleşen köy yolculuklarına artık Yelda katılmıyor, nihai rapor için ofiste çalışıyordu.

İşleri hızlandırmışlardı, herkes bir an önce dönmek istiyordu.

Zerrin de Yelda'yla Rojda'nın evine taşınmıştı, akşamları yemekten sonra oturup uzun konuşmalara dalıyorlar, geceleri artan silah seslerine rağmen bu çatışmaların yakında biteceğini düşünüyorlardı.

Bir gece askerî araçların ürkütücü homurtularını duymuşlar, pencereden baktıklarında gecenin içinde lacivert ışık damlaları gibi gözüken mavi kâğıtlarla kaplı farlarıyla kamyonların uçurumun kenarından vadiye doğru indiklerini görmüşlerdi.

Ertesi sabah sert komutlarla, bağırışlarla uyanmışlardı. Dışarı çıktıklarında herkes karakolun önünde toplanmıştı. Kalabalığa karıştıklarında Yelda karakolun bahçesindeki sedyede yatan yaralı askeri görmüştü, üstüne örtülen battaniyenin karın kısmı kan içindeydi, genç çocuk kanı çekilmiş yüzünün ortasında gizemli bir çiçek gibi duran morarmış dudaklarını ısırıyor, insanların önünde acısını belli etmemek için uğraşıyor, arada bir ağzından bir inilti çıktığında dudaklarını daha fazla çiğniyordu. Yelda çocuğun dudaklarının kanadığını gördü. Ceyfır sert komutlar veriyor, arada bir de yaralı askerin yanına gidip, "nasılsın oğlum?" diyordu.

Asker hep aynı cevabı veriyordu.

— İyiyim komutanım.

— Sık dişini aslanım, şimdi helikopter geliyor, seni hemen hastaneye gönderiyorum... Merak etme, iyileşeceksin.

— Sağ olun komutanım.

Bir helikopterin boğazdan geçip vadinin üzerinden yükseldiğini gördüler, köyün üstünde bir tur attıktan sonra köyün dışındaki düzlüğe indi. Askerler sedyeyi bir arabaya koyup helikoptere taşıdılar.

Helikopter kısa sürede havalanıp geldiği gibi boğazdan geçerek gözden kayboldu.

Yelda, askeri helikoptere götüren Ceyfır'ı karakolun önünde beklemişti.

— Ne oldu?

— Dün gece çatışma çıktı... Dağlardan sızmaya çalışmışlar... Yer değiştirirken vuruldu... Tezkeresine de on gün vardı, biliyor musun?

— Yarası nasıl?

— Ağır.

Yelda korkuyla sordu.

— Kurtulmayacak mı?

— Zamanında yetiştirebilirlerse kurtulur inşallah...

Yelda Ceyfır'ın yüzüne baktı, alnı çamurlanmış, yüzü sanki yaşlanmıştı. Elini tuttu.

— Merak etme, helikopter onu yetiştirir.

Yelda Ceyfır'ın ilk kez sigara yaktığını gördü. Gene aynı cümleyi tekrarladı.

— Tezkeresine on gün vardı, biliyor musun?

Durdu, dişlerini sıktı, dayanamayıp öfkesini açığa vurdu.

— Allah belamı versin, bir çocuğu sağlam getiremedim.

— Niye kendini suçluyorsun... Sen söylüyordun ya, askerlik bu... Sen ne yapabilirsin?

— Ben onun komutanıyım, ondan da diğerlerinden de ben sorumluyum. Onların hepsi bana emanet... Götürdüğüm gibi geri getirmek benim görevim. Kime kızayım?

Yelda, Ceyfır'ın gösterdiğinden de çok üzüldüğünü, onu teselli edemeyeceğini anladı. Çocuğun o solgun yüzü, morarmış dudakları, battaniyedeki kan lekesi gözünün önünden gitmiyordu.

Barakalara döndüğünde içerde hiç ses olmadığını, kimsenin konuşmadığını fark etti. Herkes bilgisayarının başında çalışıyordu. Yelda Rojda'yı buldu.

— Gel, bir kahve içelim, dedi, sonra çalışırız.

Zerrin'i de çağırdılar.

Yemek salonuna gidip kahve koydular, sessizce içmeye başladılar.

— Nasıl dudaklarını ısırıyordu çocuk, dedi Yelda, dudaklarını kanattı ama "iyiyim" diyordu her seferinde.

Zerrin her zamanki soğukkanlı sesiyle konuştu.

— Uzaklarda oturup, çatışma çıktı haberini okumak başka bir şey, gelip burada vurulanları görmek başka bir şey, değil mi? dedi. Çatışma denilen şeyin insanlar arasında yapıldığını, ölenlerin insan olduğunu burada görünce anlıyorsun ancak. O askeri öyle görünce insanın içi parçalanıyor.

— Nasıl da temiz bir yüzü vardı oğlanın, dedi Rojda. Korkmuştur herhalde...

Onlar kahve içerken Taner geldi, davet etmemelerine rağmen teklifsizce oturdu masaya, o gelince sustular.

Taner, sanki erkekliğini göstermek ister gibi abartılı bir kızgınlıkla askeri vuranlara küfretmeye başladı, sesinde bir acı ya da üzüntü yoktu, en azından Yelda böyle bir duygu hissetmedi onun sesinde. Onun askere üzülmediğini, sadece kızdığını düşününce sinirlendi ve yapmaması gereken bir şey yaptı.

— Senin gibi adamlar acı çeken herkes için üzülmezse sonu budur işte... Ağa çocukları küçük kızların ırzına geçip de hem kızı hem kardeşini öldürttüğünde neden üzülmedin? Neden öfkelenmedin, ha? Sen insanlarla ilgilenmiyorsun, sen onların üniformasıyla ilgileniyorsun.

Başını kaldırıp da Taner'e bakınca, gözlerinin grileştiğini, daha önce hiç görmediği madeni bir pırıltının oraya yerleştiğini, kaşlarının çatıldığını, yüzünde derin bir kuşku belirdiğini gördü ve ilk kez gerçekten korktu. Bu, bir kadınla erkek arasında beliren korkuya benzemiyordu, bu bir canlının tehlikeyi gördüğünde hissettiği ölüm korkusunu andırıyordu.

— Sana bunu kim söyledi? dedi Taner.

— Neyi kim söyledi?

— Ağa çocuğunun kızın ırzına geçtiğini.

Yelda şaşırdı.

— Ne bileyim, duydum.

— Kimden duydun?

Yelda kahvesinden bir yudum alır gibi yapıp korkuyu yatıştırmaya çalıştı.

— Sana ne? dedi. Beni sorguya mı çekiyorsun?

— Hayır, ama bu tür lafların kaynağı bellidir. Sen nereden duydun, merak ettim.

— Kim bu lafların kaynağı?

— Dağdaki teröristler... Başkası söylemez bunu burada. Sen nereden duydun?

Zerrin soğuk bir sesle söze karıştı.

— Hadi gidelim, dedi, ben sıkıldım.

İçlerinde tatsız bir sıkıntıyla kalktılar.

Odalarına dönerken Rojda hepsinin içinden geçeni söyledi.

— Bir an önce buralardan gitsek iyi olacak...

Odaya dönüp bilgisayarının başına oturduğunda Yelda'nın içinde pişmanlık ve korku vardı, "söylememeliydim" diye düşünerek kendine kızıyordu. Taner'den gerçekten korkmuş, "nasıl bir adamla seviştim ben" diye tuhaf bir kirlenmişlik ve aldatılmışlık duygusuna kapılmıştı. Sürekli olarak, eline sürünen bir şeyi temizlemek ister gibi ellerini birbirine sürtüyordu.

Biraz sonra Jacques geldi.

— Raporlarınızı yazmaya başlayın, dedi. Beş gün sonra dönüyoruz, buralarda daha fazla kalmanın anlamı yok. Şimdi merkezle de konuştum, son hazırlıkları bitirip gideceğiz.

Sabahleyin gördüğü yaralı askerin yarattığı üzüntü mü, Taner'in dehşet verici hali mi, dönme haberi mi yoksa Yelda'nın mailleri arasında bulduğu o kısa mail mi Selim'i arama isteği uyandırdı bilmiyordu ama Selim'i aramak istedi.

Okuduğu mail hiçbir zaman hoşlanmadığı eski bir okul arkadaşından geliyordu.

"Yeldacığım, nasılsın. Çoktandır görüşemedik. Senin Güneydoğu'da olduğunu öğrendim. Geçen gün Selim'i Rumelikavağı'nda gördüm. Ama konuşamadık. Yanında şu Elizabeth denilen İngiliz gazeteci vardı. Umarım her şey yolundadır. Sevgiler. Aykut."

Yelda'nın ilk aklından geçen "iki ayrı hayat" oldu, "ben neler yaşıyorum, o neler yaşıyor." Elizabeth'i hatırlıyordu, Selim'le birlikte tanışmışlardı bir partide, onların birbirlerinden hoşlandıklarını gösterdikleri ilgiden değil dikkati çekecek kadar tuhaf ilgisizliklerinden hissetmişti, birbirlerine yakıştırmıştı onları, kadınların garip önsezisiyle bu kadınla Selim arasında bir şeyler olacağını sezmişti.

Şimdi bu maili okuyunca içinde bir sızlama duydu ama büyük, sarsıcı bir kıskançlık hissetmedi, bir kızgınlık da hissetmedi, sanki içindeki bütün kızgınlıklar, öfkeler, kıskançlıklar, aldatılmışlığın getirdiği yıkılmışlıklar bu küçük köyde yaşananlarla akıp gitmiş, Yelda'nın içi yıkanmış, temizlenmiş, yeniden sakin ve berrak bir sevgiye hazır hale gelmişti, belki sabahleyin gördüğü yaralı asker de onu o anda hayata bakışını etkilemişti. Selim'i özlemişti ama özlem de öyle o eski yakıcı özlem değildi, kozasının içinde duruyordu gene, belki o koza biraz daha ısınmış, sıcaklığı hissedilir olmuştu. Selim'i kaybetmek istemediğini düşündü yalnızca.

Öğlen yemekten sonra sakin, heyecansız adımlarla kayalığa gitmişti. Kayalar güneşle kızmıştı. Ova topraktan tüten buğunun içinde sanki eriyip su olmuştu,Yelda bir an onun yemyeşil bir deniz gibi akıp gideceğini sanmıştı. Telaşsız bir biçimde Selim'in numaralarını çevirdi. Selim onun sesini duyunca "Yeldacığım" demişti sevinçle, "nasılsın?"

— İyiyim... Müsait bir yerde misin?

— Dışardayım canım... Ben seni akşamüstü arayayım, olur mu?

— Beni ofisten ara rahat olduğunda... Sonra ben buraya gelir seni ararım.

Yelda, Selim'in bu sesini tanıyordu, bu, sevdiği ama çok yakın olmadığı tanıdıklarıyla konuşurkenki kibar sesiydi. Elizabeth'le yemek yediğini düşündü ama bu düşünce bile onu çok fazla üzmüyordu. "Yeniden birlikte olabilir miyiz acaba" diye geçirdi aklından, "iyileştik mi?"

Karakolun yanından geçerken bahçe duvarının gölgesine

çömelmiş bir neferin yaban sesiyle yanık bir asker türküsü söylediğini işitti.

"Evvel yarin sevdiği ben idim
Şimdi uzaklardan bakan ben oldum."

Gülümsedi. "Benim için söylüyor sanki" diye geçirdi aklından. Olanların hiçbiri onun sükûnetini, dengeli özlemini etkilemiyordu, sanki bütün bu duygulardan, acılardan daha önemli bir şey keşfetmiş gibiydi, onun ne olduğunu bilmiyordu ama onu bulduğuna emindi. Onun gücünü ve güvenini, Selim'le yeniden bir araya gelebileceklerine olan inancını artırıyordu bu.

"Ne tuhaf ilişki" dedi kendi kendine, "hiç bitmiyor, hem bizi öldürüyor, hem bizi diriltiyor."

Birden durdu.

"Beni yeniden öldürür mü?" diye düşündü telaşla. Sonra kendi kendine başını salladı, "hayır, zaten öldürdü, şimdi sıra diriltmesinde."

Öğleden sonra arada bir Selim'i, Heja ve Selim'le yapabileceklerini düşünerek, gelecekle ilgili küçük hayaller kurmak için kendisine izinler vererek çalıştı ama aklını işlere veremiyordu.

Bir ara Zerrin'e, "neden Heja'nın annesiyle konuşmuyorsun?" dedi.

— Bana söylemediğin bir şey var. Neden çekiniyorsun konuşmaktan?

Zerrin nihayet aklından geçeni söyledi.

— Yelda, nasıl gidip de kadına, senin çocuğunu alıp götürelim diyeceğim?

— İsterse o da gelsin, annemle konuştum ona da bir evle iş bulacağım... Zerrin, sen konuşmak istemiyorsan, benimle gel, söylediklerimi kadına çevir.

— Olur, dedi Zerrin, bu daha iyi...

Akşamüstü Selim aradı. Yelda telefon ettiğinde Elizabeth'le okulun yakınındaki bir lokantada yemek yiyordu, onun sesini duyduğunda bütün kızgınlığını unutmuş, büyük bir sevinç duymuştu ama hemen bir an sonra kendini toplamış, Yelda'yı ürkütmemesi gerektiğini düşünerek sakin bir sesle konuşmuştu. Akşama kadar sabırsızlıkla beklemiş, eve gidip Yelda'yı aramamak için kendini zor tutmuştu. Yelda'nın o sırada sahip olduğu doğal sükûnete sahip değildi, o yüzden sakin biri taklidi yapıyor, denetimini elden kaçırmamak için büyük bir çaba gösteriyordu. İçi sorularla şişmişti, bütün konuları geçip oraya gelmek istiyordu ama hâlâ bunu yapmaması gerektiğini söyleyecek bir sağduyusu kalmıştı içinde.

Yelda'nın sesi Selim'i sakinleştirmişti, birbirlerini yaralayacak herhangi bir söz söylememek için çok özenli konuşuyorlardı, ikisi de acıyı ve dikkatli olmayı öğrenmişti, birbirlerinin farkına varmışlar, birbirlerinin canını yakabileceklerini kendi canları yanarak fark etmişlerdi. Duygulara hiç değinmiyorlardı, Selim Mahmut'la kitabı yazmaya karar verdiklerini, belgelerin çoğunu topladıklarını anlatırken Yelda sabahleyin vurulan askeri anlattı, Selim, "yazık bu çocuklara" dedi gerçek bir üzüntüyle, "hep gençler ölür, biliyor musun."

Yelda daha sonra hastalandığından söz etti.

— Hastalandığını biliyorum, dedi Selim.

— Nereden biliyorsun?

— Aradım birkaç kere, hasta olduğunu söylediler... Çok merak ettim.

Yelda Selim'in kendisini aramış olmasına bu kadar sevinebileceğini tahmin etmemişti, bir an sükûnetini kaybedip coşkuyla,

— Aradın mı gerçekten? dedi.

— Evet.

— Ben de belki ararsan merak edersin diye düşündüm , biliyor musun? Ama yataktan kalkamıyordum.

Birbirlerinin seslerine o kadar alışkındılar ki konuşmaya mümkün olduğunca mesafeli ve ölçülü başlasalar da, o iki ses kalın bir kumaşa sürtülmüş iki demir parçası gibi birbirini çekiyor, hızla birbirine yapışıyordu, o anda sadece birbirlerini ve seslerini fark ediyorlar, diğer duygularını daha sonra hatırlamak üzere unutuyorlardı. O çok sevdikleri ve başka hiç kimsenin yanında hissetmedikleri, ruhlarına yayılan garip ısıyı hissettiler.

— Merak edebileceğin aklıma geldi, dedi Selim.

Yelda boğazına bir şey düğümlendiğini hissetti.

— Selim...

— Efendim?..

Bir sessizlik oldu.

— Efendim canım?

— Ben beş gün sonra dönüyorum.

Gene bir sessizlik oldu, Yelda Selim'in henüz bu tür konuşmalara hazır olmadığını, erken davrandığını fark etti. Onu herhangi bir cevap vermek zorunda bırakmamak için aceleyle ekledi.

— Heja'yı da getireceğim... Yarın annesiyle konuşacağım.

— O oğlanı çok merak ediyorum.

— Çok seveceksin.

İkisi de geleceklerini, görüşüp görüşmeyeceklerini dolaylı yoldan konuşabilmenin yöntemini bulduklarını anlamışlardı, Heja'yla ne yapacaklarını konuşuyorlardı şimdi, o küçük oğlanın bütün her şeye rağmen onların yeni masalı olabileceğine dair çok belirsiz bir ümit belirmişti içlerinde. Bu konu, Selim'in gelecekle ilgili tutukluğunu da çözüyordu.

Yelda'nın ruhundaki sükûnete karşılık Selim'in bütün duyguları düzenini kaybetmişti, bir yanıyla Yelda'yı hemen istiyor, ondan kopamayacağını biliyor, uzun uzun konuşup sorularının cevaplarını almayı, Yelda'ya yeniden alışmayı diliyordu, bir yanı ise o korkunç hafta sonunu kendisine yaşatan, kendisini öyle terk edip gidecek kadar başka bir erkeğe tutulan, başka bir erkek tarafından azarlanmaya boyun eğen bir kadını asla bir daha kabul edemeyeceğini, ona güvenemeyeceğini söylüyordu. Bu karışıklığı aşana kadar Yelda'yla gelecekten konuşmak istemiyor ama birlikte yaşayabilecekleri bir gelecek umudunu da ortadan kaldırmaya razı olamıyordu.

Heja onları cehennemden cennete giden yolda dinlendirecek büyülü bir araf gibiydi, ondan söz ederek hiçbir şey konuşmuyormuş gibi her şeyden konuşuyorlardı. Sevinçliydiler.

— Ben ona İngilizce öğretirim, dedi Selim.

Yelda her zamanki açıksözlülüğüyle,

— Dur, önce doğru dürüst bir Türkçe öğrensin, dedi.

— Sen Türkçe öğret, ben İngilizce öğreteyim.

— Zavallı kuzucuğum da bunalıp kaçsın sonra...

Yelda konuşmalarının arasında usulca, sanki önemsiz bir şey söylüyormuş gibi Rojda'yla birlikte bir eve taşındıklarını, bütün zamanlarını birlikte geçirdiklerini söyledi, karşı tarafta oluşan sessizlikten ne söylemek istediğini Selim'in anladığını ama bunu konuşmak istemediğini sezdi.

Selim, Yelda'nın o adamdan ayrıldığını bile duymaya tahammül edemiyordu o anda, öyle bir olay yokmuş gibi davranmak, çoktandır özlediği o güzel ve sıcak yakınlığın tadını çıkarmak istiyordu.

Yelda, Selim'in kendisini affetmekte çok zorlanacağını hissetti ama "birlikte bunu aşarız" diye düşündü, "ben onun yaptıklarını unuttuğuma göre o da bunu unutabilir."

Konuşmanın bir yerinde, "insan affedebilmeli" dedi Yelda.

Cevap gelmedi, Selim duygularını sessizlikle anlatmayı öğrenmişti.

— Sen affedemez misin? dedi Yelda.

Gene bir sessizlik oldu, sonra kırgın bir ses duyuldu.

— Bilmiyorum...

Yelda sabırsızlık etmemesi gerektiğini biliyordu, içinden bir ses "sabırlı ol" diye bağırıyordu ama o kendini tutamıyordu.

— Selim...

— Efendim?..

— Bana karşı anlayışlı olmanı istemeye hakkım yok mu?

Öfkesini zor zaptettiği anlaşılan pürüzlü bir ses cevap verdi.

— Şu anda kimin neyi istemeye hakkı olduğunu bilmiyorum, Yelda... İstersen bunları sonra konuşalım...

— Peki... Ama bana anlayış göster, olur mu?

Sessizlik oldu... Yelda ısrar etmemesi gerektiğini anladı.

— Akşam kızlarla yemek pişireceğiz, dedi... Heja da gelir umarım...

Sonra da cilveyle ekledi.

— Yemekten sonra ararım seni belki...

— Olur, ben evdeyim.

Selim akşam Elizabeth'le buluşacaktı ama Yelda'nın arama ihtimali için onunla randevusunu iptal etmeye o anda karar vermişti.

Telefonu kapattıklarında değişik biçimlerde sevinçliydiler, Yelda Selim'le yakınlaşabildikleri için, Selim ise Yelda'yı yeniden geri alabileceği ve sorularını sorabileceği konusunda umutlanabileceği için seviniyordu.

Akşamleyin, Yelda eve gitmeden önce karakola uğrayıp Ceyfır'a yaralı askerin durumunu sordu.

— Bir haber var mı?

Ceyfır'ın yüzü gülüyordu.

— Ameliyat etmişler... Yırttı bu sefer dediler... Tezkeresine gidebilecek.

— Gözün aydın... Çok sevindim.

Eve neşeyle gitti, kızlara sevinçle müjdeyi verdi.

— Yaralı asker kurtulmuş... Ameliyat etmişler...

Rojda,

— Bir şişe de şarabımız var, dedi. Çocuğun kurtuluşunu kutlayalım...

Sonra birden hüzünlendi.

— Onun şimdi evde bekleyeni vardır... Meraklanıyorlardır... Dönünce ne sevinecekler...

Yemeği hep birlikte hazırladılar, masayı evin önüne çıkardılar, batan güneşin kızıllığıyla dağlar bir alev çanağı gibi çevrelemişti köyü, evlerin arasındaki yollar kararmaya başlamıştı ama gökyüzünde hâlâ parlak bir mavilik vardı. Askerin kurtulduğunu öğrenince sanki birden hava hafiflemiş, köyün üzerinden bir ağırlık kalkmıştı, epeydir sessiz olan evlerin çoğundan gürültüler, şakalar, her dilden neşeli konuşmalar duyuluyordu, son günlerdeki gerginliklerle, silah sesleriyle bunalan insanlar sevinçli bir haberle coşmuşlardı, herkes genç askerin kurtuluşunu kutluyordu.

Yelda masaya belki Heja gelir diye dördüncü bir tabak daha koymuştu ama Heja görünmedi.

— Niye gelmedi acaba? dedi Yelda.

Zerrin dudaklarını büzüp, kaşlarını çatarak Heja'nın sesini taklit etti.

— Onun işleri var, o kocaman bir adam.

Sonra köy dedikodularına daldılar, Ceyfır'la Beatrice'nin ilişkisinin nasıl olduğunu, Günter'in neden kadınlara o kadar uzak durduğunu, Jacques'ın son zamanlarda çok sessizleştiğini konuştular, Amy'nin dindarlığını şakalarla çekiştirdiler.

— Bence Günter Leopold'dan hoşlanıyor, dedi Rojda.

Yelda, onlarla konuşurken genç kızlık günlerine dönmüş gibiydi, önemsiz dedikodular, hafif konuşmalarla sanki sihirli bir tavşan gibi harikalar âlemine çekilmiş, gerçeklerden, dertlerden kurtulmuştu, tasasız, dertsiz konuşmaları ne kadar özlediğini düşündü.

Yemekten sonra konuşmalar iyice hızlanmış, erkeklerle dalga geçmeye başlamışlar, onların salaklıklarıyla alay etmeye koyulmuşlardı, Yelda bir ara Selim'e arayacağına dair söz verdiğini hatırladı, konuşmayı bırakmak istemiyordu ama o hafta sonundan sonra söz verip de aramamanın sonuçlarının çok ağır olabileceğini hissediyordu.

— Ben hemen döneceğim, dedi.

Gidip Selim'i aradı.

— Canım, ben kızlarla yemek yiyorum, sana söz verdiğim için aramaya geldim ama hemen döneceğim, kızlara ayıp olur... Yarın konuşuruz, olur mu?

— Tabii canım.

Telefonu kapattığında Selim'in yüzü kararmıştı, artık Yelda'nın kendisiyle konuşmayı eskisi kadar sevmediğini düşünmüştü, sadece başka bir erkek için değil başka insanlar, arkadaşlar için de kendisiyle konuşmaktan vazgeçebiliyordu.

Yelda, kendisi yokken kızlar odalarına çekilecekler, masa dağılacak diye telaşla döndü, kızlar onu bekliyorlardı, soran gözlerle baktılar.

— Bir arkadaşımı aramam gerekiyordu, dedi.

Gece yarısına kadar konuştular, ayın yükselişini, dağların gümüş kabartmalara dönüşünü izlediler. Yattıklarında Yelda Selim'in biraz kırıldığını düşündü ama "yarın onun gönlünü alırım" diye gülümseyerek, çoktan beridir ilk kez hayaller kurarak, akşam serinliği gibi ferah ve huzurlu bir uykuya daldı.

Sabahleyin Yelda garip, uğursuz bir uğultuyla uyandı. Üstüne bir şey alıp dışarı çıktığında evin önünde duran Rojda'yla Zerrin'in de ne olduğunu anlamaya çalıştıklarını gördü.

Uğultu köyün sonundan geliyordu, Zerrin birden "aman Allahım" diye bağırarak koşmaya başladı, koşarken diğerlerine de "koşun" diye sesleniyordu,

— Koşun, ağıt yakıyorlar.

Rojda, Zerrin'in peşinden koştu, iki kız engebeli sokakların arasında gözden kayboldular.

Yelda olduğu yerde duruyordu.

Sonra yavaş yavaş yürümeye başladı, köyün sonuna doğru yaklaştıkça kadınların yaktığı Kürtçe ağıtın sesleri daha belirginleşiyordu, Heja'ların evinin önünde bir kalabalık toplanmıştı. Köylüleri, kenarda bekleyen askerleri gördü.

Eve yaklaştığında Zerrin ağlayarak kalabalığın arasından çıkıp Yelda'ya sarılarak onu tutmak istedi.

Yelda onu yavaşça itip bahçe kapısına geldi.

Önce mor saçlı kadını gördü, bahçenin kenarında öyle kıpırtısız duruyordu. Yanık odun kokusunu duydu. Sonra altındaki minik kabarıklıkla bahçenin ortasındaki beyaz çarşafı fark etti.

O sırada Rojda yanına gelmişti.

Yelda kimse kendine bir şey söylemeden ağlamaya başladı. Rojda'ya baktı.

— Heja mı?

— Köylüler uçurumun dibinde bulmuşlar bu sabah... Ensesinden vurulmuş.

Yelda Rojda'nın omzuna tutundu, Zerrin de gelmiş ona yavaşça sarılmıştı.

— Ah kuzu, dedi Yelda... Ah kuzu... Ben ona erkek kuzu olma dedim...

Dudakları titriyor, yaşlar gözlerinden iri taneler halinde dökülüyordu.

— Kim yapar bunu? Daha on iki yaşındaydı... Tanrım, kim yapar bunu?..

Beyaz çarşafa doğru bir adım atıp durdu.

— Zerrin, dedi, sor annesine lütfen Heja'ya sarılabilir miyim?

Zerrin duraklayınca bağırdı.

— Sor annesine... Lütfen sor... Heja'ya sarılabilir miyim, sorsana... O korkar şimdi yalnız başına... O kuzu... Sor annesine lütfen, izin verir mi?

Zerrin, Yelda'nın bütün vücudunun titrediğini, yüzünün beyazladığını gördü. Tam kendinde olmadığını fark etti. Bayılacağından korktu bir an. Usulca, "tamam" dedi, "soracağım."

Mor saçlı kadının yanına gidip ona bir şeyler söyledi. Kadın başını salladı. Zerrin Yelda'ya işaret etti. Yelda yavaşça yürüdü. Ağıt yakan kadınlar susmuşlardı, herkes ona bakıyordu.

Çarşafı açtı, Heja gözleri kapalı, solmuş yüzüyle yatıyordu, yüzünde "olur" dediği zamanlardaki ifadesi vardı.

Yelda diz çöküp Heja'yı kucakladı, başını dizine dayadı.

— Kuzu, diye inledi... Ah kuzu...

Kucağında Heja'yla ağıt yakan kadınlar gibi sallanıyor, Heja'yı göğsünde sıkıyordu. Hep aynı sözcükleri söylüyordu.

— Ah kuzu... Ben sana erkek kuzu olma demedim mi...

Yaşlar Heja'nın yüzüne damlıyordu.

— Hiç sana sarılmama izin vermezdin, bak sarılıyorum...

Başını Heja'nın boynuna bastırıp kokladı, dağ gecesi ve yanmış odun kokuyordu.

Dudaklarını Heja'nın kulağına yanaştırarak, başka kimse duymasın diye fısıldadı.

— Sen benim oğlumsun... Kuzumsun... Biliyor musun, hep öyle kalacaksın...

Sanki canının yanacağından korkuyormuş gibi Heja'nın başını yavaşça, dikkatle yere koydu. Çarşafı üstüne örttü. Ayağa kalktı. Gözlerini sildi. Kimseye bakmadan hızlı adımlarla bahçeden çıktı.

Köyü hızla geçti, kapıdaki nöbetçinin bir şey söylemesine zaman bırakmadan yanından geçip karakola girdi, Ceyfır'ın kapısını çalmadan açtı.

— Sen mi yaptın? diye bağırdı. Çocuğu sen mi öldürdün?

Ceyfır yerinden kalktı.

— Ne diyorsun Yelda? Ben subayım, katil değilim.

— Bırak palavrayı... Sen mi öldürdün?

Yelda'nın yüzü kasılmış, gözleri derin iki kuyu gibi kararmıştı, kendisinden beklenmeyen şekilde öfkeli bir mahalle kabadayısı gibi konuşuyordu.

Ceyfır onun bir sinir krizi geçirdiğini ya da geçirmek üzere olduğunu anladı. Elinden tutup oturttu.

— Şerefim üzerine yemin ediyorum, kutsal bildiğin ne varsa onun üstüne yemin ediyorum ne benim ne de adamlarımın bir ilgisi var... Hiçbir üniformalı subay yapmaz bunu Yelda... Bir çocuğu öldürmez...

— Kim yaptı? Sen her şeyi bilirsin, bunu mu bilmiyorsun.

— Bilmiyorum ama öğreneceğim...

— Niye yaptılar bunu, Ceyfır? Niye yaptılar... On iki yaşındaydı.

Ceyfır durup düşündü, derin bir nefes aldı.

— Çocuğun kuryelik yaptığından kuşkulanıyorlardı.

— Daha on iki yaşındaydı, diye inledi Yelda...

Ceyfır içini çekti.

— Seni defalarca çocuğu alıp gitmen için uyardım, dedi, beni dinlemedin...

Yelda hıçkıra hıçkıra ağlamaya başlamıştı, gene aynı cümleyi tekrarladı.

— Daha on iki yaşındaydı...

Ceyfır'ın sesi birden sertleşip soğuklaştı.

— Bunu, o yaşta bir çocuğu kurye olarak kullananlara da söylemelisin...

Yelda ayağa kalkıp ağlayarak bağırmaya başladı...

— Allah hepinizin belasını versin... O bir çocuk, kurye olsa ne olur, olmasa ne olur... On iki yaşındaydı daha... Kuzuydu o, Allahın belaları...

Gözlerini elinin tersiyle sildi.

— Bak, dedi, bütün kalbimle Allah'tan diliyorum, bunun hesabını hepinize ödetsin...

Tam kapıdan çıkarken genç teğmenin soğuk ve mesafeli sesini duydu arkasından.

— Neden bir de Taner'e sormuyorsun, o geceleri çok dolaşıyor.

Buz gibi demirden bir el Yelda'yı midesinden yakaladı, o soğuğun bütün vücuduna, ellerine, kılcal damarlarına dağıldığını, içinin kaskatı kesildiğini, nefes borusunun kasıldığını hissetti.

Düşmeden önce Ceyfır onu yakalayıp bir iskemleye oturttu.

XX

O gün akşamüstü, köyün hemen yüz metre ötesinde, dağın yamacına gömdüler Heja'yı. Gölgeler uzamaya başlamıştı. Mavi parıltılı bir kızıllık dağları, köyü ve ovayı kaplamıştı.

Yelda her şeyi kızıl bir titrekliğin içinde seyretti, o küçük çukurun başında geçirdikleri kısa süre içinde belleği kederin ağırlığı altında çökmüş gibiydi, niye orada toplandıklarını hatırlayamadığı anlar oldu, ilgisiz bir dikkatle köylüleri saydı, altısı kadın on üç kişiydiler, bazılarını daha önce hiç görmemişti, misyon üyelerinin ellerindeki cılız dağ çiçeklerini, Ceyfır'ın apoletindeki tek yıldızı, kalabalıktan ayrı duran Taner'i fark etti. Mor saçlı kadın mezarın başında son oğlunun da gömülüşünü hiç kımıldamadan izliyordu. Gördükleri bir bütünlük içinde toplanmıyordu, her şey kırılmış bir aynadaki görüntüler gibi değişik parçaların içinde ayrı ayrı duruyordu, bütün görüntüler gittikçe yoğunlaşan o kızıllığın içinde topraktan tüten bir buğu gibi gerçekliklerini kaybederek dalgalanıyorlardı.

Büyüyüp koyulaşan gölgelerle birlikte dağların ıssızlığı artıyordu, bütün duygularını kaybetmiş gibi gözüken ruhu yalnızca bu ıssızlığı algılıyor, o ıssızlık içini kaplıyordu, kabaran gölgeler ve geceye hazırlanan bir dağın kimsesiz sessizliği bütün ruhuna yayılıyordu.

Dağlara bakıyordu, köye, uçuruma, ovaya, o küçük ve zavallı kalabalığa... Hayata ait bir şey görmüyordu burada, sanki içinde yaşadığı zamanın ve mekânın dışına çıkmış, bir başkasının kendisini hiç ilgilendirmeyen rüyasının içine girmişti. Gerçeğe benzemiyordu gördükleri.

Hiç kıpırdamıyordu. Ağladığının farkında değildi.

Yalnızca, çukurun üstüne toprak atmaya başladıklarında öne doğru bir adım atmıştı ama Zerrin sıkıca kolundan tutarak onun hareket etmesini engellemişti. Kolunu tutan parmaklara itaat etmişti.

Dağın yamacında küçük bir toprak tümseği arkalarında bırakarak sessizce dağılmışlardı.

Köylüler Heja'ların evine gitmişler, misyon görevlileri de Yelda'larda toplanmışlardı.

Rojda gelenlere çay yapmıştı.

Karanlık çöktüğünde herkes evine çekilmişti.

Birbirine yabancı birçok insan o karanlık köyde o gece ortak bir yasın acısını paylaşmış, hep birlikte yaşadıkları o uçurumun kenarında hayata ne kadar uzak, ölüme ne kadar yakın olduklarını fark etmişlerdi.

Askeri araçların homurtusu artarken Yelda, Zerrin ve Rojda, bir idare lambasının etrafında toplanmışlardı. Cam koruyucusunun içinden çıkmaya uğraşırmış gibi arada bir uzayan küçük aleve konuşmadan bakıyorlardı. Yelda durgun bir sesle,

— Orada korkacak yalnız başına, dedi.

Zerrin güldü.

— O korkmaz, anlaşılan geceleri hep oralarda dolaşıyormuş.

Bir an durakladıktan sonra, pürüzlenen sesiyle ekledi:

— O erkek kuzudur.

Bunu söyledikten sonra birden hıçkıra hıçkıra ağlamaya başladı, omuzlarının sarsılışı duvarlara geniş, hareketli gölgeler halinde yansıyordu.

Rojda elini Zerrin'in omzuna koydu.

— Ağlama...

Sanki neden ağlamaması gerektiğini anlatmak için bir sebep arıyormuş gibi sustu, Yelda onun devam edeceğini sandı ama Rojda başka bir şey söylemedi.

Uzaklardan silah sesleri başladı.

— Sabaha kaç kişi daha ölecek, dedi Zerrin.

— Bazen kendimi ölmüş gibi hissediyorum, dedi Rojda, sanki ölüler âlemindeyim...

Gene sustular.

Bütün köy gibi onlar da ölümün canlı bir varlık gibi oralarda dolaştığını hissediyorlardı.

Silah sesleri bazen bir cehennem kuşunun şakıması gibi uzun takırtılarla sürüyor, sesler dağları tek tek dolaşarak yankılanıp çoğalıyordu.

Sabaha doğru Zerrin'le Rojda yatmaya gittiler, Yelda koltuğundan kımıldamadı. Heja'yı niye öldürdüklerini düşünüyor, aklına uğursuz bir ihtimal geliyordu.

— Acaba Taner'e o ağa oğluyla ilgili söylediklerimi, Heja'nın bana dağdakilerden haber getirdiği biçiminde mi yorumladılar, benim dağdakilerle Heja aracılığıyla temas kurduğumu mu düşündüler? Bazı sırlara sahip olduğumu, gidip bunları anlatacağımdan mı kuşkulanıyorlar?

Bu ihtimalin kendisi için de ne büyük bir tehlike yarattığının farkındaydı ama o anda o kadar gerçeklerin dışındaydı ki en küçük bir korku hatta bir ürperme bile hissetmiyordu bunu düşündüğünde.

Taner'e gidip "sen mi öldürdün?" diye soramamıştı, onun yüzünde göreceği küçük bir kımıltıdan Heja'nın katilinin Taner olduğunu anlamaktan korkmuştu, Taner'le ilgisi yoktu bu korkunun, sadece Heja'nın katiliyle sevişmiş olduğu gerçeğini taşıyamayacağını biliyordu. Şimdilik buna hazır değildi.

Selim'le konuşmak, onun sesini duymak istiyordu.

Onu, içine kapandığı bu tuhaf âlemden onun sesi çıkarabilirdi, bunu biliyordu ama Selim'e Heja'nın öldüğünü söylemek istemiyordu, Selim'e bunu söylediğinde, kendi sesinin "Heja öldü" dediğini duyduğunda Heja gerçekten ölecekmiş gibi geliyordu ona, bunu Selim'e söyleyene kadar bilinci bu ölümü kabul etmeyecekti, her şeyi biraz sonra uyanacağı bir kâbus gibi yaşayacaktı.

Sabaha kadar uyumadı. Düşündü.

Heja'nın konuşmalarını hatırladı, onunla ilgili hayallerini, onun Selim'le kendisini geleceğe taşıyacak bir köprü olduğunu, mor saçlı kadının duruşunu...

Güneş doğarken gülümsemişti.

— Ne garip, burası benim köyüm oldu artık, burada bir parçam var...

"Tekrar geleceğim" diye geçirdi aklından, "isterse Selim'le birlikte geliriz. Kuzu, benim onu görmeye geldiğimi hep bilecek."

Hava aydınlanırken evden çıktı. Köyü geçip dağın yamacına vardığında mor saçlı kadın mezarın başında sanki oradan hiç ayrılmamış gibi duruyordu. Karşılıklı durdular. Birbirlerine baktılar. Kadının yüzünde hiçbir ifade yoktu ama acı yüzüne, tenine, çizgilerine öyle yerleşmişti ki o ifadesiz yüzde acının kendisini görebiliyordu Yelda.

Dağ zirvelerinde beliren pembelik yüzlerine yansıyana kadar hiç konuşmadan karşılıklı durdular.

Sonra Yelda dönüp köye doğru yürümeye başladı.

Kadının da arkasından yürüdüğünü duyuyordu.

Heja'ların evinin önüne geldiklerinde kadın yetişip onu kolundan tuttu, Yelda döndü, kadın ona baktı, hiçbir şey söylemeden eve gitti, elinde bir kartpostalla dönüp Yelda'ya uzattı.

Üstünde Kız Kulesi olan bir kartpostaldı. Kız Kulesi'nin gerisinde İstanbul'un silueti görülüyordu. Arkasını çevirdi. Yazmayı yeni yeni öğrenen Heja'nın o acemi el yazısıyla ve büyük harflerle "YELDA" yazılmıştı.

Çizgileri çarpılmış, hizaları şaşmış o harflere bakarken, Heja öldüğünden beri gerçeklikle arasına bilincinin çektiği duvar birden çöktü, o duvarın ardında birikmiş olan ve bir buzlu camdan seyrediyormuş gibi gördüğü ama tam olarak algılamadığı o korkunç gerçek birden dehşet verici bir acıyla çarptı ruhuna, Heja'yı bir daha asla göremeyeceğini kavradı. Ölümün gerçekliğiyle kendi varlığının gerçekliğinin çarpıştığını, varlığının parçalandığını, dağıldığını, bazı parçalarının havada uçuşan sönmüş küller gibi içine bir daha asla dirilmeyecek ölü parçalar halinde yığıldığını hissetti. Gözleri büyüdü, ağzı bir çığlık atacakmış gibi açıldı ama ses çıkmadı.

Birden arkasını dönerek koşmaya başladı.

Kayalıklara varana kadar durmadı.

Dün geceden beri aklını kurcalayan "acaba Heja'yı benim yüzümden mi vurdular" kuşkusu, Heja'ların evinden kayalıklara varana kadar aklında kesin bir inanca dönüşmüştü. "Onu benim yüzümden öldürdüler."

Saatin kaç olduğunu bile unutmuştu, telaşla Selim'in numaralarını çevirdi.

Kadının karşısında atamadığı çığlık Selim'in sesini duyduğunda çıktı ağzından.

— Selim, Heja'yı öldürdüler.

— Ne zaman?

— Dün sabah.

— Kim yaptı bunu?

Yelda ağlayarak, bazen nefessiz kalıp tıkanarak olanları anlattı, Taner'le konuştuklarını, Heja'yı köylülerin nasıl bulduğunu, Ceyfır'la konuşmalarını, kadının verdiği kartpostalı...

— Hemen dön, dedi Selim. Bugün dön... Orada kalma...

Yelda aslında o kartpostalı gördüğü anda artık orada kalamayacağına, o acıyı yalnız başına yaşayamayacağına karar vermişti, Selim'e döneceğini söylemeye hazırlanıyordu ama Selim "hemen dön" dediği anda garip bir şey oldu, hemen dönemeyeceğini anladı. Nedenini bilmiyordu ama birkaç gün daha orada kalması gerekiyordu, bu kararına mantıklı bir neden bulamadığı için yalan söyledi.

— Dönemem... Raporumu bitirmem lazım.

— Burada yazarsın.

— Hayır, yapamam... İnsanları burada bırakıp kaçamam.

Selim'in derin bir nefes aldığını duydu.

— Yeldacığım, lütfen... Orada kalamazsın... Dön, burada yazarsın... Zaten kaç gün kaldı ki oradakilerin oradan ayrılmasına...

— Dönemem... Şimdi olmaz... Dönemem...

Bir sessizlik oldu. Selim'in sakin ve kararlı sesini duydu.

— Ben geliyorum.

Yelda birden asıl istediğinin bu olduğunu anlayıverdi, Selim'le birlikte Heja'nın yanında olmak, Heja'ya Selim'le birlikte veda etmek istiyordu ama gene de Selim'e itiraz etti.

— Nasıl geleceksin? Okul ne olacak?

— Bir çaresini bulurum... Şimdi hemen bakacağım, ilk uçakla geliyorum...

— Köye nasıl geleceksin peki?

— Neydi sizin köyün adı?

— Uçurumköy.

— Havaalanından bir taksi tutarım...

— Yol çok uzun... Saatler sürer...

— Önemli değil...

Bir an sessizlik oldu.

— Gelecek misin gerçekten? dedi Yelda.

— Evet... Şimdi ben şu bilet işlerini halledeyim canım... Sana haber vereceğim.

— Peki.

— Yelda...

— Efendim?..

— Orada durum çok karışık anladığım kadarıyla... Ben gelene kadar çok dikkatli ol lütfen... Sana da bir şey yapabilirler... Herkes birilerini öldürüp suçu başkalarına atabilir.

— Merak etme.

Telefonu kapattıktan sonra Yelda karakola gidip Ceyfır'ı buldu. O gün köye gelecek bir helikopter olup olmadığını sordu.

— Bir arkadaşım gelecek de...

— Bugün helikopter yok Yelda... Zaten sivilleri almazlar helikoptere...

Ofise döndüğünde "acaba ben mi zorladım Selim'i buraya gelmeye?" diye soruyordu kendisine ama bütün acısının içinde garip bir sevinç vardı, sanki Selim geldiğinde Heja da daha güvende olacaktı, Selim ikisini birden koruyacaktı, o dağın yamacındaki yalnızlığı bitecekti.

Beş dakika sonra Selim aradı ofisten.

— Öğlen uçağıyla geliyorum... Herhalde akşama köyde olurum.

Yelda yeniden karakola gidip Ceyfır'ı buldu.

— Yollar emniyetli mi?

— Gündüzleri emniyetlidir ama şu sıralarda geceye kalmamakta yarar var.

Yelda yeniden ofise döndü. Taner'le konuşmak istemediği için Jacques'ın yanına gitti.

— Jacques, siz bugün köyde kalacaksınız, değil mi?

— Evet.

— Cipi ben alabilir miyim? Bir arkadaşım gelecek... Onu havaalanında karşılamak istiyorum.

Jacques bir an düşündü, sonra gülümsedi.

— Al tabii, dedi... Ama dikkatli git...

— Merak etme... İyi... Şimdi çıksam öğlen uçağını yakalarım...

Yemek salonunda Zerrin'le Rojda'yı buldu, "nerdesin" dedi Rojda "seni merak ettik."

— Ben havaalanına gidiyorum... Bir arkadaşım geliyor... Onu karşılayacağım. Akşama görüşürüz.

Barakadan çıkmadan önce Taner'in odasına baktı, Taner'in kendisini dikkatle süzdüğünü görünce hızla başını çevirdi.

Telaşla arabaya bindi. Cipi çalıştırdığı sırada Rojda koşarak geldi, hazırladığı sandviçi verdi.

— Bunu al... Aç açına gitme o kadar yolu...

XXI

Telefonu kapattığında Selim tam anlamıyla bir panik yaşıyordu.

Uzun zamandır yüreğini sıkan Yelda'yı kaybetme endişesi, Yelda'nın bütün o soruları cevapsız bırakarak gideceğine dair nedensiz kuruntular şimdi birden gerçek bir tehlikeye dönüşmüştü.

Yelda'nın şu anda bulunduğu yerleri Selim hiç görmemişti, oralara dair gazetelerde okuduğu haberler dışında fazla bir bilgisi yoktu, bilgisizlik her zaman olduğu gibi hayal gücünü olumsuz bir biçimde kışkırtıyor, silahların patladığı, kimliği belirsiz katillerin insanları kimsenin bilemeyeceği nedenlerle öldürdüğü, karanlık ve tehlikeli bir cehennemde Yelda'nın yapayalnız olduğunu düşünüyordu. Daha iki ay önce okuduğu, Mardin'de on iki yaşında bir çocuğun bir baskında on yedi kurşunla vurularak öldürüldüğü haberi şimdi onun hayatında bir gerçek olarak beliriyordu.

Yelda'nın aklına gelmeyen bir ihtimal Selim'in aklına gelmişti, "acaba Heja vasıtasıyla Yelda'nın dağdakilerle bağlantı kurduğundan mı kuşkulandılar, Heja vasıtasıyla aldığı bazı bilgileri Yelda'nın Avrupalılara iletmesinden, bütün dünyaya yaymasından mı çekiniyorlar?" diye soruyordu.

Bu soru bile içini titretmeye yetiyor, sabahın çok erken bir saatinde uykusundan alışkın olduğu bir gerçeklik yerine birdenbire bir başka gerçekliğe uyanıvermesi bilincinin denetimli düşünme yeteneğini zorlayıp onu kâbusların, tehlikelerin, ölüm tehditlerinin kol gezdiği kendisine tümüyle yabancı bir âlemde çaresiz bırakıyordu.

Hemen gitmek istiyordu.

Bir çıkış bulmayan tutkuların, kendine bir gelecek ümidi yaratamayan aşkların bilincin derinliklerinde kılık değiştirdiğini, endişeye, şefkate, koruma isteğine benzeyerek ortaya çıktığını, insan bilincinin sevdiğine kavuşma isteğine başka isimler taktığını biliyordu Selim ama Heja'nın ölümü, zihninin oyunlarından kuşkulanmasına gerek bırakmayacak kadar katı bir gerçekti.

Günlerdir içinde dolaştığı düşler ve kuruntular dünyasından, bütün o kuruntuların gerçek olduğu bir dünyaya yaptığı ani geçiş bütün duygularını altüst etmişti.

Biletini ayırtmak bile onu yatıştırmaya yetmemişti.

Onları geleceğe bağlayan, onlara ortak bir gelecek yaratan, geçmişin bütün kirli görüntülerini bir prizma gibi tek ve parlak bir ışığa çevirip geleceklerini o ışıkla aydınlatan Heja'nın ölümü Yelda'yla yeniden bir araya gelebilme ümitlerini de öldürmüş gibiydi; yüreğinin istekleriyle, sertleşip bir taş gibi katılaşmış kişiliğinin, hiçbir hayale izin vermeyen yaralı egosunun çatışmasında tek uzlaştırıcı olabilecek çocuğu da kaybetmişlerdi.

Selim, oraya gittiğinde Yelda'ya ne söyleyeceğini bilmiyordu.

Heja'sız bir gelecekten konuşamazlardı.

İnandırıcı bir bahane bulamadan ruhundaki katılığı çözemeyeceğini, Yelda'ya dokunamayacağını biliyordu, ya Yelda'yı da zihninde diğer kadınların arasına koyacak, onu ve yaptıklarını önemsemeyecek, kendisini çok üzen hayatının en büyük aşkını sıradanlığın kirli ve kalabalık mozolesine gömecek ya da onu bir daha görmemek üzere bırakacaktı. Yelda'yı sıradanlığın içine terk etmeye sevgisi, onu bütün yaşananların yaralayıcı kederiyle kabul etmeye de bilinci izin vermiyordu.

Kendi içindeki çatışma, geleceği konusunda karar verme gücünü ve iradesini onun elinden almış, onu güçsüzleştirmişti. Kendisi dışında bir başka iradenin onun için tümüyle çıkışsız olan bu karmaşık ikilemi çözmesini, karar vermek zorunda kalmadan Yelda'yla hayatını sürdürebilecek bir yol bulmasını umuyordu ama o sırada ortada ne öyle bir irade ne de öyle bir yol gözüküyordu.

Ne yapacağını bilemiyordu.

Erken bir yaz sabahının berrak ve temiz aydınlığı pencerelerden salona yayılıyor, uyanmakta olan şehrin bildik uğultusu başlıyordu.

Birdenbire, nasıl olduğunu hiç anlayamadan, "Taner" dedi, "o adam Taner."

Yelda'nın her sözünü, sesindeki her kırılmayı Selim'in bile fark edemediği bir dikkatle izleyip duran içindeki o karanlık nokta, Yelda'yla yaptığı son konuşmayı, Selim kendi kendine düşünürken bir daha gözden geçirmiş, her kelimeyi, her vurguyu tartmış ve Yelda'nın Taner'den bahsederken sesinde hissedilen o belirsiz çatlamayı yakalamıştı, onun adını nefretle ama bir kadının yakından tanıdığı bir erkekten söz ederken kullandığı bir vurguyla anmıştı. Selim, Yelda'nın Taner'in adını söyleyişini belleğinin derinliklerinden çıkartıp bir daha düşündü ve kesin kararını verdi, "evet, o."

O anda öyle bir nefret ve öylesine tuhaf bir iğrenti hissetti ki eğer ortada Yelda'nın hayatına yönelik bir tehlike olduğunu düşünmese yolculuğunu hemen iptal eder ve bütün duygularına rağmen, hiç olmazsa o an için, Yelda'yı bir daha görmemek üzere hayatından silerdi.

Taner gibi birinin onun sevdiği kadına dokunmasına, o kadını aşağılamasına, azarlamasına izin verdiği, bu izinle hem o kadını, hem de Selim'i kirlettiği (kesin bir kirlenmişlik duygusu hissediyordu) için Yelda'yı bir düşman gibi görüyordu, bunun düşüncelerle anlaşılabilecek bir nedeni yoktu ama duyguları düşüncelerinin aksine hiçbir zaman bir neden aramıyor, sadece hissediyor ve o hissettiklerinin etrafında şekillenip yeni biçimlere dönüşüyordu.

Bir başka erkeğin hayalinin somutlaşması, o hayalin bir beden, bir yüz, bir ses kazanmasıyla birlikte, Yelda'yla olan bütün ilişkileri, bütün geçmişleri garip bir biçimde bayağılaşmıştı Selim'in gözünde, masallarını koruyan büyünün ruhundaki son esrarengiz şatosu da yıkılmıştı.

Şimdi içinde yoğun bir nefretle, sığınacak, saklanacak bir yer bulamayan, dokunduğu her duygu tarafından reddedilen, sahipsiz ve bu sahipsizlikle asileşmiş, saldırganlaşmış, her türlü denetimden çıkıp bir orman yangınına dönmüş bir sevgi, ruhunun her yanını ele geçirmek için korkunç bir savaşa girmişlerdi. Selim, bütün bilinci, varlığı, geçmişiyle nefreti destekliyor ama içindeki o saldırgan sevginin yakıcılığını bastıramıyordu.

Yorulmuştu.

Geniş kanepeye oturdu.

İçindeki o korkunç duygu çatışmasına bedeninin daha fazla dayanamayacağını hissediyordu, kolları uyuşmaya başlamıştı, damarlarının parçalanacağını, oradan çıkan bir pıhtının beynini ya da kalbini durduracağını sanıyordu, hemen bir karar vermesi, ruhunda bir uzlaşma sağlaması gerekiyordu. "Gideceğim, Yelda'yı oradan, o tehlikeden çıkartacağım, soruların cevaplarını öğreneceğim, sonra onu terk edeceğim." İçinde bir yer, bu kararını uygulayabileceğinden kuşku duyuyordu ama o kuşkuyu bastırmayı başardı.

Çantasını hazırladı.

Mahmut'u aradı.

— Ben gidiyorum, dedi.

— Nereye?

— Galiba Yelda'nın başı dertte... Tam ne olduğunu bilmiyorum ama onun çok sevdiği küçük bir çocuk vardı, onu öldürmüşler... Yelda'ya da bir şey yapacaklar diye korkuyorum.

— Çocuğu mu öldürmüşler? Kim öldürmüş?

— Bilmiyorum... Kimse bilmiyor... Çocuğun bir kurye olmasından kuşkulanıyorlarmış.

— Kaç yaşındaymış çocuk?

— On iki...

Bir sessizlik oldu.

— Selim, deli mi bunlar?

— Galiba... Bizim anlayabileceğimiz bir dünya değil bu, orada anlaşılan her şey farklı... Akılla ya da mantıkla anlaşılacak bir şey değil...

— Sen niye gidiyorsun? Ne işin var öyle bir yerde? Yelda niye gelmiyor?

— Bilmiyorum... Gelmeyeceğim dedi.

— Tam Yelda işte... Eee, ne yapacağız?

— Benim derslere sen gir.

— Onu sormadım, o kolay, öyle bir yerde seninle Yelda için ne yapacağız?

— Onu da bilmiyorum ama tehlikeyi ben de abartmış olabilirim, daha doğrusu abartıyorum herhalde ama bu ihtimale bile tahammül edemiyorum şu anda... Gidip onu oradan alacağım.

— Peki... Bana mutlaka haber ver... Hay Allah, yarabbim, bıktım senden... Seni tanıdığımdan beri hep sorun çıkarırsın.

Selim güldü.

— Ben de bıktım benden Sultan Mahmut Bey ama biraz daha sıkalım dişimizi, belki düzelirim... Hadi, benim çıkmam lazım, uçağı kaçıracağım.

Şehrin sokakları canlıydı, arabalar, korna sesleri, kaldırımlardan rengârenk yazlık giysileriyle akan insanlar, göbeği açık bluzları mini etekleriyle kadınlar, Boğaziçi'nin yemyeşil tepeleri, kaldırımlardaki ağaçlar, çingene satıcıların önündeki çiçekler, ıhlamur ve yosun kokusuna karışan asfalt ve ekzoz kokusu Selim'i içine kapandığı o karanlık endişe dünyasından çıkarttı.

Kendi kendine güldü, "ne oldu bana" diye düşündü, "Yelda söz konusu oldu mu zıvanadan çıkıyorum, hemen ölüm, tehlike, kaybetme... Her şeyi abartıyorum."

Şehrin kalabalığından kurtulup, havaalanına giden geniş otoyola çıkınca hızlandı. Şehir, canlı gürültüsüyle içini rahatlatmış, onu tuhaf bir biçimde neşelendirmişti, duygularındaki çatışma bile yatışmış, ona anlamsız gözükmeye başlamıştı. Nedense o sokaklar Yelda'yı daha fazla özlemesine neden olmuştu, belki de Yelda'yı karanlık ve uğursuz gözüken o köyün dışında, bildikleri, dolaştıkları, mutlu oldukları sokaklarda hayal edebildiği için bu özlem böyle, başka hiçbir duygu tarafından engellenmeden ortaya çıkabilmişti.

Sibelius'un radyoda çalan keman konçertosuna ıslıkla eşlik etti, arada bir iki nota kaçırınca neşeyle güldü. Havaalanındaki işlemlerden de aynı neşeyle geçti.

Bekleme salonunda birden içi daraldı.

Huzursuzlandı.

Fahrünisa'yı aradı.

Fahrünisa'nın sesi her zamanki gibi yumuşaktı.

— Senin her yerde tanıdıkların vardır, dedi Selim, Güneydoğu'da da bildiğin birileri var mı?

— Vardır herhalde... Yoksa da buluruz... Niye, ne oldu?

— Ben oraya gidiyorum... Orada bir arkadaşım var, belki bir sorun çıkar diye düşündüm... Tanıdık birileri olursa iyi olur.

— Olur, ben bakarım... Arkadaşın kim?

— Eski bir arkadaş, sen tanımazsın...

Fahrünisa güldü.

— Benim tanımadığım eski bir arkadaş, ha? Sen niye hep yalan söylersin?

— Bilmem, alışkanlık herhalde... Sen şimdi karakter tahlilini bırakıp, tanıdık kim var diye bakar mısın lütfen...

Fahrünisa ısrar etmedi,

— Tamam ben hallederim... Sen merak etme...

Fahrünisa'nın kendi canı acıdığında bile yardımdan kaçınmayan sevecen kibarlığı, gücünü zarafetle saklayışı her zaman olduğu gibi Selim'i çok etkiledi, en zor şartlarda bile bu kadının sesi onu sakinleştiriyor, ona güven veriyordu.

— Fahrünisa...

— Efendim?

Selim durdu, söylemeye karar verdiği şeyi söylemekten vazgeçti.

— Döndüğümde bir yemek yiyelim... Seni özledim.

— Olur...

Fahrünisa telefonu kapatmadan önce, endişesini hissettirmemeye çalışarak, usulca "beni aramayı unutma" dedi.

— Hiç unutur muyum?

Uçak havalanırken, Yelda'yla ilk karşılaştığında ne söyleyeceğini düşünüyordu.

XXII

Yelda uçak inerken ulaştı havaalanına.

Bekleme salonuna girdiğinde bir karınca yuvasına girmiş gibi oldu, dışarının aydınlığından sonra içerisinin kör edici bir loşluğu vardı, sıcaklığı daha da dayanılmaz kılan ağır bir insan soluğunun buharı içinde kalabalık birbirinin üstüne tırmanan karıncalar gibi kımıldıyordu. Uzun beyaz entarili erkekler, kara çarşaflı kadınlar salonun kirlenmiş duvarlarından yansıyan gri bir karanlığın içinde hayaletimsi yaratıklar gibi görünüyorlar, Arapça ve Kürtçe sözcükler sıcaktan kurumuş dudaklardan çıkar çıkmaz ölü sinekler gibi yerlere düşüyorlardı. Uğultu, karanlığı da sıcaklığı da daha fazla artırıyordu.

Camlı kapılar açılınca elleri çantalı bir yolcu kalabalığıyla bekleyenler bir anda bir insan yumağı oluşturdular, Yelda, Selim'i kaçırmak korkusuyla parmak uçlarının üstünde yükselmiş, kalabalığın içinde onun yüzünü seçmeye çalışıyordu.

Heyecandan kalbi çarpıyordu.

Camlı kapı bir kere daha açıldı ve Selim elinde Yelda'nın çok iyi tanıdığı, derileri çatlamaya başlamış o eski çantasıyla tek başına çıktı. Kimsenin kendisini karşılamaya geleceğini tahmin etmediğinden sakindi. Yavaşça kalabalığın arasından kendine yol açmaya uğraşıyordu.

Yelda durduğu yerden gözleriyle onu izliyor, heyecanının ve çarpıntısının dinmesini bekliyordu. Yakışıklı gözüküyordu. Hafifçe yanmıştı. Büyük kederlerden geçmiş insanların yüzüne yerleşen ve olgunluğu andıran o hüzünlü ifade onu da olduğundan biraz daha yaşlı gösteriyordu. Yelda, onun alıştığı kokusunu uzaktan, aralarında yüzlerce insan varken bile alabiliyordu.

Yelda, Selim kendisini seçebilsin diye kalabalıktan ayrılıp dış kapının yanına doğru ilerledi, kendisini farkettiği anda Selim'in yüzünde belirecek ifadeyi görmek, bundan bazı sonuçlar çıkarmak istiyordu.

Kapıya doğru kalabalığın arasından geçerek ilerlemeye çalışan Selim birden onu gördü. Yelda, o yüzdeki bütün ifade dalgalanmalarını izledi.

Önce bir şaşkınlık, ardından beklenmedik, hazırlanılmamış ani bir sevincin denetimsiz parlak ışığı, sonra belleğin devreye girip hatırlattığı anılarla belli belirsiz çatılan kaşlar ve korunaklı bir uzaklık, daha sonra denetim altına alınmaya çalışılan bir öfkenin dudakların kenarlarındaki çizgilerde dolaşıp kaybolması ve en sonunda bütün duyguları ardına saklayan anlayışlı ve sevecen bir gülümseme.

Selim kalabalığı enerjik hareketlerle yarıp Yelda 'ın yanına geldi, karşısında durdu. Yüzüne baktı.

O yüzü, ilk büyük ayrılıklarından sonra da görmüştü. Yıkılmış bir şehir görüntüsü. Solmuş, yanakları çökmüş bir yüz, neredeyse elmacık kemiklerine kadar inmiş mor halkalar, derinlere bakan kendi kederiyle bulanmış gözler.

Yelda, Selim'e sarıldı. Selim'in ellerinin sırtına dokunduğunu ama bastırmadığını, onu kendine doğru çekmediğini hissetti. "Beni affedemiyor" diye düşündü.

Başını Selim'in boynuna gömdü, onu kokladı.

— Yalnız mı geldin? dedi Selim onu yavaşça kendinden uzaklaştırarak.

— Evet.

— Hadi gidelim o zaman, bu kalabalık dayanılmaz...

Arabaya binip yola çıktıktan sonra Selim Yelda'ya döndü.

— Nasılsın?

— Şimdi biraz daha iyiyim.

Gerçekten de Selim'in varlığının belirmesiyle birlikte, o köydeki kapalı hayatın Yelda'nın etrafında ördüğü, onu dünyanın geri kalanının gerçekliğinden koparan ıstakoz sepeti gibi girenin içinden çıkmayacağı tuhaf yumak yırtılmış, o ana dek karanlık bir sepetin hasır örgüsünden dışarı bakan Yelda'nın etrafındaki nesnelere yansıyan ışık değişmiş, o ışıkla birlikte Yelda'nın algılamaları da farklılaşmıştı. O köyde yaşadığı her şey sabahla birlikte kaybolan hayaletler gibi zihninden siliniyor geriye yalnızca Heja için duyduğu o korkunç keder kalıyordu.

— Her seferinde, dedi, bundan daha büyük bir acı çekemem diyorum ve her seferinde tanrı beni böyle düşündüğüm için cezalandırıp daha büyük bir acı veriyor.

Selim yeniden Yelda'yı gördüğü, ona dokunabildiği için bir yanıyla çok seviniyordu, sonsuza dek sürecek tanrısal bir cezadan affedilmiş, bütün benliğini çürüten soruları hayat boyu bilincinin zirvelerine kadar Sisifus gibi elemle taşıyıp sonra o zirveden hiçbir cevap bulamadan yeniden dağın eteklerine yuvarlanmaktan kurtulmuştu, Yelda'dan bütün soruların cevaplarını öğrenebilir, onunla yeni bir hayat kurabilirdi. Ama daha bunu düşündüğü anda belleği büyük bir halk ayaklanması gibi bilincini sarsıyor, "bir başka erkek için seni aramayı bile unuttu, bir başka erkeğin kendisini azarlamasına izin verdi, bir başka erkekle sevişti, bir başka erkek için ağladı" diyordu.

Yelda'ya doğru her uzandığında, belleği aralarına giriyordu. Kesin yargıları, canlı tutulmuş anılarıyla o anda en büyük düşmanı kendi belleğiydi, Othello'yu Desdamona'dan ayıran Iago gibi zehirli fısıltılarıyla onu Yelda'dan ayırıyordu.

Eğer mümkün olabilseydi Yelda için kendi belleğinden vazgeçer, geçmişsiz bir adam olmaya razı olurdu, gelecek için kendi geçmişini feda ermeye hazırdı ama bu mümkün olamıyordu, belleğinin sesleri beyninin içinde yankılanıp duruyordu. Yelda'ya söylemek istediği bütün sevgi sözleri, çığ felaketine uğramış yolcular gibi belleğinin altında ezilip kayboluyorlardı.

Duyguları canlıydı ama sesleri belleğin duvarını aşamıyordu, bir depremden sonra kurtarılmayı bekleyen felaketzedeler gibi belleğin altında, kendilerini kurtaracak bir yol bulunmasını bekliyorlardı.

Yelda o duyguları hiç öğrenemeyecekti eğer bir mucize olmasaydı.

Yolda biraz dinlenebilmek için bir çay bahçesinde durmuşlardı. Çardağın altında oturduklarında Selim Yelda'nın yüzüne bakmıştı.

Yelda ona kartpostalı anlatıyordu ve dudakları tam da Selim'in hatırladığı gibi titriyor, yaşlar çenesinden gömleğinin yakasına damlıyordu.

— Bir daha onu göremeyeceğim, diyordu. Babam sanki bilerek bu ismi vermiş, hiç bitmeyen uzun bir gece gibi hayatım... Hep bir karanlıktan başka bir karanlığa geçiyorum.

Öylesine saf, kristal gibi parlak ve keskin bir kederi vardı ki onun olağanüstü acısını kendi içinde hissetti Selim. İlk kez, o acının parlaklığı karşısında belleğinin acımasız ışığı soluklaştı ve duygularının görünmesine izin verdi. Yelda'nın o kadar acı çekmesine dayanamayan, artık her gördüğü acıyı kendininkiyle kıyaslayıp etkilenen Selim o acıyı dindirmek için dayanılmaz bir istek duymuştu. Mucize de o anda gerçekleşmişti. Bir acıyı dindirme isteği, yardım edebilme arzusu, belleğinin "unutmak yenilmektir" diyen sesini susturacak iyi bir mazeret olarak ortaya çıkıvermişti. Selim Yelda'yla olabilmek için bir çaresizlik olarak gördüğü tutkunun dışında bir bahane bulmuştu. O fikir de o sırada geldi aklına.

Yelda'nın eline dokundu, hâlâ tutamıyordu elini.

— Ağlama, dedi, benim bir fikrim var.

Yelda içini çekti.

— Ne?

— Sana bir Heja yapacağım.

Yelda anlamadı önce.

— Nasıl?

— Sana bir Heja yapacağım... Ya da senin daha çok hoşuna gidecek biçimde söylersem, biz bir Heja yapacağız ve adını Heja koyacağız.

Yelda dudakları titrerken ve gözlerinden yaşlar dökülürken gülüverdi.

— Ciddi misin?

— Evet... Yol boyunca bunu düşündüm.

Yalan söylüyordu ama o anda bu önemli değildi.

Yelda bir daha sordu.

— Ciddi misin?

— Evet.

Yelda durdu ve tam da ona yakışan bir şekilde bir ayrıntıya takılıverdi.

— Ya kız olursa?

— Adını gene Heja koyacağız.

Yelda gülümsedi, sonra birden hıçkırarak ağlamaya başladı.

— Neden ağlıyorsun?

— Bilmiyorum... Mutluluk da korkutuyor beni...

Yelda yutkundu.

— Bir de, dedi, her yıl bu vakitler buraya gelip Heja'yı ziyaret etmek istiyorum... Beni getirir misin?

— Getiririm.

Yeniden yola koyulduklarında ani coşku patlamasının ardından gelen tuhaf bir huzursuzlukla susmuşlardı, uzun zamandır acılara alışan ruhları bu ani sevinçten şaşırmış, kuşkulanmış, bu hızlı değişiklikten garip bir yorgunluğa kapılmıştı.

Yelda sakin bir sesle, Selim'e bakmadan,

— Her şeyi unutabilecek misin? dedi.

— Herhalde epey zaman alacak... İstersen bunu şimdi konuşmayalım, her şeye biz karar vermeyelim, biraz da zamana ve hayata güvenelim.

— Artık hayata güvenim kalmadı.